Ce livre a
été entièrement
imaginé, créé
et fabriqué
au Québec

Saint-Jean Éditeur
est une maison d'édition québécoise
fondée en 1981

Guy Saint-Jean Éditeur
4490, rue Garand
Laval (Québec) Canada H7L 5Z6
450 663-1777
info@saint-jeanediteur.com
saint-jeanediteur.com

Données de catalogage avant publication disponibles à Bibliothèque et Archives nationales du Québec et à Bibliothèque et Archives Canada.

Nous reconnaissons l'aide financière du gouvernement du Canada ainsi que celle de la SODEC pour nos activités d'édition. Nous remercions le Conseil des arts du Canada de l'aide accordée à notre programme de publication.

Financé par le gouvernement du Canada | Canada SODEC Québec Conseil des Arts du Canada Canada Council for the Arts

Gouvernement du Québec – Programme de crédit d'impôt pour l'édition de livres – Gestion SODEC

Révision : Isabelle Pauzé
Correction d'épreuves : Johanne Hamel
Conception graphique de la page couverture et mise en pages : Christiane Séguin
Photographie de la page couverture : © Stephen Mulcahey / Trevillion Images

Dépôt légal – Bibliothèque et Archives nationales du Québec, Bibliothèque et Archives Canada, 2021

ISBN : 978-2-89827-144-1
ISBN EPUB : 978-2-89827-145-8
ISBN PDF : 978-2-89827-146-5

Imprimé et relié au Canada
1re impression, octobre 2021

Guy Saint-Jean Éditeur est membre de
l'Association nationale des éditeurs de livres (ANEL).

SERGINE DESJARDINS

Un souvenir, mille remords

SAINTJEAN

À Rodrigue (1950-2020),
mon amoureux pendant 44 ans

« Maintenant que nous avons appris à voler
dans les airs comme des oiseaux et plonger dans les
mers comme les poissons, il ne nous reste plus qu'à
apprendre à vivre sur terre comme des humains. »

George Bernard Shaw

« Chacun est responsable de tous. »

Antoine de Saint-Exupéry

« Ne détournez pas le regard.
Comprenez de quoi se nourrit une guerre. »

Susan Sontag

1

Sainte-Flavie, 2 janvier 1944

La vieille maison craque de toutes parts sous la puissance d'un vent furieux sifflant sans relâche depuis des jours, arrachant au passage les bardeaux des bâtiments voisins abandonnés. Qu'importe. Rose aime ces bruits, contrairement à ceux des avions qui l'énervent. Depuis que l'école de bombardement et de tir de Mont-Joli a ouvert ses portes, en décembre 1941, des dizaines d'appareils envahissent quotidiennement le ciel. Le vacarme des moteurs et des pétarades est constant. Insupportable à la longue.

Rose a aménagé sa chambre dans la petite pièce du grenier, à hauteur d'oiseaux. Avant la guerre, elle adorait les regarder plonger dans le fleuve et remonter brusquement comme s'ils étaient les jouets d'un marionnettiste invisible. Elle s'endormait en écoutant leurs cris. C'était avant. Avant qu'ils fuient, affolés par le vrombissement des avions qui occupent leur espace. Fini le chant des baleines. Finis les cris des phoques et des goélands.

Combien de fois sa mère et elle ont-elles maudit cette guerre qui a fait de leur fleuve un champ de tir, enterrant le roulement des vagues sous les bruits incessants, forçant la faune marine à se réfugier ailleurs ? Mille fois au moins.

Heureusement, à la nuit tombée, tout redevient calme. Rose éteint sa lampe et, malgré le froid, ouvre la fenêtre bordée de festons de givre. Elle pose la main sur le rideau qui virevolte autour de sa tête. Le vent glacial lui gifle le visage au même rythme que les énormes vagues qui, au large, fouettent la banquise avec fracas.

La lune perce les nuages et, telle une chute d'eau tumultueuse, déverse sa lumière sur la tour de guet[1] juste en face, rempart fragile contre la folie des conflits meurtriers. Du haut de la tour, les fenêtres panoramiques permettent aux officiers d'observer les exercices de vol et de tir des étudiants de l'école. En cas d'accident, des équipes de sauvetage peuvent ainsi intervenir dans les plus brefs délais. À cette heure tardive, ils se reposent, eux aussi.

Maudite guerre qui a changé ma vie, murmure Rose en pensant à ce que lui a dit son père avant de partir dans les chantiers :

— Rose, j't'ai trouvé une *job* à l'école de tir de Mont-Joli. Tu vas pouvoir nous aider à joindre les deux bouts.

Bérangère, la mère de Rose, avait retenu un soupir. Mariée depuis vingt-deux ans à cet homme sévère peu doué pour se faire aimer, elle savait bien qu'ils ne sont pas pauvres au point de devoir compter sur le salaire de leur fille. Elle pensait surtout avec amertume que son mari avait, au fil des ans, dépensé beaucoup d'argent à boire et qu'il serait le premier à se morfondre s'il en faisait le compte. Au lieu de cela, il faisait des économies de bouts de chandelles pouvant parfois le mener à la prison. Ainsi, l'été dernier, il avait trouvé sur sa terre des drogues, ces cibles faites de soie sur lesquelles tiraient les étudiants aviateurs. Or, plutôt que de les remettre à la direction de l'école de tir comme l'exigeait la loi, il les

1 Il s'agit de celle située au 690, route de la Mer, à Sainte-Flavie. La tour de l'ouest est au 108, rue Poirier.

avait conservées, risquant ainsi de se faire arrêter par des policiers de la Gendarmerie royale et de payer une amende de cinq cents dollars. Courir un tel risque pour des chemises de soie qu'il demandait à Bérangère de confectionner et qu'il vendait ensuite à des bourgeois !

— On pourrait la laisser continuer ses études et prendre un ou deux pensionnaires, avait-elle risqué timidement, espérant que son mari, qui n'avait pas bu ce soir-là, soit plus conciliant.

— Pas de loup dans la bergerie. J'protège mes filles, avait-il rétorqué d'un ton autoritaire.

Onésime Dubeau se faisait un point d'honneur de contrôler les femmes de la maisonnée.

Il avait même forcé Dorothée, sa fille aînée, à quitter l'armée où elle s'était engagée pendant qu'il était dans les chantiers, même si son rêve était de faire partie du régiment de cornemuses féminin. Elle adorait jouer de cet instrument que sa tante Marie-Ange lui avait acheté à son treizième anniversaire.

— Pas de filles à soldats dans ma famille, avait dit Onésime avec sa voix des mauvais jours. C'est rien que des filles faciles ! T'iras travailler à l'usine d'armements, avait-il ordonné, pis tu nous enverras chaque mois une partie de ta paie.

Si Onésime avait su que la réputation des ouvrières qui travaillent dans les usines n'est guère plus enviable que celle des filles qui s'enrôlent dans l'armée, il y aurait pensé à deux fois avant d'y envoyer Dorothée. Un Jésuite, le père Dugré, avait même dit en entrevue à la radio que les filles qui y travaillent « deviennent automatiquement des putains[2] ».

---

2 Personnage et paroles réels.

Dorothée était donc partie travailler à l'Arsenal de Québec en promettant de ne plus jamais mettre les pieds dans la maison familiale tant que son père ne serait pas mort. *Ce qui, je l'espère, ne tardera pas,* avait-elle dit en le regardant droit dans les yeux. Des mots terribles qu'elle avait prononcés froidement avant de claquer la porte, valise à la main. Rose n'avait pu cacher son admiration, elle qui, jamais, n'avait eu le courage de tenir tête à son père. C'est justement en pensant à sa sœur qu'elle avait tenté de l'imiter. Elle n'avait cependant pas le même aplomb :

— J'aime l'école, père, avait-elle risqué d'une voix tremblante, tant elle craignait sa réaction.

Elle ne disait jamais papa. Ce mot, chargé de tendresse, n'avait pas fait son nid dans son cœur.

— Pas besoin d'être instruite pour trouver un mari et faire des enfants, avait-il tranché aussitôt en fronçant ses sourcils broussailleux. T'as quinze ans, t'en sais assez. Pis, l'école est obligatoire jusqu'à quatorze ans, pas plus. À partir de janvier, tu travailleras à salle à manger du mess des aviateurs, pis quèques heures à bibliothèque de l'école. T'aimes ça les livres, ça va être parfait pour toué. J'ai tout arrangé. Ils t'attendent après les Fêtes.

— Elle pourrait au moins apprendre un métier, avait encore osé Bérangère en l'implorant de ses magnifiques yeux bleu turquoise que tous remarquaient au premier coup d'œil.

— Comme quoi ? avait rétorqué brusquement Onésime avant d'interroger sa fille du regard.

Rose était restée bouche bée. Elle avait toujours pensé qu'elle ne serait jamais capable de faire plus que ce que son père venait de lui suggérer. Tout ce qu'elle savait, c'était qu'elle aimait apprendre. Tellement que sa sœur Dorothée l'appelait *la fouine-qui-a-toujours-le-nez-dans-les-livres et qui-parle-souvent-à-la-française.* La perspective de quitter l'école lui brisait le cœur.

— Laissons-la étudier encore un peu, avait encore dit Bérangère d'une voix presque inaudible.

C'était une requête, une supplique, et Rose en avait voulu à sa mère de ne pas la défendre avec plus de vigueur.

— Non, ma décision est prise. A peut se compter chanceuse. J'connais ben des pères de famille qui offrent leur fille comme servante pour pas une cenne, juste parce qu'y sont soulagés de pu la nourrir.

Faut-il qu'il soit inconscient du travail que maman et moi abattons sur la ferme! avait pensé Rose. Elle n'osait habituellement pas répondre à son père, tant la peur de provoquer sa colère lui nouait le ventre. Mais ce jour-là, c'était comme si toutes les paroles retenues en cage, tout le ressentiment qu'il lui inspirait et qu'elle tentait vainement d'endiguer, toute la peine qu'il causait autour de lui sans même y songer, tant la méchanceté était son pain quotidien, tout cela, et bien d'autres choses encore qu'elle ne saurait nommer, avaient soudain animé le flot de paroles qui sortaient de sa bouche comme si elles avaient leur vie propre:

— La guerre, c'est pas juste une affaire de gars. Depuis qu'elle est commencée, on est débordées, nous, les femmes. En plus du travail sur la ferme, de l'entretien de la maison et des conserves à préparer, on tricote des chandails, des écharpes et des chaussettes avec la laine des moutons pour les soldats au front. On correspond avec eux. On envoie des colis aux victimes de guerre. On cultive du lin qui servira à fabriquer des ailes d'avion. On transforme les vieux manteaux de fourrure des bourgeoises pour en faire des vestes pour les marins. On fabrique du beurre pour les échanger contre des coupons de sucre. On fait des…

Le coup de poing qu'Onésime avait asséné sur la table l'avait fait taire:

— C't'assez! Je veux pas que tu me répondes! avait-il hurlé, regrettant de n'avoir pas réagi plus vite, tant la réponse de sa fille l'avait pris par surprise.

Bérangère avait posé sa main sur celle de Rose pour lui rappeler qu'il valait mieux se taire.

— J'ai-t'y faite des études, moé? Non! Pis ta mère non plus, pis on se débrouille pareil. C'est pas de notre monde, ces affaires-là, avait ajouté Onésime d'une voix colérique.

Rose était donc allée à l'école une dernière fois pour vider son pupitre. La mort dans l'âme, elle avait fait le tour de sa classe, se remémorant les fous rires avec son amie Lili, le plaisir qu'elle avait à apprendre, sa fierté à la remise des bulletins. Un seul souvenir sombre: lorsque la maîtresse la questionnait devant tout le monde. Elle connaissait les réponses, mais son manque de confiance la paralysait au point qu'elle paraissait ignorante.

Quand elle se comparait à ses parents, Rose estimait toutefois que sa vie était moins dure que la leur l'avait été. Son grand-père maternel, Olivier Lamoureux, était un ouvrier qui s'était établi à Québec avec sa famille de treize enfants. Dès l'âge de six ans, Bérangère ramassait le charbon tombé des wagons afin que ses parents puissent chauffer leur très modeste logis. Les jours où elle en avait beaucoup ramassé, elle allait vendre le surplus dans les quartiers plus riches. Un journaliste l'avait photographiée et l'article, dont le titre était «Les enfants qui travaillent», avait fait la une du *Soleil*. Rose regardait parfois cette page jaunie par le temps sur laquelle sa mère apparaissait, maigre et enguenillée, tirant un petit chariot rempli de charbon, et tenant de l'autre main un panier à légumes. Sa charge était trop lourde, pourtant elle souriait, et le sourire de cette belle enfant annonçait la femme douce qu'elle deviendrait. Lorsque ses parents avaient déménagé dans Hochelaga, à Montréal, la petite Bérangère avait travaillé dans une filature de coton. De cette époque, son corps avait si bien gardé le souvenir qu'elle avait ensuite toujours mal supporté le bruit, la chaleur et la poussière. Heureusement, les Lamoureux avaient réussi à vaincre leur pauvreté en s'établissant sur une ferme à Sainte-Flavie. À peine adultes, les trois frères de Bérangère s'étaient exilés aux États-Unis, préférant l'usine au travail de fermier. Onésime, lui, s'était montré intéressé à faire fructifier la terre, à la condition cependant qu'il épouse Bérangère. Le jour où cette offre avait été acceptée avait été le plus beau de sa vie qui, jusque-là, n'avait pas été facile. Il venait tout juste d'avoir sept ans lorsqu'il avait été retiré de l'école, son père ayant besoin de lui sur la ferme. Ensuite, à peine sorti de l'enfance, il avait travaillé dans un abattoir soixante-douze heures par semaine.

En pensant à tout cela, Rose implore le ciel de lui donner une vie meilleure. Elle ferme la fenêtre, et va se coucher, mais le sommeil la boude. Cette guerre qui n'en finit plus la rend pessimiste. Et elle a beau chercher, elle n'arrive pas à imaginer concrètement ce que signifie pour elle avoir une vie meilleure. *Dans ma situation, est-ce que je peux seulement nourrir de grands rêves?* se demande-t-elle. *Tu es née pour un petit pain*, lui répondrait son père.

Les paroles de sa mère surgissent maintenant à sa mémoire: « En cherchant bien, on peut toujours trouver du bon dans n'importe quelle circonstance. »

Bon, au moins, à l'école de tir, je verrai chaque jour cet étudiant aviateur qui me plaît pas mal. Pas mal beaucoup, se dit Rose, juste avant de sombrer dans un sommeil agité.

2

Paris, 4 février 1944

Pour calmer l'anxiété qui, depuis le début de la guerre, la tenaille autant que la faim, Kalinda fredonne une chanson en marchant. Mais son cœur s'affole dès qu'elle entend le bruit d'un moteur d'avion. Et si Paris était à nouveau bombardé alors qu'elle est seule dans la rue, loin de sa famille ? Ses sœurs, les jumelles Donna et Iris, ne sont pas là pour se moquer. Bien qu'elles soient plus jeunes – Kalinda a dix-sept ans, les jumelles, quinze –, ni les avions ni les nazis ne les effraient. Peut-être est-il plus facile d'affronter la mort quand on est deux depuis toujours. Depuis avant la naissance, même.

Kalinda a fait la file pendant deux heures pour avoir un œuf. Elle a ensuite attendu quatre heures devant la charcuterie pour absolument rien : quand son tour est enfin arrivé, il ne restait plus la moindre trace de viande. Pas étonnant : les Juifs qui portent l'étoile jaune doivent se présenter chez les marchands après quinze heures, alors qu'il ne reste presque plus rien. Un jour, elle était tellement faible et affamée qu'elle a perdu connaissance dans la file d'attente. Elle n'en a pas soufflé mot à ses parents pour ne pas les accabler. Tous les membres de la famille Cohen prennent soin les uns des autres et se protègent mutuellement.

Bien que la situation soit pire pour les Juifs et les Tziganes, toute la France crève de faim depuis le début de la guerre: bacon, beurre, sucre, viande, thé, confitures, œufs, lard, lait, fruits secs, presque tout est envoyé en Allemagne. Sa main tâte au creux de sa poche la pomme qu'elle a volée. Toute la famille devra se la partager: une pomme presque pourrie pour six personnes. Quatre plutôt: ses parents se priveront, comme d'habitude.

Ses pas battent le sol à côté du trottoir sur lequel elle n'a pas le droit de marcher. Elle maudit le fait d'être née d'un père juif et d'une mère tzigane. Elle regrette aussitôt cette pensée. Elle ne doit maudire que les personnes qui les jugent de races inférieures.

Sur l'avenue des Champs-Élysées, Kalinda évite de regarder la boutique de vêtements indiens de ses parents. C'est Inge, sa mère, qui avait eu l'idée d'ouvrir ce commerce, renouant ainsi avec ses ancêtres lointains, des Indiens originaires de Kutch, au nord de l'Inde. C'étaient des jours heureux, ce temps où ses parents y travaillaient. Après avoir été contrainte de mettre une affiche sur la devanture indiquant qu'il s'agissait d'une entreprise juive, et d'avoir dû supporter qu'un Allemand en soit devenu l'administrateur, l'interdiction pour les Juifs et les Tziganes d'être en contact avec le public les a finalement obligés à quitter les lieux. Mais il n'y avait pas que les Allemands qui s'en étaient pris à leur commerce: des Français racistes avaient lancé des briques dans leur vitrine. *J'ai quand même réussi à récupérer de belles robes*, avait dit Inge à ses filles en prenant un air espiègle d'enfant pris en flagrant délit. Ses filles se les étaient partagées. Il y en avait même pour Naomie, la benjamine, qui avait supplié Kalinda de lui en enfiler une sur-le-champ. Elle s'était ensuite pavanée en répétant qu'elle était une princesse.

À quelques pas, les drapeaux nazis, tricolores et immenses, flottent sur les édifices publics. Impossible d'oublier la présence allemande. La croix gammée coiffe la tour Eiffel, et même les horloges sont réglées à l'heure de l'Allemagne. Au moins, Paris, livré sans combat, n'a pas été détruit.

Ses jambes lui font mal. Elle aimerait s'asseoir un moment, mais elle craint d'attirer l'attention des soldats allemands et de la police française qui, partout dans Paris, sèment la crainte. Difficile de passer inaperçue avec cette immense étoile jaune sur laquelle est écrit en grosses lettres le mot JUIF qui lui attire les regards et commentaires méprisants. Dire que sa sœur Naomie la trouve belle, cette étoile, et pleure de ne pas en porter une, les enfants de moins de six ans n'y étant pas contraints. *Je veux être étoilée, moi aussi*, disait-elle en faisant la lippe. Kalinda lui avait alors donné une petite chaîne avec une étoile : *Toi aussi, maintenant, tu es étoilée.* Elle adore sa petite sœur de quatre ans qu'elle a maternée depuis sa naissance.

Kalinda lève les yeux et croise une dame qui lui sourit d'un air bienveillant. Rien qu'à sa façon de s'habiller, elle devine que c'est une Française. Une Française qui a le droit de fouler le trottoir et qui transporte sans doute un masque à gaz dans son sac, au cas où. Son sourire lui fait tellement de bien. Elle voudrait l'en remercier, mais craint d'avoir l'air stupide. Depuis quand remercie-t-on du simple fait d'être gratifiée d'un sourire ?

Kalinda sent la fatigue dans tous ses membres. Elle aimerait se reposer au bord de l'eau, mais un gardien viendrait aussitôt l'en chasser en hurlant : *Pas d'étoiles jaunes sur le bord de la Seine.* Les seules étoiles tolérées étant celles que le soleil allume sur l'eau et qu'elle aimait tant regarder, jadis. La majorité des lieux publics étant interdits aux rares Juifs encore libres, ils n'ont guère d'autres choix désormais que de se terrer chez eux, avec la peur, la colère et la rancœur au ventre.

Les nazis lui volent les plus belles années de sa jeunesse. À cause d'eux, elle a dû quitter ses études et ses amies. Avoir dix-sept ans dans cette effroyable tourmente, qui peut comprendre ce que cela représente ?

Elle hait Hitler que plusieurs adulent comme un Dieu. Un jour, il y a quatre ans de cela, sa mère et elle l'ont rencontré en marchant sur le boulevard Saint-Michel. Inge avait posé ses mains sur les yeux de sa fille pour lui éviter de croiser le regard de cet homme qui ne cessait de la fixer d'une étrange façon. Kalinda lui avait dit qu'elle la protégeait trop, mais elle devait admettre qu'elle se sentait en sécurité avec ses parents.

Elle regarde avec envie les Parisiens qui ont encore les moyens de prendre des fiacres à cheval ou l'un de ces vélos-taxis qui, à cause du rationnement de l'essence, ont remplacé les voitures-taxis. Même les rares stations de métro encore ouvertes sont au-dessus des moyens de la famille Cohen.

Le grondement d'un autre avion parvient à ses oreilles. Les entrailles nouées, le cœur au bout des lèvres, Kalinda s'engage en courant sur la rue Copernic où elle habite, juste à côté de la synagogue qui a récemment subi un attentat. Elle balbutie des excuses à l'homme qu'elle vient de frôler en le dépassant. Elle arrive enfin et monte jusqu'à l'appartement que sa famille occupe au dernier étage d'un bloc malfamé depuis que les Allemands ont réquisitionné leur maison, rue des Rosiers, dans le quartier juif. Kalinda s'ennuie de ce havre qu'elle aimait, des amies qui habitaient à proximité, de leur grande cour fleurie, des arbres où les oiseaux venaient faire leur nid. Elle voudrait retourner à l'école. Retrouver les livres qu'elle aime tant.

Elle redresse les épaules et se répète qu'elle doit cesser de se plaindre. *Oui, elle est bien finie ma vie d'avant. Avant le début des années de colère. Avant les années de guerre. Mais je ne suis pas seule au monde. Contrairement à plusieurs de mes amies, j'ai la chance d'avoir encore une formidable famille que j'aime,* se dit-elle pour se donner du courage.

3

Sainte-Flavie, février 1944

Rien ne peut distraire Luna, l'énorme chienne de race terre-neuve qui, assise devant la clôture barbelée de l'école de tir de Mont-Joli, fixe la sortie sans relâche. Ouverte trois ans plus tôt, cette école forme des mitrailleurs aériens de plusieurs nationalités, notamment des Canadiens, des Polonais, des Français, des Américains et des Belges qui se sont engagés dans l'aviation royale canadienne, appelée couramment l'A.R.C. Ils sont beaux ou laids, fantasques ou timides, mais la plupart sont jeunes, très jeunes, trop jeunes pour mourir. Portés par une confiance aveugle, ils sont pourtant fiers de partir à la guerre.

Plusieurs d'entre eux caressent Luna au passage, mais celle-ci ne daigne pas les regarder. Elle n'a d'yeux que pour la porte par laquelle Rose va bientôt sortir. Chaque jour à la même heure, Luna prend le sentier derrière la maison familiale et, comme si sa vie en dépendait, court à perdre haleine sans se laisser distraire, indifférente aux lièvres et aux renards peuplant le boisé.

Un train arrive sur la base de l'école afin de livrer la cargaison de charbon dont la fumée noire obscurcit chaque jour le ciel et contamine l'air. La sirène d'une ambulance, mêlée au bruit des moteurs d'avion, couvre le sifflement du train. Luna pourrait en profiter pour entrer sur le terrain de l'école et s'approcher un peu plus de la porte, mais elle sait que Rose ne serait pas contente. Personne, encore moins les animaux, ne doit dépasser les barbelés s'il n'y est pas autorisé. Luna jette un coup d'œil rapide vers les brancardiers qui sortent la civière sur laquelle une femme enceinte, visiblement très souffrante, se lamente: l'hôpital de l'école militaire étant mieux équipée que celui de Mont-Joli, les naissances compliquées y sont dirigées.

Aussitôt que Rose met un pied dehors, Luna colle son nez sur la clôture et agite la queue si vivement qu'on pourrait croire qu'elle n'a pas vu sa maîtresse depuis des lustres. Elles partent aussitôt, heureuses d'être ensemble.

Luna accorde ses pas à ceux de Rose qui, plus fatiguée ce jour-là à cause de ses règles abondantes, marche moins vite que d'habitude. La jeune fille affiche un air morose: elle déteste ses tâches et s'ennuie du temps où elle étudiait.

Les murailles de sapins jalonnant le sentier les protègent du vent qui siffle entre les branches des arbres aux pieds de géants dont les racines noueuses percent la neige. Un écureuil saute d'un arbre à l'autre avec une agilité remarquable, imprimant un mouvement de balançoire aux branches drapées de cheveux de sorcières.

Une seule chose motive Rose à se rendre au travail: Gratien, un aviateur qu'elle a embrassé pour la première fois lors de la revue musicale présentée à l'école en décembre dernier. Elle se souviendra longtemps de cette soirée: bravant les foudres et les menaces du curé, des filles chantaient et dansaient vêtues d'une jupe si courte qu'elle leur cachait à peine le bas des fesses. De la taille à la poitrine, leur peau était totalement nue. Rose n'aurait jamais été capable de se produire ainsi en public. Elle était bien trop timide. Et puis, elle se trouvait trop grosse, alors qu'en réalité, elle n'avait pas une seule livre en trop. *L'avantage du rationnement dû à la guerre, c'est de maigrir*, disait-elle à son amie Lili. À force de manger du chou...

Autour d'elle, les gars riaient et applaudissaient. C'est à cet instant qu'elle l'avait aperçu. Il avait mis deux doigts dans sa bouche et avait sifflé les *pin up girls* lorsqu'elles avaient commencé à chanter. Avant cette soirée, Rose avait remarqué ce garçon de vingt ans, à la beauté époustouflante et au charme fou. Elle avait d'abord été séduite par ses immenses yeux noirs couronnés de longs cils. Son imposante stature et les traits de son visage taillés à la serpe ajoutaient à la force tranquille qui émanait de lui. Le fait qu'il jouait de la guitare et faisait partie de l'un des *bands* qui donnaient des concerts à l'école renforçait son aura de séducteur. Toutes les filles lui couraient après.

Lors de cette soirée, Rose ne cessait de le regarder elle aussi. Comme s'il avait senti son regard posé sur lui, il s'était retourné et l'avait dévisagée. Elle avait alors vivement détourné les yeux en rougissant. Lors de l'entracte, il était venu la rejoindre. S'était présenté : Gratien Blais. Sa timidité, qu'elle maudissait, ajoutée au sentiment d'être insignifiante, lui faisait perdre tous ses moyens : elle avait tendu une main à baiser comme s'ils étaient dans un salon au siècle passé entourés de personnages importants. Il avait retenu un sourire devant cette maladresse causée, croyait-il, par l'attirance qu'elle éprouvait envers lui. Il y était habitué.

L'assurance qu'il affichait contrastait avec la maladresse de Rose. Il lui avait raconté avoir fait son service militaire avant de suivre une formation d'aviateur afin de pouvoir rejoindre l'armée de l'air qui, croyait-il, correspondait mieux à son goût du risque et de l'aventure.

— Pour être accepté à l'école de tir, il faut aussi avoir une bonne santé et une bonne réputation, avait-il précisé.

Les paroles de son amie Lili avaient ressurgi à la mémoire de Rose: *Gratien n'est qu'un coureur de jupons.*

— On est chanceux d'avoir une formation de mitrailleur aérien dans notre région, avait-il ajouté.

Elle avait oublié ce qu'il lui avait dit ensuite, mais se maudissait de n'avoir rien trouvé d'intelligent à lui répondre. Elle bafouillait d'autant plus fréquemment en sa présence qu'il la troublait profondément. Il le voyait bien. Profitant de la situation, il l'avait rejointe à la fin de la soirée et dehors, sous un ciel sans étoiles, ils avaient parlé un bon moment. Elle riait à chacune de ses phrases, plutôt banales, et se maudissait d'être aussi stupide. Une clope au bec, il lui avait récité un poème avant de l'embrasser, éveillant en elle des sensations grisantes qu'elle ne soupçonnait pas avant. Il l'excitait tellement. Même son haleine qui sentait le tabac l'émoustillait.

Lili, avec qui elle devait retourner à la maison, était disparue avec son amoureux. Gratien l'avait donc reconduite à pied. De l'école de tir jusqu'à sa maison faisant face au fleuve, il fallait marcher une trentaine de minutes d'un bon pas. Ils s'étaient si souvent arrêtés pour s'embrasser que le trajet leur avait demandé deux heures.

Ce soir-là, en se déshabillant avant de se mettre au lit, elle avait remarqué que de grandes coulisses noires marquaient ses jambes. À cause de la guerre, il était impossible de s'acheter des bas, presque toute la soie étant utilisée pour la confection de parachutes. Rose faisait donc comme plusieurs de ses amies: pour créer l'illusion qu'elle en portait, elle enduisait ses jambes de lotion et dessinait ensuite sur ses mollets une ligne bien droite avec le crayon à sourcils de sa mère. Le résultat était parfait, mais Bérangère l'avait mise en garde :

— S'il neige, ça tiendra pas et t'auras l'air sale. En plus, tu te coucheras sans penser à te laver les jambes et demain matin, les draps seront tachés.

Rose ne l'avait pas écoutée et la prédiction de sa mère s'était réalisée : la neige mouillée de ce soir de décembre avait tant et si bien détruit son œuvre que son mollet bariolé donnait l'impression qu'elle avait couru dans la boue.

Elle s'était souvent demandé ensuite si Gratien avait vu ses mollets noircis. Mais le fait qu'il s'était écoulé deux mois depuis cette soirée et qu'il n'y avait jamais fait allusion la rassurait.

Le voir chaque jour aidait Rose à supporter son travail. Plus le temps passait, plus elle détestait l'école de tir, sauf les rares moments où elle travaillait à la bibliothèque. Être entourée de livres l'avait toujours rendue heureuse.

Les clignotements de sa lampe de poche dont la batterie commence à faiblir la sortent de sa rêverie. Heureusement, Luna et elle ne sont qu'à quelques pas de la maison. L'un des deux avions jaunes qui surgissent soudain à sa gauche fait du rase-mottes au-dessus de sa tête et remonte à toute vitesse se placer derrière l'autre appareil. Elle ne serait pas étonnée que ce soit Gratien qui l'ait aperçue et la salue à sa façon. Il veut sans doute qu'elle voie qu'il ne rate pas la cible accrochée à l'avion qui se dirige vers la pointe aux Cenelles[3], à moins

3 710, route de la Mer, près de la poissonnerie et du Centre d'art Chouin'art. http://poissonneriechouinart.com/centre-dart.html

qu'il veuille tirer sur la boule fixée sur l'un des rochers près de la tour de guet.

Qu'importe ! Cela ne change rien au fait qu'elle déteste la proximité des avions. Plus encore, elle en a peur depuis toujours. Une terreur dont elle ignore l'origine. Enfant, elle se mettait à courir dès qu'elle en entendait un. Sa sœur Dorothée se moquait de la voir revenir si vite à travers champs en hurlant, tombant mille fois, s'écorchant les genoux au point où ils étaient presque constamment recouverts de croûtes galeuses. *Une vraie lépreuse,* ricanait-elle.

Bérangère, elle, la comprend d'autant mieux qu'elle a gardé de son travail à l'usine, lorsqu'elle était jeune fille, une crainte irraisonnée du tapage. *Le bruit des machines enflait tellement que je craignais qu'elles n'explosent, je travaillais toujours la trouille au ventre,* lui avait-elle dit un jour où elle mettait les mains sur ses oreilles pour ne plus entendre les avions au-dessus de leur maison.

En tout cas, il n'est pas question que Rose révèle à Gratien sa peur des avions. Elle ne ferait pas le poids auprès des aviatrices dont elle l'a entendu vanter le courage. Elle tient à ce garçon qui met un peu de piquant dans sa vie, si morne autrement.

4

Paris, février 1944

Kalinda n'aime guère l'endroit où elle vit désormais. La cage d'escalier qui sent le moisi lui donne la nausée et les marches font un bruit sinistre à chacun de ses pas. La peinture craquelée sur les murs la déprime, contrairement à sa petite sœur Naomie qui aime enlever les grands morceaux déjà écaillés. Elle voit ensuite des formes sur le mur qu'elle est bien la seule à discerner. Personne cependant n'a le cœur de la contredire. Une enfant de quatre ans qui n'a plus ni crayons à colorier ni papier pour dessiner ne doit pas être démentie lorsque son imagination éclaire ses journées devenues trop sombres.

Près de leur porte, quelqu'un a dessiné un symbole nazi : un immense soleil noir entouré de douze rayons. Kalinda pose son doigt sur le graffiti dont la peinture n'est pas encore sèche, et l'essuie ensuite machinalement sur le mur, faisant une traînée noire sous l'un des rayons. Ce dessin lui semble un mauvais augure.

Sa main tremble lorsqu'elle met la clé dans la serrure de leur appartement. La porte s'ouvre en grinçant. Elle n'enlève pas son manteau : le charbon étant rationné, l'appartement est glacial. Elle s'avance dans le couloir et entend des voix qui lui parviennent de la cuisine. Toute la famille est assise autour de la table au centre de laquelle trône le chandelier juif à sept branches de ses grands-parents Cohen. Les jumelles Iris et Donna montrent leur trésor à leurs parents.

— J'ai donné mon dernier crayon contre ça, dit Donna en tendant un morceau de savon à peine plus gros que le pouce.

— Écrire importe plus que sentir bon, ma fille, lance le père d'une voix impatiente.

Kalinda songe que cette remarque n'a aucun sens parce que, de toute façon, ils n'ont pas de papier. Elle se retient cependant de riposter. Ariel Cohen est souvent de mauvaise humeur depuis des mois. Lorsque Kalinda est sortie ce matin, il se plaignait encore parce qu'il n'avait pas de café. Elle en a marre de l'entendre rouspéter chaque jour comme s'il en manquait depuis hier, alors qu'il leur est interdit depuis des années. La réaction d'Inge est toujours la même. Elle regarde son mari sans rien dire, caresse son bras et réussit même à lui arracher un sourire. Ils s'aiment tellement ces deux-là. Un amour que les années n'ont pas étiolé comme une plante maladive. Elle sait que ce n'est pas tant le café qui a transformé petit à petit l'homme doux et joyeux qu'elle a épousé en époux parfois grognon et nerveux. La mort de tous les membres de sa famille tués par des nazis l'a aigri. Mais depuis quelques semaines, autre chose le taraude. Une autre chose dont ils ne parlent que lorsque leurs quatre filles sont endormies.

— Ne sois pas trop sévère avec elles, chuchote Inge. Les enfants souffrent beaucoup de tout ce qui se passe depuis le début de la guerre, ne l'oublions pas.

Kalinda sait à quoi pense sa mère : elles se comprennent souvent sans se parler. Récemment, l'enfant de leur voisin, une fillette de neuf ans, s'est jetée par la fenêtre. Des suicides, il y en a de plus en plus dans Paris. Parfois, des familles entières se donnent la mort pour échapper aux rafles des nazis et de la police française.

Kalinda aurait envie de lancer à son père qu'ils vivent tous sous l'emprise de la peur et de la tristesse. Comme si elle pressentait qu'une dispute pouvait éclater entre Ariel et sa fille aînée, Inge demande doucement à celle-ci de nettoyer les dégâts de Ti-coco.

Ti-coco, c'est le chat qu'ils ont recueilli et qu'ils tentent tant bien que mal de maintenir en vie bien qu'ils aient eux-mêmes à peine de quoi survivre et qu'il soit interdit aux Juifs de posséder un animal. Si les nazis le trouvaient, ils le tortureraient devant eux. Une méchanceté parmi tant d'autres.

Le chat s'approche de Kalinda et se frotte sur ses jambes. Elle aime cette douceur sur sa peau. Il dort près d'elle chaque nuit et porte ses rêves. Quand elle le caresse, elle ne sent que ses os, mais il a un cœur gros comme le monde, et sa maigreur ne l'empêche pas de ronronner et de la réconforter. Et puis, il est un grand comique. On dirait certains jours qu'il se prend pour un chien. Il leur vole leurs bas et court se cacher derrière le fauteuil d'Ariel, qui fait semblant de ne rien voir.

Kalinda sort la pomme de sa poche.

— Merci, ma fille, dit son père en s'efforçant de sourire avant de couper le fruit et de distribuer les parties à ses filles.

— Mange, sinon tu grandiras pas, dit Noémie à Ti-coco en lui donnant un petit morceau qu'il repousse avec sa patte avant de sauter sur le plancher et de courir se cacher.

— Il t'en fait cadeau, invente Kalinda pour la consoler.

Noémie sourit. Afin de ne pas accabler leurs parents, aucune ne se plaint de sa maigre pitance. Au contraire, les jumelles, qui ne ratent jamais une occasion de rigoler, agissent comme les grandes dames à l'heure du thé. Elles savent que les pitreries les plus insignifiantes peuvent éloigner l'angoisse.

— Goûtez-moi ce gâteau, ma chère.

— Oh, il est délicieux ! Il faudra que vous donniez la recette à ma servante.

Toute la famille s'esclaffe. Ariel plus fort que les autres. Si fort que cela sonne faux, d'autant plus que le pli sur son front trahit son inquiétude.

Ariel a longtemps fait partie d'organisations clandestines juives qui distribuaient des repas aux Juifs ou des faux tickets, mais depuis quelque temps, la nourriture est presque devenue impossible à trouver. Il se sent d'autant plus coupable de ne pouvoir nourrir sa famille qu'il n'a pas écouté Inge qui, au début de la guerre, le suppliait de fuir Paris. Ariel s'était montré confiant et avait laissé passer les occasions de filer. Il croyait que se soumettre aux lois et aux ordonnances allemandes leur permettrait d'éviter le pire. D'autant plus que plusieurs Juifs partis sur les routes s'étaient fait canarder. Mais la vie est vite devenue intenable à Paris, les rafles de la police française étant de plus en plus imprévisibles.

Ils ne savent d'ailleurs plus à qui se fier. Comment reconnaître le visage de l'ennemi ? Des policiers avec qui les Parisiens avaient noué de bonnes relations, soudain, ne les reconnaissent plus. Des Français que l'on considérait jadis comme des amis se moquent désormais en les pointant du doigt. Ceux qui étaient auparavant de bons voisins envoyaient des lettres de délation aux autorités. On s'en prenait même aux plus vulnérables. Des Juifs expulsés de l'hôpital étaient tués dans la rue d'une balle dans la tête, des personnes handicapées ou souffrant de maladies mentales étaient exterminées. Un évêque avait pris publiquement la défense de ces derniers, mais quand Ariel lui avait écrit pour lui demander de défendre aussi les Juifs et les Tziganes, il n'avait pas daigné répondre. Plusieurs prêtres étaient d'ailleurs antisémites.

Comme chaque soir, les Cohen se couchent très tôt. Il fait plus chaud sous les couvertures. Leur appartement étant minuscule, ils dorment dans la même chambre, sur des matelas étendus par terre, serrés les uns contre les autres.

Dormir aide à passer le temps : ils n'ont rien à faire le soir. Rien à lire, rien à voir, rien à entendre. Il y a longtemps qu'ils n'ont pas tenu un livre. Ceux des bibliothèques ont été envoyés à Berlin par les Allemands. Longtemps aussi qu'ils n'ont pas assisté à un spectacle, interdit aux Juifs, tant dans la salle que sur scène. Mais plus que les livres, plus que les spectacles, c'est son piano qui manque à Kalinda. Il y a quelques années, quand ils ont emménagé dans la belle grande maison que ses parents avaient achetée, ils avaient eu la surprise d'y trouver un piano que le propriétaire avait été contraint d'abandonner dans une pièce : il y était bloqué à cause des rénovations qui y avaient été faites. Impossible de le sortir sans défaire un mur. Le propriétaire y avait donc renoncé. Quand Kalinda avait vu cet instrument, ça avait été un coup de foudre. Le mot n'est pas trop fort. Bien des gens ne ressentent jamais pareille émotion amoureuse envers un être humain. Kalinda avait appris à lire les notes en un temps record. Par la suite, il lui suffisait d'entendre une musique pour la jouer. Devoir abandonner son piano avait été sa première peine d'amour. Mais cela, elle ne le confiait à personne, de peur d'être ridiculisée. Souvent, elle imagine une musique et se met à chanter. Les jumelles, contrairement à leur habitude, ne se moquent pas et l'écoutent, un peu envieuses: elles aimeraient avoir la voix magnifique de leur sœur.

Après avoir rigolé un moment sous les couvertures, Iris et Donna ronflent maintenant à qui mieux mieux. Kalinda repousse doucement les cheveux de Naomie qui chatouillent son cou à chaque respiration de la fillette qui ne s'endort jamais autrement que collée contre elle.

Ti-coco, couché sur le ventre de la petite, ronronne sans relâche. Kalinda garde les yeux ouverts, espérant saisir les bribes de conversation de ses parents qui chuchotent à l'autre bout de la pièce. Elle sent qu'il se trame quelque chose. Elle parvient à entendre quelques mots: son père vient de s'engager à aller dans le sud de la France avec d'autres hommes faisant partie de la Résistance:

— Nous saboterons des trains transportant des armes pour les Allemands, confie-t-il tout bas à Inge.

Il est fier de sa décision qui, croit-il, fera honneur à son prénom qui signifie Lion de Dieu: un ange chargé d'une mission de paix.

— J'ai des faux papiers pour les filles et toi. Ce matin, j'ai parlé à un homme. Tu te souviens sans doute de lui, c'est Arsène Boucheron, un Français que j'ai un jour sorti d'un mauvais pas. Il est débrouillard, a beaucoup de contacts et est très estimé dans son milieu. Récemment, je l'ai entendu parler des Juifs, de qui il fallait être solidaires. Tout le monde était suspendu à ses lèvres tant son discours était touchant. On peut lui faire confiance. Il te conduira avec nos filles dans ta famille. Je ne partirai pas avec vous.

— Non, pas question. J'ai…

— Chut, laisse-moi faire! tranche Ariel. J'ai trop tardé à agir.

— Arrête de te torturer avec ça. Les regrets ne servent à rien.

— Dans deux jours, Boucheron vous conduira chez tes parents, à Biedenkopf. En possession des fausses cartes d'identité que je vous donnerai, vous y serez en sécurité. Il faut partir au plus vite. Tu as vu le symbole nazi dessiné près de notre porte ? J'ai le sentiment qu'il présage une nouvelle rafle.

Inge réfléchit. Elle pense notamment à sa mère qui, dans ses lettres, répétait que cette ville paisible d'Allemagne était plus sécuritaire que Paris.

N'étant pas certain de l'avoir convaincue, Ariel ajoute :

— Jusqu'ici, nous avons échappé aux razzias grâce à notre ami dont le fils policier savait quand elles surviendraient, mais il est mort maintenant, je ne peux plus compter sur lui. Je vous rejoindrai quand j'aurai terminé ma mission, ne t'en fais pas.

Ariel parle de plus en plus bas. Kalinda a beau tendre l'oreille, elle n'entend plus rien. Elle voudrait se glisser auprès d'eux et les questionner, mais Naomie se réveillerait aussitôt. De toute façon, ce serait inutile. Ils cachent toujours tout à leurs filles. Pour ses sœurs, elle peut comprendre, elles sont encore jeunes, mais elle a dix-sept ans et se sent si vieille depuis le début de cette guerre.

Ses pensées se tournent vers sa famille tzigane qu'elle aime beaucoup, en partie parce que tous ses membres sont des musiciens et que l'un d'eux, Nanosh, est amoureux d'elle. Elle a hâte de le revoir.

5

Sainte-Flavie, 26 février 1944

En ouvrant la porte du bureau de poste, Rose a le sentiment de mettre un pied en enfer. Une femme, à genoux, le dos courbé, sanglote dans un coin. Auprès d'elle, quelqu'un essaie de la réconforter. Gloria, la maîtresse de poste, une vieille dame maigrichonne et petite, quitte aussitôt son comptoir et vient vers Rose, les yeux mouillés de larmes. Elle est tellement bouleversée et son besoin de se vider le cœur est si grand qu'elle se confie à Rose qui, pourtant, il n'y a pas si longtemps, n'était encore qu'une enfant :

— Je n'en peux plus de recevoir des mères, des épouses, des amoureuses ou des sœurs qui attendent des lettres des hommes partis à la guerre. Tu vois cette femme ? demande-t-elle tout bas en faisant un signe vers la femme endeuillée.

— Oui, qu'est-ce qu'il lui arrive ? répond Rose qui devine pourtant la cause de son malheur.

— L'automne dernier, elle a reçu un télégramme annonçant la mort de son fils. Ensuite, deux militaires sont venus lui remettre une médaille. Elle les a mis à la porte et a couru la jeter à la mer, hurlant devant les vagues déchaînées, autant de colère que de douleur. Elle ne veut pas croire que son enfant a servi de chair à canon. Elle vient ici chaque matin avec l'espoir de recevoir une lettre de lui.

— Pauvre femme, dit Rose, touchée par l'immense peine qu'elle affiche sans pudeur.

— Chaque fois, c'est la même chose, ajoute Gloria en chuchotant. Elle entre, me regarde avec des yeux… des yeux… je ne sais pas comment te les décrire. Il y a tant de souffrance dans ce regard. Tant d'espoir aussi. Je me sens cruelle de lui dire la vérité. Que j'ai pas de lettres pour elle. Pas de lettre de son fils qu'elle attend toujours. Alors, elle s'effondre et pleure, assise par terre, indifférente au malaise de mes autres clients. Il y a même parfois des sans-cœurs qui se permettent des remarques désobligeantes. J'ai beau l'aider à se relever, elle se laisse de nouveau glisser sur le sol. On dirait une vraie poupée de chiffon. Il y a juste sa belle-sœur, celle que tu vois près d'elle, qui réussit à la convaincre de rentrer à la maison.

— C'est terrible, souffle Rose en jetant de nouveau un coup d'œil à la femme qui, à l'instant, se prend la tête entre les mains. Sa détresse est si poignante qu'il est difficile d'imaginer qu'elle puisse se remettre d'une telle tragédie.

— Il y a tant de larmes versées ici, ajoute encore Gloria, habituellement peu volubile. Le bureau de poste est rempli du désespoir de tous ces gens ayant perdu un être cher à la guerre. Des fois, j'ai envie de démissionner, confie-t-elle tout bas d'une voix angoissée, comme si elle se parlait à elle-même.

Rose pose sa main sur l'épaule de cette femme beaucoup plus âgée qu'elle, mais qui lui semble à cet instant aussi fragile et vulnérable qu'un enfant ou un chien abandonné.

— Excuse-moi, dit Gloria en se ressaisissant. J'ai une lettre pour ta mère et toi, mais pas du soldat avec qui tu corresponds.

Rose la suit jusqu'au comptoir en évitant de regarder la mère éprouvée qu'elle se sent impuissante à réconforter d'une quelconque façon.

— Voilà, dit Gloria en lui tendant l'enveloppe.

Rose reconnaît l'écriture de sa sœur Dorothée, dont la calligraphie haute et penchée vers la droite révèle sa détermination à regarder vers l'avenir sans se préoccuper du passé. Du moins, c'est ainsi que sa tante Marie-Ange, qui s'intéresse à tout ce qui s'apparente à l'ésotérisme, dont la graphologie, l'a interprétée.

Rose fourre l'enveloppe dans sa poche, remercie et sort. Elle espère que cette fois-ci, Dorothée aura écrit quelques mots tendres pour consoler sa mère. Chaque mois, elle se contente d'envoyer une grande partie de sa paie sans écrire une seule phrase. Sur les vingt-cinq dollars qu'elle gagnait pour ses quarante heures de travail par semaine, elle en donnait quinze à ses parents. Onésime l'avait bien avertie : si elle ne le faisait pas, il demanderait à la contremaîtresse de retirer ce montant sur sa paie et de le lui envoyer. Dorothée, d'une nature rebelle, se soumettait uniquement pour éviter cette humiliation.

Il n'y a pas plus différentes que les deux sœurs. Personne n'impressionnait Dorothée qui disait sa façon de penser sans détour et oubliait aussitôt qu'elle avait pu blesser quelqu'un. Rose, elle, se sentait toujours fautive et s'excusait, même quand les autres avaient tort. Elle avait toujours été mal à l'aise en société, préférant nettement rencontrer une personne à la fois, ce qui se résumait à Lili, sa tante et son oncle, ainsi qu'Henri. Ce jeune homme venait si souvent aider Onésime sur la ferme durant son adolescence qu'il était devenu un ami de la famille. Rose le considérait comme un frère. Et il y avait Gratien, bien sûr, mais lui, c'était autre chose. Une attirance la liait à lui. Le genre d'attirance que les curés dénoncent en chaire. Il lui arrivait d'ailleurs souvent de craindre de mourir en état de péché mortel à cause des pensées que cet aviateur suscitait dans son esprit et des sensations qu'il savait habilement éveiller dans son corps. L'enfer lui faisait peur. Terriblement. Elle en faisait des cauchemars.

N'ayant jamais connu la légèreté coutumière des enfants, elle tirait des livres sa seule consolation de ce mal-être qu'elle ressentait depuis toujours. Elle les aimait tant qu'elle savait lire et écrire lorsqu'elle avait commencé l'école. La maîtresse l'avait alors placée avec les élèves de deuxième année. Bérangère en était si fière qu'elle sortait de sa réserve habituelle pour en parler le dimanche sur le perron de l'église. Dorothée en crevait d'envie et répétait que lire était une perte de temps. Sa jalousie la rendait méchante envers sa sœur, qu'elle traitait comme une servante. Pourtant, malgré cela, Rose, à qui le ressentiment est étranger, aimerait parfois lui ressembler : être plus déterminée, plus insoumise, plus sûre d'elle, plus combative, mais elle a hérité à la fois de la timidité, de la maladresse, de la grande sensibilité et de la douceur de sa mère. Ces traits de personnalité l'amènent trop souvent à laisser les autres décider pour elle. *Tu es bien trop timorée,* lui disait Dorothée. *Tu ne feras rien de bon de ta vie !*

À l'instant, elle imagine ce qu'elle ferait si elle ressemblait à sa sœur : elle marcherait à grandes enjambées, regardant droit dans les yeux les autres passants, les dévisageant même, le nez frémissant, prête à goûter à tout ce que la vie peut offrir. Gourmande et sûre d'elle. *Un jour, je serai riche,* avait dit Dorothée. La précarité matérielle, elle ne voulait pas connaître ça toute sa vie. Rose se disait parfois que l'immensité du fleuve qu'elles avaient devant les yeux depuis l'enfance avait donné à son aînée des idées de grandeur.

Bien que rien ne laissât présager que les rêves de Dorothée deviendraient réalité, Rose n'en doutait pas un instant et enviait d'autant plus la confiance que sa sœur avait dans la vie qu'elle-même ne savait pas où était sa place, ni même s'il y avait véritablement une place pour elle en ce monde. N'était-elle destinée qu'à servir, sans joie, les gens de la race de Dorothée que les pères n'ont jamais réussi à mater ?

Perdue dans ses pensées, le klaxon d'une auto la fait sursauter.

— Monte, dit Gratien avec son sourire enjôleur, après avoir baissé la vitre de sa portière.

— Non merci, répond brusquement Rose. Elle est en froid avec lui depuis qu'elle l'a vue flirter avec une aviatrice de l'école. Elle presse le pas. La maison de sa tante Marie-Ange n'est plus bien loin. Elle décide qu'elle s'y arrêtera.

— Allez, monte. On va faire un tour.

— Avec le rationnement d'essence, tu ferais mieux de ménager. Laisse-moi tranquille, jette Rose.

— Tu viendras à la danse de mercredi à l'école ?

— Non, réplique-t-elle sèchement bien qu'elle en meure d'envie.

Il s'efforce de sourire même s'il bouille en dedans. Il n'a pas l'habitude qu'on le traite de la sorte.

— C'est le sermon du curé qui te retient ? J'te savais pas si prude ! lance-t-il.

Elle fait celle qui n'a rien entendu. N'aimant pas la défaite, il insiste.

— Samedi d'abord ?

— Non.

— Allez, viens, monte ! Mais qu'est-ce qui te prend ?

— Laisse-moi tranquille, j'te dis. Je vais chez ma tante.

Atteint dans son orgueil, Gratien repart en faisant crisser les pneus de sa voiture, convaincu qu'il viendra à bout de sa résistance, habitué que les filles se jettent dans ses bras. Rose, fière pour la première fois de sa vie d'avoir tenu tête à quelqu'un, se dirige vers la maison de sa tante, le sourire aux lèvres. *Tu serais fière de moi, ma sœur,* se dit-elle en pensant à Dorothée.

6

Paris, 26 février 1944

L'heure entre chien et loup, quand la nuit met doucement en scène ses pourpres et ses ombres, est la préférée de Kalinda. Le front appuyé à la fenêtre, elle regarde les passants qui marchent dans la rue, enviant leur liberté qu'ils n'ont pas méritée plus qu'elle. Personne ne mérite d'être né Juif, Allemand ou Français, pas plus qu'il n'en a d'être beau ou laid, handicapé ou non. Elle se tourne vers sa mère qui s'active dans la cuisine. Elles viennent de découdre les étoiles jaunes sur tous leurs vêtements. Kalinda pense à Delphine, une Française devenue sa meilleure amie: elle en avait mis une autour du cou de son chien. Elle l'avait fait autant par signe de solidarité envers Kalinda que pour narguer les Allemands, nombreux dans Paris. Elle savait pourtant qu'elle risquait ainsi d'être conduite au commissariat.

Des pas dans l'escalier. Tous les yeux sont rivés vers la porte. Toujours cette crainte des rafles, omniprésente. Elles retiennent leur souffle jusqu'à ce qu'Ariel entre, la mine inquiète. Sans un regard pour ses filles, il fait aussitôt signe à Inge de le suivre dans la chambre.

— J'ai trop tardé à agir et je t'en demande pardon encore une fois, dit-il en passant son bras autour de l'épaule de sa femme avant d'embrasser doucement ses cheveux. Je vous ai mises en danger à cause de mon trop-plein d'optimisme.

Les choses ne s'arrangent pas comme je l'avais souhaité. Au contraire, le commando de Brunner a même fait appel à des spécialistes du faciès pour repérer les Juifs qui n'affichent pas l'étoile jaune. Il est clair maintenant qu'ils veulent tous nous exterminer.

— Exterminer, qu'est-ce que ça veut dire? demande Naomie qui, avec ses sœurs, s'est approchée et a tout entendu.

Ses parents la regardent, silencieux.

— Qu'est-ce que ça veut dire? répète Naomie en serrant sa petite couverture contre elle. Personne ne lui répond. Comment expliquer à une enfant de quatre ans que des humains décident d'en éliminer d'autres parce qu'ils les jugent inférieurs à eux?

— Répondez, s'impatiente la petite.

— Cela veut dire qu'ils veulent nous arroser, et tu sais que papa n'aimait pas ça quand nous lui lancions de l'eau dans le visage quand on se baignait dans un lac, dit Kalinda en lui faisant un clin d'œil.

Naomie rigole. Elle adorait arroser son père qui, ensuite, courait derrière elle pour l'attraper et la chatouiller.

— Oui, et si tu ne me laisses pas parler, je vais encore te chatouiller, menace gentiment celui-ci.

La petite se cache derrière sa mère en riant.

— À partir de maintenant, vous devez oublier vos origines juives et tziganes, dit ensuite Ariel. Vous êtes des Allemandes et tous vos ancêtres le sont. Désormais, vous vous appelez Jung. C'est le nom qui est écrit sur ces papiers d'identité, ajoute-t-il en les leur tendant.

Naomie s'esclaffe et répète le nom Jung à sa manière enfantine: Yougne! Yougne! Elle sautille en gloussant, le nez dans sa petite couverture. Un élan de tendresse pousse Kalinda à la prendre dans ses bras. Naomie rigole de plus belle. Personne n'a le cœur à rire, mais ils s'y efforcent pour ne pas trop l'inquiéter.

— Si par malheur les Allemands découvrent que ce sont des faux papiers et vous envoient dans un camp de travail, ne dites pas que vous êtes aussi à moitié tziganes. Aux yeux des nazis, les Zigeuners[4] sont dans la catégorie la plus basse des sous-hommes.

Ariel regarde Kalinda, pose sa main sur la sienne et dit :

— Ce sera plus difficile pour toi. Tu es la seule de mes filles à avoir hérité de la peau plus foncée des Tziganes.

— Ne t'en fais pas pour moi, papa. Personne ne m'en fait jamais la remarque, ment Kalinda en souriant pour masquer sa peur.

Ariel marque une pause, se racle la gorge et d'une voix sourde ajoute :

— Il est temps de partir. L'homme qui vous conduira attend en bas.

Il refoule ses larmes. Toutes, elles s'approchent de lui, le cœur gros. Après les avoir embrassées et serrées longuement dans ses bras, il trouve la force de les repousser.

— Allez, ne prolongeons pas ce moment.

Chacune souhaite le revoir, sinon bientôt, du moins un jour, ce qui, en ces temps sombres, est loin d'être certain. Leurs petites valises de carton bouilli, toujours prêtes au cas où elles devraient partir très vite si on les informait qu'une rafle se prépare, pèsent moins lourd que leur cœur.

Arsène Boucheron n'a pas le physique d'un sauveur tel que Kalinda se l'était imaginé. Chauve, bedonnant, il avance à l'aide d'une canne. Ses sourcils épais et broussailleux font comme un point d'exclamation devant ses yeux bleu délavé.

---

4 Tziganes.

Avec ses lèvres minces, sa barbe et sa moustache blanches, il ressemble plutôt à un bon grand-père sur qui de petits enfants viennent s'asseoir afin qu'il leur raconte une histoire. Son assurance tranquille rassure les Cohen. Il accepte même qu'elles emmènent Ti-coco. Naomie applaudit et prend le minou dans ses bras en lui murmurant à l'oreille qu'elle ne l'abandonnera pas.

— Je m'en occupe, lance-t-elle fièrement.

Les jumelles s'assoient auprès de Boucheron dans le camion semblable à ceux qui transportent des animaux. Kalinda prend place sur le siège arrière avec sa mère et sa petite sœur. Les mots joyeux chantés par Charles Trenet qui parviennent de la radio que Boucheron vient d'ouvrir lui semblent déplacés: *Y'a d'la joie. Bonjour bonjour les hirondelles. Y'a d'la joie. Dans le ciel par-dessus le toit. Y'a d'la joie.* Il n'y a que les jumelles pour fredonner gaiement.

— Je dois m'arrêter à quelques endroits en cours de route pour prendre d'autres Juifs, indique Boucheron d'une voix que Kalinda qualifie intérieurement de sage et profonde, bien qu'elle soit traînante. Mais d'abord, je vais à l'Alcazar.

Kalinda et Inge se regardent, inquiètes: l'Alcazar est un cabaret dont les spectacles sont réservés aux nazis. Aussi bien aller se jeter dans la gueule du loup.

— Ne vous en faites pas. Les Allemands me connaissent. Il ne vous arrivera rien, les rassure Boucheron.

Si Inge avait, à cet instant, écouté son cœur, elle aurait ordonné à ses filles de descendre. Mais elle se raisonne: Ariel a sûrement de bonnes raisons de faire confiance à cet homme. Elle ne peut cependant pas s'empêcher de penser au rêve de la nuit précédente qui la mettait en garde. Elle a vu en grosses lettres le mot *armaya* qui, pour les Tziganes, regroupe toutes les formes de malédiction. Pour eux, les rêves ne sont pas à prendre à la légère : ils orientent leur existence, s'ils savent les écouter.

Lorsque le camion s'arrête à quelques pas de l'Alcazar, Kalinda croit halluciner. Delphine, sa meilleure amie, celle-là même qui, il y a quelques mois, mettait l'étoile jaune autour du cou de son chien pour lui prouver sa solidarité, s'approche au bras d'un Allemand.

— Regarde ! s'exclame Inge en la pointant du doigt.

— Je reviens tout de suite, répond Boucheron en descendant péniblement du camion.

Kalinda fixe Delphine qui entre dans le bar sans l'avoir vue. Le choc est aussi grand pour elle qu'il le serait pour une femme éperdument amoureuse découvrant tout à coup que son amant est infidèle. Cette peine d'amitié qui vient de faire son nid dans son cœur est d'ailleurs aussi douloureuse, peut-être plus même, qu'une peine d'amour.

Après le retour de Boucheron, ils roulent depuis quelques minutes lorsqu'il s'arrête encore avant de donner un léger coup de klaxon. Une dizaine de personnes sortent d'une ruelle. Boucheron leur fait signe de monter dans la boîte du camion. Elles y sautent rapidement. Elles auront froid, en plein vent, par cette température glaciale. Cela leur importe peu : eux aussi sortent enfin de Paris avec l'espoir, chevillé à l'âme, d'échapper une fois pour toutes aux rafles.

7

Sainte-Flavie, 26 février 1944

Rose se love dans les bras de sa tante Marie-Ange qui vient de lui ouvrir sa porte. Elle aime cette femme bonne, affable et d'humeur joyeuse, qui est tout le contraire de son frère Onésime. Enfant, elle souhaitait que son père meure pour qu'elle vienne vivre chez Marie-Ange avec sa sœur et sa mère. À son anniversaire, elle aurait pu elle aussi recevoir ses copines de classe dont les parents leur interdisaient de mettre les pieds chez elle. Leurs voisins se contentaient, au hasard des rencontres, de les saluer poliment, sans plus. Même s'ils n'imaginaient pas tout ce qu'Onésime leur faisait subir, son sale caractère les tenait à distance. Il n'y a que la présence de Lili qu'Onésime tolère à la maison, sans doute parce qu'il a parfois besoin des services de son père, le notaire du village. La seule parenté que Rose connaît est sa tante Marie-Ange et son oncle Tancrède, les autres sont morts ou vivent elle ne sait où au Canada et même aux États-Unis.

— Comme je suis heureuse de te voir, ma belle Rose, dit Marie-Ange. Luna est pas avec toé ? s'étonne-t-elle, habituée à voir la chienne suivre sa nièce comme si un fil invisible les liait.

— Non, elle *file* pas ces jours-ci.

— Inquiète-toé pas, c'est peut-être juste parce qu'a commence à se faire vieille.

Sa chienne, vieille ! Rose y est tellement attachée qu'elle préfère ne pas y penser.

La maison sent bon, et les odeurs de vanille et de bois contrastent avec les émanations de carburant qui, dehors, proviennent des avions. L'endroit est chaleureux. Les murs sont témoins de l'amour d'un couple uni dont les liens n'ont pas été brisés par la mort de sa fille unique de sept ans, heurtée par une voiture devant la maison. Marie-Ange avait tout vu. Percluse de douleur, elle avait enlacé le corps de son enfant en hurlant si fort que tous les voisins étaient accourus. Des années suivant le drame, elle éclatait encore en sanglots au milieu d'une conversation et disait, à travers ses larmes, *Je voudrais juste la prendre dans mes bras une dernière fois. La serrer très fort et lui dire que je l'aime.*

— Viens, j'ai quelque chose à t'montrer, mais je vais d'abord te servir un café.

Un café ! Un luxe inouï en ces temps de rationnement. Une grande partie du café et du thé, ainsi que le beurre, la viande, le saumon et les produits laitiers, sont envoyés outre-mer pour soutenir l'armée. Un sourire complice éclaire le visage de Rose, qui adore cette boisson. Elle ne se fait pas prier pour suivre sa tante dans la cuisine et jette un regard sur les différents accessoires divinatoires assemblés sur une tablette du buffet-vaisselier. Elle a presque envie de demander à sa tante de la tirer au tarot, mais y renonce. Une autre fois. Aujourd'hui, elle est trop fatiguée.

— Tiens, ça va te réchauffer, dit Marie-Ange en déposant la tasse devant sa nièce avant de s'asseoir auprès d'elle avec un journal.

En première page du *Soleil* apparaît Dorothée, souriante parmi un groupe de travailleuses de l'Arsenal de Québec. Bien qu'elles affichent toutes un air heureux, les cernes sous leurs yeux trahissent leur fatigue. N'empêche ! Rose les envie. Elle aimerait vivre à Québec, dont Henri lui a souvent parlé. *Tu adorerais,* lui a-t-il dit. *Particulièrement le Vieux-Québec, dont les rues sont chargées d'histoire.*

— C'est ma sœur ! s'exclame-t-elle, étonnée.

Marie-Ange ouvre le journal et ajoute :

— Regarde. Sur cette photo datant de septembre dernier, on voit le magnifique Château Frontenac derrière elle.

Rose lit la légende : *Lorsque la contremaîtresse leur accorde plus d'une demi-heure de dîner, elles vont, les belles journées d'été, manger sur les Plaines d'Abraham ou sur la terrasse Dufferin.*

Tout en buvant son café, Rose regarde une autre photo montrant les nouvelles casernes de la côte du Palais où travaille sa sœur. Le gros chat jaune de sa marraine saute sur la table et marche sur le journal, requérant toute l'attention de la jeune fille en frottant sa tête contre son menton. Rose le prend dans ses bras et le caresse tout en continuant sa lecture, mais il saute encore sur la gazette qu'il lacère avec ses griffes.

— J'te laisse le journal avant qu'il le déchiquette complètement, dit Marie-Ange en riant.

— Merci beaucoup. Maman sera contente, répond Rose avant de prendre sa dernière gorgée.

— Tiens, j'ai mis du café pour ta mère dans ce thermos, l'informe sa tante en essuyant le bord du couvercle d'où glissent quelques gouttes.

— Je ne peux accepter, c'est trop généreux. Chaque famille a peu de coupons de rationnement.

— Tu sais bien qu'il y a un marché noir chez certains commerçants. Ils nous le vendent à gros prix, mais on est prêts à payer. Pas question de s'en priver.

— Maman y fera honneur. Telle que je la connais, elle dégustera chaque goutte. Bon, j'y vais, ajoute Rose en se levant. J'ai hâte de montrer ce journal à maman.

— As-tu vu le nouveau petit vicaire? demande Marie-Ange en la regardant enfiler ses bottes. Il a encore la couche aux fesses et est entré en religion pour éviter d'aller à la guerre. Il n'est pas fait pour la prêtrise! Il passe son temps à courir la galipote. Dire qu'y se permet de faire la morale depuis qu'y porte une soutane!

— Ah ouin?

— Dimanche passé, j'me berçais tranquillement dans la cuisine avec ton oncle quand il a frappé à notre porte. Imagine-toi donc qu'il a eu l'affront de me dire que je devais tricoter pour les orphelins de guerre, même si c'était dimanche. Il y a ben assez des inspecteurs qui surveillent si on fait suffisamment notre effort de guerre, pas besoin d'un petit vicaire pour nous empêcher de souffler une petite heure. Bon, j'arrête mes commérages et j'te laisse filer. Embrasse Bérangère pour moi et dis-lui que j'irai la voir bientôt, conclut Marie-Ange en donnant des becs sonores sur les joues de Rose qui la serre dans ses bras avec affection avant de sortir.

Le grondement des avions et le mitraillage des pilotes l'agressent aussitôt, la poussant à marcher vite jusque chez elle. Un vent froid lui gifle la joue. Qu'importe. Rose aime l'hiver. Le fait que son père soit dans les chantiers, de l'automne au printemps, n'y est pas étranger. Loin des fureurs du père, la maison, devenue un havre de douceur, est calme et paisible. Rose aime vivre seule avec sa mère, douce et patiente. Durant l'absence de cet homme dont elles ne parlent jamais, elles goûtent aux moments de tendresse qu'elles partagent. Ses pensées la ramènent vers Gratien : ferait-il un bon époux ? Il semble avoir un caractère bouillant, lui aussi. Peut-être se mettrait-il à la battre une fois qu'ils seraient mariés. Après tout, durant leurs fréquentations, sa mère n'avait jamais deviné qu'Onésime la traiterait de la sorte après lui avoir passé la bague au doigt. *Avant le mariage, tout est beau, c'est après que ça se gâte !* Combien de fois avait-elle entendu cette phrase qui sonnait comme une condamnation ?

8

Quelque part en France, 26 février 1944

Pour éloigner l'image obsédante de son amie Delphine au bras d'un Allemand, Kalinda tourne ses pensées vers sa famille tzigane qu'elle n'a pas vue depuis un peu plus de deux ans. Les membres du clan Yojeshti étaient réputés pour être de fameux dresseurs de chevaux. Lorsque venait le temps de les vendre, ils allaient de village en village, leurs bêtes attachées derrière les roulottes, un sac d'avoine à portée de leur gueule. Quand ils se déplaçaient, vues de loin, les harpes attachées au toit des roulottes ressemblaient aux voiles d'un navire voguant sur une mer houleuse.

Kalinda aimait cette vie durant laquelle les soirées étaient remplies de musique, de chants, de danse et de joie. Elle adorait dormir dans la grande roulotte dont les murs extérieurs étaient décorés d'étoiles peintes à la main par sa grand-mère. Là, elle trouvait facilement le sommeil. Tous les bruits autour la calmaient : les chevaux qui broutaient, paisibles, le froissement des ailes des papillons, nombreux cet été-là, et les stridulations des insectes qui avaient la sagesse d'aimer avant de mourir. Il lui arrivait de se réveiller au milieu de la nuit et d'entendre la *seguiriya*, cette musique créée par El Planeta[5] qui, au siècle précédent, était considéré comme le premier

5 Personnage réel.

artiste tzigane du flamenco. Elle appuyait alors la tête sur son bras et écoutait, en espérant que ce moment de grâce ne s'arrêterait jamais.

Le lendemain, Inge voyait les cernes sous les yeux de Kalinda et en connaissait la cause. Elle ne disait rien. Elle avait compris depuis longtemps que son aînée avait hérité de l'âme d'artiste de sa famille tzigane pour qui le chant, le théâtre et la musique sont essentiels à la vie. Le fait que la musique volait quelques heures de sommeil à sa fille la rassurait. Elle pressentait qu'elle lui sauverait la vie. C'était une certitude qu'elle ne pouvait expliquer et dont elle n'avait parlé qu'à sa propre mère qui, ayant elle-même des prémonitions, n'aurait jamais songé à se moquer.

Dans le camion qui, croit-elle, la mène vers ses grands-parents, Kalinda sourit en pensant à Nanosh, son amoureux tzigane qui aura bientôt terminé ses études et sera journaliste. Malgré tous les obstacles mis sur son chemin, elle sait qu'il obtiendra un diplôme qui le mettra à l'abri des préjugés dont les Tziganes sont victimes.

Elle ne doute pas une seconde qu'il aura ensuite une belle carrière de journaliste. Il est tellement intelligent ! Grâce à lui, elle a appris une foule de choses. D'autant plus qu'il lui avait donné plusieurs de ses livres. *J'en ai trop, je ne sais plus où les mettre*, lui avait-il dit. Il en avait une tonne qu'il avait payés lui-même avec l'argent de poche qu'il amassait en rendant service ici et là.

Outre l'amour des livres et le fait qu'ils aiment en apprendre toujours davantage sur toutes sortes de sujets, ils ont beaucoup en commun.

Comme elle, il a une âme d'artiste : il adore les chants et la musique tziganes.

Comme elle, il aime regarder les nuages qui projettent dans le ciel des formes étonnantes. Un jour où elle avait montré du doigt ce qui, avec beaucoup d'imagination, pouvait ressembler à un cœur, Nanosh avait tourné sa tête vers elle et l'avait embrassée. Un baiser doux comme un nuage cotonneux. On les avait surpris. Il n'en fallait pas plus pour qu'on fasse des projets de mariage.

— Tu es presque en âge de te marier, avait dit Méghanne, sa grand-mère. Lui l'est, en tout cas. Il a vingt ans, c'est bien ça ?

— Oui, mais il n'est pas trop vieux pour moi, avait répondu Kalinda, sur la défensive.

— Ne t'énerve pas. Votre écart d'âge n'est pas grand. Et puis, vous êtes tellement beaux, tous les deux. Vous aurez de magnifiques enfants.

Yagal, le père de Nanosh, qui était venu ce jour-là acheter un cheval au grand-père de Kalinda, n'avait pas dit un mot, mais à la façon dont il tirait sur sa pipe, on pouvait deviner qu'il ne partageait pas l'enthousiasme de Méghanne. Il voyait bien que Kalinda était aussi indomptable que certains chevaux sauvages. Très pointilleux quand il s'agissait de consentir au mariage de l'un de ses trois fils, il n'était guère impressionné par les talents de danseuse, de musicienne et de chanteuse de la jeune fille. Ce qu'il voulait pour ses garçons, c'était une femme en santé, courageuse, qui sache cuisiner et qui aime les enfants. Kalinda possède ces qualités, sauf qu'elle ne sait pas concocter de bons repas, aimant trop ajouter sa touche personnelle au gré de sa fantaisie, ce qui est souvent un échec lamentable. Et puis, il doutait qu'une femme aussi belle que Kalinda puisse être fidèle. Il voyait bien le désir qu'elle éveillait chez beaucoup d'hommes. Sans compter qu'elle ne semblait pas avoir bien intégré les coutumes tziganes. Il l'avait vue apporter un bouquet à sa grand-mère. Ignorait-elle donc que les fleurs coupées symbolisent une mort prématurée ?

Kalinda sait qu'elle ne retrouvera plus jamais la vie d'avant auprès de ses grands-parents. Les Allemands ayant réquisitionné leurs animaux, ils ne soulèvent plus la poussière sur les routes avec leurs roulottes multicolores, leurs chevaux impatients et leurs chiens fougueux. Ils ne sont pas devenus pauvres pour autant. Au contraire. Les talents de musiciens des hommes et celui de chanteuses et de danseuses des femmes leur attiraient de nombreux contrats pour égayer des mariages ou être figurants dans des parades de rue, des spectacles ou des reconstitutions historiques. Le grand-père a su aussi tirer de grands profits de la vente de ses chevaux. Au début, Kalinda ne croyait guère à leur richesse, mais il y a deux ans, Méghanne leur a envoyé une photo sur laquelle toute la famille posait devant une grande et belle maison, étalant sans pudeur leurs biens. Inge lui avait alors expliqué que les Tziganes n'aiment pas être perçus comme des gens pauvres, sans doute parce que les préjugés voulant qu'ils soient des voleurs leur collent injustement à la peau.

Elle a hâte de visiter cette ville où ses grands-parents habitent désormais, à quelques kilomètres de Francfort. Elle est impatiente de toucher à tous les instruments de musique qu'ils possèdent. Oubliant la présence de Boucheron, elle commence à fredonner un chant tzigane.

— Tu es aussi talentueuse que l'Esméralda décrite par Victor Hugo, dit Boucheron après avoir fermé la radio pour mieux l'entendre. Tu as une voix vibrante, à la fois ténébreuse et lumineuse. Une voix qui atteint en plein cœur.

Gênée, Kalinda s'arrête net de chanter.

— Votre fille, madame, pourrait faire fortune avec une voix pareille ! s'exclame-t-il en jetant un coup d'œil dans son rétroviseur.

Inge reste silencieuse. Depuis qu'ils se sont engagés sur un chemin de campagne qu'elle ne connaît pas, elle est de plus en plus méfiante.

— Prenez-vous la bonne direction ? demande-t-elle doucement afin de ne pas réveiller Naomie, qui s'est endormie contre sa poitrine avec son chat dans les bras.

— Ne vous inquiétez pas, répond-il avant de s'arrêter à la croisée d'une route, au milieu de nulle part.

— Que faites-vous ?

— Ne vous inquiétez pas, répète-t-il.

Un camion les double et leur barre la route. Un autre arrive par le chemin de gauche en soulevant une poussière dense.

Inge comprend qu'ils viennent les cueillir. Elle se maudit de n'avoir pas écouté son cœur qui lui dictait de ne pas partir avec cet homme. Boucheron est en réalité un mouchard. Il les livre aux Allemands, ainsi que tous ceux qui sont dans la boîte du camion.

Inge fixe Boucheron lorsqu'elle passe devant lui. Il ne détourne pas le regard. C'est elle qui, curieusement, a honte. Honte d'avoir été bernée.

Un renard apparaît soudain devant les faisceaux des phares des camions. Il semble aveuglé un moment par la lumière et, après une courte hésitation, s'approche très près de Kalinda et la regarde. Naomie serre son chat dans ses bras, mais, apeuré, il réussit à se dégager et s'éloigne en courant. La fillette court derrière lui, mais Inge la rattrape et tente en vain de calmer ses pleurs. Elle se retient de lui dire que Ti-coco serait sans doute torturé devant elles s'il ne fuyait pas.

Boucheron se frotte le menton en regardant Kalinda s'éloigner. Il voudrait la sauver. Pas pour elle. Pour lui. Il a le sentiment qu'il vient de perdre une occasion de s'enrichir. Il aurait pu la faire chanter dans des cabarets. Les Allemands aiment les chants tziganes et lui, Boucheron, adore faire travailler les autres et empocher l'argent.

Inge ne tardera pas à apprendre qu'un an plus tôt, exactement à la même date, sa famille faisait partie du premier convoi de Tziganes arrivé à Auschwitz. Sa mère n'avait pas vraiment été surprise quand les Allemands étaient débarqués chez eux. Ils leur avaient dit qu'ils iraient dans un camp de travail. Elle savait dans son cœur qu'ils mentaient. Toutes les femmes de la famille avaient vu en rêve qu'ils seraient envoyés dans un camp d'extermination, et les rêves ne leur mentaient jamais.

Le 26 février restera une date marquante dans la mémoire des Tziganes et de la famille de Kalinda.

9

Sainte-Flavie, 26 février 1944

Une chaleur réconfortante accueille Rose dès qu'elle ouvre la porte de la maison.

— C'est toé, ma fille?

— Oui, et j'ai une belle surprise, crie Rose en enlevant ses bottes avant d'ajouter, à l'intention de Luna: Elle est où, mon petit chou?

Les rares fois où elle ne sort pas avec elle, Luna a l'habitude d'accueillir Rose avec d'exubérantes démonstrations de joie aussi drôles que touchantes: chaque fois, c'est une séance de becs qu'elle lui donne pendant que celle-ci la flatte en riant. Mais la voilà qui s'avance d'un pas lourd et se couche aux pieds de sa maîtresse, essoufflée comme si elle avait couru.

Rose la caresse, le cœur gros de la voir dans cet état.

— Allez viens, ma belle, lui dit-elle avant de se diriger vers la petite cuisine à l'arrière de la maison où Bérangère s'use les yeux à tricoter pour les soldats. La lumière de la pleine lune se répand par la grande fenêtre donnant sur le jardin qui, l'été, enchante ses jours.

Sa mère dépose son tricot. Une lueur joyeuse allume son regard: elle adore les belles surprises, trop rares dans sa vie. Lorsqu'elle voit Dorothée en première page du journal, elle met la main sur son cœur et des larmes affluent aussitôt.

Le travail de sa fille est une grande source d'inquiétude : inspecter les balles et les douilles comme elle le fait présente des risques d'explosions. D'autant plus que, comme l'indique l'article, la production est effrénée : 480 millions de cartouches par année. La nature dangereuse de ce travail pour la population explique que les usines étaient toutes localisées sur les Plaines d'Abraham. Mais depuis 1943, l'effectif de l'Arsenal étant de presque 13000 personnes, plus de 1600 d'entre elles travaillent aussi dans les installations de la côte du Palais.

— Ne pleure pas, ma belle petite maman, la console Rose en passant son bras autour de son épaule. Elle va bien. Tu vois comme elle est souriante. Elle est si belle, ma sœur !

Bérangère acquiesce et essuie ses larmes. Rose ajoute du bois dans le poêle et les bûches crépitent aussitôt, procurant à son corps une douce chaleur. Elle apprécie d'autant plus les moments de solitude avec sa mère que le printemps ramènera Onésime : son visage sombre, son air grincheux, ses silences boudeurs et, trop souvent, ses fureurs, plomberont de nouveau l'atmosphère.

— Bon, moi je vais me changer, mes bas sont mouillés, dit Rose.

— J'oubliais. Regarde, l'arrête Bérangère en pointant une enveloppe déposée sur la table à côté du carnet de rationnement. Ton amie Lili est venue porter la carte d'invitation à son mariage.

— Viens, Luna, appelle Rose en prenant l'enveloppe.

La chienne l'observe, mais ne bouge pas.

— Laisse-la se reposer, c'est juste un p'tit malaise, tente de la rassurer sa mère.

Rose acquiesce, mais elle en doute. Elle a l'intuition que sa chienne adorée n'en a plus pour longtemps, mais elle préfère ne pas penser à l'éventualité de perdre cet animal qu'elle aime autant qu'un être très cher.

Les marches usées par le temps qu'elle gravit en courant craquent sous ses pas. Elle se sent si bien dans cette petite chambre qu'elle a aménagée au grenier. Elle a donc, pour une fois, désobéi à sa mère qui ne voulait pas qu'elle s'y installe :

— Le gouvernement nous a dit que des bombes incendiaires pouvaient tomber sur le toit de nos maisons. T'es plus en danger au grenier si ça devait arriver, répétait-elle à sa fille pour qui cette menace n'était pas réelle.

— Le gouvernement essaie de nous faire peur. Les politiciens veulent juste nous motiver à faire notre effort de guerre, lui répondait Rose, même si elle savait qu'elle ne réussirait jamais à la rassurer vraiment.

Bérangère est très nerveuse depuis qu'elle est allée aux funérailles du père d'Onésime à l'Anse-au-Griffon. Quand Onésime lui avait mentionné qu'il n'y assisterait pas, elle avait ressenti un immense soulagement. Faire une si longue route avec lui, d'humeur toujours exécrable, aurait été un véritable calvaire. Elle avait toutefois pensé à son beau-père. Persuadée qu'il les voyait du haut du ciel, elle avait imaginé qu'il devait se sentir bien triste que son fils ne lui fasse pas un dernier adieu. Elle avait donc tenté de convaincre son mari de l'accompagner, mais il avait refusé : *Tu iras toute seule. Tu représenteras la famille, ça va être assez. Discute pas.*

Bérangère avait obéi et avait fait le voyage avec Marie-Ange et Tancrède. Elle le cachait à sa belle-sœur endeuillée, mais elle était heureuse de briser sa routine et de s'éloigner de son mari. Elle adorait les paysages de la Gaspésie, amalgame de falaises et de mer qu'elle ne se lassait pas de regarder. Changer d'air lui faisait tellement de bien à l'âme !

Combien de fois à son retour avait-elle raconté à Rose ce matin où Marie-Ange et elle s'étaient rendues au magasin général où des Gaspésiens échangeaient les derniers potins ? La menace allemande dont ils avaient fait les frais était à l'ordre du jour. Ils racontaient comment les sous-marins allemands avaient torpillé des navires afin d'entraver le ravitaillement des Alliés. Des pêcheurs coincés entre les sous-marins et les navires marchands avaient eu la peur de leur vie lorsque cinq bateaux avaient été coulés en face du cap Gaspé et un autre à l'Anse-au-Griffon. Des habitants de l'Anse-au-Verseau et de Cloridorme avaient réussi, quant à eux, à réchapper les survivants de deux navires.

— Pis, il y a ben des Gaspésiens qui ont une peur bleue des sous-marins allemands depuis que leurs maisons ont bougé sur leurs fondations à la suite d'une explosion.

— C'est pas nécessaire d'aller si loin pour sentir la menace allemande, avait ajouté Bérangère pour convaincre Rose. Le *Carolus* a été torpillé à Métis. En tout, il y a eu vingt-cinq navires coulés jusqu'à présent et environ deux cents morts. Faque dis-moé pas que je m'inquiète pour rien. On sait jamais jusqu'où les ennemis peuvent aller.

Impossible d'oublier cette maudite guerre, pense Rose en détachant ses cheveux qui glissent en cascade sur son dos. Tout en les brossant, elle songe à tout ce qu'elle a changé dans leur vie. En menaçant de saboter les usines d'armements et de couler les navires qui apportent des secours aux Alliés, les nazis étendaient leurs tentacules jusqu'au Canada. Sans compter tous les dommages collatéraux. L'ensemble de la population a appris avec autant de révolte que de tristesse qu'ils avaient coulé un paquebot qui, parti de Liverpool vers Halifax, était rempli d'enfants. Soixante-dix-sept d'entre eux sont morts ! La situation apparaissait d'autant plus tragique que leurs parents voulaient les mettre à l'abri des bombardements. S'ils avaient su ! Depuis, Rose surveille plus attentivement le fleuve au cas où elle apercevrait un grand fuseau noir avec un périscope au milieu, auquel cas, elle irait aussitôt transmettre cette information aux autorités. Avoir le sentiment d'avoir peut-être sauvé des vies doit être grisant.

Malgré son inquiétude de la savoir dormir au grenier, Bérangère avait cessé de discuter quand Rose lui avait confié qu'elle ne se sentait pas bien dans son ancienne chambre :

— On dirait qu'il y a là comme des mauvaises énergies.

Bérangère avait blêmi. Dans un élan de tendresse, Rose l'avait prise dans ses bras. Elle regrettait ses paroles. Le premier enfant de sa mère était mort dans cette chambre. C'était une petite fille aux cheveux frisés pour qui Bérangère avait eu un véritable coup de foudre. Elle s'appelait Éva.

— Pardon, maman, avait-elle dit en l'embrassant sur les joues.

Rose ne pouvait savoir qu'elle venait bien plus que de lui rappeler la perte de l'un de ses enfants : elle avait aussi fait ressurgir les circonstances de cette mort que seuls Marie-Ange, Tancrède et Bérangère connaissaient. Un secret qui, la nuit, réveillait sa mère, le cœur galopant dans sa poitrine.

Tout en se remémorant comment elle avait réussi à aménager sa chambre au grenier, Rose se déshabille, enfile son pyjama et s'assoit sur son lit, une jambe repliée sous sa cuisse. Elle ouvre l'enveloppe et sourit en lisant les lettres A.V.P.T. au bas de la carte d'invitation au mariage de Lili, signifiant : *Apportez votre propre thé.*

Son amie n'a que seize ans, mais a déjà vécu trois amourettes. C'est elle qui a appris à Rose comment se font les enfants. Lili est l'une des rares filles dont la mère l'a informée sur la sexualité. Pas étonnant qu'elle ait beaucoup d'amies :

c'est auprès d'elle que les adolescentes viennent s'instruire *sur les choses de la vie*. Rose l'envie pour sa popularité et ses connaissances de la vie intime, mais la plaint quand elle entend parler de sa mère, Catherine, une femme qui fait beaucoup jaser. On raconte que son mari l'a sortie du Red Light de Montréal où elle gagnait sa vie en vendant ses faveurs aux femmes autant qu'aux hommes.

Heureusement, les méchancetés des commères n'atteignaient plus Lili qui s'est forgé une carapace.

Rose fixe la carte d'invitation, songeuse. En ce temps de guerre où tout est rationné, aucune fille ne peut rêver de faire un grand mariage. Même les robes longues sont interdites, lui a dit Lili lorsqu'elle avait essayé la sienne devant elle. Son amie ne lui apprenait rien : Rose sait qu'il faut de la laine pour vêtir les soldats, les marins et les aviateurs ; du coton, de la soie et du nylon pour fabriquer des explosifs et des parachutes.

— N'empêche que ma robe m'a coûté 0,98 $ et mes souliers, 0,79 $. J'ai pu une cenne, mais je suis heureuse. Pis j'aurai quand même un beau gâteau de noces grâce à ma parenté et à des amies comme toé, avait ajouté Lili en lui prenant les deux mains afin de la faire tournoyer avec elle.

Rose avait eu honte d'avoir rouspété lorsque sa mère lui avait annoncé qu'elle allait donner ses coupons de sucre pour la confection du gâteau de mariage. *Tu verras que je peux quand même faire de bons desserts,* avait précisé Bérangère pour la consoler. *Le sirop de blé d'Inde Crown Brands peut très bien remplacer le sucre. Je peux aussi fabriquer du beurre et l'échanger contre des coupons de sucre.* Rose avait tenté de l'en dissuader. Sa mère travaillait déjà trop, elle aurait honte de lui imposer une tâche supplémentaire avec ses caprices.

Le mariage de Lili la rend triste. Sa seule amie vivra bientôt à Baie-Comeau. Elle se souvient de sa première journée d'école. Adossée, seule, au mur extérieur, elle ne ressentait qu'une anxiété grandissante, alors que les autres enfants semblaient s'amuser. Lili, venue vers elle, lui était apparue comme une bouée de sauvetage. Sans elle, elle se serait sentie perdue parmi les grands, la petite école regroupant des élèves de la première à la sixième année.

Récemment cependant, ce que Lili a dit de Gratien a mis une distance entre elles :

— Il est tellement imbu de lui-même et vantard, ce Gratien. Je me méfierais si j'étais toé. Je pense qu'il aime t'exhiber parce que ben des gars se pâment devant tes yeux turquoise hérités de ta mère. Mais c'est pas ça l'amour. Lui aussi, il est beau, mais il le sait trop. Moi, ce que je cherchais chez un homme, c'est la bonté. Et je l'ai trouvé. Toi aussi, tu mérites ça.

Au fond d'elle-même, Rose sait que son amie a raison et que son amourette avec Gratien ne mènera à rien. Pourquoi a-t-elle toujours envie qu'il l'embrasse ? Elle n'apprécie pas l'homme qu'il est, elle aime les sensations qu'il éveille en elle. Elle sait si peu de choses de l'amour, des visages qu'il peut prendre, des ombres et des lumières qui le constituent.

Elle pense à beaucoup d'autres filles de son âge qui, comme Lili, se marient déjà. N'y a-t-il donc pour des filles comme elle, sans instruction, d'autre horizon que de se marier, se faire religieuses, être ouvrières, domestiques ou vendeuses ? Celles qui ont la chance de faire des études peuvent aspirer au moins à être employées de bureau ou institutrices, les autres carrières leur étant fermées ou difficilement accessibles. Mais Rose n'a même pas cette chance.

Elle soupire et rejoint sa mère. Comme d'habitude, elles rogneront sur leurs heures de sommeil pour pouvoir lire.

10

À proximité d'Auschwitz, 1er mars 1944

Le wagon à bestiaux file dans la nuit. Ils sont quarante-quatre à y être entassés : des Juifs inquiets et leurs enfants effrayés. Ils ont peur, faim et soif. Et n'ont aucune idée de ce qui les attend. Ils vont dans un camp pour y travailler, leur a-t-on dit, mais des rumeurs courent et charrient des choses horribles qu'on a longtemps crues inventées. Qu'on espère aujourd'hui de tout cœur inventées. Et dont Kalinda ne veut même pas se souvenir, maintenant que c'est elle qui est dans un wagon avec sa mère et ses sœurs.

Ils n'arrivaient pas tous à la fin du voyage, chantera Jean Ferrat des années plus tard, les maladies se propageant vite dans cet espace clos, surpeuplé et insalubre. Les plus désespérés se sont ouvert les veines. Les survivants sont ainsi entourés de cadavres. L'air est suffoquant. Faute d'espace, certains, fourbus, s'assoient sur des morts en décomposition. Les portes étant verrouillées de l'extérieur, impossible de les jeter dehors. Ils le pourraient qu'ils ne le feraient pas. On les a bien avertis au départ lorsqu'on les a comptés : *Si vous n'êtes pas quarante-quatre à l'arrivée, vous serez tous abattus.*

Les jumelles assoient Naomie entre elles et, pour la rassurer, jouent la comédie en se prenant pour de grandes dames.

— Quel beau voyage nous faisons. Tu ne trouves pas, ma jumelle ?

— Oui, il est vraiment original ce voyage en train durant lequel on ne voit rien de ce qui se passe à l'extérieur.

— D'autant plus que je me souviens à quel point c'était étourdissant d'être assises près des fenêtres quand nous prenions le train.

— Oui, ça me donnait mal au cœur, ajoute Naomie avant d'appuyer sa tête sur Iris et de fermer les yeux.

Les trois sœurs et leur mère échangent un sourire de connivence.

Un jeune homme sourit souvent à Kalinda, comme si tout ce qui les entourait était normal. Est-il fou ? Non, en la voyant, il a eu le premier coup de foudre de sa vie. Lorsqu'elle doit faire ses besoins dans le seau au centre de la pièce, il met sa veste devant elle afin de la dérober aux regards des autres. Lui, détourne les yeux et sifflote jusqu'à ce qu'elle ait terminé pour couvrir le bruit de l'urine qui coule. Il la protège ainsi de l'humiliation.

Chaque soir, les femmes de la famille Cohen s'endorment, serrées les unes contre les autres. Même dans leur sommeil, parfois agité, elles se tiennent la main. D'autres passagers qui, eux, sont seuls envient leurs liens de tendresse qui les aident à ne pas s'effondrer.

Ils roulent ainsi plusieurs jours. Combien ? Kalinda ne saurait le dire. Elle sait seulement que cela lui semble une éternité. Comme ses sœurs, elle s'efforce de rester calme.

— Mes filles, ce que nous vivons est un défi. C'est le temps d'être à la hauteur de ce que nous prétendons être : des femmes courageuses. Nous allons puiser notre force les unes dans les autres, leur avait dit Inge ce matin-là.

Elles s'étaient toutes prises par la main et avaient promis d'agir en conséquence. Elles se relaient pour distraire la plus vulnérable d'entre elles : Naomie. Elles lui font croire que tout cela est fait pour s'amuser : comme lorsqu'elle joue à la poupée et qu'elle dit qu'elle est une maman. La petite y croit tellement qu'elle rit aux éclats lorsqu'elle voit quelqu'un se soulager devant tout le monde. La majorité des passagers se prêtent à son jeu et font toutes sortes de pitreries. Celui qui semble amoureux de Kalinda est doué pour faire le clown. Naomie rigole de le voir cacher ses yeux plutôt que ses fesses.

— Cache tes fesses, lui crie-t-elle en s'esclaffant lorsqu'il va déféquer.

Et lui de lui répondre :

— Je ne les vois pas. Si je ne les vois pas, personne ne les voit.

Naomie s'esclaffe avant de s'endormir dans les bras de sa sœur, mais est presque aussitôt réveillée par le sifflement strident du train.

— Écoute la belle musique, lui dit Kalinda, lorsque la locomotive s'arrête enfin.

La belle enfant tend l'oreille. Kalinda se sent un peu rassurée. Rien de mauvais ne peut arriver là où la musique explose de cette façon : elle a reconnu la *Sonate au clair de lune* de Beethoven.

Les gonds qu'on déverrouille et les portes qui s'ouvrent font des bruits sinistres. Des hommes maigres à faire peur sautent dans le wagon et comptent toutes les personnes avant de les pousser violemment à l'extérieur en hurlant : *All heraus !*

— Tous dehors ! traduit Inge pour ceux qui ne comprennent pas un mot d'allemand.

Kalinda, Naomie dans ses bras, saute sur le quai couvert de neige sale. Près d'elle, des chiens aboient. Des hommes crient. La musique ne couvre pas les hurlements et les voix gutturales des nazis. C'est l'aube, le temps est sombre. Des projecteurs très violents les aveuglent, mais éclairent le mirador en forme de clocheton. Au-dessus de la grille d'entrée, les mots allemands *Arbeit macht frei*, que Kalinda sait traduire par *Le travail rend libre.* Elle reprend espoir : ils sont ici pour travailler. Mais sa confiance s'évanouit vite. Tout autour d'elle n'est que vacarme et tumulte. Elle comprend alors qu'elle vient de mettre les pieds dans l'horreur et qu'à l'arrivée, on devrait plutôt lire ce que Dante a imaginé surplombant les portes de l'enfer : « Vous qui entrez ici, abandonnez tout espoir. »

Un gardien ordonne à tous de laisser tout ce qu'ils possèdent sur le quai. Naomie serre contre elle son doudou dont elle ne se sépare jamais. Avoir perdu son chat est déjà bien assez.

— Cache-le entre ton corps et le mien, chuchote Kalinda à son oreille. La fillette le fait aussitôt et jette des coups d'œil apeurés aux kapos avant de plaquer son visage dans les cheveux de sa grande sœur.

Plusieurs hommes en uniformes verts ou noirs font claquer des fouets. Des hommes et des femmes marchent dans la boue. Le soleil se lève. Pourtant, on dirait qu'un orage va éclater, tant le ciel est voilé par la fumée et les cendres qui s'échappent des cheminées et s'accrochent même aux cheveux. Kalinda n'en fait pas trop de cas. Elle ignore encore que ce sont les cendres de personnes envoyées à la chambre à gaz. Des aboiements, des cris et des ordres fusent de partout, couvrant la musique qui, quelques instants plus tôt, a mis tant d'espoir dans son cœur. Un homme qui vient de descendre du train tombe par terre, évanoui. Un SS s'approche, sort son arme et lui tire une balle dans la tête. Kalinda retient un cri, de peur d'attirer l'attention ou de faire peur à Naomie. Près d'elle, un homme qui vient de demander à boire est roué de coups.

Une Juive qui était dans le train avec eux crie à l'un des hommes en uniforme sur le quai :

— Monsieur, j'ai des diamants. Donnez-moi de l'eau et ils sont à vous.

Un kapo s'approche, prend les diamants qu'elle lui tend et s'éloigne sans un mot. Il ne reviendra jamais.

Un autre hurle un ordre :

— Ceux qui sont fatigués peuvent monter dans le camion. Plusieurs s'y précipitent. Kalinda, Naomie dans ses bras, veut les suivre. Inge la retient. Les jumelles supplient leur mère d'y aller. Elle refuse violemment. Elle a l'intuition que ce camion les conduirait à la mort. Elles apprendront plus tard qu'elle avait raison.

Des SS accompagnés de leur chien hurlent en allemand des ordres que Kalinda ne comprend pas toujours. Des hommes et des femmes vêtus de vêtements souillés de sang et de saleté tirent des charges comme des bêtes de somme. Un groupe de femmes, sales, pioches à la main, marchent d'un pas rapide.

Une jeune fille enlève ses sabots et court dans la boue afin d'échapper aux morsures d'un chien qu'un gardien vient de libérer. Kalinda la suit du regard et une terreur sourde lui noue le ventre.

À travers ce tumulte, Kalinda a perdu de vue sa mère et ses sœurs. Elle sent la panique l'étouffer et sursaute quand Inge surgit derrière elle et met sa main sur son épaule :

— Restons ensemble, lui dit-elle en prenant sa benjamine dans ses bras.

Naomie cache aussitôt son visage dans le cou de sa mère en la serrant très fort. Les jumelles se tiennent par la main, habituées qu'elles sont à puiser leur force l'une dans l'autre. Hébétée, Kalinda prend celle de sa mère. Elles forment une chaîne de courage. Kalinda a oublié la fille poursuivie par un chien, mais elle voit un autre berger allemand qu'un SS vient de lancer à la poursuite de deux hommes qui courent en priant à voix haute. L'un des deux prend la main de l'autre comme s'il cherchait dans ce geste la force de continuer. Hurlant de peur d'une même voix, ils se lancent sur les fils barbelés électrifiés. Ils sont parvenus à se suicider avant d'être rattrapés par le chien. Les deux hommes restent accrochés aux barbelés. L'odeur de leur mort glace le sang.

Un kapo demande en hurlant s'il y a des musiciens parmi eux. Kalinda, qui sait jouer de plusieurs instruments, ne dit rien. Elle ne veut pas être séparée de sa famille. Inge n'a rien entendu à cause des pleurs de Naomie qu'elle tente en vain de calmer.

Un ordre claque : ils doivent tous se mettre en rang, les uns derrière les autres. Kalinda abandonne à regret la main de sa mère et se place juste derrière elle, suivie des jumelles.

Une autre kapo passe devant les jeunes filles en murmurant sans bouger les lèvres : *Dites que vous avez dix-huit ans.* Elles ne comprennent pas pourquoi, mais obéissent. Elles devront apprendre à discerner lesquels, parmi les kapos, sont leurs alliés. Celle-ci en est une. Elle vient de leur sauver la vie : vieillards, malades, femmes enceintes et jeunes de moins de dix-huit ans sont dirigés dans la rangée de gauche pour être envoyés à la chambre à gaz parce que jugés inaptes au travail. Là, des Allemands les regarderont mourir par de petites fenêtres aménagées à cet effet.

Voyant que Naomie est terrorisée, les jumelles se mettent tout à coup à parler comme des grandes dames.

— Mais où sont nos serviteurs, ma chère ?

— Ne les voyez-vous pas ? Ce sont eux, là-bas, vêtus de ce costume que vous leur avez fait confectionner sur mesure.

Elles rient.

Comment peuvent-elles s'amuser en un pareil moment ? se demande une kapo en les dévisageant. *Sans doute sont-elles folles*, songe-t-elle. *Tant mieux pour elles. De toute façon, ici, elles risquent de le devenir.*

Les jumelles cessent de rigoler lorsqu'elles voient un kapo qui enlève Naomie des bras d'Inge et la place dans la rangée de gauche. La fillette crie et pleure. Elle ne veut pas quitter sa mère qui, en larmes, supplie qu'on la lui laisse. L'homme s'éloigne, indifférent. Inge se précipite vers Naomie et la prend dans ses bras. Un autre gardien surgit derrière elle et la frappe violemment. Elle trouve la force de se relever.

— La rangée de gauche mène aux douches, ment un kapo. Inge embrasse sa fille et la serre contre elle en pleurant.

— Ta petite étoile te portera chance, lance Kalinda.

Naomie touche sa chaîne pour vérifier si elle est toujours à son cou et fixe sa grande sœur.

— Sois courageuse. Nous nous retrouverons bientôt.

Une très grande femme, elle aussi dans la rangée de gauche, s'approche de Naomie et lui prend la main.

— Je m'occuperai d'elle, assure-t-elle à Inge qui, très touchée par ce geste de bonté, la remercie chaleureusement avant de retourner auprès de ses autres filles.

— Ce quai est le lieu des derniers regards, dit méchamment une femme en passant auprès d'elles.

Cette phrase les anéantit. Inge court de nouveau vers Naomie, mais la kapo, usant de son fouet, lui fait reprendre sa place.

— *Loss ! Schnell*[6] *!*, rugit un homme en les faisant avancer. Naomie est maintenant hors de portée de vue, mais ses pleurs et ses cris les atteignent en plein cœur. Son doudou qui lui a glissé des mains est emporté par une rafale de vent. Il s'élève au-dessus de leur tête avant de s'accrocher aux fils barbelés.

6 Allez ! Vite !

11

Sainte-Flavie, 1er mars 1944

Rose attend Henri depuis presque une heure. Elle espère qu'il pourra soigner sa Luna, de plus en plus amorphe. Ce matin, elle a refusé les croûtes de pain qu'elle lui donne toujours en déjeunant. Voir sa belle chienne malade la rend si triste qu'elle a repoussé son assiette. C'est le quatrième matin que ni sa Luna ni elle n'avalent quoi que ce soit.

Le bruit d'un moteur et celui des pneus sur le gravier : c'est Henri qui se stationne dans l'entrée. Rose remarque pour la première fois sa plaque d'immatriculation identifiant sa profession de vétérinaire. Elle s'habille et court vers lui.

— Henri, ma Luna est malade. J'aimerais que tu me dises ce que tu en penses.

La jeune femme a l'air si fragile à cet instant, si vulnérable. Il aurait envie de la prendre dans ses bras, mais depuis qu'elle est devenue une belle jeune fille, il garde ses distances : elle suscite chez lui trop de désir.

— Bien sûr, se contente-t-il de répondre en souriant, avant de la suivre dans la maison.

Luna agite la queue en l'apercevant. Henri se penche et lui parle en l'examinant avec des gestes doux. Luna l'aime beaucoup parce qu'il prend soin avec tendresse des animaux de la ferme. Elle n'a jamais vu un autre homme leur parler. Surtout pas Onésime, qui leur donne généreusement des coups de pied. Sa seule forme de générosité. Il ne supporte même pas qu'elle soit dans la maison. Elle aussi a hâte qu'il reparte dans les chantiers pour reprendre ses aises dans le confort du foyer.

— Elle a perdu l'appétit et a pas mal maigri. Elle n'a plus son entrain habituel, dit Rose.

Durant les études d'Henri chez les moines d'Oka, l'aspect clinique était axé sur l'espèce chevaline et sur les animaux de la ferme, le premier ministre Duplessis ayant investi dans la formation des vétérinaires afin qu'ils soignent les vaches des cultivateurs. Henri est l'un des rares vétérinaires à s'intéresser aux chiens et aux chats, ce qui ne met guère de beurre sur son pain, une grande partie de la population locale étant peu encline à débourser de l'argent pour soigner ses animaux de compagnie, contrairement aux riches anglophones de Montréal.

— Elle a quel âge ta belle Luna ?

— Dix-sept ans.

À la façon dont il la regarde, elle comprend :

— Elle est rendue au bout de sa vie, c'est ça ? demande Rose des trémolos dans la voix.

— J'ai bien peur que oui, ma chère amie.

Elle se penche sur Luna et se met à pleurer. Henri tend la main pour lui caresser les cheveux, mais retient son geste : comment l'interpréterait-elle ? Elle lève la tête vers lui et essuie ses larmes d'un geste brusque :

— Excuse-moi, mais je l'aime tellement.

— Je comprends. J'ai beaucoup pleuré quand mon chat est mort.

D'imaginer ce grand costaud barbu effondré après la mort de son félin lui va droit au cœur.

L'horloge sonne six coups.

— Mon Dieu, il faut que j'y aille, sinon je serai en retard pour le déjeuner des étudiants au mess.

— Je vais aller te reconduire.

— Ben non, voyons, t'as besoin de toute ton essence.

— J'insiste.

— Ton carnet de rationnement te donne droit à combien de gallons par année ? demande Rose, plus pour se changer les idées que par intérêt réel.

— Cent vingt. Mais j'utilise parfois de l'alcool à brûler.

— Ces maudits sous-marins allemands chassent les pétroliers avec plus de vigueur que n'importe quel autre navire ! s'exclame Rose d'une voix colérique. Une voix qu'il ne lui connaît pas, mais dont il devine l'origine. Elle est en colère parce que sa Luna va mourir.

— Je vais chercher mon gilet et je te rejoins à l'auto, dit-elle.

S'il savait le service qu'il lui rend ! Pire que le retard, elle aurait été trop triste de traverser le petit boisé sans sa Luna. Celle-ci se lève quand elle la voit s'habiller, mais elle n'a pas son enthousiasme habituel et se recouche aussitôt. Rose l'embrasse avant de partir, mais ne prolonge pas l'étreinte de peur de se remettre à pleurer.

Tout le long du trajet, Henri parle du sujet qui le passionne : son métier.

— J'ai failli quitter le village cet hiver. On m'a offert de visiter les chantiers pour traiter les coliques des chevaux, soigner leurs blessures aux membres et râper leurs dents. J'ai été tenté. J'adore les chevaux, mais je ne peux pas laisser ma vieille mère qui se sent bien seule depuis la mort de papa. Et puis, comme tu le sais, tous mes frères et sœurs ont quitté le village. Je suis son bébé, dit-il en riant.

— Un bébé de vingt-trois ans, renchérit Rose en s'efforçant de blaguer même si elle a le cœur gros. Il me semble que le gouvernement engage pas mal de vétérinaires, ajoute-t-elle. Tu n'es pas intéressé par son offre ? Est-ce à cause des salaires trop bas ? J'ai entendu dire qu'il ne donne pas plus de huit dollars par jour, c'est vrai ? lui demande-t-elle.

Il sourit d'entendre cette avalanche de questions et répond :

— Oui, mais ce n'est pas une question d'argent. Je serais intéressé si les emplois offerts permettaient de soigner les animaux.

— Que veux-tu dire ?

— Le gouvernement mobilise les vétérinaires pour inspecter les aliments et la viande dans les abattoirs de Montréal. Travailler sur des animaux morts ne m'intéresse pas du tout.

Il hésite et poursuit :

— Je trouve écœurante la façon dont sont traitées les bêtes dans plusieurs élevages et dans les abattoirs. Cela me dégoûte presque de manger de la viande.

— Je te comprends, ça me fait cet effet-là à moi aussi.

Ils échangent un sourire de connivence avant qu'Henri reprenne :

— Savais-tu qu'à cause du rationnement, le premier ministre Godbout n'a quand même pas eu beaucoup de succès quand il a essayé de convaincre la population de consommer du cheval ? Nous aimons trop nos chevaux pour les manger.

Il lui sourit et elle le trouve beau à cet instant avec le soleil qui glisse sur sa joue au gré du mouvement de l'auto. Pas autant que Gratien. Pas une beauté classique devant qui se pâmer. Mais Henri n'est pas dépourvu de charme et d'attraits. Il est une véritable encyclopédie ambulante et grâce à lui, elle passe souvent pour une érudite dans plusieurs domaines. Elle se dit qu'en fait, elle lui trouve beaucoup de qualités. Elle est contente qu'il ne puisse pas aller à la guerre à cause de ce qu'il appelle son handicap :

— C'est une chance que tu ne voies que d'un œil. Comme ça, tu ne peux pas être mobilisé, dit-elle tout sourire.

Henri éclate de rire avant de répondre :

— Dis comme ça, ça paraît bizarre, mais tu as raison. Je bénis aujourd'hui ce que j'avais toujours perçu comme une malédiction. De toute façon, je crois que je serais incapable de tuer quelqu'un.

— Oui, approuve-t-elle en riant. Tu hésiterais tellement que tu te ferais tuer en premier.

Il s'esclaffe avant de prendre de nouveau la parole :

— La conscription pour le service militaire outre-mer n'est pas encore imposée, mais il n'est pas loin le jour où on va obliger les hommes à aller au front. Si ça se passe comme à l'annonce de la conscription durant la Première Guerre, ça va barder fort au Québec. Il y aura encore des émeutes. Déjà que la loi sur la mobilisation des ressources nationales déposée en 40 a suscité tout un tollé.

— Elle dit quoi, cette loi ? demande Rose.

— Que le gouvernement peut enrôler des hommes et des femmes afin qu'ils comblent des emplois nécessaires à l'effort de guerre, répond Henri. J'ai un oncle qui a fait la Première Guerre. Il fait partie des gueules cassées. Il reste terré chez lui sur une ferme près de Mont-Joli. Au début, il sortait, mais le regard des gens le déprimait plus que la solitude. Je peux le comprendre. Ma mère m'a raconté comment on le dévisageait quand il est revenu de la guerre ! Je me sentais mal pour lui ! Le regard des autres le tuait à petit feu. Il me disait que sa plus grande blessure n'était pas la plus visible. Tout ce qu'il a vu au front est indescriptible, m'a-t-il confié, sans toutefois vouloir me donner plus de détails. Il était incapable d'en parler. Il fait encore beaucoup de cauchemars.

— Pauvre homme, dit Rose, sincèrement peinée pour lui.

— As-tu entendu à la radio cette femme qui dénonce les campagnes en faveur de la conscription ? demande Henri.

— Oui, c'est Simonne Monet-Chartrand[7], répond Rose, toute fière de montrer qu'elle sait quelque chose qu'il ne lui a pas appris. Toute une femme, cette madame Chartrand ! Je me souviens exactement de ses paroles : « Je ne peux pas croire qu'un cardinal de l'Église catholique, qui est censé être pour la paix, se fasse photographier sur un char d'assaut », a-t-elle dit en parlant du cardinal Jean-Marie-Rodrigue Villeneuve.

— Elle a bien raison. Envoyer un homme se battre contre son gré, je ne vois pas de plus grande atteinte à la liberté, conclut Henri.

Ils échangent un sourire. Ils partagent les mêmes idées. Ce n'est pas comme Gratien qui n'a qu'une hâte : tuer son premier Boche. Rose a eu un haut-le-cœur récemment de l'entendre dire qu'il prendra plaisir à faire sauter ses ennemis. Il riait en y allant de moult détails de bras arrachés et de têtes qui explosent. Des filles autour de lui, les yeux admiratifs, souriaient bêtement, comme s'il était déjà un héros de guerre. *Comme peut-on admirer la violence et la cruauté et même en rire ?* s'interrogeait Rose. Elle s'était éloignée en se demandant pourquoi cet homme lui faisait un tel effet. *Tu n'es pas la seule à être troublée par le magnétisme animal*

7 Personnage et propos réels.

de Gratien, lui a confirmé Lili, sous-entendant pour la énième fois qu'il est un coureur de jupons.

La voix de Henri chasse ses pensées moroses :

— Mais j'en connais qui se débrouillent en prévision du jour où le gouvernement va les obliger à se battre.

— Qu'est-ce qu'ils font ?

— Ils se cachent dans les bois ou prennent des pilules pour accélérer leur rythme cardiaque afin que le médecin militaire les déclare inaptes au moment de l'examen d'entrée dans l'armée. La chose est ainsi réglée une fois pour toutes, répond Henri, tout sourire, avant d'ajouter :

— C'est mieux que de se faire curé sans avoir la vocation ou de se marier avec quelqu'un qu'on n'aime pas tant que ça ou pas pantoute juste pour éviter d'aller au front. Je me demande ce que ça va donner, cette folie des mariages. C'est rendu qu'on célèbre des unions de groupe. Rien qu'au parc Jarry à Montréal, on en a marié plusieurs centaines le même jour. Il y en a tellement qu'on ne trouve plus de robes de mariée dans les magasins. En tout cas, moi je veux faire un mariage d'amour.

La façon dont il la regarde à cet instant la rend mal à l'aise. *Je l'ai toujours vu comme un frère, mais lui, comment me perçoit-il ? Et moi ? Maman a peut-être raison de répéter qu'il est un bon parti. Je pourrais sans doute être heureuse avec un homme comme lui. Nous avons toujours quelque chose d'intéressant à nous raconter,* songe la jeune femme pour la première fois.

Ils sont arrivés. Henri stationne l'auto devant la clôture barbelée près de la grande porte d'arche surmontée d'un aigle. Ce rapace tenant dans ses serres la croix gammée est aussi un symbole de l'Allemagne nazie.

— Dis-moi si tu aimerais que je te conduise ou vienne te chercher le matin ou à la fin de ta journée. Si je ne suis pas appelé ailleurs, ça me ferait vraiment plaisir, dit-il lorsqu'elle ouvre la portière.

— Merci beaucoup, mais il va bien falloir que j'apprenne désormais à marcher sans ma Luna, répond-elle, de la tristesse plein les yeux.

12

Auschwitz, 1er mars 1944

Tous les jours, le docteur Josef Mengele, médecin en chef du camp des Tziganes surnommé *l'ange de la mort*, se tient debout sur la rampe d'arrivée en sifflotant un air de *Tosca*. Il est vêtu d'un sarrau blanc sur un uniforme impeccablement repassé, et une grande confiance émane de sa personne : il croit faire partie de la race appelée à dominer le monde. Dans cet endroit sinistre, il est étonnant de voir cet homme dans la trentaine, grand, beau, à l'élégance raffinée. Si joyeux surtout ! Tous les jours, il traque les jumeaux et les nains sur qui il mène d'effrayantes expérimentations médicales. Un sourire radieux éclaire son visage chaque fois qu'il en aperçoit. Sa mine réjouie dissimule sa cruauté. S'intéressant à l'hérédité, il est particulièrement heureux aujourd'hui, car on lui a appris que dans le wagon venant d'arriver se trouvent des personnes moitié tziganes, moitié juives. Il voit soudain deux jeunes garçons qui se ressemblent beaucoup.

— Vous êtes des jumeaux ?

— Oui, répondent-ils.

— Venez avec moi dans mon block, vous serez traités comme des rois.

Inge ne fait pas confiance à cet homme. Quelque chose qui émane de lui la révulse. Elle se tourne vers Iris et Donna, et les supplie de cacher qu'elles sont jumelles. Heureusement, elles ne se ressemblent guère.

Un kapo pousse Inge vers l'avant en lui ordonnant de se taire.

— Y a-t-il d'autres jumeaux et jumelles parmi vous? hurle Mengele.

Deux hommes s'avancent, confiants, et suivent le médecin pendant que Kalinda et sa famille sont conduites dans une immense salle où elles doivent abandonner leurs bijoux. Inge pleure en enlevant son alliance. En refoulant ses larmes, Kalinda détache la chaîne que lui a donnée Nanosh.

— Courage, mes filles, dit Inge. N'oubliez pas ce que votre père et moi vous avons appris: vous avez une grande force en vous.

— Nous sommes fortes! s'écrient d'une même voix les jumelles sous les regards étonnés des autres femmes.

Kalinda leur sourit.

Elles doivent ensuite se déshabiller. Les femmes qui refusent sont violemment battues. Cris. Gémissements. Pleurs. Pendant que les kapos hurlent des ordres qu'elle ne comprend pas toujours, Kalinda enlève ses vêtements d'une main nerveuse. Autour d'elle, des femmes cachent du mieux qu'elles peuvent leurs parties intimes. Un kapo s'arrête devant Kalinda et l'examine de la tête aux pieds. Rougissante d'être soumise à son regard concupiscent, elle cache son sexe avec ses mains. Avec son bâton, il lève tour à tour chacun de ses bras, s'approche et examine son ventre. La moindre rondeur signerait son arrêt de mort: les femmes enceintes, jugées inaptes au travail, sont gazées. Il fait signe à une kapo de conduire les femmes aux latrines. Là, Kalinda s'assoit à côté d'autres détenues sur un long banc percé de trous. Les odeurs d'urine et de merde lui soulèvent le cœur.

— *Hast du gemacht?* crie une kapo en s'approchant d'elle.

Kalinda la regarde, médusée.

— Elle demande: as-tu fait? lui glisse la femme assise près d'elle.

Kalinda fait signe que oui et cherche de quoi s'essuyer. Ne trouvant rien, elle se lève et suit la kapo qui la conduit dans une autre salle. Là, elle lui ordonne de s'étendre sur une table et de soulever les genoux. Brusquement, ses mains fouillent son intimité: elle veut savoir si elle cache quelque trésor. La veille, l'une d'entre elles a poussé une exclamation de joie en trouvant des perles dans le vagin d'une Juive.

N'ayant jamais subi d'examen gynécologique, Kalinda ignore qu'ils ne sont pas toujours aussi douloureux. Quand elle se relève enfin, elle voit qu'elle a saigné. Elle vient de perdre sa virginité, qu'elle gardait précieusement pour son amoureux tzigane. *Nous nous marierons et nous aurons une belle maison. Tu étudieras la musique. Tu es tellement douée. Ce qui ne nous empêchera pas d'avoir des enfants rieurs comme nous deux*, lui avait promis Nanosh. Leurs enfants! Elle en avait rêvé. Elle faisait confiance au destin, alors.

Sa mère, qui, un peu plus loin, subit le même traitement qu'elle, ne la quitte pas des yeux. Kalinda trouve la force de lui sourire pour la remercier du courage qu'elle lui insuffle à distance. Toutes les deux s'inquiètent pour Naomie qui doit être terrorisée parmi des étrangers dans ce lieu sinistre.

Les jumelles se tiennent la main pendant qu'on les examine.

— J'ai un coffre à bijoux caché dans mes parties intimes, se moque nerveusement Donna.

La kapo ne peut s'empêcher d'esquisser un sourire.

Iris, elle, rit aux éclats et ajoute:

— Et moi, un coffre-fort.

Sous les mains brusques d'autres kapos qui rigolent, leurs aisselles et leurs parties intimes sont rasées. Le pubis de Kalinda saigne sous les coups de rasoir donnés sans ménagement. On lui ordonne ensuite de se relever.

— T'as de la chance. On ne te rasera pas le crâne. Ici, à Auschwitz, seules les Juives sont rasées. Puisque tu as du sang tzigane, tu garderas ta belle tignasse, mais gare aux poux, prévient la kapo en montrant la masse de cheveux sur le sol : des blonds, des noirs, des bouclés, des raides qui, étonnamment, continueront de blanchir même s'ils sont coupés. Ils seront utilisés pour rembourrer des matelas ou transformés en feutre industriel après avoir été bobinés en fils. Le feutre servira à la fabrication de bas pour les travailleurs de la Reichsbahn, le chemin de fer de l'Empire allemand, ou de pantoufles pour les équipages de sous-marins, dont certains s'aventurent dans le beau fleuve Saint-Laurent, au Canada.

Une kapo lui ordonne d'ouvrir la bouche. Elle espère trouver une ou des dents en or qu'elle arracherait aussitôt à froid. Elle ne cache pas sa déception : la bouche de Kalinda n'enrichira pas les Allemands. Elle entend les jumelles affirmer avec aplomb que leurs corps sont de véritables coffres aux trésors. *Elles ne changeront jamais*, pense Kalinda en souriant.

Des femmes entrent dans la salle, s'emparent des biens des prisonnières et vont les entreposer au Kanada : une baraque où sont entassés les effets des rescapés.

On les pousse vers la salle des douches. L'eau froide et l'eau bouillante alternent. Des cris fusent, suivis de rires : visiblement, les kapos qui contrôlent la température de l'eau s'amusent à les ébouillanter.

On dirige ensuite Kalinda vers une autre salle. Elle se retourne pour voir si ses sœurs et sa mère la suivent.

Même si elles le cachent bien, elles sont terrorisées autant qu'elle-même, mais leur présence la rassure. Elle ne veut pas être seule dans cet enfer. Une *schreiber*, ainsi qu'on appelle les détenues forcées de tatouer les nouveaux arrivants, lui fait signe de s'approcher. Sur une table sont disposés un encrier et une plume en acier. Kalinda refuse de croire qu'elles seront toutes marquées à vie.

— Vous n'allez pas me tatouer ?

— Compte-toi chanceuse de l'être, dit la *schreiber* en la piquant. Ceux qui aujourd'hui sont allés dans la rangée de gauche ont été envoyés à la chambre à gaz, lui apprend-elle, inconsciente du poids de ses paroles.

Inge hurle en entendant cela : Naomie était dans la rangée de gauche. Kalinda ne peut retenir ses sanglots.

— Ça vous passera à toutes les deux, ajoute la *schreiber*. Ici, au bout d'un certain temps, vous serez comme tous les autres. Vous n'aurez plus de larmes.

Kalinda ne l'a pas entendue. Elle ne pense qu'à Naomie, à la façon dont elle est morte. Périr dans de telles circonstances à cet âge est atroce. Qui sont donc ces gens qui permettent que cela arrive ? N'ont-ils pas de cœur ? Peut-être qu'à la dernière minute, Naomie a ressenti le mirage de la grâce : cette certitude que quelqu'un viendra la sauver. Ou peut-être que la gentille dame, la géante, qui a promis d'en prendre soin, a su la protéger. Autrement, c'est insupportable de penser qu'elle a dû affronter la mort sans sa famille et sans aucun réconfort. Songer à cela les mène, sa mère, ses sœurs et elle, au bord de la folie.

Elle entend à peine la *schreiber* qui lui explique ce qu'elle fait :

— Puisque tu es à la fois tzigane et juive, tu auras deux tatouages.

Elle trace un Z symbolisant *Zigeuner*: Tzigane.

— La série Z a débuté le 26 février 1943, ajoute-t-elle. Et toi, aujourd'hui, tu auras le numéro…

Elle fouille en vain sa mémoire, se penche et tourne les pages d'un cahier placé sur la table, avant de reprendre:

— Z 8, 444. Et pour ton identification juive, ce sera 74 000. Retiens bien ces chiffres, car on t'appellera désormais par l'un de ces matricules et tu auras intérêt à répondre. Sinon…

Sous les mains de la tatoueuse, Kalinda ne sent rien. La peine causée par ce qui est arrivé à sa petite sœur l'entraîne au-delà de la douleur physique. Elle regarde avec indifférence les petites taches bleutées et floues qui apparaissent après chaque piqûre.

— Tes matricules seront visibles dans une semaine.

Kalinda essuie d'un geste sec les larmes qui glissent sur ses joues. La *schreiber* la regarde et explique doucement:

— Je vais aussi tatouer un petit triangle. Comme tu le sais, c'est la moitié de l'étoile juive.

Le père de Kalinda lui a appris très jeune que le motif géométrique formé de deux triangles isocèles entrecroisés est associé au bouclier de David et est utilisé pour se protéger des démons et des forces maléfiques. Elle en aura bien besoin ici.

Chaque femme est enregistrée dans un registre avec le prénom Sarah, suivi de son numéro. Elles s'appellent toutes Sarah désormais, ou ne seront plus qu'un numéro. Elles n'ont plus d'identité.

Un SS s'approche et leur ordonne de se taire en faisant claquer son fouet sur le plancher.

Une fois le tatouage terminé, une kapo apporte à Kalinda une robe pleine de poux, ainsi qu'un foulard rouge. Elle la déchire avant de la lui donner. D'abord interdite, la jeune fille comprend ensuite que c'est pour mieux l'humilier. Elle enfile la robe trouée qui porte encore l'odeur de son ancienne propriétaire, morte récemment. Un badge marron, la couleur identifiant les Tziganes, est cousu à la hauteur de la poitrine. Aucune ne reçoit de sous-vêtements ou de bas : rien que d'inconfortables sabots de bois beaucoup trop petits.

— Donne-les-moi, dit Iris. Les miens sont trop grands.

Elles échangent leurs sabots en jetant des coups d'œil aux kapos. Elles ont déjà appris la méfiance.

— Placez-vous par groupe de cinq. Vous marcherez jusqu'à Auschwitz-Birkenau.

Birkenau est situé un kilomètre plus loin, en pleine campagne. Là, elles seront logées dans d'anciennes écuries à chevaux.

13

Sainte-Flavie, mars 1944

En entrant au mess des aviateurs, Rose aperçoit Gratien qui ajuste les cordes de sa guitare. Avec d'autres étudiants de l'école de tir, il a formé un petit orchestre pour leurs soirées dansantes. Elle reconnaît, assis à une table devant lui, Marcel Gadois[8], le journaliste de *La Presse* dont elle adore les reportages.

Onésime surveillant toutes les dépenses de la maisonnée, les Dubeau n'achètent jamais de journaux, mais Marie-Ange leur apporte les siens après les avoir lus. Elle a pris cette décision après avoir surpris Bérangère au magasin général: debout devant le comptoir, concentrée sur sa lecture, tournant délicatement les pages afin de laisser le journal intact, *comme neuf,* disait-elle. Marie-Ange avait alors deviné à quel point il pouvait être humiliant pour sa belle-sœur de *lire à crédit,* comme elle disait en riant pour masquer sa gêne.

Rose savait que Gadois passait quelques jours à l'école pour décrire la formation des étudiants. Lorsqu'elle lui sert son café ainsi que ses œufs accompagnés de bacon et de rôties, le reporter l'invite à s'asseoir auprès de lui. Il déteste

8 Ce journaliste est inspiré en partie de Jean-Paul Guérin, chroniqueur militaire à *La Presse,* mentionné dans *Des bombardiers au-dessus du fleuve,* de François Dornier.

tellement manger seul que la compagnie d'une jeune fille, même si elle n'a que quinze ans, lui convient parfaitement.

— Je ne peux pas. Je suis ici pour travailler, répond-elle en rougissant.

— La place est vide, argumente-t-il. À part ce gratteux de guitare qui étire son café, il n'y a personne. Les étudiants n'ont pas encore terminé leurs exercices matinaux. Allez vous chercher un café, je vous l'offre, et revenez me tenir compagnie.

Même si l'homme l'intimide au point que son cœur bat la chamade et que ses mains sont moites, Rose se laisse tenter. Il a un tel sourire enjôleur ! Elle essuie discrètement ses mains sur son tablier, se sert un café et revient s'asseoir en face de lui en souriant timidement. Gadois commence aussitôt à raconter ce qu'il qualifie d'aventure extraordinaire :

— Je suis vraiment impressionné par l'habileté avec laquelle les étudiants réussissent à percer de balles la cible qu'un aviateur leur présente. Ils sont très doués, s'extasie-t-il, la bouche pleine. Du haut des airs, la cible ne me semblait pas plus grosse qu'un cigare, ajoute-t-il après avoir avalé un autre morceau. Je me disais que cet apprenti n'arriverait jamais à l'atteindre. Je me trompais. Il l'a visé en plein dans le mille, précise-t-il en faisant de grands gestes avant de relever de nouveau ses lunettes.

Ayant prétexté un rhume pour éviter les exercices matinaux, Gratien gratte sa guitare à quelques pas d'eux. Il remarque avec colère à quel point Rose est sous le charme de l'autre homme. *L'art de raconter de ce blanc-bec vaut pas mal moins que de risquer sa vie chaque jour comme je le fais en pilotant un avion*, songe-t-il. Habitué que toutes les filles rampent à ses pieds, blessé dans son orgueil, il n'ose s'avouer qu'il crève de jalousie. Un son strident sort de sa guitare.

Il l'a fait exprès pour attirer l'attention de Rose, mais à peine celle-ci a-t-elle levé les yeux vers lui qu'elle les détourne aussitôt, captivée par le discours du reporter.

— Ce ne sera pas facile de décrire ce que j'ai éprouvé quand nous avons effectué un plongeon. J'ai ressenti un tel bien-être, une telle griserie, vous devriez trouver un moyen de monter vous aussi, conclut-il, l'œil brillant, avant de prendre une autre bouchée.

Rose se contente de sourire. Elle aurait trop honte d'avouer sa peur des avions, même s'ils ne font que passer au-dessus de sa tête. Elle envie ce journaliste. Il y a tant de passion, de joie et d'euphorie dans sa voix. Elle se dit qu'il exerce le plus beau métier du monde. Si elle avait le moindre talent et si elle pouvait faire des études, elle deviendrait reporter, comme lui. Mais il lui semble évident qu'elle n'en serait jamais capable. Et tout le monde se moquerait si elle osait formuler ce désir à voix haute. Comme s'il devinait ses pensées, Gadois lui demande comment elle voit son avenir.

— Eh bien, répond-elle d'un ton peu convaincant, j'aimerais avoir des enfants, me marier, faire comme tout le monde.

— Faire comme tout le monde ! Quelle idée !

Il allait dire « Quelle idée stupide ! », mais s'est retenu à temps. Cette jeune fille timide a besoin d'encouragement, pas d'être humiliée. D'autant plus qu'il a bien vu que ses yeux brillent d'intelligence. Cette petite flamme dans le regard ne l'a jamais trompé.

— Ne gaspillez pas votre vie à faire comme tout le monde. Trouvez votre voie. Mon petit doigt me dit que vous seriez plus heureuse autrement. Et sans me vanter, je dois dire que j'ai du flair, du moins pour ces choses-là, ajoute le journaliste en songeant qu'en amour, il s'était toujours fourvoyé.

Personne, jamais, n'avait parlé à Rose de cette façon. Elle est à la fois ravie et gênée.

Estimant qu'elle est bien trop sérieuse pour son âge, il lui raconte des anecdotes comiques liées à son travail.

La voyant rire aux éclats, elle habituellement réservée, Gratien tape sur sa guitare comme sur un tambour, en espérant encore attirer son attention. En vain. Il joue alors l'air sur lequel ils ont dansé leur premier slow, mais Rose ne le regarde même pas. Il envisage de la faire monter bientôt dans *son* avion. Il pourrait être mis à la porte s'il était surpris à le faire, mais qu'importe, il ne supporte pas l'idée d'être évincé par un « pousseux de crayons », se dit-il. *J'veux m'envoyer en l'air avec elle de toutes les façons*: cette pensée lui arrache un sourire. Il joue plus fort. Elle ne le regarde toujours pas. Le journaliste la fait rire de nouveau. Il ignore qu'elle s'esclaffe pour masquer sa timidité et parce qu'elle est heureuse qu'un reporter vedette s'intéresse à elle. Car c'est bien ce qu'il fait: Gadois la questionne sur son enfance, sa famille, ses amies.

Calvaire, pourquoi la cafétéria est si calme à matin! Les autres vont-y finir par v'nir déjeuner? Elle aura autre chose à faire que d'écouter ce beau parleur! se dit Gratien. Habituellement, la guitare l'aide à décompresser après un vol. Pour redescendre sur terre, dans les deux sens du terme. Pour séduire les filles aussi, mais ce matin, c'est tout le contraire: plus il joue, plus il est nerveux. Il tape violemment sur sa guitare, se lève et s'en va.

Toute la matinée, Rose multiplie les distractions: servant du thé à la place de l'eau, des rôties plutôt que des céréales, oubliant d'apporter les ustensiles. Elle pense, soit à Luna qui l'inquiète, soit à Henri qu'elle commence à voir autrement, soit à cette révélation qu'elle a eue en écoutant le journaliste. Elle n'a plus de doutes: c'est ce métier qu'elle aimerait exercer.

Elle mesure pleinement la distance qui la sépare de cet objectif. Distance si grande qu'elle semble infranchissable. Surtout pour une femme. *Mais je pourrais tout de même commencer par écrire dans le journal de l'école : le* Target, se dit-elle. *Cette publication qui se vend cinq sous est composée en partie d'un ramassis de commérages où l'on raconte quelle jeune fille sort avec tel ou tel garçon, Mais ne dit-on pas qu'il faut commencer au bas de l'échelle ?*

— Hé, la belle, lui crie un aviateur. Tu penses qu'on est des singes et qu'on mange avec nos mains ?

Les quatre garçons assis auprès de lui imitent les chimpanzés, se grattant comme eux, l'un faisant mine de chercher des poux à son compagnon assis à sa droite. Un troisième grimpe sur la table en se frappant la poitrine et en criant. Son imitation est grotesque. Le rouge aux joues, le cœur tambourinant dans la poitrine, Rose dépose brusquement les ustensiles sur leur table pendant que les gars la reluquent de la tête aux pieds. Elle se sent évaluée comme si elle était une voiture à vendre au plus offrant.

À peine leur a-t-elle tourné le dos que l'un d'eux tente de lui pincer les fesses. Ils s'esclaffent, insensibles à la honte qu'elle ressent. Elle se sent coupable, comme si elle était responsable du comportement de ce garçon. Elle en a assez de toutes ces blagues salaces et de ces mains baladeuses. C'est fatigant, à la longue.

Elle envie les aviatrices qui font partie du personnel cadre. Certes, on ne leur permet pas de voler comme les hommes, mais leur diplôme impose plus de respect. Comme elle aimerait elle aussi détenir un diplôme !

14

Auschwitz-Birkenau, mars 1944

En marchant jusqu'à Birkenau, la famille Cohen ne pense qu'à Naomie, à la terreur qu'elle a dû ressentir. Elles ne cessent d'espérer que *la géante* l'a prise dans ses bras et a tenté de la réconforter.

— Ici, on entre par la porte et on sort par l'une de ses cheminées, dit une femme qui marche devant elles.

Kalinda lève les yeux et voit les quatre fours crématoires de Birkenau. L'endroit est aussi bruyant qu'Auschwitz. Elle met ses mains sur ses oreilles afin de ne plus entendre les gémissements et les pleurs. Soudain, sa mère lui prend le bras : *Écoute, c'est de la musique tzigane.*

Le camp des Tziganes est maintenant à portée de vue. Elles les fixent, n'arrivant pas à croire que c'est toute leur parenté qui vient vers elles : squelettes ambulants, courbés comme de très vieilles personnes, yeux tachetés de rouge, joues creuses mangées par les cernes, ils sont méconnaissables. Inge tombe à genoux et éclate en sanglots.

Derrière sa grand-mère, l'amoureux de Kalinda apparaît et hurle son nom. Elle voudrait le rejoindre, mais un kapo la force à rentrer dans le rang. Elle avance à reculons, ne se résignant pas à perdre de vue Nanosh qui la suit des yeux, dévasté. Il aurait tant souhaité la retrouver ailleurs.

Elles sont conduites au block 27A, près des rails : elles verront donc les nouveaux arrivants, avec son lot d'enfants destinés aux chambres à gaz voisines de leur block.

La kapo qui les y accueille est grande, blonde, très belle, vingt-cinq ans à peine. Kalinda envie ses habits chauds, mais son regard terrifié lui fait pitié.

Des centaines de femmes sont étendues, entassées sur des grandes boîtes de bois, des *coyats*. Kalinda est frappée par l'allure des enfants qui l'observent en silence : ils ont des visages de vieillards. Ils font partie des rares jeunes de moins de quatorze ans qui ont miraculeusement passé la sélection à leur arrivée, échappant ainsi à la chambre à gaz.

Une belle jeune fille d'à peu près son âge et dont le crâne est couvert d'une repousse de cheveux roux flamboyant rit aux éclats. Kalinda la regarde avec insistance : elle aime ceux et celles qui, comme ses sœurs jumelles, arrivent à rigoler, même dans les pires circonstances. Une femme, près d'elle, interprète mal son regard.

— Si tu crois qu'elle est folle, c'est parce que tu ne connais pas le *Galgenhumor.*

— Qui veut dire ?

— Humour de potence. Lorsqu'on n'a plus rien à perdre, rire devient une arme qui aide à vivre. C'est mieux que la totale indifférence à ce qui nous entoure. Ne plus avoir d'émotions, c'est comme être déjà mort.

Lorsque Kalinda passe auprès d'elle, la rousse lui touche la main en souriant. Son sourire franc contraste avec l'allure des autres femmes, au regard vide.

La kapo leur désigne des places libres, mais avant, elle accepte la demande de Kalinda d'aller aux chiottes.

— Je peux lui montrer où elles sont, offre la rousse. Moi aussi, j'ai envie.

Exceptionnellement, la kapo les laisse filer. Dehors, le ciel est rougi par les flammes. Les fours où sont brûlés des détenus roulent à plein régime.

— Je m'appelle Marceline Loridan-Ivens[9], dit la jeune fille aux yeux rieurs en tendant la main.

— Et moi, Kalinda Cohen.

— Nous avons de la chance d'avoir une kapo pas trop chiante, poursuit Marceline. Celle qu'on avait avant riait de nous voir souffrir. Mais Ursula est très gentille, ajoute-t-elle en marchant.

— C'est une Allemande ?

— Oui, et elle a juré fidélité au Führer. Quand elle est arrivée ici, elle croyait qu'elle aurait seulement à faire de la surveillance. Un jour, on lui a ordonné de jeter un nourrisson dans une fosse enflammée. Elle a obéi, mais ne s'en est jamais remise. La nuit, elle fait des cauchemars épouvantables et le jour, parfois, elle hallucine et lance des cris de terreur. Un matin, je l'ai trouvée s'arrachant les cheveux. Je l'ai réconfortée et c'est là qu'elle m'a tout raconté. *Je ne serais jamais venue ici si j'avais su,* m'a-t-elle dit.

— C'est affreux, s'indigne Kalinda avant de demander si les kapos sont tous des nazis.

— Non. Certains sont d'anciens bagnards. Ici, ils tiennent le haut du pavé et font la loi. D'autres sont des Juifs à qui les SS imposent des actes qu'en d'autres circonstances, ils n'auraient sans doute jamais posés. Il y a des Allemands aussi qui aident parfois les détenus.

Marceline ouvre la porte des chiottes. La puanteur est épouvantable, mais moins pire qu'à l'extérieur, saturée de

9 Personnage réel. Je me permets ici un petit anachronisme : Marceline est arrivée au camp le 13 avril 1944.

l'odeur des chairs et des cheveux brûlés. Les deux jeunes femmes urinent côte à côte, sans dire un mot et ressortent aussitôt. Kalinda glisse sur la terre boueuse et Marceline la retient juste à temps.

— Ce n'est pas le temps de t'amuser dans la terre comme un bébé, la taquine-t-elle.

Kalinda lui sourit. Elle aime l'humour de cette fille qui, elle le sent, deviendra une bonne amie.

— Regarde ces arbres décharnés, dit-elle ensuite en marchant. On m'a raconté que plusieurs arbres n'ont pas de feuilles durant la belle saison. Ils me ressemblent, moi qui n'ai presque plus de cheveux, ajoute-t-elle en touchant son crâne. Même l'herbe ne pousse plus. Comme si la nature était elle aussi profondément blessée par cette guerre absurde[10].

— On dirait qu'il n'y a pas d'oiseaux dans la forêt, s'étonne Kalinda.

— Ils sont absents. Les rares corbeaux que j'ai vus ne croassent pas. Quelquefois, des renards s'aventurent à l'orée de la forêt et nous observent, comme s'ils étaient pétrifiés devant tant de cruauté. Ils ne s'approchent pas tellement. Il y a trop de fumée, trop de cendres. Il paraît que l'été, il y a beaucoup de roses sur la montagne qu'on voit au loin. Je me demande si elles pousseront l'an prochain. J'espère. En tout cas, au moins on verra de la verdure. Contempler la beauté du monde aide à vivre.

Kalinda hésite à poser la question qui, elle le craint, la projettera un peu plus en enfer, mais c'est plus fort qu'elle :

— Est-ce que beaucoup de personnes sont brûlées chaque semaine ?

10 Paraphrase des mots que Marceline Loridan-Ivens a écrit après sa libération.

— Chaque jour, tu veux dire. Parfois, cinq mille en une journée.

Sous le choc, Kalinda se sent vaciller. Marceline lui ouvre la porte du block et elle rejoint sa mère sur la *coyat* qu'elles partagent avec les jumelles et trois autres femmes. La nuit est longue : entassées, couchées tête bêche, les pieds de l'une accrochant le visage de l'autre, elles ne trouvent pas le sommeil. Au-dessus d'elle, une femme crie. Une autre détenue, excédée, épuisée, terrorisée, a perdu patience et a posé un geste qu'en des jours plus heureux, elle n'aurait jamais cru faire : comme un animal enragé, elle a mordu sa compagne afin de protéger son sordide territoire.

— Qu'est-ce que c'est encore que cette cochonnerie qui me coule sur le corps ? hurle une autre femme sur qui une substance noire et putride provenant d'une détenue atteinte de dysenterie et couchée un étage au-dessus est tombée.

De l'autre côté de l'allée, une jeune fille appelle à l'aide pendant qu'une autre lui ordonne de se taire. Les pleurs et les cris, comme un vent très violent auquel on ne s'habitue pas, peuplent les nuits. *La première nuit est la plus dure*, lui a dit Marceline. *On pense à tout ce qu'on a perdu.*

Kalinda aimerait tellement trouver les mots qui pourraient réconforter sa mère. Celle-ci, atterrée par la mort de Naomie, étouffe tant bien que mal ses gémissements. Quand elle trouve enfin le sommeil, ce n'est que pour quelques minutes. Le temps d'un rêve furtif : derrière ses paupières closes, elle marche dans Paris avec ses filles. Un Paris libre. Débarrassé de l'occupation allemande. Elle ouvre les yeux et retombe dans le cauchemar de la réalité.

À l'aube, un filet de lumière éclaire le mur sur lequel elle voit des mots allemands gravés dans la pierre, et juste en dessous, la traduction française tracée à la craie : *Tais-toi.*

Un peu plus loin, quelqu'un a dessiné des dizaines de papillons. Signes d'espoir pour ceux qui vont suivre ? Ou signes de renaissance ? Dans une telle situation de vulnérabilité, on s'accroche à tout, on veut croire à tout.

15

Sainte-Flavie, mars 1944

Rose a fait monter Luna dans son lit. Elle sait pertinemment qu'elle lui donne de mauvaises habitudes, mais cela n'a aucune importance maintenant : elle voit bien que sa belle chienne, qui maigrit à vue d'œil et ne mange presque plus, n'en a peut-être plus pour longtemps à vivre. Elle a fini par s'endormir, lovée contre son corps, mais Rose continue de la flatter. Des larmes coulent sur ses joues. Elle nourrit toutefois un mince espoir. Henri lui a suggéré de prendre Luna avec lui quelques jours : *Je ne veux pas que tu t'illusionnes trop, mais je vais essayer un fortifiant qui a déjà marché pour le vieux chien d'un fermier. On ne sait jamais, ça pourrait ajouter quelques mois de plus à sa vie. Mais pour ça, il faut qu'elle soit avec moi, car je dois lui en donner toutes les deux heures. Je pourrais la prendre dimanche. Je ne pense pas avoir d'appel pour travailler, comme ça, je serai avec elle la première journée pour qu'elle s'habitue à ma maison.*

Rose regarde l'heure. Minuit. Il ne lui reste plus que six heures avant le lever, Henri venant faire le train à cette heure. La respiration de Luna est moins saccadée. Le vent souffle encore avec vigueur, mais qu'importe, elle aime les bourrasques qui font craquer la maison. Il l'apaise. Elle s'endort collée contre sa chienne et se réveille quelques minutes avant six heures. Elle n'a jamais eu besoin de réveille-matin :

avant de s'endormir, il lui suffit de penser à quelle heure elle souhaite se lever. Luna la fixe. On dirait qu'elle a pleuré. *Ses yeux sont plus humains que ceux de bien des gens que je connais*, se dit Rose en lui donnant un bec sur le front.

— Allez ! On se lève. Tu vas aller habiter avec Henri, il va t'aider à guérir, lui dit-elle d'une voix qu'elle s'efforce de rendre joyeuse. Luna n'est pas dupe, elle sent la tristesse de sa maîtresse. Elle obéit, se glisse hors du lit, mais se recouche aussitôt, les yeux fixés sur Rose qui s'habille en chantonnant afin de refouler ses larmes.

Elle aide Luna à descendre jusqu'à la cuisine où flotte déjà une odeur d'œufs et de pain rôti. Rose s'assoit à table, face à sa mère, la tête de Luna couchée sur ses pieds. La chienne ne réagit pas lorsqu'elle place des cretons devant son museau, espérant qu'elle mangera un peu. Rose, ne pouvant retenir ses larmes, repousse son assiette. Bérangère n'a pas faim elle non plus. Elles se lèvent et font la vaisselle en silence. Par la fenêtre, elles voient l'auto d'Henri qui entre dans la cour. Il en descend et se dirige vers l'étable.

— Il va faire le train, constate Bérangère. C'est donc un bon garçon. Tout ce qu'il fait pour nous... Il vient même labourer l'automne parce qu'Onésime a peur d'être dans les champs à cause des balles perdues des apprentis mitrailleurs. C't'un bon parti, ajoute Bérangère, convaincue que Rose serait heureuse avec lui.

Rose soupire. Elle déteste ces sous-entendus, trop fréquents. Elle se lève et met dans un pot la graisse qu'elles conservent et qu'elles iront porter au dépôt officiel du gouvernement. La graisse et l'huile sont utiles pour fabriquer des explosifs que les Alliés lancent sur les sous-marins allemands.

— Je vais chercher un autre contenant, celui que t'as est trop petit ! hurle Bérangère.

La mère et la fille éclatent de rire. Elles sont tellement habituées à hausser la voix à cœur de journée à cause du bruit constant des avions qu'elles oublient de baisser le ton durant les heures muettes.

— Oublie pas de donner à Henri le reste de notre cipaille d'hier, il l'aime beaucoup.

— Mais non, je n'oublierai pas, répond Rose, agacée.

Elle doit bien avouer cependant qu'elle pense à lui souvent depuis le jour où il est venu la conduire à l'école. Elle lui trouve aussi bien des qualités, dont celle d'être toujours à l'heure, ce qu'elle apprécie d'autant plus qu'elle déteste attendre. À sept heures tapantes, après qu'il eut demandé la permission d'enlever ses *vêtements d'étable* dans la petite cuisine d'été, ils sortent de la maison sous un ciel étoilé. Luna refuse de monter dans l'auto d'Henri et fait plutôt le tour de la maison avant de recommencer le même manège autour de tous les bâtiments et d'entrer dans la grange afin d'aller voir Mimine, la chatte, qui accourt et se frôle aussitôt contre ses pattes. Luna sent ensuite les endroits où elle a enterré les os qu'Henri lui a donnés. Rose a les larmes aux yeux. Le comportement de sa chienne est semblable à celui des vieux fermiers qui « marchent une dernière fois leur terre » avant de mourir. C'est à cela aussi que Bérangère et Henri songent. Le moment a quelque chose de sacré et de profondément triste.

Henri finit par attirer Luna avec un os que Bérangère vient de lui apporter. La chienne saute aussitôt dans l'auto. Rose, le cœur gros, les regarde s'éloigner en priant pour que tout se passe bien.

— Viens, dit Bérangère à sa fille. On a beaucoup de travail.

— On fait juste ça, travailler, bougonne Rose. Me semble que ça nous ferait du bien de changer d'air. Pourquoi on n'irait pas à Québec voir Dorothée ? C'est dimanche, elle est en congé aujourd'hui.

— Aller à Québec ! s'exclame Bérangère, comme si Rose lui demandait de se rendre sur la Lune.

— Oui, ce serait agréable de faire un petit voyage juste nous deux, ma petite maman d'amour, ajoute Rose avec un sourire enjôleur.

Bérangère s'approche de la fenêtre. Dehors, le vrombissement assourdissant des avions et les pétarades des tirs des élèves de l'école se mêlent déjà au sifflement du vent. Au bout d'un moment, un sourire se dessine sur ses lèvres.

— Et pourquoi pas ? Faut ben que je fasse une folie dans ma vie avant de mourir ! Si on prend le train cet avant-midi, on pourra revenir de nuit. On va apporter la cornemuse à Dorothée, elle sera contente.

En disant cela, elle a l'air d'une jeune fille espiègle. Les occasions de briser sa routine sont rares. Heureuse de ce dénouement qu'elle n'avait pas osé trop espérer, Rose se lève et prend sa mère dans ses bras.

— Je vais laisser un mot pour ton père, au cas où il reviendrait, dit Bérangère après s'être dégagée doucement de l'étreinte. En tout cas, j'espère qu'il n'arrivera pas pendant notre absence, conclut-elle, de la peur dans la voix.

— C'est très peu probable qu'il soit ici avant un mois. Ne vous inquiétez pas avec ça, dit Rose.

Durant le trajet en train, la mère et la fille parlent de la surprise qu'elles feront à Dorothée, mais elles restent la plupart du temps silencieuses, profitant du paysage. Près de Rimouski, le soleil éclaire la banquise où de nombreux phoques se prélassent. Rose pousse une exclamation de joie, indifférente aux passagers du train qui se retournent pour la regarder. Il y a longtemps qu'elle a vu un tel spectacle, les avions et les pétarades constantes des tirs des aviateurs les ayant chassés de Sainte-Flavie. C'est elle aussi qui, la première, aperçoit les deux renards qui courent sur la grève.

L'homme assis en face d'elles leur parle de ses exploits de chasse, ce qui ne plaît guère à Rose qui n'aime pas que des animaux soient tués. Par politesse, elle le lui cache. Heureusement, car une fois qu'ils sont arrivés à Québec, il les présente à sa fille venue le chercher à la gare, et celle-ci leur offre spontanément de les conduire à l'appartement de Dorothée, situé près des nouvelles casernes de la côte du Palais.

Lorsqu'elle ouvre la porte à sa mère et à sa sœur, Dorothée a les yeux tout ensommeillés. Elle est tellement surprise de les voir qu'elle croit aussitôt qu'une mortalité est survenue dans la famille.

— Qui cé qui est mort ? Pas ma tante Marie-Ange ou mon oncle Tancrède toujours ? demande-t-elle, une main sur le cœur.

Aucune d'entre elles ne songe qu'elle ne s'est pas aussi inquiétée pour Onésime.

— Non, personne, la rassure Bérangère.

— Regarde ce qu'on t'a apporté, dit Rose.

— Ma cornemuse ! s'exclame Dorothée en la serrant contre son cœur comme s'il s'agissait d'une personne vivante.

— C'est Henri qui l'a trouvée dans la « grange à dîme », précise sa mère.

— Comme ça, plutôt que de payer sa dîme, le vieux gratteux qu'est mon père a préféré sacrifier ma cornemuse, déduit Dorothée. Pis le curé, me semblait qu'il acceptait juste du grain et des patates dans sa grange à dîme.

— Ça a l'air que non. Henri savait à quel point tu aimais cet instrument-là. Il a pas hésité une seconde pour la récupérer, même si pour ça il a puisé dans ses maigres économies. C'est tellement un bon garçon, conclut Bérangère en jetant un regard à Rose, qui lève les yeux au ciel.

— Mais il y a pas juste ma cornemuse. Je suis contente de vous voir, ajoute Dorothée en les embrassant tour à tour. Dégraillez-vous, on va s'asseoir à' tite table pour jaser.

Bérangère sort les sandwichs qu'elle a apportés et les dépose dans les assiettes que Dorothée lui tend.

— Comme ça, vous êtes trois filles à loger icitte, dit Bérangère.

— Oui, les deux autres travaillent de jour, et moé de nuit. Quand j'rentre, j'prends le lit de celle qui vient de se lever. L'avantage, c'est qu'il est toujours chaud, lance-t-elle en riant avant de se lever et de revenir avec une pinte de lait et trois verres.

— Tu bois du lait ? demande Bérangère, surprise, Dorothée n'ayant jamais voulu en avaler, au grand dam de leur père : *On sait ben, ça nous coûte rien, c'est pas assez bon pour elle.*

— Euh… oui, finalement j'aime ça.

Elle ment. Elle inquiéterait sa mère si elle lui disait que tous les travailleurs des usines de munitions doivent boire du lait afin de prévenir les empoisonnements causés par d'éventuels explosifs. Mais c'est moins l'inquiétude de sa mère qui la rend muette que le fait qu'elle déteste devoir la rassurer.

Si elle savait la vie que je mène, se dit Dorothée en versant le lait dans les verres. *Le plus dur, ce n'est pas le lait que je me force à boire, ni les longues et éreintantes heures de travail, ni l'odeur de poudre qui me donne mal au cœur, non, tout ça, je peux m'en accommoder, pas toute une vie, mais pour un temps. Non, le plus difficile, c'est le harcèlement des hommes avec qui je travaille. Qu'est-ce que maman dirait si elle savait qu'y se passe pas une journée sans que l'un d'eux me prenne la taille en passant derrière moi ? Il y en a qui poussent même l'audace jusqu'à mettre leurs sales mains sur mes seins. Non seulement le contremaître ferme les yeux, mais il les imite et en rajoute en me demandant de l'accompagner aux toilettes ou de rester avec lui après le travail. Je l'ai faite une fois. Il me répétait qu'il n'avait jamais vu de femme aussi belle. La beauté peut être une calamité. C'est ce que j'en suis venue à penser. Il m'a plaquée contre lui en me demandant de tâter son membre viril. Le vicieux ! J'y ai planté mon genou dans les couilles. Il a hurlé de douleur. J'ai tellement hâte que la contremaîtresse guérisse de sa grippe et reprenne sa place. Pis, un jour, j'épouserai un homme riche et puissant. Il y a pas un p'tit contremaître qui osera m'écœurer.*

— J'ai eu une augmentation. Je suis bien payée. Mieux qu'une maîtresse d'école, dit-elle pour chasser ses pensées qui la démoralisent tant que chaque matin, elle voudrait fuir ailleurs. N'importe où.

— Pas vrai ! s'exclame Bérangère, le visage réjoui.

— Ben oui, maman, renchérit Rose. C'est pour ça que depuis l'année passée, on a interdit aux institutrices d'accepter un autre emploi. On en manquait parce qu'elles préféraient travailler à l'usine pour toucher un meilleur salaire.

— J'savais pas ça, reconnaît Bérangère avant d'ajouter, à l'intention de Dorothée : pas besoin de le dire à ton père. Tu garderas le surplus pour toé.

— C'est ben la moindre des choses, répond brusquement sa fille aînée.

Blessée par cette brusquerie à laquelle elle ne s'est jamais habituée, Bérangère reste silencieuse un moment, avant de poursuivre.

— Maintenant qu'on a fini de manger et de boire le lait, j'aimerais ça voir où tu travailles.

— O.K. Je mets mon manteau et on y va. C'est à deux pas, mais vous pourrez pas y entrer. Les autorités ont peur que les usines soient sabotées par les ennemis. Faque elles sont toutes clôturées de barbelées et surveillées jour et nuit par des gardiens.

En passant devant l'usine, Bérangère et Rose constatent aussi que des poteaux en forme d'allumettes rappellent aux passants qu'il est interdit de fumer à proximité en raison des risques d'explosion.

— On doit présenter notre numéro de matricule en entrant et en sortant, avant de subir une fouille, explique Dorothée.

— Pourquoi ? s'enquiert Rose.

— Pour pas que personne vole de munitions et d'autres matières dangereuses ou apporte de quoi fumer, répond sa sœur.

Elle ne dit pas qu'elle-même cache des allumettes et des cigarettes sous son turban et qu'elle fume en cachette dans les toilettes avec d'autres filles.

— Es-tu ben en sécurité ? demande Bérangère tout en marchant auprès d'elle, suivie de Rose qui traîne le pas. Les portes cochères donnant accès aux écuries et à la cour ;

les toits de tôle ; les entrées protégées par un portique ; les grandes cheminées enchâssées dans les hauts murs mitoyens séparant les maisons les unes des autres ; tous ces éléments d'architecture dont lui a parlé Henri la séduisent.

— Oui, maman, inquiétez-vous pas, soupire Dorothée. J'ai suivi une formation de trois jours sur les mesures de sécurité.

— Qu'est-ce que vous apprenez ? demande Rose.

— On nous dit de retenir nos cheveux avec une casquette ou un turban, de pas porter de bijoux, ni de chaussures avec du métal, ni de vêtements qui font de l'électricité statique.

— T'es certaine que t'es pas en danger ? insiste Bérangère.

— Certaine, maman, répond Dorothée d'une voix exaspérée.

Bérangère touche sa main. Les gestes de tendresse entre elles sont si rares, Dorothée n'étant pas affectueuse comme Rose. Bérangère n'a jamais senti non plus quand elle lui cachait la vérité.

Et c'est ce qu'elle vient encore de faire à l'instant. Récemment, une fille s'est blessée gravement après s'être endormie pendant que la machine continuait de fonctionner. Dans une autre usine, une explosion a tué trois femmes et deux hommes. Mais de tout cela, personne à l'usine ne devait en parler. Tous les employés avaient d'ailleurs prêté serment à cet effet. Le contremaître leur avait expliqué que c'était afin de ne pas divulguer des secrets de guerre, mais en fait, les autorités craignaient de ne pouvoir recruter de la main-d'œuvre si le bruit des accidents venait aux oreilles de la population. Elles avaient donc imaginé une propagande mensongère : dans un article paru dans *La Presse,* l'un des contremaîtres avait affirmé avec aplomb que travailler en usine comportait moins de risques que le travail ménager.

— Regardez ! s'écrie Rose. Il y a neuf étoiles dans cette fenêtre.

— Ça veut dire qu'ils ont neuf garçons dans cette famille qui sont partis à' guerre ! s'exclame Bérangère. Pauvre mère de famille ! Elle doit être morte d'inquiétude.

— Des étoiles, il y en a plusieurs dans presque toutes les fenêtres, dit Dorothée en haussant les épaules.

— Oui, mais autant, c'est pas banal, répond sa mère.

— Venez, on va marcher sur la terrasse Dufferin, propose Dorothée.

Là, pour éviter les questions que sa mère lui poserait et qui l'obligerait à mentir, elle raconte tout ce qu'elle sait de l'histoire de Québec.

— Si vous étiez venues l'été, vous auriez vu les Jardins de la Victoire.

— C'est quoi ça ? demande Bérangère, qui adore le jardinage.

— On encourage les résidents à faire un jardin. L'idée, c'est que plus y'a de gens qui font pousser leurs légumes, plus ils ont évidemment à manger, mais surtout, ils libèrent les camions ou les wagons qui peuvent transporter autre chose que d'la nourriture. Plus de munitions outre-mer, par exemple. C'est la contremaîtresse qui nous a dit ça l'été dernier quand on marchait jusqu'aux Plaines pour dîner. Il y avait des Jardins de la Victoire dans toutes les cours et même sur le toit de certaines maisons. Ça m'est arrivé de conseiller des citadins qui savent pas distinguer un panais d'une carotte.

Les trois femmes rient de bon cœur.

— Les terrains vagues étaient aussi pleins de légumes cultivés par ceux qui vivent en appartement. J'ai dit à une jeune mère de planter des oignons près des fleurs pour lutter contre les parasites.

— Je suis ben contente que tu te souviennes de ce que j't'ai appris, dit Bérangère avec un grand sourire.

— As-tu fait un jardin toi aussi ? demande Rose.

— Non. Moé, quand je reviens de travailler, je suis trop fatiguée pour jardiner. Mais je suis à la merci du rationnement. C'est pas comme vous autres, qui avez presque tout ce qu'il vous faut sur la ferme. Vous êtes chanceuses !

— N'empêche qu'on nous rappelle à nous aussi le serment de la ménagère, rigole Rose en faisant un clin d'œil à sa mère.

Ensemble, elles s'exclament d'une voix théâtrale :

— Je prendrai soin de ce que j'ai. Je n'achèterai que ce qu'il faut. Je dépenserai avec discernement.

Rose prend de la neige sur le rebord de la fenêtre et la lance sur le dos de sa sœur. Les deux jeunes filles se mettent à courir, riant comme au temps de leur enfance. Elles s'arrêtent, essoufflées, et attendent leur mère qui les rejoint, le sourire aux lèvres.

La température étant douce, elles marchent tout l'après-midi, heureuses de cette journée qui brise la grisaille de leur quotidien. Elles vont même à la glissade du Château, sur la terrasse Dufferin. Rient comme des folles. S'amusent comme des enfants. Dorothée, qui n'a pourtant pas beaucoup dormi, ne sent presque pas la fatigue. Chacune puisant dans ses économies, elles s'offrent ensuite le luxe de souper au restaurant, et c'est au tour de Rose de raconter à sa sœur son quotidien à l'école de tir. Dorothée ne lance pas de pointe comme à l'accoutumée. *C'est une journée magique,* songe Rose. Il lui semble soudain que les moments qu'elle vit sont si parfaits qu'Henri réussira à prolonger substantiellement la vie de sa Luna. Bérangère, elle, est soulagée de constater que son aînée ne semble pas malheureuse de travailler de nuit à l'usine, même si son rêve de s'engager dans l'armée s'est brisé sur l'entêtement d'Onésime.

16

Birkenau, mars 1944

L'aurore commence à peine à rougir le ciel que déjà, tremblantes de froid et de peur, le corps perclus de douleur, Kalinda, sa mère et les jumelles se lèvent sans avoir pu fermer l'œil de la nuit à cause non seulement de leur trop grande tristesse, mais aussi des poux, des pleurs et des cauchemars des autres prisonnières. La routine du camp est rigoureusement réglée. À quatre heures, après avoir avalé un bout de pain, sous un ciel encore fourmillant d'étoiles, éperdues de fatigue, elles se rendent à la Place d'Appel. Là, elles attendent en rang jusqu'à l'arrivée des gardiens, quatre heures plus tard. Durant cette trop longue attente, légèrement habillées, elles gèlent pendant qu'une kapo, chaudement vêtue, vérifie qu'aucune ne manque à l'appel. Risquant d'être battues pour quelque chose de dérisoire, elles font tout ce qu'elles peuvent pour ne pas attirer son attention.

Les Cohen écoutent une détenue raconter que l'automne dernier, une Juive polonaise a été cruellement humiliée parce qu'elle jeûnait le jour de Kippour, cette fête appelée aussi Le jour du grand pardon. Même d'autres détenues s'étaient moquées d'elle. Inge admirait plutôt cette jeune femme squelettique qui croyait encore en une force supérieure. Elle estimait qu'elle avait plus de chances de survivre que toutes celles, nombreuses, qui restaient muettes et prostrées, la tête et le regard vides.

Kalinda regarde autour d'elle, espérant apercevoir Nanosh. Il a réussi quelques fois à déjouer la vigilance des gardiens et s'est faufilé dans la file pour la rejoindre. Lorsqu'elle lui a appris la mort de Naomie, il a appuyé son front contre le sien et a pleuré avec elle.

— Je sais qu'elle était un peu comme ton enfant, avait-il murmuré.

Kalinda, la gorge pleine de sanglots, n'avait pu répondre, mais elle avait acquiescé d'un mouvement de tête. C'était vrai qu'elle avait beaucoup materné Naomie, Inge étant très occupée à son commerce.

Pour elle, Nanosh vole du pain, du chocolat, une ou deux aspirines qu'il réussit à lui passer en douce, le matin ou le soir à son retour du travail. De véritables petits miracles, au cœur de cet enfer. Le petit flacon de parfum qu'il lui a aussi offert lui a tiré les larmes : elle se sentait à nouveau femme, humaine, plus que les matricules qui l'identifient.

Il y a quelques jours, il riait parce qu'il l'avait trouvée, la tête levée vers le ciel, les yeux fermés, la bouche grande ouverte afin d'apaiser sa soif avec les légers flocons de neige mouillée. Elle avait ri avec lui. Il lui avait parlé ensuite des parents d'Inge avec qui il a voyagé dans le train menant à Auschwitz :

— Quand les Allemands sont venus les chercher, ils leur ont dit, comme à nous tous, qu'à la fin de la guerre, nous serions évacués vers l'est et qu'ils nous donneraient un lopin de terre.

Kalinda ne l'avait pas contredit, mais avait pensé que les Allemands devraient en donner beaucoup s'ils tenaient leur promesse : chaque jour, le camp tzigane près de la voie ferrée accueille de nouveaux arrivants.

Nanosh lui avait pris la main et avait ajouté :

— Nous pourrons nous marier.

Elle lui avait souri, les larmes aux yeux. Il avait serré sa main un peu plus fort et avait poursuivi :

— Tu dois tenir le coup et moi, je te promets que je ne mourrai pas ici. L'hiver a été très froid, certains jours il faisait trente sous zéro, et regarde-moi, je suis toujours là, frais et dispos, avait-il blagué en faisant quelques pas de danse.

— Assez en forme pour voler, lui avait-elle dit.

Ils riaient tous les deux. Il la faisait rêver et elle en avait bien besoin. Elle le trouvait beau malgré le changement qui s'était opéré en lui. Elle lui avait caressé le visage, déjà marqué par la souffrance. Il avait beaucoup vieilli depuis qu'il était ici, mais elle croyait qu'il allait survivre, car il avait trouvé un sens à tout cela : *quand je serai journaliste,* lui avait-il dit, *je vais raconter tout ce qu'on nous a fait subir. Oui,* lui avait-elle répondu, *toi seul peux trouver les mots pour décrire tout cela.* Elle en doutait cependant. Les mots étaient impuissants à le faire. Et lui aussi le savait.

Constatant que, d'où il était, le gardien ne pouvait les voir, Kalinda et Nanosh s'étaient mis à genoux dans la file, cachés par les femmes qui, complices de leur amour, les encerclaient. Indifférents à la boue qui souillait leurs jambes, ils s'étaient embrassés. Un baiser doux comme de la soie et long comme la vie. Ils ne s'étaient jamais autant aimés qu'à cet instant. C'était la plus belle embellie dans leur enfer. Les autres les regardaient, les larmes aux yeux. Les enfants qui avaient eu la chance de ne pas être gazés à leur arrivée riaient. Ils riaient d'ailleurs plus souvent que les adultes, et plusieurs croyaient que la vie à Birkenau était plus facile pour eux parce qu'ils n'avaient pas de souvenirs de quoi que ce soit de plus beau.

Puis, Nanosh et Kalinda s'étaient relevés doucement, ne se quittant pas des yeux.

— Je dois te laisser.

Elle n'avait pas cherché à le retenir. Il pourrait payer de sa vie s'il se faisait prendre à rôder autour d'elle. Il s'était éloigné, mais était vite revenu sur ses pas pour l'embrasser une dernière fois.

Kalinda aimerait tant vivre dans le camp des Tziganes. Pour être avec lui, mais aussi parce que leur vie semblait un peu plus facile que la sienne. Les familles tziganes avaient conservé leurs biens, y compris leurs vêtements. Mais les Tziganes n'avaient pas plus d'eau et de nourriture que les autres, et ils n'étaient pas à l'abri des épidémies qui sévissaient à Birkenau. Ils n'avaient cependant pas perdu leur bonne humeur légendaire pour autant. Leurs chants et leurs musiques égayaient leurs soirées.

Le hurlement d'une gardienne la sort de sa rêverie.

— Avancez plus vite, 74 000.

Quelle tristesse de n'être plus qu'un numéro. *Compte-toi chanceuse, tu en as deux. Je suis jaloux,* s'était moqué Nanosh lorsqu'elle lui avait mentionné cela.

L'attente est terminée. Il est temps d'aller travailler. Inge, à l'usine de munitions de Weichsel Union Werke, pendant que Kalinda et Marceline, attelées comme des chevaux avec trente autres femmes liées par des courroies, tirent du charbon des heures durant.

Presque tous les membres de la famille sont séparés, sauf les jumelles qui sont chargées, avec d'autres femmes, d'assécher les marais.

Malgré la faim qui la tenaille, Marceline glisse dans sa main un morceau de pain. Un trésor pour Kalinda qui est affamée. Cette communion improbable dans la tourmente, cette générosité, ce geste altruiste, la remuent plus que n'importe quel don reçu jusqu'à présent dans son existence et l'encourage à se battre pour survivre.

Marceline lui a appris à travailler doucement en donnant l'illusion de trimer dur. Visage crispé à l'extrême, râlements de douleur, elles en font un peu trop, mais le gardien ne se méfie pas. Avant qu'elle ne lui donne ce truc, Kalinda avait été rouée de coups de pied parce qu'elle s'était effondrée sous la charge de travail. Elle savait qu'elle serait conduite à la chambre à gaz si elle ne se relevait pas. Elle avait donc trouvé la force de le faire.

Sans Marceline, elle est persuadée qu'elle ne tiendrait pas le coup. Son amie ne rate pas une occasion de rire ou de chanter. Ce matin, elle fredonne une chanson en travaillant: *Tico Tico par ci, Tico Tico par là.*

— Qu'est-ce que c'est que cette chanson? lui demande Kalinda.

— C'est une Canadienne, Alys Robi[11], qui a fait le tour des bases militaires afin de remonter le moral des combattants canadiens. Je l'ai entendue à la radio.

Elle lui apprend les paroles et ensemble, elles chantent en riant. Kalinda pense à Naomie à qui elle aurait appris cette chanson en la modifiant un peu: *Ti-coco par ci, Ti-coco par là.* Afin d'éloigner la tristesse, elle entonne pour Marceline un chant tzigane. S'efforcer d'être joyeuses est une façon de se venger sur la vie qu'elles doivent mener. Un pied de nez au destin.

---

11 Personnage et fait réels.

— Ça aide à tenir le coup, ma sœur de vie, lui répète Marceline.

Sœur de vie: Kalinda adore cette expression. Elle lui sourit avant de glisser le pain dans sa bouche. Après s'être assurée que le gardien ne la voit pas, elle le mâche lentement afin que dure le plaisir.

Vers dix-neuf heures, la journée de travail terminée, elles doivent ramener au camp les blessés et les morts. Avant de pouvoir regagner leur baraque, elles passent encore des heures à attendre dehors pendant la cérémonie de l'appel. Heureusement que l'hiver est presque fini ! Nanosh n'est pas dans les parages. Kalinda s'inquiète pour lui. Personne ne sait jamais s'il passera la journée. Les cadavres qui longent les baraques en briques rouges révèlent crûment la précarité de leur vie. Des gardiens prennent aussi plaisir à répéter *qu'ici, on entre par la porte et on sort par la cheminée.*

— Ils sont hors d'atteinte des nazis, ceux-là, au moins, avait alors murmuré une femme.

C'est aussi l'heure de la distribution des punitions. Des femmes sont rouées de coups sans qu'elles sachent pourquoi. Kalinda aperçoit sa mère et lui fait signe de la rejoindre, mais un gardien prend Inge par le bras et l'oblige à le suivre. Kalinda s'inquiète: que va-t-il faire de sa mère? Ou qu'a-t-elle fait? Elle s'inquiète d'autant plus qu'elle sait que son travail à l'usine d'armements est l'endroit idéal pour son âme de résistante et de rebelle.

Lorsqu'ils vivaient à Paris, Inge a participé à de nombreuses manifestations contre le rationnement. Kalinda se souvient comme si c'était hier de la première, en mai 1942, sur la rue de Buci. Avec d'autres femmes, sa mère avait envahi des restaurants et épiceries de luxe, sommant les propriétaires de partager les vivres, dont des boîtes de sardines.

Vingt personnes avaient été arrêtées et accusées d'attentat terroriste. Inge avait échappé de justesse à la police, mais n'avait pas hésité à se mêler ensuite à d'autres manifestants.

Kalinda a raison de s'inquiéter : avec d'autres femmes qui travaillent à l'usine d'armements, Inge cache des munitions en vue d'aider les membres du *Sonderkommando* à organiser un soulèvement et une grande évasion.

Les jumelles entrent avec elle dans le block en pleurant. Elles ont travaillé toute la journée dans l'eau glacée qui leur montait aux genoux. Lorsque Inge les rejoint une demi-heure plus tard, elle les trouve frissonnantes de fièvre, effondrées sur la *coyat*. Elle les frictionne et enroule leurs pieds dans des morceaux de chiffons.

— Où les as-tu trouvés ? demande Kalinda.

Inge fait celle qui n'a pas entendu.

— Où les as-tu trouvés ? insiste Kalinda, inquiète.

Inge détourne le regard et dit qu'elle les a volés. Elle ment. En réalité, le gardien les lui a donnés après l'avoir forcée à lui faire une fellation.

17

Sainte-Flavie et Québec, avril 1944

Voilà plusieurs semaines que Luna est morte. Pourtant, la peine de l'avoir perdue est toujours aussi vive dans le cœur de Rose. Elle a souvent demandé à Henri de lui raconter comment cela s'était passé. Sans jamais s'impatienter, il s'est exécuté avec sensibilité, pleurant même parfois avec elle. Lorsqu'il était arrivé chez lui avec elle, du sang sortait de la gueule de Luna. Il avait essayé en vain de stopper l'hémorragie. Il n'y avait plus rien à faire. Luna était morte paisiblement, son regard sur Henri. Avant qu'elle ne s'endorme pour toujours, il lui avait caressé la tête en murmurant tendrement tout le bien qu'elle avait apporté dans la vie de Rose et de Bérangère. Et dans la sienne aussi, chaque fois qu'il allait sur la ferme des Dubeau. Il l'avait embrassée sur le front. Les yeux tristes de Luna l'avaient fixé jusqu'à ce qu'ils se ferment pour toujours. Henri sanglotait.

Rose se demande aujourd'hui s'il ne se sent pas coupable : il passe beaucoup moins de temps à la ferme qu'avant la mort de Luna. Il lui semble plus distant aussi.

Des éclats de voix provenant de la chambre de ses parents cassent le cours de ses pensées. Onésime étant revenu des chantiers, l'ambiance à la maison est de nouveau chargée de querelles et de tristesse. *Si seulement je pouvais aller vivre avec ma sœur à Québec,* se dit Rose. *Nous ne nous entendons pas très bien, mais je n'aurais qu'à travailler le jour. Ainsi, on ne se verrait presque pas. Je ne me fais pas d'illusions: la gentillesse que Dorothée m'a manifestée récemment à Québec n'est sans doute pas destinée à se répéter souvent. Mais qu'importe, je veux partir de Sainte-Flavie. Je suis convaincue que j'oublierai vite Gratien. Je sais bien qu'entre nous, il n'y a pas d'amour, rien qu'un intense désir auquel j'ai du mal à résister. D'ailleurs, même s'il est absent depuis quelque temps, il ne me manque pas vraiment. Sauter en parachute et se faire une grave entorse a blessé son orgueil bien plus que son pied,* pense-t-elle en souriant.

Elle jette un coup d'œil à son cadran. Cinq heures. Elle a le temps d'écrire une lettre à Dorothée pour lui demander s'il n'y aurait pas une place pour elle à l'usine d'armements. Elle est à cent lieues d'imaginer que la veille, le destin a provoqué une rencontre qui changerait radicalement le cours de la vie de sa sœur, comme ces rivières qui, lors d'embâcles, sont forcées de se tracer un autre chemin.

Dorothée revenait d'une promenade sur la terrasse Dufferin lorsqu'elle avait aperçu une fille d'à peu près son âge, assise sur le bord du trottoir, se frottant la cheville.

— Vous avez besoin d'aide ? lui avait-elle demandé.

— Rien de grave. Je ne regardais pas trop où je marchais et je me suis tordu le pied dans ce trou, avait dit Mathilde Corriveau en prenant la main que Dorothée lui tendait afin de l'aider à se relever.

— Venez, allons dans ce restaurant tout près. On va leur demander une compresse d'eau froide, avait suggéré Dorothée en jetant un coup d'œil autour d'elle.

— Parfait. Je vous offre le café, avait répondu l'éclopée. Si vous acceptez de me tenir compagnie, bien sûr. Et puis, si vous voulez bien, allons plutôt au restaurant du

Château Frontenac. C'est ma tournée, comme on dit, avait-elle ajouté en riant.

Dorothée avait accepté l'offre avec plaisir. Elle n'avait jamais mis les pieds au Château, l'endroit étant bien au-dessus de ses moyens. Et il y avait si longtemps qu'elle n'avait pas bu de café ! En plus, elle trouvait cette jeune fille bien sympathique, même si elle était un peu gênée de se trouver en présence d'une personne si élégamment vêtue. Il était évident qu'elle était *quelqu'un de la haute*.

N'empêche qu'il y avait eu entre elles un véritable coup de foudre d'amitié. Les deux jeunes femmes, qui avaient le même sens de l'humour, avaient ri de bon cœur lorsqu'elles avaient constaté qu'elles se parlaient depuis près d'une heure sans connaître le prénom de l'autre.

— Dommage que je ne t'aie pas connue avant, avait dit Mathilde après les présentations. Je pars dans quelques semaines avec le Corps de santé royal de l'armée canadienne. Je serai dans l'armée de terre. Imagine-toi qu'on m'appellera *Ma sœur*. Probablement parce que je porterai un voile blanc. Non, mais est-ce que j'ai l'air d'une nonne ? avait-elle demandé en riant.

— Pantoute ! s'était esclaffée Dorothée avant de lui confier que son père avait fait avorter son projet de s'enrôler dans l'armée et de faire partie du régiment de cornemuses féminin. Après un court silence, le visage de Mathilde s'était éclairé :

— Mais pourquoi tu ne suis pas la formation offerte par la Croix-Rouge ? Elle est gratuite. Ensuite, tu pourrais partir avec moi. Il nous faut des assistantes-infirmières. Pour en faire partie, tu dois être recommandée par une personne importante, mais mon père ferait l'affaire. Il est proche des hommes de pouvoir. Il pourra tout arranger si je lui demande.

L'idée plaisait à Dorothée. Il lui semblait plus noble de soigner et de réconforter des blessés que de travailler dans une usine de guerre dont les fruits sont voués à donner la mort. En réfléchissant à cette occasion qui s'offrait à elle, son regard avait vagabondé au loin, sur le cap de Lévis, de l'autre côté du fleuve sur lequel un navire voguait doucement.

— J'ai pas d'argent, avait-elle avoué en prenant un air boudeur.

— Tu auras un salaire et tu seras logée et nourrie. Ton déplacement serait payé, bien entendu.

— Je dois envoyer chaque mois la grande partie de mon salaire à mon père, avait rétorqué Dorothée en replaçant la mèche de cheveux dorés qui retombait toujours sur son œil.

— Tu ne sembles pas l'aimer beaucoup, avait constaté Mathilde en faisant signe à la serveuse de leur servir encore du café.

— C'est le moins qu'on puisse dire ! Je crois que t'as plus de chance que moé.

— C'est vrai. Mes parents m'ont toujours gâtée et me laissent libre, même s'ils sont inquiets à l'idée que je m'engage dans l'armée.

Dorothée l'enviait. Pour masquer sa jalousie, elle avait parlé à Mathilde de son travail à l'usine et des hommes qui se permettaient des familiarités et des gestes obscènes, même si la contremaîtresse les sermonnait depuis qu'elle était enfin revenue au travail.

— De toute façon, avait-elle ajouté en soupirant, faudra que j'trouve autre chose, car ça se pourrait que je travaille pu là betôt.

— Comment ça ? avait demandé Mathilde.

— Il y a de plus en plus de mises à pied.

— Vraiment ? Tu me surprends. Le Québec est au premier rang des producteurs d'armements et l'un des principaux fournisseurs de matériel de guerre ! s'était exclamée Mathilde.

— Oui. Pis c'est grâce à nous autres, les faibles femmes, avait dit Dorothée en riant.

— Je me souviens qu'en 42, Mackenzie King en a fait sortir plusieurs de la maison, avait ajouté Mathilde.

— Oui, ma chère, avait opiné Dorothée qui, un peu intimidée par sa nouvelle amie, avait songé qu'elle devait faire des efforts pour mieux s'exprimer. Y'a… Il a, s'était-elle reprise, ordonné le recrutement des femmes pour travailler dans les usines quarante heures par semaine. Toutes les filles âgées entre vingt et vingt-quatre ans devaient s'enregistrer.

— Ça ne veut pas dire qu'elles étaient obligées d'aller y travailler. La preuve : je n'y ai pas mis les pieds. Mais plusieurs ont répondu à l'appel. Si ma mémoire est bonne, près de deux cent soixante mille l'ont fait, avait dit Mathilde.

— T'as… Tu as une mémoire d'éléphant ! Moé… Moi, c'est mon père qui m'y a envoyée, sinon je me serais jamais présentée là.

— Tu peux te consoler en te disant que sans des femmes comme toi, non seulement le Canada n'aurait jamais pu produire toutes les munitions militaires nécessaires à l'approvisionnement des forces armées canadiennes, mais il n'aurait pas rempli avec autant de célérité les commandes militaires des Alliés, avait souligné Mathilde avec conviction.

— On a tellement bien travaillé que maintenant les besoins sont moins grands. Qu'importe. Je te jure que je n'aurai pas de peine de quitter l'Arsenal. Sauf que je sais pas ce que je pourrai faire ensuite.

— Je te l'ai suggéré : suis la formation offerte par la Croix-Rouge. Ce n'est pas pour rien que nous nous sommes rencontrées. C'est le destin qui m'a mise sur ton chemin !

— Je va… Je vais y penser, avait promis Dorothée. Oups, faut que j'me sauve, avait-elle ajouté en regardant l'horloge au-dessus du comptoir. Je travaille de nuit. Je dois aller me changer et préparer mon repas. Si tu voyais le lunch des gars, avait-elle commenté en se levant. Il est pas mal plus appétissant que celui des filles. Faut dire qu'on a… que nous n'avons pas d'épouse pour le préparer. Pis à la fin de notre quart de travail, on est trop fatiguées.

— Je te comprends, avait répondu Mathilde en s'appuyant sur le rebord de la table pour se lever.

— As-tu besoin d'aide pour marcher jusque chez vous ?

— Non, je vais déjà mieux. Je ne sens presque plus la douleur, avait assuré Mathilde en regardant sa cheville. Elle n'est même pas enflée. De toute façon, j'habite assez loin. Je vais appeler un taxi, mais j'aimerais te revoir. Si nous reprenions un café ici dimanche ? Puisque tu travailles de nuit, nous pourrions nous retrouver vers quatre heures l'après-midi.

Dorothée avait accepté avec plaisir. Elle était loin de se douter à quel point ce prochain rendez-vous allait changer sa vie.

18

Québec, avril 1944

Dorothée et Mathilde se sont revues souvent, presque tous les jours durant lesquels Dorothée faisait des exercices de diction. Elle avait aussi demandé à la contremaîtresse de la placer auprès de deux jeunes femmes qui s'exprimaient *comme de vraies Françaises,* disaient certaines pour se moquer. *C'est justement ce dont j'ai besoin*, avait pensé Dorothée lorsque sa demande avait été acceptée.

Même si leur éducation et leur classe sociale les séparent, Mathilde et Dorothée sont devenues de très grandes amies. Non seulement Mathilde est-elle la benjamine d'une famille de riches industriels que la guerre a rendus encore plus fortunés, mais son grand-père lui a légué une somme considérable. Sa décision de s'engager dans l'armée répond à son goût de l'aventure, mais plus le moment de partir approche, plus la peur de l'inconnu lui noue le ventre. Il lui semble évident qu'être accompagnée de Dorothée serait plus facile. Et tellement plus agréable.

Aujourd'hui, elle veut profiter de leur promenade sur la terrasse Dufferin pour la convaincre de s'enrôler avec elle. Arrivée dix minutes à l'avance à leur rendez-vous, elle s'appuie contre la rambarde et observe les goélands qui volent de façon erratique en lançant des cris stridents. Elle sursaute lorsque Dorothée arrive brusquement derrière elle.

Elles rient et commencent à marcher. Habituée à obtenir tout ce qu'elle veut, Mathilde va aussitôt droit au but :

— J'ai pensé à tout, dit-elle avant de débiter la suite. Je veux que tu m'accompagnes. Je sais que tu n'es pas fortunée, mais moi, je le suis. Ou plutôt mon père l'est. Je lui en ai parlé. Il est d'accord.

— Qu'est-ce que tu racontes ? Parle moins vite, tu vas t'étouffer, l'arrête Dorothée en riant.

— Écoute-moi, répond Mathilde que la nervosité rend un brin autoritaire. Papa versera le montant que tu postes à tes parents chaque mois afin que tu puisses suivre la formation de la Croix-Rouge. Ensuite, quand nous serons prêtes à partir, tu écriras des lettres et prépareras des enveloppes à l'avance. Pour ne pas alerter ton père, nous y inclurons le montant d'argent que mon père postera chaque mois, comme tu as l'habitude de le faire. D'ici notre départ et durant ta formation avec la Croix-Rouge, tu pourras même habiter avec moi chez mes parents. Notre maison est si grande qu'il pourra s'écouler plusieurs jours avant que tu ne les rencontres.

Dorothée, éberluée, reste un moment bouche bée. Si elle s'attendait à une telle offre !

— Ça n'a pas de bon sens, voyons ! J'aimerais beaucoup te dire oui, si tu savais ! Remercie ton père, mais je ne peux pas accepter. Je n'ai pas l'habitude qu'on me fasse la charité.

Comprenant son embarras, Mathilde s'empresse d'ajouter :

— C'est à nous que tu rends service. Je ne sais plus si à la dernière minute j'aurai vraiment le courage de partir sans avoir auprès de moi une véritable amie. Moi, j'ai mon cours d'infirmière, mais comme je te l'ai déjà dit, il y a des assistantes-infirmières dans l'armée. Nous travaillerions ensemble. Mes parents seraient rassurés de me savoir avec quelqu'un sur qui je peux compter, dit-elle d'une voix soudain suppliante.

— Je pourrais apporter ma cornemuse et remonter le moral des blessés, ajoute Dorothée, rêveuse.

— Excellente idée ! Comme ça, tu acceptes ?

Dorothée, qui habituellement ne se gêne pas pour reluquer les beaux jeunes hommes qui se promènent près du Château, marche tête basse, perdue dans ses pensées. Même si l'offre de son amie la tente énormément, une telle décision ne doit pas être prise à la légère.

— J'ai besoin de quelques jours de réflexion, dit-elle au bout d'un moment.

— Comme tu veux, répond Mathilde, mais n'oublie pas qu'on regrette parfois les belles occasions qu'on a laissées passer.

Dorothée se sent proche de Mathilde, bien plus qu'elle ne l'a jamais été de sa sœur Rose, ni d'aucune autre amie. C'est la première fois que quelqu'un l'écoute véritablement et tient compte de son opinion. Elle a toujours été en guerre avec son père, et il est évident que sa mère préfère Rose, qu'elle juge, sans doute avec raison, plus douée et plus sensible. En fait, Mathilde est sa première véritable amie. Mais cette amitié résistera-t-elle aux tensions et aux difficultés inhérentes à l'armée et à la guerre ? Il faut qu'elle réfléchisse à cela aussi.

Les jours suivants, on aurait dit que le destin mettait sur son chemin tout ce qu'il fallait pour convaincre Dorothée de tenter l'aventure : elle tombait sur des publicités dans les journaux qui exhortaient les femmes canadiennes à servir leur pays, devenant ainsi, écrivait-on, aussi héroïques que les Filles du roy qui avaient peuplé la colonie : « Vous serez logées, nourries, habillées et vous toucherez de plus un salaire. L'entraînement intéressant que vous recevrez vous permettra d'acquérir des connaissances spéciales dont vous tirerez grand profit dans le civil après la Victoire. Pour s'enrôler, les femmes n'ont besoin d'aucune connaissance spéciale. Si votre âge varie entre dix-huit et quarante-cinq ans et si votre santé est bonne, il y a une place pour vous. Allez discuter de votre cas à n'importe quel centre de recrutement[12]. »

Les synchronicités se multipliaient. Dans la rue, l'une des deux femmes qu'elle avait croisées s'exclamait : *Mon père a dit qu'en m'enrôlant, je remonte le* standing *de la famille.* Ou bien, un autre jour, l'une des infirmières qui sortaient de l'Hôtel-Dieu au moment où Dorothée passait devant confiait à sa compagne : *Si tu savais le bien que ça me fait de soigner et de réconforter des malades.*

Dorothée interprétait tous ces hasards comme des signes du destin lui signifiant qu'elle était à une époque charnière de sa vie et qu'une bonne décision pouvait en changer le cours positivement. Elle avait donc accepté la généreuse offre de Mathilde.

Au fil des semaines, l'amitié de Dorothée et Mathilde s'était consolidée. C'était une relation empreinte de bienveillance, de loyauté, de chaleur humaine réconfortante et de nombreux fous rires. Elles pouvaient se confier l'une à l'autre sans crainte que leurs secrets soient ébruités. Avec l'insouciance propre à leur jeunesse, elles oublièrent les affres de la guerre. Partir ensemble leur apparaissait désormais comme une merveilleuse aventure. Dorothée n'éprouvait aucun remords de laisser sa mère et sa sœur dans l'ignorance de ce qu'elle allait faire.

---

12 Texte d'une publicité tiré du livre *De la poêle à frire à la ligne de feu*. Boréal express.

19

Auschwitz-Birkenau, juin 1944

Un vieux journal à la main, une détenue s'approche de Kalinda et d'Inge.

— Lisez, dit-elle. Le 6 juin, les Alliés sont débarqués en Normandie. Ne perdez pas espoir !

Elles la remercient du bout des lèvres. Cette nouvelle, qui devrait les réjouir, ne les console guère. De leur famille, il ne reste plus qu'elles dans le block 27A.

Quelques jours plus tôt, Mengele avait appris qu'il se trouvait là des jumelles polonaises sur qui il pourrait mener ses expériences médicales qu'il osait qualifier de scientifiques, mais qui s'apparentaient plus à de la torture. *Je réussirai à percer le secret de la gémellité*, disait-il à qui voulait l'entendre. *Grâce à moi, les femmes allemandes auront plus d'enfants, ce qui rendra notre race encore plus puissante.*

Lorsqu'il était entré dans leur block, Inge avait immédiatement ressenti le même malaise que le jour de leur arrivée où elle l'avait aperçu sur la rampe. Comment aurait-elle pu oublier cet homme qui, au milieu de l'horreur, affichait sa joie sans pudeur en sifflotant ?

Dans une dérisoire tentative de se donner un air de santé, évitant ainsi la chambre à gaz qui attend les malades, toutes les détenues s'étaient pincé les joues avec leurs doigts. Il avait vite repéré les deux Polonaises et avait fait signe à la kapo de les conduire à son laboratoire.

Nerveuse à l'idée qu'il découvre l'existence de ses jumelles, Inge avait sermonné Donna qui, non seulement avait perdu sa joie de vivre et son sens de l'humour, mais pleurait presque continuellement depuis des jours :

— Sèche tes yeux. N'attire pas l'attention sur toi.

Trop tard. Ses yeux rougis et ses reniflements n'avaient pas échappé à Mengele :

— Elle est déprimée, je vais la soigner, avait-il promis à Inge en souriant, découvrant du même coup le fossé entre ses incisives.

Comment le croire ? Le mépris et la cruauté étaient inscrits dans ses yeux et dans son front bombé. Ses sourcils méphistophéliques trahissaient le monstre qu'il est. D'horribles rumeurs circulaient à son sujet. Terrorisée à l'idée que sa fille devienne l'une de ses cobayes, Inge l'avait supplié pour la garder auprès d'elle, mais il était demeuré sourd à sa requête et insensible à ses larmes. Elle avait appris plus tard que dans le pavillon de briques rose et noir, pompeusement appelé Le pavillon médical de Mengele, Donna subissait plusieurs fois par jour de fortes doses d'électrochocs afin d'en tester l'efficacité. Et puis, un soir, il était venu chercher Iris dont sa sœur avait révélé l'existence dans un moment de confusion causée par la douleur : *Ma jumelle et moi dormions toujours dans les bras l'une de l'autre. Elle me manque tellement*, avait-elle dit. Les yeux de Mengele avaient aussitôt affiché une joie ineffable : il adorait mener des expériences sur des jumeaux et jumelles, surtout s'ils avaient du sang tzigane.

Inge ne s'est jamais remise du choc ressenti lorsqu'elle avait appris que ses deux filles étaient l'objet d'expériences médicales épouvantables. Voulant en faire des siamoises, Mengele les avait cousues dos à dos, ainsi que par les poignets. Il était aussi obsédé par la couleur des yeux, particulièrement le bleu si singulier des Juifs et celui, d'un noir d'encre, qu'Inge et ses filles avaient hérité de leurs ancêtres indiens. Il avait alors injecté à Donna et Iris des produits chimiques afin de voir s'il était possible d'en modifier la couleur.

Une infirmière sadique qui travaillait avec lui était venue voir Inge pour lui décrire ce que ses filles subissaient. Sous le choc, la mère endeuillée avait cru perdre la raison. Elle n'aurait jamais imaginé qu'un jour elle souhaiterait la mort de ses propres enfants. Pourtant, elle avait beaucoup prié afin qu'elle vienne les délivrer de leur tortionnaire. Son souhait avait été exaucé. Donna était morte au cours d'une expérimentation. Les dés étaient jetés: si l'une des jumelles mourait, Mengele tuait l'autre afin de pouvoir les comparer à l'autopsie.

Voulant protéger Kalinda d'une souffrance qui, pour elle-même, était intolérable, au-delà de tout ce qu'elle avait pu imaginer, Inge ne lui avait jamais confié ce que ses sœurs avaient subi, se limitant à lui annoncer leur mort. Elle n'avait parlé de cette terrible tragédie qu'à une amie, Mia, qui travaillait avec elle. À Mia, elle pouvait tout dire, et c'était réciproque. Birkenau donnait aux amitiés une teinte particulière. L'imminence probable de la mort faisait en sorte que les détenues ne cherchaient pas à dissimuler quoi que ce soit sous la couche de vernis qu'elles avaient parfois fait reluire lorsqu'elles étaient libres. Ce vernis qui ne sert qu'à montrer le meilleur de chacun, ses réussites et ses exploits, ne brillait plus à Birkenau que par son absence. Là, les rapports étaient authentiques, spontanés et sincères. Les échecs, les blessures et la honte étaient à nu.

Inge avait confié à Mia ce qui l'obsédait depuis la mort de ses trois filles : *Je suis tourmentée par l'idée de garder vivante la seule enfant qu'il me reste.* Elle ne lui cachait pas qu'au risque de sa vie, elle n'hésitait pas à voler, parfois d'autres détenues mourant de faim, afin que Kalinda reste en vie.

Depuis leur arrivée à Birkenau, Inge et Kalinda déjeunent d'un bout de pain et soupent en plongeant leurs mains dans le bol d'eau tiède dans laquelle flottent des petits morceaux de chou. Elles maigrissent rapidement et la faim gonfle leur ventre. Les SS ont calculé qu'à ce régime, ajouté à leurs pénibles conditions de vie, les détenus survivent environ un mois. Kalinda et Inge ont largement dépassé ce pronostic. *Mais jusqu'à quand pourra tenir ma fille ?* est une question qui taraude Inge. Lorsque ses ruminations ne sont pas tournées vers les moyens que d'autres détenues et elle tentent de mettre en place pour s'évader, elle ne cesse d'envoyer des pensées d'amour et de protection à sa Kalinda. Elle ferait tout pour sa survie. Donnerait sa vie s'il le fallait.

20

Sainte-Flavie, 7 juillet 1944

De grosses boules de pollen, semblables à de la neige folle et légère, roulent sur le sentier au cœur du boisé que Rose a tant de fois traversé avec Luna. Elle ressent encore plus cruellement sa mort en le parcourant seule, désormais. Elle a souvent revu Gratien depuis que sa jambe est guérie. *Pour rattraper le temps perdu*, disait-il chaque fois. Comme une affamée, elle goûte à ses caresses, de plus en plus osées.

En marchant dans le sentier, elle rage contre son père qui, il y a trois ans, a échangé sa bicyclette contre de l'alcool. *T'es trop vieille pour embarquer là-dessus*, a-t-il justifié malgré ses suppliques, auxquelles il était resté indifférent. Il ne pensait qu'à la selle de la bicyclette pouvant déchirer le précieux hymen prouvant la virginité de sa fille. Pour la même raison, il lui avait aussi interdit de monter l'un de leurs chevaux.

Elle s'était consolée parce qu'elle adorait marcher avec Luna, mais maintenant… Sa vie lui semble bien vide depuis sa mort. Vide, et comme diminuée, amputée d'une part de joie que rien ne semble pouvoir combler. Tout en marchant, elle chantonne pour ne pas pleurer. Elle presse le pas, la peur au ventre. Les moindres mouvements furtifs dans les sous-bois la mettent en alerte. Elle déteste ce chemin : elle craint de rencontrer les élèves de l'école qui lui font subir leurs remarques grivoises. Lili croit que Gratien se vante de l'avoir embrassée et que les gars la voient désormais comme une fille facile. Quand elle avait appris la nouvelle, Rose avait rougi : si son amie savait tout ce qu'ils font ensemble, Gratien et elle… Même si Lili est la fille la plus ouverte d'esprit qu'elle connaisse, elle n'oserait jamais le lui raconter.

Le renard que Luna et elle ont souvent aperçu surgit soudain dans le chemin et marche devant elle comme s'il la guidait. Rose se dit que c'est Luna qui, de l'au-delà, le lui envoie pour lui donner du courage et mettre un peu de joie dans sa vie. Elle se trouve bien superstitieuse de penser ainsi, mais elle a besoin de ce réconfort. Une trentaine d'avions passent au-dessus de sa tête. Au loin, elle entend leurs pétarades. Elle aimerait tellement que la guerre finisse enfin. Qu'ils cessent de vivre dans leur maison qui s'endeuille dès le coucher du soleil : le *black-out* les oblige à couvrir leurs fenêtres avec de grandes toiles noires afin que les sous-marins allemands sillonnant le fleuve d'avril à novembre ne puissent repérer le village. Même les phares des autos doivent être peints en noir afin de ne laisser échapper qu'un mince filet de lumière essentielle à la circulation. Depuis le début de la guerre, un voile d'obscurité masque leur vie.

J'en ai assez, se répète Rose. *Je veux que notre maison quitte ses vêtements de deuil et qu'elle soit de nouveau enveloppée par la musique de la mer, le chant des oiseaux et, parfois, le cri des baleines. Que l'école de tir ferme ses portes. Je suis tannée d'y travailler. Je rejoindrais Dorothée à Québec. Ensuite, il faudra voir. Je sais ce que j'aimerais vraiment faire de ma vie, mais il y a une différence de taille entre vouloir et pouvoir. Sans diplôme, les ouvertures intéressantes se font rares. Religieuse, épouse et mère de famille, cela se résume à peu près à cela pour moi qui ne peux espérer m'instruire. Être journaliste, quelle lubie !*

Au loin, des cris se mêlent aux vrombissements des avions. Rose n'y porte guère attention. Elle sera bientôt arrivée à la maison. Elle longe maintenant le champ de blé où Gratien et elle se sont si souvent embrassés. Elle se dit pour la énième fois qu'elle doit rompre avec ce vantard coureur de jupons qui ne s'intéresse pas vraiment à elle. Ils ne font que s'embrasser et se caresser. Elle a beau se répéter qu'elle n'aime pas l'homme qu'il est, que ce qu'elle aime ce sont les sensations qu'il éveille en elle, et qu'elle devrait le fuir comme la peste, rien n'y fait. Elle a besoin de ses caresses. Le plaisir qu'il lui procure est une consolation pour la vie qu'elle mène et qu'elle voudrait autre.

Elle aperçoit tout à coup des flammes qui s'élèvent à l'orée du champ. De loin, on dirait que c'est la maison de ses parents qui brûle. Elle court, seule, le renard s'étant arrêté, le museau en l'air, humant la fumée. Plusieurs personnes sont attroupées derrière chez elle. Parmi eux, sa mère, sa tante et son oncle.

— Il y a eu un accident. Un avion de l'école s'est écrasé! s'exclame Bérangère qui, ignorant tout de la relation de sa fille avec Gratien, vient de le lui annoncer sans ménagement. Peu soucieux des convenances, ce dernier n'a jamais demandé à Onésime et Bérangère la permission de fréquenter leur fille.

— Savez-vous qui c'est?

— C't'un Américain qui pilotait et il était accompagné d'un jeune officier du Lac-Saint-Jean, dit un voisin. Ils ont pas eu de chance. Leur moteur a pris feu. Un peu plus, l'avion tombait su vot'maison, mais le pilote a pris de l'altitude: il voulait pas que son avion s'écrase sur le village, et c'est tout à son honneur. Ils avaient réussi à sauter en parachute, mais celui de l'officier s'est pas ouvert. Le pilote, lui, s'en est sorti indemne. Il a raconté aux policiers comment l'accident s'est produit. S'il avait pu se poser en catastrophe sur le fleuve, les militaires de la tour de guet auraient pu dépêcher un petit navire pour leur porter secours.

— Il se sent coupable, ajoute un homme accouru sur les lieux. Regardez-le.

Le pilote, un peu plus loin, marche en parlant, se prend la tête entre les mains, sanglote, crie. Un officier tente en vain de le calmer.

— Paraît qu'il devait bientôt recevoir ses ailes, mentionne un autre curieux.

Les ailes, ainsi qu'on appelait les insignes de la réussite, seront remises le lendemain après-midi lors d'une cérémonie durant laquelle Gratien en sera gratifié lui aussi. Rose fera des heures supplémentaires pour servir lors du cocktail, mais elle sera libre ensuite et ira à la soirée dansante. Heureusement qu'Onésime n'est pas à la maison, sinon, jamais il ne le lui aurait permis. Il aide un cultivateur de Sainte-Luce qui a conduit sa femme à l'hôpital de Québec. Aider est un grand mot: il se fait payer alors qu'il ne donnera pas un sou à Henri qui, pendant ce temps-là, le remplace à la ferme.

Un orage ayant éclaté quelques heures avant la cérémonie prévue à l'extérieur, c'était un véritable branle-bas de combat pour installer les chaises dans la salle d'exercice. Depuis au moins une demi-heure, les candidats devant recevoir leurs ailes attendent en rang que l'officier supérieur les passe en revue. Gratien se tient bien droit dans la première rangée, heureux d'avoir terminé sa formation. Il n'a qu'une hâte: combattre l'ennemi. Il ne pense guère aux nombreuses filles qu'il a séduites et qu'il laissera derrière lui. Rose ne s'est pas encore donnée à lui, mais la façon dont elle répond à ses caresses lui permet d'espérer qu'elle le fera avant son départ. Sous ses airs timides, elle est la femme la plus sensuelle qu'il ait rencontrée jusqu'à présent. Il se promet bien d'en séduire beaucoup d'autres, au-delà des mers. Il est certain d'en revenir vivant. Rien ni personne ne lui a jamais résisté.

Son père, visiblement très fier de son fils, s'avance et épingle les ailes sur son uniforme. Le commandant se tient à ses côtés, affichant lui aussi un large sourire. Il doit s'avouer qu'il s'était trompé sur ce jeune homme qui, au début, ne présentait aucune disposition pour l'aviation. Il songeait d'ailleurs à lui conseiller d'abandonner la formation lorsque son entorse l'avait obligé à prendre congé. Une fois guéri, il avait voulu recommencer son apprentissage à zéro. Devant tant de détermination, le commandant avait accepté. Il ne le regrettait pas aujourd'hui. Gratien était devenu le meilleur pilote de tir qu'il ait connu. La veille, il l'avait observé nettoyant son avion sur lequel il avait peint une gueule de requin. *Avec lui, les Allemands n'ont qu'à bien se tenir*, ricanait-il.

Le commandant a une admiration sans bornes pour ces jeunes prêts à risquer leur vie pour en sauver d'autres. Il n'est pas naïf au point de croire qu'ils sont tous conscients de ce que la guerre représente véritablement. Mais n'empêche que sans les soldats, sans les ouvrières dans les usines de guerre, sans les infirmières et les médecins qui vont au front, bref sans tous ces gens qui sacrifient parfois leur vie pour d'autres, les ennemis auraient le beau rôle.

Loin de se réjouir, Claudette, la mère de Gratien, assise dans la deuxième rangée des invités d'honneur, pleure à chaudes larmes. Depuis qu'elle sait que son fils ira à la guerre, elle a perdu le sommeil et toute joie de vivre.

Elle a failli s'effondrer quand elle l'a vu rédiger son testament, comme tous les jeunes soldats qui partent à la guerre. Faire un testament à vingt ans ! On ne devrait pas y songer à cet âge.

Dimanche dernier, elle est sortie de l'église au milieu de la messe, outrée d'entendre le prêtre : *Vous, les mères, n'êtes pas assez courageuses. Au lieu de pleurer, vous devez encourager vos fils à aller au front. Ne montrez pas votre peine.* Elle voudrait bien le voir à sa place, surtout depuis que les échos de ce à quoi sont confrontées les troupes alliées sont parvenus à ses oreilles. Il y a quelques semaines, le 6 juin précisément, le débarquement de Normandie a été un véritable carnage. Les soldats qui ont eu le courage, la folie disent certains, de s'aventurer sur ces plages ont été des proies faciles pour les Allemands qui les y attendaient. L'expression *chair à canon* avait pris alors tout son sens. Parmi ceux qui ne sont pas morts ce jour-là dans d'atroces douleurs en hurlant le nom de leur mère, beaucoup sont désormais défigurés, handicapés, amputés, traumatisés. Certes, Claudette sait que son fils est un très bon aviateur, mais il pourrait être fait prisonnier ou mourir dans l'écrasement de son avion. Elle n'arrive pas à chasser ces sombres pensées qui la terrorisent. Ne pouvant étouffer ses sanglots, elle se lève et quitte la salle, un mouchoir sur sa bouche. Émue par sa tristesse, Rose sort à son tour et la trouve assise sur la terre humide, appuyée au mur auprès duquel elle s'est laissée glisser. Ne l'ayant jamais vue d'aussi près, elle n'avait jamais remarqué à quel point Gratien lui ressemble. Un vrai sosie, malgré les années qui les séparent.

— Venez, madame, je vais vous servir quelque chose à boire.

Repoussant cette main tendue, Claudette se lève et déserte cet endroit qu'elle hait de tout son cœur. Rose la suit du regard, regrettant de n'avoir pu la réconforter.

— Que fais-tu là ?

Rose se retourne et voit Henri. Il n'est pas seul. Une inconnue à son bras.

— Rien, répond-elle en faisant un signe vers la mère éplorée. J'aidais une dame à... à... La présence de la beauté qui accompagne son ami lui fait perdre toute contenance. Tu ne me présentes pas ? bafouille-t-elle.

— Oui, excuse-moi, se reprend Henri, soudain mal à l'aise. Rose, je te présente ma... Voici Jocelyne D'Amour. Jocelyne est infirmière. Elle est venue de Montréal pour travailler au sanatorium. Jocelyne, je te présente Rose Dubeau dont je t'ai parlé.

— J'ai effectivement beaucoup entendu parler de vous. Avec le plus grand bien. Je suis enchantée de vous rencontrer, dit Jocelyne d'une voix charmante.

— Moi... moi aussi je suis enchantée, renvoie Rose, étonnée d'éprouver autant de jalousie envers cette jeune fille, jolie, bien trop jolie, habillée comme une princesse et aux belles manières. Et qui tient le bras de Henri comme s'il était sa propriété. Et lui, qui lui sourit à belles dents.

— Hé, ma belle !

Gratien vient de surgir derrière eux, brandissant une plaque souvenir que l'officier supérieur vient de lui remettre parce qu'il s'est classé le meilleur candidat de sa cohorte.

— T'étais pas là pour voir ça, lance-t-il, des reproches plein la voix et sans se donner la peine de saluer Henri et Jocelyne qu'il a toutefois déshabillée grossièrement du regard.

Un peu plus, il se léchait les babines, pense Rose.

— Ta mère non plus. Elle est partie en larmes. Le départ prochain des aviateurs peut briser bien des cœurs.

Elle regrette ces mots qui sonnent comme une déclaration d'amour. Ce n'est pas exactement ce qu'elle voulait dire.

— Excusez-moi. Je suis de service pour le cocktail, marmonne-t-elle en s'éloignant brusquement, mal à l'aise.

L'ambiance est à la fête. Plusieurs pilotes clament la devise de l'A.R.C : À travers l'adversité, jusqu'aux étoiles. Déjà grisés par l'alcool, ils sont plus entreprenants qu'à l'accoutumée. Ils reluquent Rose de la tête aux pieds en passant des remarques grivoises. Rougissante, elle fait pourtant comme si de rien n'était, circulant entre les invités avec son plateau chargé de coupes pleines qu'elle tient d'une main. Elle cherche du regard Henri et l'aperçoit, isolé dans un coin avec la belle Jocelyne. Ils semblent en grande conversation. Pas étonnant qu'ils aient beaucoup à se dire. Tout ce qui touche la médecine intéresse Henri. Il aurait d'ailleurs voulu être médecin, mais ses parents n'avaient pas les moyens de payer de telles études. Celles de vétérinaire ne coûtent presque rien : peu d'hommes sont attirés par cette profession qui n'est ni payante ni prestigieuse[13], pense Rose.

À les voir si complices, elle ressent une telle tristesse qu'elle comprend enfin qu'elle aime Henri autrement que comme le frère qu'elle a toujours vu en lui. *Mais ce que je peux être sotte, il semble qu'il soit trop tard pour m'en rendre compte,* songe-t-elle.

Quant à Gratien, il papillonne d'une femme à l'autre. Il a le choix. Outre les invitées, toutes celles qui travaillent à l'école de tir sont là, sur leur trente-six. Elles sont nombreuses : standardistes, cuisinières, serveuses, femmes de ménage ainsi

---

13 Ce qui n'est plus le cas aujourd'hui, évidemment.

que celles œuvrant dans les laboratoires de photos ou les tours de contrôle. Sans compter les aviatrices-enseignantes. Rose se dit qu'à leur place, elle enragerait de ne pouvoir piloter un avion, cela étant réservé aux hommes. Une injustice d'autant plus grande qu'elles sont plus instruites que beaucoup d'aviateurs. C'est à l'une d'elles justement que Gratien semble conter fleurette à l'instant. Rose se sent si seule, si insignifiante. Elle a tant besoin de tendresse. De joie dans sa vie. Si elle ne se retenait pas, elle retournerait chez elle sur-le-champ et se roulerait en boule dans son lit.

Son travail enfin terminé, Rose quitte la salle de cérémonie afin de se changer pour la soirée dansante. Elle a le goût de s'étourdir. Les trois verres de champagne qu'elle a bus en catimini durant son service la rendent insouciante.

Elle se dirige vers la bibliothèque où elle a laissé ses vêtements. Là, elle sort de son sac ce que lui a donné sa tante Marie-Ange : une magnifique robe en tulle vert dégradé brodé de fleurs de soie. Cette merveille est une création de la grande couturière parisienne Madeleine Vionnet[14]. C'est Tancrède, l'époux adoré de sa tante, qui lui a offert cette folie lorsqu'ils ont célébré à Paris leur anniversaire de mariage. Il lui a aussi acheté de longs gants et des escarpins de satin.

— Je suis trop grosse maintenant et mes pieds supportent plus les talons hauts. J'te donne tout ça, lui avait dit sa tante lorsqu'elle avait appris qu'elle irait à cette soirée dansante. Rose lui avait sauté au cou. *T'as l'air d'une vraie princesse!*

14 Personnage réel.

s'était exclamée Marie-Ange lorsque sa nièce avait enfilé robe, gants et souliers.

Elle commence à se déshabiller lorsqu'elle entend un bruit derrière elle. Elle se retourne brusquement, le cœur battant. C'est Gratien. Il entre et verrouille la porte derrière lui. À cet instant, elle sait qu'elle lui cédera. Il l'a deviné aussi. Sans un mot, il la plaque contre le mur et l'embrasse en lui caressant les seins. Il lève son jupon et détache le bouton de sa petite culotte qu'il laisse tomber sur le sol. Ses doigts, par des effleurements doux et habiles, s'aventurent dans ses parties intimes. Les râles de jouissance de Rose se mêlent au souffle bruyant de son amant.

— Viens avec moé, un des apprentis pilotes m'a prêté les clés de la maison à Métis où il loge avec d'autres étudiants. On y passera la nuitte, susurre-t-il d'une voix rauque.

— Tu sais bien que je ne peux pas.

— Mais t'en as envie, je le sens sous mes doigts.

Rose rougit, mais ne peut lui mentir, son corps la trahit. Un liquide chaud et doux inonde sa vulve. Elle n'a qu'une envie : qu'il la caresse plus intensément.

N'empêche : l'éventualité de se trouver avec d'autres pilotes lui plaît d'autant moins qu'une jeune fille a été battue à mort par un aviateur dans cette maison. L'affaire ayant été étouffée, tout ce qu'on savait c'était qu'il avait comparu devant la cour martiale. Rose croit que l'âme des personnes assassinées reste prisonnière des lieux du crime. L'idée de se trouver dans une maison hantée la terrifie.

— Non, je ne veux pas aller là, dit-elle.

— Restons icitte d'abord, répond Gratien. Expert dans l'art du déshabillage, il enlève d'une main rapide son soutien-gorge avant de la soulever au-dessus du comptoir.

— Non, arrête, proteste-t-elle quand même. Je, je… ne l'ai jamais fait.

— Moé non plus et je veux connaître ça avant de partir à' guerre. J'en reviendrai peut-être pas vivant, poursuit-il tout bas en pétrissant doucement les seins de la jeune femme.

L'alcool qu'elle a consommé et les sensations que ces caresses éveillent en elle ont vite raison de sa faible résistance.

Rose attire Gratien encore plus vers lui. De plus en plus excité, il déboutonne et baisse son pantalon. Son sexe dur se fraie un chemin en elle, lui arrachant un petit cri. La douleur diffuse qu'elle ressent se mêle aux éclairs de jouissance et au désir qu'il la possède avec ardeur. Pendant quelques minutes, elle oublie tout. Rien d'autre ne compte que son plaisir.

— J'ai presque un orgasme semblable quand j'tire s'une cible, dit-il en attachant un peu plus tard son pantalon. Finalement, il y a mille façons de s'envoyer en l'air, ricane-t-il.

Cette comparaison la blesse. Elle vient de donner sa virginité à un homme qui semble n'y accorder guère de prix. Un homme qui, elle est convaincue, n'était pas vierge. Elle n'y a d'ailleurs jamais cru.

— Je pars bientôt, chuchote-t-il à son oreille. Dans une semaine, j'organise une petite fête dans l'après-midi au restaurant à Sainte-Flavie. Avec mon *band*, on va faire de la musique.

— Je ne pourrai pas y aller, répond Rose. Je travaille.

— Dommage, dit-il en haussant les épaules.

La jeune fille a envie de pleurer. Elle aurait aimé qu'il insiste ou soit déçu.

Elle ramasse sa petite culotte, mais a beau chercher, elle ne trouve pas le bouton. Gratien lui enlève des mains le tissu de soie et le fourre dans sa poche.

— T'as juste à pas la mettre, minaude-t-il d'une voix rauque en recommençant à la caresser.

— Lâche-moi ! rétorque Rose en prenant sa robe.

— Ben habille-toé d'abord et allons danser, j'veux profiter de c'te belle soirée, dit-il.

En la regardant enfiler sa belle robe, il la trouve très jolie et siffle d'admiration.

Quand ils sortent de la bibliothèque, ils croisent Henri qui sort des toilettes. Il dévisage Rose sans lui sourire. À la façon dont il la regarde, elle a le sentiment qu'il a deviné ce qui vient de se passer. Elle rougit comme le soleil couchant embrasant le fleuve.

Gratien est accueilli en héros dans la salle. En déshabillant Rose des yeux, les autres élèves, pour le taquiner, demande à leur ami où il était passé. Ils devinent d'autant plus facilement ce qu'ils ont fait que Rose a des sucettes dans le cou et que Gratien a sorti discrètement de sa poche le bout de la culotte de la jeune fille. Ils rigolent. Même si elle n'a rien vu, Rose voudrait être ailleurs. Elle regrette finalement de n'avoir pas accepté d'aller à Métis. Gratien l'entraîne sur la piste de danse. Il colle son corps contre le sien. Elle sent son sexe dur contre son ventre. Elle se hait d'avoir encore envie de lui. D'aimer la jouissance qu'il lui procure. Sachant que cela plaît aux filles, il lui récite des vers de Nelligan à l'oreille. *Nous déjeunions d'aurore et nous soupions d'étoiles.* Il agit comme s'il était vraiment amoureux et, le moment d'après, comme si elle l'indifférait.

L'orchestre s'arrête et le chanteur demande à Gratien, *le meilleur candidat de sa formation*, précise-t-il, de venir jouer de la guitare.

Imbu de lui-même, il monte sur scène sans hésiter. Lorsqu'il en redescend à la fin de la soirée, Rose n'est plus là.

Lassée de l'attendre, elle avait accepté le *lift* que lui avaient offert son amie Lili et son futur époux.

— T'as pas couché avec lui au moins ? avait demandé Lili qui devine toujours ces choses-là.

Rose s'était mise à pleurer. Lili l'avait prise dans ses bras et elles avaient marché jusqu'à l'auto, serrées l'une contre l'autre.

Le départ de Rose n'affecte pas Gratien. Il a remarqué la façon dont une belle aviatrice le regardait quand il était sur scène, se déhanchant devant lui en suivant le rythme de la musique. Deux conquêtes en un soir, il ne refuserait pas ça. Il la rejoint et lui parle de sa hâte d'aller combattre.

En ce samedi 8 juillet 1944, Canadiens et Anglais réduisent en cendres le nord de la ville de Caen, tuant des tireurs allemands. Plus de cent cinquante soldats canadiens périssent à leur tour. Gratien, lui, ne pense jamais que la mort puisse avoir raison de lui. Il se sent invincible. La guerre lui apparaît comme une belle aventure, aussi tentante qu'une jolie fille.

21

Birkenau, 3 août 1944

Même si elle sait qu'elle dérange sa mère étendue auprès d'elle, Kalinda ne peut s'empêcher de se gratter à cause des poux qui courent sur son corps. Il n'y a que son amie Marceline qui arrive à voir en eux un moyen de s'amuser. Hier, après leur séance d'épouillage, son amie a inventé un jeu : elles ont placé les poux sur une ligne de départ tracée sur le sol avec un bâton et ont gagé sur celui qui atteindrait le premier un point nommé. Au début, Kalinda avait refusé de se prêter à ce divertissement qu'elle jugeait puéril, mais Marceline avait su la convaincre : *Il ne faut pas rater une seule occasion de rire. Sinon, nous deviendrons folles.*

Kalinda avait acquiescé : sans la joie et l'espoir, elle ne tiendrait pas le coup.

— Tu me fais penser à mes sœur Iris et Donna. Elles auraient trouvé cela très amusant, avait-elle dit en souriant.

Une autre détenue avait ensuite récité des extraits d'un roman qu'elle avait tant aimé qu'elle s'en souvenait parfaitement. Plusieurs l'écoutaient comme des enfants émerveillés par des contes. Là, dans ce lieu sordide, ce qu'elles entendaient nourrissait leurs rêves : elles aussi, comme le personnage du roman, pourraient s'en sortir. Les mots de cette femme qui récitait avec tant d'émotion dans la voix enchantaient leur réalité. Une réalité trop dure d'où elles pouvaient s'évader en pensée. Les mots d'une écrivaine inconnue devenaient la clé de leur prison. Grâce à eux, elles s'étaient endormies plus facilement, et certaines avaient même rêvé de leur liberté retrouvée.

Le signal du lever retentit, suivi du hurlement de la kapo : *Aufsteben*[15] !

Kalinda embrasse sa mère, descend de la *coyat* et marche dans l'allée en évitant de regarder autour d'elle. Il y a quelques jours, une mère a ouvert les veines de ses filles avant de se suicider. Deux autres femmes, épouvantées d'avoir dormi auprès de trois cadavres, prises de panique, étaient sorties du block en courant et en criant.

Dehors, une foule se dirige vers les chambres à gaz en chantant et en jouant de la mandoline. Affolée, Kalinda ne veut pas croire à ce qu'elle voit. Marceline, qui a compris ce qui se passe, s'approche et la prend dans ses bras.

— Dis-moi que ce ne sont pas les Tziganes, supplie Kalinda.

Marceline, le visage triste, lui fait signe que oui.

Un air de guitare parvient à leurs oreilles. Pour l'avoir entendue souvent, Kalinda reconnaît la voix de Nanosh, étonnamment posée en un moment pareil : *Ay, Ay, Ay, Ay, c'est toi que j'aime.*

Elle pleure. Elle voudrait le rejoindre, mais n'arrive pas à discerner où il se trouve exactement parmi cette foule. Ils sont plusieurs centaines à marcher au pas sous les coups des gardiens et les crocs des chiens.

— Nous partons pour le *Himmelkommando*, le commando des cieux, crie le père d'Inge lorsqu'il l'aperçoit.

— Mon Dieu, non ! Pitié !

---

15 Debout !

C'est Inge qui vient de lancer ce cri déchirant. Kalinda la rejoint. Elles se prennent la main, impuissantes.

La musique de la mandoline et des guitares s'élève vers le torrent d'étoiles masquées par la fumée et les cendres qui s'échappent des cheminées et voilent le ciel. Le génocide a débuté quelques heures plus tôt : plus de trois mille Tziganes seront exterminés cette nuit-là.

— Comment peuvent-ils aller vers les chambres à gaz en jouant de la musique et en chantant ? murmure Marceline.

Kalinda ne peut lui répondre. Les sanglots l'étouffent.

Des cris s'élèvent dans les rangs.

— *Te aves mondar te yertil tut o del !* hurle un homme dans sa langue maternelle.

— Je te pardonne, et que Dieu te pardonne aussi, répète Inge en français.

Afin d'être vierge de tout ressentiment et de toute colère, les Tziganes soulagent toujours leur conscience avant de mourir.

Les parents d'Inge sont maintenant tout près.

— Chers parents, je vous laisse vous engager dans une voie nouvelle. Je vous délivre des chaînes que ma douleur de vous voir partir peut forger, lance Inge d'une voix tremblante.

Sa mère lui a appris très jeune cette prière que des Tziganes récitent au moment de la mort de l'un de leurs proches.

Ils lui envoient des baisers, ainsi qu'à Kalinda.

Des kapos dépouillent les Tziganes de leurs instruments et leur ordonnent de se déshabiller.

Kalinda aperçoit Nanosh qui court vers elle. Avant d'être rattrapé, il lui remet les chansons qu'il a composées et celles d'autres Tziganes qu'il a recopiées. La musique et les chants tziganes sont *généralement* transmis par tradition orale. Mais la mort omniprésente à Birkenau l'avait incité à les copier afin qu'ils traversent l'Histoire.

— On m'a enlevé ma liberté et bientôt ma vie, mais on ne m'a pas volé la liberté de composer. Grâce à toi, mes chants, et celui de nos amis tziganes, survivront.

Ils s'embrassent. Un baiser d'autant plus rempli d'amour qu'ils savent que c'est le dernier. Touché, un gardien détourne le regard comme s'il ne les avait pas vus, mais un autre force Nanosh à retourner avec les siens. *Chante pour me donner du courage,* lance celui-ci en s'éloignant, les larmes aux yeux.

Kalinda songe aussitôt au *Mulengi djili,* car ce chant est la promesse qu'il continuera à vivre dans son cœur. Pendant que Nanosh et toute sa famille tzigane entrent dans la chambre à gaz, sa voix magnifique s'élève, poignante.

— 74 000 ! hurle le gardien. Rentrez dans le rang ! *Schnell*[16] *!*

Elle désobéit et chante encore. Il s'approche et lève la main pour la frapper avec un gourdin, mais derrière lui, Hermann, un nazi d'une beauté foudroyante, arrête son geste, fasciné par la voix de Kalinda. Malgré sa maigreur et le désespoir qui déforme ses traits, cette femme lui plaît. Énormément. En la voyant, il a ressenti un choc qui lui vrille le cœur. Serait-ce cela le coup de foudre dont ses sœurs rêvent et dont il se moque ?

Le kapo obéit aussitôt. Hermann est un haut gradé au sein de la direction d'Auschwitz-Birkenau. En tant que membre de la Waffen-SS, il arbore une tête de mort au revers de son col, affichant ainsi sa pleine appartenance à la chaîne de

16 Vite !

commandement suprême. Il est l'un des trois *Lagerführers*[17] auxquels doivent répondre plusieurs sous-officiers. Kalinda croise son regard. Sa mère la prend par la main et, malgré le choc et la douleur qui les broient, elles retournent dans la file pour l'Appel. Une autre journée débute avec ses longues heures d'attente, les cris, les aboiements des chiens qui terrorisent. Mais ce matin, il y a pire : l'odeur des chairs brûlées imprègne leurs vêtements. Les chairs de leur famille. La chair de Nanosh, son premier amour.

Plusieurs détenues oublient leurs souffrances et compatissent à celle de Kalinda et Inge. Elles seules peuvent comprendre la profondeur de leur détresse : une communion improbable, mais bien réelle, dans la tourmente où elles se trouvent. Elles savent que, plus tard, si elles survivent à cet enfer, leurs mots seront impuissants à traduire ce que cela représente de vivre ainsi. Kalinda voit la compassion dans leurs yeux. Marceline prend sa main, mais se détache presque aussitôt. Toujours à l'affût afin de prévoir les coups de fouet et les crocs des chiens, elle vient de repérer une épluchure de patates près des poubelles. Déjouant la vigilance des gardiens, elle court la chercher, rentre dans le rang, fière de sa trouvaille qu'elle tend à Kalinda.

— Je suis incapable de manger, dit celle-ci.

Marceline n'insiste pas et la glisse dans sa poche. Quelques heures plus tard, elles se mettent en marche. Marceline soutient discrètement son amie dont les pieds saignent.

— Tu dois te ressaisir. Montrer que tu es assez forte pour travailler. Sinon, tu sais ce qui t'arrivera.

17 Officier en chef. « À Auschwitz, un seul commandant supervisait trois officiers en chef. » Source : fr.askwiki.ru Wikipedia

— J'irai rejoindre Nanosh et ma famille tzigane.

— As-tu pensé à ta mère et à moi ?

— Tu n'as pas besoin de moi. Tu as une autre amie. Je vois bien à quel point cette Simone Veil[18] te fascine.

— Elle est si cultivée. Admets que tu aimes l'écouter parce qu'elle nous apprend plein de choses, dit Marceline avant d'ajouter tendrement : toi aussi tu es ma sœur de vie, ne l'oublie jamais.

Elles marchent en silence et, une fois sur leur nouveau lieu de travail, Kalinda n'en finit plus de se toucher les pieds tant ils sont douloureux.

— Allez, pioche. Le gardien s'approche. Il ne doit pas voir que tu as mal, conseille Marceline.

L'homme s'avance vers Kalinda en hurlant et en gesticulant, suivi de son chien qui n'attend qu'un ordre pour attaquer. Des femmes et des enfants meurent parfois sous les crocs des bergers allemands. Afin de berner les autres gardiens, l'homme hurle de plus en plus fort, mais ses yeux disent le contraire de ce qu'il vocifère. Kalinda comprend alors qu'il veut l'aider. S'agenouillant devant elle, il enroule ses pieds avec un linge doux et sort de son sac une paire de galoches dont il la chausse. Il se lève en la repoussant brusquement afin de ne pas être démasqué. Il a agi très rapidement, le temps d'un éclair. Cet homme, que jamais Kalinda n'oubliera, a risqué sa vie pour la soulager.

Trois heures, la sirène résonne. Kalinda et Inge se lèvent sans avoir dormi. Trop de morts dans leur vie. Trop de morts

18 Personnage réel.

horribles. Depuis celle de ses filles et de toute sa parenté tzigane, Inge se sent comme si elle n'avait plus d'âme. Sans Kalinda, elle se lancerait sur les barbelés. Elle n'a qu'une obsession : la maintenir en vie. Elle se prive de pain, si rare, pour le lui donner. Elle a même volé un morceau de charbon dans le poêle de la baraque afin de lui teindre les cheveux. Kalinda a beau être dans la fleur de l'âge, les éprouvantes conditions du camp blanchissent autant les cheveux des plus jeunes que ceux des vieilles. Des cheveux blancs, ne pas courir assez vite, des boutons qui couvrent la peau, une plaie qui tarde à guérir, sont autant de signes qu'elles ne sont plus assez performantes au travail et sont conséquemment envoyées à la chambre à gaz.

Pour se donner le courage de continuer à vivre, et quand il leur reste un peu d'énergie, les détenues ont formé une chorale dans leur block. Un soir où elles sont particulièrement déprimées, Kalinda chante *Ederlezi*, un chant traditionnel tzigane plutôt joyeux qu'elle a enseigné à Marceline et à d'autres détenues. Au cœur de l'enfer, pendant ces quelques minutes volées à l'horreur, elles oublient leur misère.

La gardienne s'approche et Inge voit l'admiration dans son regard. Une idée qui pourrait sauver la vie de sa fille germe alors dans son esprit :

— Je vais parler de toi à la gardienne et lui demander de faire en sorte que tu fasses partie de l'orchestre des femmes. Je lui dirai que tu joues de plusieurs instruments. Les bonnes musiciennes qui en plus ont ta voix sont rares. Tu as vu comment un haut gradé de la direction t'a protégée quand il t'a entendue chanter. Si tu fais partie de l'orchestre, tu risques moins la chambre à gaz.

Kalinda l'a écoutée, consternée : pas question d'être séparée de sa mère, dont la seule présence, même endormie, la rassure. Lorsqu'elle se réveille la nuit, elle a besoin de sentir son corps contre le sien. Chaque jour, par un mot ou un geste de tendresse, Inge lui insuffle le courage de survivre. Elle a encore plus besoin d'elle depuis que Marceline, désormais affectée au ramassage de cendres humaines, ne travaille plus avec elle.

Kalinda se blottit dans les bras d'Inge en pleurant. D'une voix hachurée, elle la supplie de la garder auprès d'elle.

— Tu seras mieux nourrie, mieux logée, mieux habillée, poursuit Inge qui refuse de céder aux larmes de sa fille. Tu prendras une douche par jour. Finis les travaux forcés! Tu es née pour la musique. Tu l'as dans le sang depuis que tu es toute petite. Pendant que tu en joueras, tu imagineras ton avenir dans une grande salle de spectacle. Si tu as un but, cela t'aidera, j'en suis certaine.

Kalinda secoue la tête:

— Je ne veux pas être séparée de toi.

— Ceux qui n'ont plus d'espoir ou de raison de vivre se laissent mourir, continue Inge comme si elle ne l'avait pas entendue. Ici, la plupart ne survivent pas plus de six semaines. Nous y sommes depuis cinq mois. Et regarde-toi, tu es si maigre, je ne te reconnais plus ma fille.

Kalinda se blottit encore un peu plus contre sa mère et ne cesse de répéter:

— Je ne veux pas être séparée de toi.

Inge craint parfois que sa fille devienne comme ces enfants qui, tout en demeurant vivants, s'endorment comme s'ils étaient morts parce qu'ils n'ont plus d'espoir. Les tentatives de les réveiller demeurent vaines et tout le monde se questionne sur ce phénomène qui ressemble à un coma volontaire. Il faut une volonté exceptionnelle pour survivre ici. Inge ne pourrait supporter de voir sa fille mourir devant ses yeux. Ils sont déjà trop nombreux à l'avoir précédée dans la mort.

— Le fardeau le plus insoutenable est de s'inquiéter pour quelqu'un qu'on aime et qu'on ne peut aider, ajoute-t-elle en lui caressant les cheveux.

Marceline, qui a tout entendu, tente de la convaincre à son tour :

— Ta mère a raison. Ton don est noble parce qu'il peut faire du bien.

Inge, heureuse d'avoir l'appui de Marceline, renchérit :

— La musique t'apportera beaucoup. Je le sens, là, dit-elle en se frappant la poitrine.

Kalinda ne s'est jamais moquée des dons prémonitoires de sa mère, ces pressentiments s'étant trop souvent avérés. D'autant plus qu'elle-même sent l'appel de la musique. Un appel puissant. Qui la dépasse. Comme une vocation religieuse. Mais la peur de quitter sa mère et Marceline est plus forte que tout.

— Non, je ne peux pas.

Une gifle la fait taire. C'est la première fois que sa mère lève la main sur elle. Elle ne peut lui en vouloir. Elle voit bien qu'Inge fait partie de ces mamans que la souffrance de leurs enfants peut détruire à jamais. Cette femme qui était la beauté même n'est plus qu'un squelette ambulant. Plus les jours passent, plus sa voix devient rauque, si profonde qu'il lui serait impossible de la baisser ne serait-ce que d'une seule octave. Ses yeux, autrefois si lumineux, ne brillent plus, comme si la mort était déjà en elle.

— Je te demande pardon, dit Inge, le regard luisant de chagrin. Mais je t'en supplie, saisis cette chance qui se présente.

Kalinda pleure de plus belle. Sa mère la serre dans ses bras et ajoute :

— Regarde autour de toi. As-tu remarqué que celles qui étaient les plus chétives quand elles sont arrivées ici sont souvent celles qui résistent le mieux ?

Kalinda hausse les épaules.

— Tu te souviens de la grande costaude qui se vantait de courir deux heures par jour et qui s'est effondrée, un matin, dans la file d'attente ? demande encore Inge.

Kalinda ne réagit toujours pas.

— L'autre, son amie, qui n'est pas plus grosse qu'une allumette, est non seulement encore vivante, insiste Inge, mais elle encourage toutes les femmes en leur disant de penser à ce qu'elles aimeraient faire quand elles sortiront d'ici. Et puis, cette autre qui récite chaque jour de la poésie. Toutes ces femmes ont une chose en commun.

— Laquelle ? demande Kalinda en reniflant.

— Elles ont une vie intérieure riche, remplie de beauté, répond Inge.

— C'est ce qui leur permet de garder espoir ?

— Oui. La force mentale peut être plus forte que la force physique.

— Je n'ai pas cette force, maman. Je n'y arriverai pas sans toi.

— Tu l'as, j'en suis convaincue. Je t'aime, ma fille. N'oublie jamais ça, déclare Inge avant de se diriger d'un pas résolu vers la gardienne, portée par la volonté farouche de sauver son enfant.

— Ma fille est une virtuose. En plus de sa voix magnifique, elle joue du piano, de la flûte, du violon et de la harpe, lui décrit-elle.

— Et moi, je reviens de la Lune. Retournez à votre place, répond Ursula qui, au cours des dernières semaines, s'est considérablement endurcie.

Kalinda est soulagée. Inge est désespérée.

22

Sainte-Flavie, août 1944

Chaque matin, Rose se réveille la tête posée sur un oreiller encore mouillé des larmes qu'elle a versées durant la nuit.

— Excuse-moi, je croyais que t'étais réveillée. D'habitude tu es très matinale, dit Bérangère en entrant dans la chambre après avoir toqué à la porte. Rose se retourne lentement et Bérangère aperçoit les traces de larmes qui ont dessiné une vague en furie sur l'oreiller, semblable à celle illustrée par le peintre japonais Hokusai. *Depuis des semaines que ça dure. Elle doit avoir une peine d'amour. C'est fréquent à cet âge,* se dit-elle.

— Je ne sais pas ce qui m'arrive, j'ai besoin de plus de sommeil ces temps-ci.

Bérangère vérifie si Rose est fiévreuse et, constatant que ce n'est pas le cas, elle lui demande si elle voudrait aller chez Marie-Ange :

— Hier soir, j'ai oublié ma veste chez elle.

— Oui, j'irai tantôt, répond Rose d'une voix lasse.

— T'as pas l'air de filer depuis quèque temps, ma belle. Tu veux pas te confier ?

Rose aimerait se blottir dans les bras maternels, mais comment pourrait-elle lui avouer ce qu'elle a fait ? Elle ne veut pas décevoir Bérangère qui a une telle confiance en elle. Comment lui dire la honte qui la taraude ? Il ne se passe pas une heure sans qu'elle se traite de putain, de pécheresse, de fille de rien, de fille de petite vertu, de fille tombée. Tombée dans le vice. Le péché. Pourtant, elle sait que cela lui ferait un bien immense de confier à sa mère la peur de l'enfer qui la tourmente. Pas question cependant de se confesser au curé ou au vicaire qui la jugerait plutôt que de la réconforter et la comprendre. Pour calmer sa conscience, elle se répète qu'elle s'est donnée à Gratien pour chasser la peine immense, toujours omniprésente, d'avoir perdu sa Luna et d'avoir dû cesser d'étudier. *Et puis, j'ai ressenti une telle tristesse en voyant Henri en si belle compagnie. Je veux être aimée moi aussi. Le plaisir que Gratien m'a donné m'a fait oublier le vide de mon existence. Voilà pourquoi j'ai fait ça,* se dit-elle parfois pour se juger elle-même moins durement.

Plutôt que de profiter de l'invitation que sa mère vient de lui faire de se confier, Rose se lève et marmonne :

— Ah et puis, je vais y aller tout de suite chez ma tante.

— T'es certaine que tu couves pas quèque chose ?

— Un petit mal de tête, ment Rose avant d'ajouter : ça me fera du bien de prendre l'air.

Dehors, une délicieuse brise marine a chassé la chaleur accablante des derniers jours. Le murmure infini des vagues l'apaise. En chemin, elle croise deux jeunes filles qui chuchotent et rient en la dépassant. Rose les reconnaît : elles étaient au restaurant le jour où elle a surpris Gratien qui parlait d'elle devant tout le monde. Ce jour-là, elle avait réussi à se faire remplacer à son travail afin d'assister à la petite fête visant à souligner le départ de celui qu'elle estimait être son petit ami. Onésime avait accepté qu'elle y participe. Il n'était pas d'une humeur trop méchante pour une fois : tôt ce matin-là, elle avait entendu ses parents faire l'amour. Faire l'amour est une expression qui ne convenait guère, car sa mère sanglotait toujours ensuite. Rose avait compris depuis longtemps qu'il était plus approprié de parler de viol conjugal. Un viol légal. Cautionné par l'Église et la Loi, comme leur avait expliqué la mère de Lili, de la colère plein la voix. Rose avait de la peine pour sa mère : son corps ne lui appartenait pas plus que sa vie. Onésime la prenait quand il voulait, au gré de ses besoins à lui, indifférent à son désir à elle. *Heureusement qu'il ne fait son devoir conjugal que pour faire des enfants. C'est lui qui le dit. Il a même précisé qu'il voulait un fils pour prendre la relève sur sa terre. Les parents ne soupçonnent pas qu'on les écoute. J'ai demandé à mon amie Lili ce que « devoir conjugal » signifiait. J'étais si ignorante à l'époque,* se dit-elle.

Ses pensées se tournent de nouveau vers celui qu'elle voudrait effacer de sa mémoire. *Sotte, sotte, sotte que j'ai été,* marmonne-t-elle en marchant de plus en plus vite. Son cœur avait bondi quand elle était entrée dans le petit restaurant et qu'elle avait aperçu Gratien. Elle ne s'était jamais retrouvée seule avec lui depuis qu'ils avaient fait l'amour. Elle s'était alors souvent demandé s'il la fuyait, mais pour se rassurer, elle se disait aussitôt qu'elle avait tort de le penser. Après ce qu'ils avaient vécu, il ne pouvait tout de même pas la laisser tomber ainsi, sans aucune explication. Elle s'inquiétait inutilement, croyait-elle.

Elle n'avait pas tardé à perdre le peu d'illusions qu'elle nourrissait. Le jour de la petite fête qu'il avait organisée, elle avait été prise d'un mauvais pressentiment et avait hésité avant d'ouvrir la porte du restaurant où il devait faire ses adieux à ses connaissances avant de partir à la guerre. La honte, mêlée à la gêne, la retenait. *Courage. Fonce,* avait-elle murmuré pour elle-même, la main sur la poignée. Assis dos à l'entrée avec trois autres aviateurs, Gratien ne l'avait pas vue entrer. Elle avait alors anticipé la belle surprise qu'elle lui ferait. Du moins espérait-elle qu'il soit heureux qu'elle ait pu se libérer pour venir à la fête. Autour de lui s'agglutinaient des filles et des garçons qui riaient aux éclats. Rose avait marché vers eux en souriant: les autres filles crèveraient de jalousie quand elles comprendraient qu'elle était la petite amie de Gratien, le plus beau garçon du village. Elle avait figé en l'entendant prononcer des mots avec un tel mépris insouciant qu'elle en avait d'abord été déconcertée avant d'être profondément blessée:

— A l'air pudique quand on la voit sur la plage avec son costume de bain à jupette, la Rose Dubeau, mais en privé... Est chaude, vous pouvez pas imaginer. Wow, les gars, si vous saviez. C'est une Marie-couche-toi-là. Il y a juste les petits chars qui ont pas passé dessus. Une vraie cocotte.

Cocotte: le mot avait frappé Rose en plein cœur. C'est ainsi qu'on qualifiait la mère de Lili pour signifier qu'elle avait été de mœurs très légères.

Assise en face de lui, une fille riait d'autant plus fort que c'était elle qui, d'habitude, était mal jugée parce qu'elle se baignait dans le fleuve, vêtue d'un maillot très échancré et tout aussi décolleté.

Comme dans un mauvais rêve, Rose s'était frayé un chemin parmi le groupe. Ceux qui l'avaient aperçue la fixaient, silencieux. Certains ricanaient. Son cœur battait à tout rompre. Elle n'arrivait pas à croire que Gratien parlait d'elle. Son amie Lili, qui ne l'avait pas vue s'approcher, prenait sa défense avec fureur:

— Tu t'vantes chaque fois de tes conquêtes. Tu es dégoûtant, Gratien Blais. Tu m'écœures! avait-elle crié avant de lancer des pièces de monnaie sur la table afin de payer son Coca-Cola encore à moitié plein. Elle se retenait d'ailleurs de le lui jeter au visage. En se retournant, elle était tombée face à face avec son amie.

Rose venait de découvrir brutalement le vrai visage du premier homme à qui elle s'était donnée. Quelque chose s'était brisé en elle. Une fissure que la vie ne parviendrait jamais vraiment à colmater. Gratien venait de ruiner sa réputation et de réduire en miettes les quelques illusions qu'elle nourrissait encore à son égard, malgré les mises en garde de Lili. Lorsqu'il avait aperçu Rose, il avait figé un moment, mais avait vite repris contenance en racontant à ses amis à quel point il avait hâte de faire exploser des Boches.

Humiliée, la jeune fille était partie en courant. Elle pleurait à chaudes larmes, mais avait repoussé Lili qui l'avait suivie pour la consoler. Elle voulait être seule. Elle avait trop honte. Elle avait couru jusqu'à la ferme familiale et s'était réfugiée dans le fenil, au-dessus de l'étable où son père entreposait le foin. Là, elle avait pleuré toutes les larmes de son corps. Mimine, leur grosse chatte, était venue se blottir contre elle.

C'est la centième fois que Rose revoit en pensée cet épisode de sa vie aussi triste qu'humiliant. Quand elle pense à tous les poèmes qu'il lui récitait ! Foutaise ! Ce qui avait l'allure de perles n'était que de la bave d'huître ! Ce qu'elle avait pu être stupide de s'être donnée à lui ! Dieu qu'elle avait été sotte de ne pas s'être tournée plutôt vers Henri ! Il était sans doute trop tard maintenant, la belle infirmière ayant de toute évidence conquis son cœur.

Si ce maudit été-là peut finir, se dit-elle, en repensant à tout cela, marchant d'un pas rapide vers la maison de sa tante. Elle a si hâte de quitter Sainte-Flavie. *Pas question d'y rester encore bien longtemps et d'être l'objet de commérages. Il faut absolument que je réussisse à rejoindre Dorothée à*

Québec. On n'a jamais été vraiment proches l'une de l'autre, mais ce n'est pas une raison pour ne jamais répondre à mes lettres comme elle le fait. Elle m'énerve à la fin !

Rose est loin d'imaginer que sa sœur ne vit plus à Québec. Qu'elle ne vit même plus au Québec.

23

Auschwitz, août 1944

C'est la fête ce soir-là lorsque Kalinda, Marceline et Inge regagnent leur block: Bessodia, une détenue juive qui travaille au Kanada, les y attend avec des biscuits, du sucre, du chocolat, des gâteaux et du fromage qu'elle partage avec toutes les autres femmes. Elle n'oublie pas la kapo qu'elle amadoue ainsi. Celle-ci accepte l'offrande et s'éloigne pour cacher les larmes qu'a suscitées ce geste de bonté.

— Je suis passée tout bonnement devant les kapos avec deux paniers remplis à ras bord, raconte Bessodia à ses amies détenues. Croyant sans doute que j'apportais ce butin à des Allemands, aucun d'eux ne m'a arrêtée, précise-t-elle en riant, fière de les avoir bernés si facilement.

Le Kanada est comme un lieu magique où l'abondance règne. Chaque détenue rêve de travailler à cet endroit où il est plus facile de voler toutes sortes de biens, dont la précieuse nourriture. Bessodia y a été envoyée parce que la gardienne avait été dure avec elle et qu'elle s'était ensuite sentie coupable.

Elles mangent en silence, pouffant parfois de rire entre deux bouchées. C'est un grand moment de bonheur pour Bessodia de pouvoir aider. Ici, la majorité des femmes sont heureuses lorsqu'elles peuvent réconforter, ne serait-ce qu'en tendant la main pour soutenir une autre détenue, ou en lui donnant un bout de pain, ou en la prenant dans leurs bras pour l'encourager. Ici, elles se sentent si vulnérables, elles ont tant besoin les unes des autres, que les liens de solidarité se créent facilement et prennent une grande importance.

— Quand je sortirai d'ici, la seule nostalgie que j'aurai, ce sera d'avoir été tant aimée[19] par toi, ma chère Kalinda, et par les autres femmes, confesse Marceline, la bouche pleine de chocolat.

— Il faut chaque jour s'efforcer, avec acharnement, avec détermination, avec entêtement, de rester humaines. La bonté est aussi un acte de résistance, dit Inge. Il ne faut pas se laisser abattre par ceux qui veulent nous détruire. Cela aussi est un acte de résistance.

Toutes acquiescent. Kalinda fixe sa mère, blême. Chaque fois qu'elle entend le mot résistance dans sa bouche, la peur lui noue les entrailles. Elle sait cependant qu'Inge a raison. Elle aussi est de plus en plus convaincue que les gestes d'entraide sont des actes révolutionnaires pouvant sauver le monde.

Mais dans cet enfer, rempli de cris et de fureur, il n'est pas toujours facile d'être bons. La vie qu'elles mènent peut réveiller en elles le meilleur comme le pire : une journée, Unetelle est un ange qui sauve une vie, le lendemain, un démon qui vous vole un morceau de pain parce que l'instinct de survie est souvent plus fort que tout.

Comme en écho à ce qu'elle pense, une femme du block raconte :

— Je suis passée par Treblinka avant d'aboutir ici. On m'a rapporté que les premiers mois après l'ouverture du camp de concentration, les fermiers qui habitaient tout près ne

19 Paraphrase de ce qu'elle a écrit.

supportaient pas d'entendre les cris de douleur et de terreur des Juifs. Mais il semble que la nature est ainsi faite qu'ils s'y sont graduellement habitués et sont devenus insensibles à leur souffrance.

Kalinda ne les jugeait pas. Elle-même, certains jours, est insensible à tout. Aux cadavres qui l'entourent, aux femmes qui gémissent la nuit ou hurlent dans leurs cauchemars. Parfois, elle est tellement épuisée qu'elle ne se souvient plus du nom de son amie Marceline : ici, une heure de travail équivaut à une semaine.

Kalinda craint parfois de devenir sans cœur, uniquement obsédée par la faim. Elle aimerait pourtant être comme ces détenues pour qui les conditions difficiles des camps ont ajouté un surplus d'âme et qui se dévouent auprès de ceux qui souffrent le plus. Mais elle n'y arrive pas. Pas assez souvent en tout cas. Elle se jure qu'en la mémoire de ses sœurs, de Nanosh et de toute sa famille tzigane, elle s'y efforcera. Elle veut toujours se souvenir de ce qu'a dit sa mère : *La bonté est aussi un acte de résistance.* Elle fera de cette phrase son mantra, afin qu'il se concrétise le plus souvent possible.

— Chante pour nous, Kalinda, demande une femme. C'est comme une fête ce soir.

Kalinda tousse un peu pour s'éclaircir la voix et entonne *La vergine degli Angeli.*

Dehors, un homme, adossé au mur du block, s'allume une cigarette et l'écoute. C'est Hermann, celui qui l'a remarquée lors de la funeste « Nuit des Tziganes ». Il traduit mentalement une phrase de cet air d'opéra de Verdi : *Que la force des anges me couvre de son manteau.* Il entre dans le block. Personne ne le remarque. Même pas la kapo qui, s'étant approchée de Kalinda, lui tourne le dos. Les détenues ont les yeux fermés ou la fixent, l'air éperdu de gratitude. Il veut cette femme, comme il n'en a jamais désiré aucune autre. Il sort, troublé par la force de son désir.

Cette nuit-là, le ventre plein, Kalinda rêve non pas de nourriture comme les autres nuits, mais de Nanosh : *Le bel Allemand te fera souffrir, mais grâce à lui, tu auras la vie sauve,* lui dit-il en lui tenant la main.

24

Sainte-Flavie, août 1944

Rose observe sa mère, perplexe. Tôt ce matin-là, avant qu'elles se préparent à aller à l'église, Bérangère a tenu à faire un gâteau pour le dîner. Pourtant, ce dimanche n'est pas un jour de fête et rien dans leur vie ne donne lieu à des réjouissances. C'est d'autant plus étonnant qu'en cette période de rationnement, concocter une pâtisserie relève de la prouesse. Avant de lui servir la soupe, Bérangère dépose devant Onésime le gâteau orné d'une chandelle.

— Es-tu devenue folle, ma foi du bonyeu ? C'est quoi c'te chandelle ? Il y a personne qui a un an icitte, pis il y a rien à fêter ! s'exclame-t-il après l'avoir dévisagée.

Bérangère prend doucement la main de son mari, cette main qui porte la mémoire des violences qu'il lui inflige. D'une voix chevrotante, elle lui annonce qu'elle est enceinte.

Demeurant aussi impassible que si elle lui avait annoncé qu'une mouche vient d'entrer dans l'étable, d'une voix neutre, il brise le silence au bout de longues minutes :

— T'as quarante-quatre ans, tu es à veille d'avoir ton retour d'âge. On aura pas beaucoup d'autres chances. J'espère que ça sera un garçon, pis qu'y vivra c't'e fois-citte.

Il y a comme une menace dans sa voix. Les larmes affluent aux yeux de Bérangère. Des larmes qu'elle refoule courageusement. Il ne la prend pas dans ses bras comme elle l'espérait. Elle qui a tant besoin d'affection. Tant besoin d'amour. Tant besoin de complicité. Après vingt-deux ans de mariage, elle a été enceinte douze fois. Seulement deux filles ont survécu : Dorothée, née un an après les noces, et Rose, six ans plus tard. Brisée par la mort de sa petite Éva, Bérangère a enduré huit fausses couches et a pleuré la mort d'un enfant mort-né : un garçon. *Même pas capable de faire des enfants,* avait alors hurlé Onésime en la rouant de coups quelques heures après l'accouchement. Bérangère pensait chaque jour à sa petite Éva, si belle, et à ce petit garçon, Adam, qui n'avait jamais ouvert les yeux. Elle allait souvent pleurer sur leur tombe, percluse d'une douleur que seules Rose et Marie-Ange semblaient comprendre. Elle-même ne trouvait pas les mots pour expliquer que ces fausses couches et cet enfant mort-né étaient des deuils, de véritables deuils, et que tous les bébés qu'elle avait portés avaient une place dans son cœur. L'espoir d'une vie nouvelle qu'ils symbolisaient était mort avec eux. Ne pouvoir partager sa souffrance la rendait plus intolérable, mais pas autant cependant que le secret entourant la façon dont était morte Éva.

Sous prétexte qu'il veut fêter l'événement, Onésime abuse de la robine toute la journée. Exclues de ce simulacre de festivités, Rose et sa mère marchent sur des œufs. Elles font le train et s'activent afin que le repas du soir soit prêt quand il s'installe à table. L'homme acariâtre ne supporte pas d'attendre, ne serait-ce que cinq minutes. Pendant qu'il mange, elles restent debout près de lui et attendent en silence au cas où il aurait besoin de quelque chose. Il mange goulûment, comme un cochon, se dirait Rose si elle n'éprouvait pas autant d'affection pour ces bêtes aussi intelligentes que des chiens. Il avale son repas si vite qu'un peu de soupe aux tomates coule sur sa mâchoire avant d'atterrir sur sa chemise du dimanche. Bérangère fixe la tache rouge, songeant au temps qu'il lui faudra pour la faire disparaître, si elle réussit à en venir à bout, ce qui est loin d'être certain. Du temps volé aux rares moments de repos de sa semaine, qu'elle aime consacrer à la lecture d'œuvres que Marie-Ange et Henri leur prêtent, à Rose et elle. Elle garde un visage impassible, s'efforçant de dissimuler sa désapprobation. Ne rien dire surtout : un seul mot qui ressemblerait à un reproche susciterait la colère de son mari. Elle pense à l'enfant qu'elle porte. Il faut qu'elle le mène à terme. Elle doit conséquemment éviter de *provoquer son mari,* comme le lui rappelle le curé à qui elle regrette de s'être confiée. *Tu es responsable de la paix du foyer,* avait-il ajouté.

Le coup de poing qu'Onésime assène sur la table rompt le fil de ses pensées. Il lui présente sa tasse avec un regard noir. Elle court vers le gros baril plein de robine. Ses mains tremblent quand elle lui tend sa tasse pleine. Pendant ce temps, Rose retire son assiette vide. Il lui prend l'envie de faire une petite révérence comme si elle servait un prince. Il lui vient parfois spontanément des idées folles qui la font sourire.

— Qu'essé que t'as, toé ? Ris-tu d'moé tabarnak ?

— Non, je ne ris pas, répond Rose, soudain sur ses gardes.

— À partir d'astheure, t'arrêtes de travailler à l'école de tir. Tu resteras à' maison pour aider ta mère. Il faut qu'a rende à terme l'enfant qu'a porte, ordonne-t-il d'une voix pâteuse.

Du coup, Rose a vraiment envie de rire et de danser de joie. Elle quittera enfin cette école maudite où elle a perdu sa virginité et son honneur. Elle ne verra plus tous ces gars qui la considèrent comme une moins que rien. Ce qu'ils pensent la blesse d'autant plus que cela fait écho à ses propres pensées.

La honte ne l'a pas quittée, et elle croit toujours qu'elle sera vouée éternellement aux feux de l'enfer. Elle caresse la pièce de cinq sous qu'elle a dans le fond de sa poche et qu'Onésime a laissé échapper. Ce soir, elle ira à l'hôtel LaFayette et achètera une gâterie qu'elle apportera à sa mère pour donner un air de fête à cette journée.

Avalant sa robine comme un homme mourant de soif, son père sort enfin de la maison et se dirige d'un pas chancelant vers les champs, sans avoir pris le temps d'enlever ses habits du dimanche. Rose et Bérangère ouvrent grand les fenêtres afin de dissiper les odeurs d'alcool.

25

Birkenau, septembre 1944

Ursula, la gardienne, a bu plus qu'à l'accoutumée cette nuit-là. Elle est encore à moitié saoule lorsque les femmes du block 27A sortent avant le lever du jour. L'alcool et la vie qu'elle mène la rendent mauvaise. Elle attend Kalinda. Elle a envie de s'amuser à ses dépens. Aussitôt qu'elle l'aperçoit, elle hurle son numéro. Kalinda sursaute, effrayée. Sans lui donner le temps de réagir, Ursula la prend par le bras et l'entraîne devant la file afin que tous la voient :

— Regardez, crie-t-elle. Cette femme est une grande artiste.

Le silence qui suit est lourd. Inge met la main sur son cœur en priant ses parents de protéger sa fille.

La gardienne éclate de rire et ajoute :

— Elle est un orchestre à elle toute seule. Elle joue de tous les instruments de musique. C'est sa propre mère qui me l'a dit. Et elle chante, à part ça. D'ailleurs, pourquoi tu ne nous chanterais pas une chanson tzigane ? demande-t-elle d'une voix doucereuse.

Tout le monde retient son souffle. Les nazis ne tolèrent en public que la musique et les chants allemands. Mais ce matin, tous les kapos rient et encouragent la jeune fille à chanter : ils croient avoir une occasion de ridiculiser cette moitié Juive, moitié Tzigane.

Kalinda n'a pas le choix d'obéir. Maîtrisant sa peur, sa voix s'élève, forte et puissante.

Hermann descend de sa camionnette. Depuis qu'il l'a remarquée, il quitte souvent Auschwitz 1 pour venir à Birkenau, espérant l'apercevoir de nouveau. Il s'approche et la scrute attentivement, essayant d'imaginer comment elle était avant d'être enfermée ici. Il aime son expression insolente, l'attitude de défi qui émane d'elle. Il la trouve toujours aussi belle et attirante malgré son accoutrement misérable, sa saleté et sa maigreur.

D'un signe autoritaire, il impose le silence à ceux qui se moquent et interpelle la jeune femme sans chercher à l'humilier :

— Tu as une belle voix. Sais-tu aussi jouer d'un instrument de musique ?

— Oui.

— Suis-moi.

Kalinda cherche sa mère du regard et voit son visage éclairé d'un sourire radieux. Il y a longtemps qu'elle n'a pas souri. Inge est convaincue que son souhait se réalisera et que sa fille jouera dans l'orchestre.

Hermann la fait monter dans sa camionnette : direction Auschwitz 1. Là, il la conduit aux douches et ordonne à une kapo d'aller chercher des vêtements propres.

Pendant que Kalinda se lave, il reste là à l'observer. Elle essaie de ne pas penser à ces yeux qui la dévorent et se concentre sur la douceur réconfortante de l'eau chaude ruisselant sur elle.

Hermann fixe les marques qu'elle a sur le corps. Des marques d'ongles. Il devine qu'elle s'est infligé ces blessures elle-même. Il a vu de nombreux prisonniers se mutiler ou se grafigner jusqu'au sang dans l'espoir que la souffrance physique étouffe leur détresse morale.

Il s'approche, ferme l'eau et lui tend une serviette. Il a souri, et ce sourire qui semble sincère étonne Kalinda. La kapo est revenue avec une robe. Rouge. Sa couleur préférée. Elle l'enfile avec une joie enfantine.

Hermann la conduit à un autre block. C'est le choc quand elle y entre. Un enchantement plutôt. Un mur est couvert d'instruments de musique de toutes sortes. Son cœur tambourine lorsqu'elle aperçoit le violon et la mandoline de Nanosh, sur lesquels son nom est gravé. Au bout de la pièce, une femme, toute menue, lit ce qui, de loin, semble être des partitions de musique. Elle lève la tête quand Hermann l'interpelle.

— Vois si elle peut jouer dans l'orchestre, lui intime-t-il.

La femme se lève, vient vers Kalinda et se présente : elle s'appelle Sonia.

— Je vais chercher un instrument, lui dit-elle ensuite.

Kalinda, incapable de prononcer un mot tant elle est nerveuse, hoche simplement la tête. Il y a tant de méchanceté dans le camp. Qui sait ce qui pourrait lui arriver si elle joue faux ?

Sonia lui tend le violon de Nanosh. Kalinda le prend délicatement, les larmes aux yeux. L'instrument de son amoureux entre ses mains lui semble un signe de l'au-delà. Comme s'il la guidait. C'est ce qu'Inge dirait certainement, elle qui lui a raconté avoir senti au réveil la présence de sa mère décédée durant la nuit des Tziganes. Marceline et Kalinda en avaient parlé ensuite : *Peut-être que le cerveau crée cette illusion pour nous consoler. Certains les appellent les anges, ou les fantômes, d'autres parlent de création de l'esprit,* avait dit Kalinda. Elle aurait été réconfortée d'y croire, mais la cruauté ambiante la rend de plus en plus sceptique.

Mais à cet instant, auprès de la chef d'orchestre, alors que son destin se joue, Kalinda se sent si vulnérable qu'elle s'accroche à l'idée que Nanosh veille vraiment sur elle et l'aide.

Hermann s'assoit auprès de Sonia, croise les jambes et allume une cigarette. La main de Kalinda tremble de plus en plus. Son archet est un sésame pouvant l'aider à devenir ce pour quoi elle est née, lui a fait comprendre sa mère. Hermann sourit encore. Comment interpréter ce sourire ? se demande-t-elle de nouveau. Elle a vu tellement de nazis maltraiter des détenus en souriant.

Elle ferme les yeux et joue. Même si elle n'interprète pas une musique allemande, le mouvement lent d'un concerto de Boccherini séduit Hermann autant que cette femme l'envoûte. À la fin, il l'applaudit sans chercher à cacher son admiration.

— Prenez-la. Elle rehaussera la qualité de l'orchestre. Et faites-la chanter aussi. Elle a une voix unique, ordonne-t-il à Sonia.

Il sourit de nouveau à Kalinda et la regarde avec insistance. Elle connaît ce regard : celui que les hommes posent sur les femmes qu'ils désirent. Elle sait que le désir peut être son passeport vers une vie meilleure ou vers une forme d'esclavage.

Sonia l'entraîne dehors où l'orchestre est déjà installé. C'est un vrai orchestre avec violon, flûte, guitare, cymbales et contrebasse. Kalinda sent une vague de bonheur l'envahir. Se sent revivre. Comme si elle redevenait humaine. Comme si elle était de nouveau plus que les numéros tatoués sur son corps.

Le soir, avec les autres filles de l'orchestre, elle dort dans le block 12, beaucoup plus confortable que celui de Birkenau. Elle aimerait qu'Inge et Marceline soient auprès d'elle. Que leur vie devienne moins dure. Dans la baraque des musiciennes, les gardiennes les traitent bien. Même si elle travaillera fort de quatre heures à vingt-trois heures, elle prendra une douche par jour, un luxe inouï à Auschwitz, et sera bien nourrie.

Kalinda pense souvent aux compositions que lui a confiées Nanosh avant de mourir. Elle croit avoir trouvé un moyen de les récupérer en disant à la chef d'orchestre qu'elles pourraient en jouer. Il suffirait alors qu'elle aille les chercher à Birkenau où elle les a cachées. Elle pourrait embrasser sa mère et Marceline qui lui manquent tellement.

Sonia la regarde comme si elle était folle.

— Les nazis sont convaincus que les musiques allemandes et autrichiennes sont supérieures. L'orchestre ne doit en interpréter aucune autre sous peine de sévères punitions pouvant mener à la mort.

— Pourtant, dans plusieurs bars de Paris, des Allemands apprécient la musique tzigane. Et même à Birkenau. Avant la nuit des Tziganes.

La voix lui manque en disant cela.

— La nuit du 2 au 3 août, dit la chef.

— Oui, avant cette nuit-là, les kapos écoutaient leur musique en fumant, debout près de leur camp. Ils avaient l'air de beaucoup l'apprécier. J'en ai même vu qui dansaient avec des Tziganes.

— Eh bien, moi, je ne veux pas finir en cendres, alors nous jouons souvent du Beethoven et du Wagner, un antisémite notoire. C'est la musique de celui-ci qui retentira ce soir quand les détenues reviendront du travail, tonne la chef d'une voix autoritaire avant d'ajouter d'un ton plus bas, marqué par la tristesse: pour les faire marcher au pas, malgré leur épuisement, leur faim et leur soif.

Kalinda n'insiste pas. Ici, la révolte est non seulement inutile, mais dangereuse. Elle trouvera bien un moyen de récupérer les feuilles de musique tzigane.

Les femmes de l'orchestre pratiquent une partie de la journée, tranquilles, à l'abri de la cruauté qui règne ailleurs dans le camp. C'est là, dans cet enfer, que Kalinda découvre la valeur inestimable de l'instant présent. Totalement concentrée sur la musique, la douleur, omniprésente depuis des semaines dans tous les muscles de son corps et dans chaque recoin de son âme, s'évanouit. Plus rien d'autre n'existe.

Pendant quelques heures, elle est non pas heureuse, mais totalement en paix avec elle-même, au-delà de la souffrance. La musique l'entraîne loin des camps et de l'horreur. Un lieu où même la cruauté ne peut l'atteindre. La musique est un viatique qui l'aide à fuir le ghetto pour la ramener à l'époque où elle était libre, insouciante, désinvolte. Elle pense aux rivières où elle se baignait ou qu'elle contemplait. Aux odeurs de la forêt où elle aimait tant marcher. Aux rires qu'elle partageait avec ses sœurs. Le rire cristallin de Naomie surtout, si délicieusement contagieux. Elle ignorait alors qu'elle était heureuse. Qui donc a écrit: « On reconnaît le bonheur au bruit qu'il fait en partant » ?

Certains jours cependant, la musique est impuissante à combattre la colère qui grandit en elle devant l'injustice de sa situation. Elle songe qu'ailleurs dans le monde, des hommes et des femmes font l'amour et s'endorment dans les bras les uns des autres. Des femmes donnent naissance à des enfants, les aiment, les cajolent, jouent avec eux. Des hommes et des femmes ne risquent pas d'être tués ou, pire, de voir quelqu'un qu'ils chérissent être exterminé sous leurs yeux, simplement parce qu'ils sont d'une race honnie.

L'une de ces journées où la colère envahit son cœur, elle se rappelle soudain les paroles d'une détenue de Birkenau ayant assisté au concert de l'orchestre: « Accroupie, frissonnante d'émotion, je suis entraînée dans un monde féérique où la souffrance s'habille d'une beauté magique. Par petites ondées douces, la musique me pénètre comme un souffle de vie[20]. »

Ces paroles sont gravées dans son cœur. Kalinda se fait la promesse que si elle survit, la musique sera non seulement au centre de sa vie, mais qu'elle la mettra au service des autres, afin de les soulager, les consoler, les réconforter, leur redonner une certaine joie de vivre et qui sait, si elle a véritablement le moindre talent, leur permettra d'atteindre l'état de grâce qu'elle-même ressent quand elle joue. Il lui importe non plus seulement de rester en vie, mais de donner un sens à cette existence en faisant œuvre utile.

20 Ce sont les mots que Magdalena Hollander-Lafon a écrit après sa libération d'Auschwitz-Birkenau dans *Quatre petits bouts de pain*, p. 48.

26

Normandie, septembre 1944

Les premières journées passées en Europe avaient été brutales pour Mathilde et Dorothée. Le 6 juin, lors du débarquement de Normandie, l'équipe médicale dont elles faisaient partie était installée dans des baraques, à une centaine de kilomètres des côtes. Dorothée aidait les infirmières qui devaient trier, laver et panser les nombreux blessés : plus de six cents étaient arrivés en seulement vingt-quatre heures. Ni Mathilde ni elle n'avaient eu le temps de s'émouvoir, mais lorsqu'elles s'étaient couchées, ce soir-là, elles avaient commencé à trembler de tout leur corps, incapables de chasser de leur esprit tout ce qu'elles avaient vu en une seule journée : soldats encore vivants alors que leurs intestins étaient sortis de leur corps, crânes percés, jambes, bras, yeux et mâchoires arrachés. Les cris, les lamentations, les appels à l'aide, tout cela leur brisait le cœur et affectait leurs nerfs. Quelques infirmières n'avaient pas tenu le coup et avaient été rapatriées. Heureusement que toutes les journées n'avaient pas été aussi terribles et que les deux amies s'étaient soutenues mutuellement.

La vie était moins dure depuis qu'elles travaillaient dans la région de Caen. Parfois, Dorothée faisait la lecture à des blessés ou écrivait des lettres qu'ils lui dictaient. Des lettres dans lesquelles ils mentaient à leur famille pour les protéger :

à les lire, la guerre ne présentait aucun risque ! Mais ce qu'ils aimaient surtout, c'était quand elle jouait de la cornemuse.

Certaines infirmières se plaignaient de la piètre qualité des repas qui consistaient, la plupart du temps, à très peu de viande dans un amas de sauce. Mais Dorothée et Mathilde n'y accordaient guère d'importance. Elles s'estimaient chanceuses de ne pas être à la place des blessés et d'être encore en vie.

— Je t'avoue que tu m'étonnes. Je m'attendais à ce qu'une fille gâtée comme tu l'as été toute ton enfance et ta jeunesse soit plus geignarde, lui disait Dorothée pour la taquiner lorsqu'elles mangeaient côte à côte d'un bon appétit.

— J'ai gagné au change. J'ai troqué le luxe et le confort de ma vie d'avant pour l'amour. Le bel amour. Le grand amour, répondait Mathilde d'une voix chantante.

Mathilde était tombée follement amoureuse d'un officier qui, avant de s'engager dans l'armée, enseignait dans un collège. Dorothée, elle, avait eu un coup de foudre pour Franz Legardeur, le propriétaire d'un manoir qu'il avait mis à la disposition des infirmières afin qu'au cœur de la tourmente, elles puissent profiter de quelques jours de repos. Personne d'autre que Dorothée ne semblait aimer cet homme. Non seulement du sang allemand coulait-il dans ses veines, mais son père était un nazi, et le bruit courait que Franz avait même fait partie des Jeunesses hitlériennes. Mais Dorothée ne pouvait s'empêcher de le trouver extrêmement séduisant. Pas tellement parce qu'il était un beau grand blond aux yeux bleus, mais plutôt en raison de la bienveillance et de la gentillesse dont il ne se départait jamais, même lorsqu'il sentait l'animosité que sa présence suscitait. Ayant hérité des commerces de meubles que la vaillance et l'esprit d'entreprise de son grand-père maternel avaient fait essaimer partout à travers la France, il partageait son temps entre son luxueux appartement au bord de la Seine, à Paris, et la Normandie où il passait une partie de ses étés, seul dans son somptueux manoir qui avait appartenu aux ancêtres de sa défunte mère d'origine française, les Legardeur. Franz avait d'ailleurs troqué le nom de famille de son père entaché par le nazisme contre celui de ses aïeuls maternels.

Un soir où la chaleur l'empêche de dormir, Dorothée sort dans le jardin et aperçoit Franz, assis sur un banc face à l'étang, une cigarette et un verre à la main, son énorme et vieux chien couché à ses pieds. Les cailloux qui bruissent sous les pas de la jeune femme attirent l'attention de l'homme, qui se retourne et l'invite à s'asseoir auprès de lui. Elle accepte avec plaisir, ainsi que la cigarette et le verre de vin qu'il lui offre.

— Si vous n'avez pas d'objections à boire dans mon verre, je boirai au goulot, dit-il en souriant.

Dorothée hume le parfum du vin et laisse le liquide sur sa langue un moment afin de le goûter pleinement. Elle n'en a jamais bu d'une aussi bonne qualité.

Franz lui demande son nom, d'où elle vient et ce qui l'a motivée à traverser l'Atlantique, défiant les sous-marins allemands qui le sillonnent, pour se retrouver en pleine guerre. Voulant faire bonne impression, elle est heureuse, depuis sa rencontre avec Mathilde, d'avoir fait des efforts pour bien s'exprimer. Dans un français presque parfait, elle lui raconte son histoire brièvement, mais, craignant qu'il la juge mal, n'avoue pas que sa principale motivation était le goût de l'aventure. Ensuite, fidèle à sa façon cavalière d'aller droit au but, elle lui demande comment il se fait qu'un homme comme lui, avec du sang allemand, précise-t-elle, cherche à aider leurs ennemis.

Franz secoue sa cigarette pour en faire tomber la cendre, se retourne vers Dorothée et demande :

— Ne vous êtes-vous jamais reproché certains de vos actes au point d'être prête à risquer votre vie pour avoir la conscience non pas tranquille, parce que cela semble impossible à atteindre, mais au moins un peu plus légère ?

— Non, mais je devine que c'est votre cas.

— Oui, comme vous le savez sans doute, j'ai été membre des Jeunesses hitlériennes. Les nazis voulaient faire de nous de futurs surhommes prêts à tout pour servir le Troisième Reich. Je ne regrette pas d'avoir suivi l'entraînement militaire, mais je déplore le fait d'avoir subi, lorsque j'étais si jeune, l'endoctrinement antisémite.

— Parlez-moi des Jeunesses hitlériennes.

— Cela vous intéresse vraiment ?

— Ce que vous avez vécu m'intéresse, répond Dorothée.

Franz la jauge un instant. Il aime les femmes qui vont droit au but, contrairement à celles qui font semblant d'être indifférentes. Il esquisse un sourire et précise :

— En 1939, quatre-vingt-dix-huit pour cent de la jeunesse allemande a intégré la Hitlerjugend. Plusieurs n'avaient que dix ans ! Moi, je m'y suis inscrit en 1926, à l'âge de quatorze ans.

Après un calcul rapide, Dorothée déduit que Franz a trente-deux ans. Onze de plus qu'elle. *C'est parfait,* se dit-elle.

— On nous encourageait à être brutaux et insensibles envers les autres, particulièrement les plus petits, les plus vulnérables, les plus différents. Il fallait ne montrer aucun signe de faiblesse. Seulement de la cruauté. Nous jouissions d'une quasi-impunité, de sorte que nous pouvions nous permettre d'être grossiers et parfois même violents envers les gens que l'on côtoyait au quotidien. J'ai le souvenir de ma méchanceté envers les plus jeunes du groupe. Ces souvenirs-là me causent bien des remords aujourd'hui. J'étais si obéissant. Une obéissance aveugle. Au point où l'on voyait en moi un parfait futur dirigeant nazi. Mon père était très fier de moi à l'époque, mais ça n'a pas duré : il a fini par me déshériter. Mais ça, c'est une autre histoire. Je vous la raconterai peut-être un jour.

— J'aimerais beaucoup, mais pour l'instant je vous rassure : vous n'avez pas à avoir de remords, répond Dorothée qui, de toute sa vie, ne s'était jamais sentie coupable. Vous étiez jeune ! À cet âge, on croit tout ce que nos parents racontent.

— Peut-être. Je sais toutefois à quel point la propagande allemande était efficace. Hitler nous promettait un avenir de gloire et de puissance. Il avait ciblé des coupables : les Juifs. Il répétait qu'ils faisaient partie d'une race de dégénérés devant être exterminés afin de ne pas contaminer le reste de la population. *Les Juifs sont non seulement responsables du chômage, mais ils veulent détruire l'humanité,* martelait-il sans cesse. *Nous devons donc détruire les Juifs pour sauver l'humanité.* J'ai honte de l'avouer, mais j'y ai cru. Les nazis s'assuraient que toutes les familles allemandes aient un appareil radio afin d'entendre quotidiennement leur propagande. Quant aux journaux, ils appelaient ouvertement au meurtre des Juifs qui étaient, selon eux, l'incarnation du mensonge et de l'escroquerie.

— Est-ce que plusieurs y croyaient ?

— Et comment ! La majorité de la population allemande répétait même que Hitler était un envoyé de Dieu. Je revois tous ces gens qui tombaient en extase lorsqu'ils apercevaient cet homme. L'une de leurs expressions était même: *un vrai temps d'Hitler,* pour dire que c'était une belle journée ensoleillée, parfaite. Quand j'y pense, c'est tellement stupide!

— Alors ce soir, c'est une vraie soirée d'Hitler, lance Dorothée en riant aux éclats.

— Ce serait drôle si tout cela n'avait pas de conséquences aussi tragiques. Tant de souffrance et de morts... répond Franz.

Dans un mouvement brusque ressemblant à de la rage, il lance sa cigarette dans l'herbe.

— Vous avez raison, excusez-moi, souffle Dorothée, regrettant de n'avoir pas été suffisamment sensible pour comprendre que plaisanter sur ce sujet pouvait le blesser.

La magie entre eux est rompue. Prétextant avoir besoin de se dégourdir les jambes, Franz se lève et regarde autour de lui, songeur.

— La prochaine fois, vous me raconterez comment vous vous en êtes sorti, d'accord? demande Dorothée pour attirer son attention.

— Oui, si vous voulez, dit-il.

Elle aurait espéré qu'il mette plus d'enthousiasme dans sa réponse, mais se promet d'arriver à le séduire. Cet homme lui plaît. Beaucoup. Beau, riche, intelligent et sensible, il représente ce qu'elle a toujours souhaité.

27

Sainte-Flavie, 11 septembre 1944

Pendant que de l'autre côté de l'Atlantique, la Résistance et les soldats alliés libèrent Dijon, la capitale de la Bourgogne, Rose, debout devant la fenêtre de sa chambre qu'elle a entrouverte, regarde les avions qui survolent le fleuve. L'écume et le fracas des vagues sont en harmonie avec son état d'esprit : un amalgame de colère, de tristesse et de désarroi.

Elle va s'étendre sur son lit et ferme les yeux. Elle pense à Henri, qu'elle a aperçu récemment avec la belle Jocelyne, celle-là même qui l'accompagnait lors de la remise des ailes. Cela lui a fait mal de les voir si amoureux. *Comment ai-je pu ne pas apprécier à leur juste valeur les grandes qualités d'Henri ? Serviable, toujours de bonne humeur, attentif, à l'écoute, cherchant à faire plaisir, cultivé. J'aurais mieux fait de tomber amoureuse de lui plutôt que de me jeter dans les bras de Gratien et de tomber enceinte.*

Enceinte ! Ce mot la terrorise. Bouche l'avenir qu'elle s'était forgé en imagination. Plutôt que de rêver à un futur plus rose, elle passe désormais ses journées en proie à une anxiété indescriptible.

Enceinte de Gratien qui, lui a appris Lili, a aussi engrossé une aviatrice de l'école. Une de plus ! Elle caresse son ventre et murmure : *combien de demi-frères et de demi-sœurs auras-tu sans pouvoir savoir qui ils sont, mon pauvre enfant ?* Elle se maudit d'avoir donné sa virginité à ce coureur de jupons qui se vante de ses conquêtes. Au moins, elle ne risque plus de le rencontrer au village. À cette heure, il combat les Boches. Il ne saura jamais qu'il lui a fait un enfant. Plutôt mourir que de le lui révéler ! *De toute façon, puisqu'il a dit publiquement que je suis une Marie-couche-toi-là, il y a de fortes chances qu'il nie sa paternité. D'ailleurs, je ne sais pas ce que je ferai de cette vie qui grandit en moi.*

Ces derniers jours, elle a songé aux moyens d'interrompre sa grossesse, mais n'en a trouvé aucun qui soit efficace et sécuritaire. En désespoir de cause, elle est allée voir Catherine, la mère de Lili, pour lui demander conseil. Elle savait que cette femme, qui en avait vu d'autres, ne la jugerait pas. Elle ne s'était pas trompée. En plus, elle s'y connaissait très bien en la matière. Pour la énième fois, Rose se remémore leur conversation :

— Fie-toé pas aux pilules que des herboristes annoncent à grands renforts de publicités dans les journaux, lui avait d'abord dit Catherine. C'est rien que d'la rhubarbe et d'la quinine. Elles coûtent cher et n'ont aucun effet sur la grossesse. Elles valent pas plus que les bains de moutarde.

— Des bains de moutarde ?

— Oui, il y a des filles qui se plongent là-dedans en espérant y laisser la vie qui grandit en elles. Et surtout, surtout, avise-toi pas de te jeter en bas d'un escalier en espérant pardre ton bébé. Il y en a qui se sont cassé le cou comme ça. Tu veux pas finir ta vie paralysée ?

— Non ! Bien sûr que non, s'était écriée Rose.

— T'as probablement pensé à une faiseuse d'anges ?

— Oui, un peu, avait-elle répondu, gênée.

— Il y en a une dans le village, mais je sais pas si est vraiment bonne. Je sais par contre qu'à Montréal, dans le temps où j'y vivais, des filles ont eu recours à des avorteuses, mais c'est pas nécessairement sécuritaire. Certaines ont fini soit à l'hôpital, soit devant le juge ou à la morgue.

— Mon Dieu !

— Pis oublie les aiguilles à tricoter que certaines s'enfoncent dans le vagin.

— Non, ça, j'en ai entendu parler, mais ça me fait trop peur. Je crois que je n'aurai pas le choix de mener à terme cette grossesse, avait-elle soupiré.

Catherine l'avait prise dans ses bras et lui avait souhaité bon courage avant de la laisser partir.

Du courage, il m'en faudra, avait pensé Rose. *Je n'en serais pas là si ce maudit Gratien s'était procuré les condoms que les pharmaciens dissimulent derrière leur comptoir.*

À l'instant où elle ressasse tout cela, Bérangère entre dans sa chambre, le visage défait, le regard infiniment triste.

— J'étais pas partie en famille comme je croyais, annonce-t-elle sans préambule. J'ai commencé à avoir des chaleurs. J'ai confondu mon retour d'âge avec une grossesse. Je pourrai pas donner à ton père le fils qu'il désire tant, ajoute-t-elle en se laissant tomber sur le lit auprès de sa fille.

Rose la prend dans ses bras et Bérangère pleure sur son épaule.

— Je sais pas comment lui annoncer ça, s'inquiète-t-elle en essuyant ses larmes.

Rose relève la mèche de cheveux qui est tombée sur l'œil de sa mère et l'embrasse sur le front. Elle lui semble si fragile à cet instant. Rose sait de quoi elle a peur. Depuis samedi, Onésime a encore bu beaucoup de robine. Plus les jours consécutifs où il se retrouve ivre s'accumulent, plus le risque que sa colère se déchaîne est élevé. Tous les prétextes sont alors bons à ses yeux pour battre sa femme : parce qu'il estime qu'elle n'est pas assez soumise, ou pour un rien, pour passer sa rage.

Rose maudit son père en silence. Même s'il lui a donné la vie, elle n'éprouve pas une once d'affection pour lui. Qui pourrait bien s'attacher à cet homme si difficile à aimer? Impossible à aimer. Parfois, elle tente de le comprendre: peut-être que c'est la robine qui le rend si violent. Un jour qu'elle entrait dans la grange, elle avait vu Henri tenant dans ses mains des bouteilles de robine. *C'est ton père qui les cache ici,* lui avait-il dit. *Je me demande s'il sait que cette boisson attaque le foie et finit par rendre fou. J'ai lu dans le journal que des médecins font des mises en garde. Ils disent que cet alcool bon marché ne doit servir qu'à soulager les membres endoloris.*

— Ne lui dites rien pour le moment, conseille Rose à sa mère.

Bérangère acquiesce, mais a l'air si désemparé qu'elle fait pitié.

— Ressaisissez-vous, ajoute Rose en l'embrassant sur la joue. Il faut faire notre travail. Il ne sera pas content, sinon. Courage, il partira bientôt pour les chantiers. Vous lui annoncerez la nouvelle dans une lettre, ce sera mieux.

Bérangère essuie ses larmes et réussit même à sourire. *Courageuse maman,* pense Rose.

— On va faire le lavage, dit Bérangère en se levant. Apporte-moé tes linges souillés. Me semble qu'il y a longtemps que t'as pas été « malade ».

Rose blêmit et prend son courage à deux mains: elle doit annoncer à sa mère qu'elle est enceinte.

— Maman, commence-t-elle en hésitant.

Bérangère se tourne vers elle et la fixe de son regard doux. Rose se met à pleurer. S'il en est une à qui elle ne voudrait pas faire de peine, c'est bien sa mère. Sa vie est suffisamment misérable comme cela. Elle se love dans ses bras et laisse ses larmes couler librement.

— T'es enceinte, c'est ça ? comprend Bérangère en relevant le menton de sa fille.

Rose acquiesce en reniflant.

— J'm'en doutais, mais ce qui me fait de la peine, c'est que tu te sois pas confiée à moé. Tu m'as même pas dit que t'avais un amoureux. Je croyais qu'on était suffisamment proches l'une de l'autre pour que tu me fasses confiance. Comment il s'appelle ?

— Gratien Blais.

— Ah oui, le garçon à Magella. Un beau jeune homme.

Rose s'abstient de commenter. Bérangère, qui n'est pas du genre à forcer les confidences, n'insiste pas. Elles parleront de lui plus tard.

Contrairement à bien des mères qui, dans les mêmes circonstances, auraient durement réprimandé leur fille, Bérangère ne juge pas la sienne. Elle aussi a vécu un grand amour presque au même âge que Rose. Ce qu'elle ressentait quand il l'embrassait, elle en rougissait rien qu'à y penser. *C'est pas catholique de ressentir ça,* se disait-elle quand elle rêvait de lui. Il s'était noyé dans le fleuve. Son cœur avait lâché. Qui aurait pu le prévoir ? Il était pétant de santé. Elle ne l'avait jamais oublié. Elle aurait facilement pu tomber enceinte avant le mariage s'il n'était pas mort. Leur passion était trop grande pour qu'ils y résistent bien longtemps.

— Depuis quand penses-tu être grosse ? demande-t-elle à sa fille.

— Deux mois. Depuis le 8 juillet exactement.

— Ça peut pas être plus précis, dit Bérangère.

— On l'a fait juste une fois.

Bérangère se lève et va à la fenêtre. Elle réfléchit tout en jetant un coup d'œil vers le champ où Onésime court, le bœuf sur les talons malgré la longue chaîne fixée à ses narines qui entrave sa course. *Il a trouvé aussi agressif que lui*, songe-t-elle.

Lorsque son regard se pose de nouveau sur sa fille, son cœur se gonfle de tendresse. Sa Rose. Si jeune. Hier encore, elle n'était qu'une enfant. Comment pourrait-elle en avoir un, déjà ?

Rose, déconcertée, observe sa mère qui compte sur ses doigts.

— Tu vas être surprise, mais j'ai un plan, dévoile Bérangère au bout de quelques minutes.

Rose tombe des nues. Elle s'attendait à ce qu'elle s'effondre avant de la sermonner. Encore une fois, rien de ce qu'elle avait imaginé n'arrive.

— Un plan ? Déjà !

— Comme je te l'ai dit tantôt, je me doutais que t'étais enceinte. Il y a des signes qui trompent pas. J'ai pensé aussi que je pourrais perdre celui que je portais. C'est arrivé si souvent. Ça fait donc un ti-bout de temps que je jongle avec une idée.

— Laquelle ? demande Rose, anxieuse de connaître la suite.

— Ton père partira betôt pour les chantiers. Si j'avais vraiment été enceinte, j'accoucherais à la mi-avril, à peu près à la date où toé t'accoucheras selon les calculs que je viens de faire. Ton père revient jamais avant la fin avril. On fera croire que c'est mon bébé. J'aurai juste à mettre des bourrures quand j'irai au village et à la messe, trouve-t-elle le courage de plaisanter.

C'est la bouée de sauvetage que Rose attendait. Elle saute au cou de sa mère et murmure un chaleureux *merci*. Bérangère se sent heureuse. Elle adore les bébés. Celui-ci ne sera pas un enfant de remplacement, de ceux qu'on attend pour combler le vide laissé par les autres qui, avant lui, n'ont pas survécu. Non, elle l'aimera pour lui-même. Avec tout son cœur.

— Mais il y a quelque chose qui m'inquiète, maman, avoue Rose au bout de quelques minutes. Vous avez toujours été pour Dorothée et moi comme un paratonnerre, comme si vous receviez les coups de papa à notre place, mais comment être certaine que ça va durer et qu'il ne fera jamais aucun mal à mon bébé ?

Bérangère dévisage sa fille. A-t-elle deviné ce secret qui la hante ?

— Je le protégerai comme je vous ai toujours protégées, affirme-t-elle en détournant les yeux.

Voyant que Rose n'est pas vraiment rassurée, elle hésite un moment avant d'ajouter :

— Je vais te dire aujourd'hui pourquoi j'ai si bien réussi à vous servir de bouclier, mais d'abord, jure-moé de jamais en parler à personne, demande-t-elle d'une voix tremblante.

— Je le jure, répond Rose solennellement.

— Éva, mon premier enfant, pleurait beaucoup depuis sa naissance. Je voulais l'amener chez le médecin, mais ton père s'y opposait.

— Pour des questions d'argent encore, je suppose.

— Eh oui ! s'exclame Bérangère avant de poursuivre : j'ai alors couru chez Marie-Ange espérant qu'a connaissait quèque remède ou tisane. Quand je suis revenue avec Marie-Ange, on…

Bérangère éclate en sanglots.

— Qu'est-ce qui s'est passé ? s'enquiert doucement Rose.

— Il soulevait un oreiller juste au-dessus du visage de ma petite, qui avait les yeux grand ouverts, mais bougeait plus, répond Bérangère d'une voix méconnaissable. Onésime était comme hébété. Il semblait prendre conscience du geste horrible qu'il venait de poser.

Rose, qui n'ose deviner la suite, la fixe, pétrifiée. Ce que sa mère ajoute le lui confirme :

— Il a perdu patience et étouffé notre enfant.

— Il a tué le bébé ? réalise Rose, horrifiée. Bien qu'elle connaisse la violence dont son père est capable, elle n'arrive pas à y croire vraiment.

Sa mère fait signe que oui.

Rose doit se rendre à l'évidence : jamais sa mère n'inventerait une histoire pareille.

— Mon père est un meurtrier ! s'exclame-t-elle en marchant de long en large dans la pièce.

Puis, elle s'arrête, fixe sa mère et demande :

— Et ensuite ?

— Étant donné que Marie-Ange peut rien cacher à Tancrède, on était trois à partager ce secret. Je crois qu'y aurait été trop lourd à porter pour moé toute seule. On a convenu de pas dénoncer ton père à la police, mais qu'on le ferait s'il touchait à l'un des autres enfants qu'on aurait. Et ça, on l'a dit tous les trois à Onésime.

— Vous auriez pu en profiter pour exiger qu'il ne lève plus jamais la main sur vous aussi.

— Dans ce temps-là, il me battait pas et quand il a commencé à le faire, il était trop tard, d'autant plus qu'on avait pas vraiment de preuves. On avait peur aussi d'être considérées comme des complices puisque, sur le coup, on avait rien dit à la police. Mais je pense que ce triste événement l'a beaucoup ébranlé lui aussi. Il est resté hébété pendant des mois. Il vous a jamais touchées, Dorothée et toé. Quand j'me plaçais entre vous et lui, c'était comme si il revoyait son geste. Je suis convaincue qu'y touchera jamais à ton bébé. Pis on sera deux à le protéger.

— Ça doit être pour ça que je n'ai jamais voulu dormir dans la chambre où Éva est morte, dit Rose d'une voix blanche.

— Oui, Marie-Ange est convaincue que, contrairement à Dorothée, tu sens les mauvaises énergies qu'il y a là. Elle croit que la maison est hantée. Elle dit aussi que mes défunts parents doivent être fâchés de voir de là-haut la façon dont Onésime me traite dans la maison qu'ils lui ont léguée. Est convaincue que cette maison est remplie de fantômes en colère contre lui.

Mère et fille comptent les jours qui les séparent du départ d'Onésime pour les chantiers. Quand il est à l'étable, il arrive souvent que Rose imite La Bolduc en chantant *Ça va v'nir, ça va v'nir, décourageons-nous pas.* Bérangère, d'une nature très ricaneuse, s'esclaffe et invente des paroles à cette chanson : *Y va finir par partir. Ça va v'nir, ça va v'nir...*

Le jour du départ arrive enfin. S'inquiétant seulement de savoir si sa femme a bien préparé son bagage, il quitte la maison sans même l'embrasser.

La porte est à peine refermée sur lui que les deux femmes dansent dans le salon. Mimine, la grosse chatte blanche qu'Onésime ne supporte pas dans la maison, se présente presque aussitôt à la porte. Elle aussi attendait le départ du patriarche bourru. Jusqu'en avril, elle prendra ses aises dans la chaleur du foyer. Elle n'a rien à craindre d'Henri qui viendra chaque jour les aider à la ferme. Certes, il avait prévenu Bérangère qu'elle devrait se trouver quelqu'un d'autre, car il voulait passer plus de temps avec Jocelyne, mais, au bout de deux semaines, Bérangère n'avait pas eu d'autre choix que d'insister auprès du jeune vétérinaire :

— Je cherche et j'trouve personne. Dire que juste avant le départ de mon mari, un jeune homme est venu offrir ses services. Il réclamait seulement le gîte et le couvert, mais Onésime a rejeté son offre du revers de la main. C'était un gars de la ville, un jeune étudiant qui connaissait rien aux travaux manuels, mais je suis convaincue qu'y aurait vite appris. Il était honnête. Il avait pas caché ce qui le motivait à travailler pour nous : *prendre la relève sur la ferme me sauverait de la conscription,* qu'y a dit.

— Oui, les autorités ont trop besoin du fruit du travail des fermiers pour les envoyer au front, avait dit Henri. Bon, puisque c'est comme ça, je ne vais pas vous laisser tomber, je vais venir vous aider. Jocelyne comprendra, avait-il ajouté en souriant.

Bérangère l'avait pris dans ses bras en le remerciant chaleureusement avec un pincement au cœur : quel dommage qu'il soit amoureux de Jocelyne plutôt que de sa fille !

En repensant à cette scène à laquelle elle avait assisté, Rose avait facilement deviné ce que sa mère pensait. Elle soupire et s'assoit dans la berceuse près du poêle. Au bout de quelques minutes, elle se surprend à caresser son ventre. Elle sourit et commence à fredonner doucement une berceuse. Elle se demande si l'enfant sentira plus tard qu'elle est sa mère et non sa sœur. Elle aimerait partager ses craintes avec son amie Lili, mais depuis son mariage, celle-ci vit dans la Basse-Côte-Nord. *Qui prend mari prend pays,* avait-elle dit à sa grande amie en guise d'adieu. Les lettres qu'elles s'écrivent ne remplaceront jamais la chaleur d'une présence amicale et réconfortante. Pour se changer les idées, Rose allume la radio. Un journaliste mentionne brièvement que des Juifs sont enfermés dans des camps de concentration. Rose est à des lieues d'imaginer dans quelles conditions ils y vivent.

28

Auschwitz, novembre 1944

Matin et soir, les filles de l'orchestre s'installent afin d'accompagner en musique les détenues qui partent et reviennent de leur travail forcé. D'où elles sont assises, elles ont une vue imprenable sur la rampe de sélection. Kalinda évite toujours de la regarder, car autrement, elle revoit en pensée les adieux déchirants faits à sa petite sœur Naomie. Les yeux fermés, elle s'efforce de se concentrer sur la musique. Mais ce matin-là, les cris d'une détenue attirent son attention. Cette femme, qui n'est plus qu'un squelette dont les jambes et les bras sont couverts de plaies béantes, s'avance péniblement vers l'orchestre et hurle sa colère :

— Bandes de salopes ! Vous avez joué pendant que ma sœur mourait sous les crocs d'un chien. Vous ne valez pas mieux que les nazis ! Vous êtes pires que les putes du block 24 !

Un kapo arrive aussitôt derrière elle et l'entraîne. Jusqu'à la chambre à gaz, sans doute.

— Pauvre femme, je la connais, soupire Jorane, une autre membre de l'orchestre, assise près de Kalinda. Elle s'appelle Suzy.

Kalinda ne répond pas. Elle ne veut pas entendre la suite de l'histoire. Elle porte déjà son lot d'horreurs dans la tête et dans le cœur, mais Angelika, une autre fille de l'orchestre nouvellement arrivée, questionne Jorane qui ne se fait pas prier pour raconter :

— C'était en juillet, par un après-midi torride. Les Allemands avaient annoncé à une cinquantaine de détenues qu'elles étaient invitées à un concert. Il faisait quarante degrés Celsius. Les femmes étaient néanmoins euphoriques. En cet unique jour de congé, même si le soleil plombait sur leur crâne rasé, c'était comme une fête pour elles. Elles avançaient aussi vite qu'elles pouvaient afin de se retrouver au premier rang. Leur attente a été longue. Je rageais en fixant les nazis : pourquoi ne nous faisaient-ils pas signe de commencer à jouer ? Sous une chaleur pareille, déshydratées, affaiblies, plusieurs étaient déjà tombées. Les SS ont lâché leurs chiens qui se sont élancés sur les femmes évanouies sous le soleil. L'une d'elles était la sœur de Suzy. Elle a repris conscience sous les crocs d'un molosse. L'horreur ! C'est à ce moment-là qu'un nazi nous a ordonné de jouer.

— Qu'a fait Suzy alors ? demande Angelika.

— Elle est restée figée de stupeur un bon moment. Ensuite, lorsqu'elle a voulu secourir sa sœur, il était trop tard. Les chiens l'avaient achevée. De toute façon, ils ne l'auraient pas laissée l'aider. Elle aurait été battue à mort.

— N'y avait-il pas un seul Allemand pour rappeler les chiens ? demande Kalinda, qui n'arrive pas à admettre qu'ils soient tous dénués de cœur.

— Non. Pour bien des nazis, les détenus valent moins que les animaux, ceux-ci peuvent donc les attaquer. Leur souffrance les indifférait. Pour eux, c'était la fête : ils mangeaient tranquillement, buvaient du vin, riaient. La chef d'orchestre nous a dit ensuite qu'ils n'étaient sans doute pas tous aussi méchants à leur arrivée au camp. Au début, ils s'enivraient pour être capables de faire leur travail, mais l'alcool les a si bien insensibilisés que plusieurs d'entre eux sont devenus de véritables sadiques.

La chef d'orchestre fait signe à Jorane de se taire. Il est temps de commencer à jouer. Le *Beau Danube bleu* de Strauss s'élance dans l'air pendant que les détenues marchent vers une autre harassante journée de travail.

— Si nous sortons d'ici vivantes, serons-nous capables d'oublier que la musique a servi la propagande allemande ? demande Kalinda lorsque, plus tard, elles retournent dans leur block.

— Je ne sais pas, répond Jorane. Quant à moi, je me sens coupable.

Kalinda comprend cette culpabilité qui la ronge elle aussi.

Elle se sentait honteuse de jouer lorsque les SS forçaient les Juifs à interpréter des hymnes nazis. Leurs chants s'éternisaient jusqu'à ce que les chanteurs improvisés soient incapables de produire le moindre son. Fouettés dès que leur voix faiblissait, ils subissaient le supplice du chant pendant des heures.

Elle se sentait coupable aussi lorsqu'elle jouait pendant que des prisonniers, harassés de fatigue, portaient dans des fosses communes des cadavres dépouillés de leurs vêtements, les yeux encore ouverts vers le ciel qu'ils avaient imploré si souvent.

Elle se sentait coupable d'avoir joué toute une nuit durant laquelle le fouet claquait sur la peau d'un détenu puni pour une vétille. *Meurs, mais meurs donc !* le suppliait-elle intérieurement. *Achève ton calvaire. Renonce à la vie. Meurs, je t'en supplie.* Elle n'en pouvait plus de l'entendre gémir. Des larmes coulaient sur ses joues.

Un soir, elle a été forcée de chanter pendant que des prisonniers étaient contraints de danser jusqu'à ce qu'ils s'écroulent, morts. Cela lui crevait le cœur de les voir valser, terrorisés, ayant peine à tenir debout.

Kalinda se dit que si elle survit à Auschwitz, ces souvenirs-là la tourmenteront à jamais.

Elle déteste aussi mettre la musique au service du docteur Mengele, qui aime que l'orchestre joue pour lui et les autres médecins. Un jour, elle a trouvé le courage de s'approcher de lui et de le supplier de lui dire de quelle façon étaient mortes Iris et Donna. *Ont-elles beaucoup souffert?* avait-elle demandé. Il l'avait dévisagée un bon moment avant d'éclater d'un rire qui n'en finissait plus. Elle avait insisté, mais n'avait rien pu tirer de lui. La chef d'orchestre lui avait alors ordonné de regagner sa place sur l'estrade, auprès des autres musiciennes.

De plus en plus écœurée par l'utilisation faite de la musique, elle souhaite parfois retourner à Birkenau. Elle ne s'attendait toutefois pas à ce que son souhait soit exaucé. Il l'est pourtant. Un jour, après un concert, deux gardiens montent sur la scène, prennent Kalinda par les bras et, sans explication, la font monter dans une camionnette qui décolle aussitôt en trombe. Hermann, qui a tout vu, monte à son tour dans son véhicule et les suit jusqu'à Birkenau. Là, il aperçoit Kalinda, effondrée devant une potence érigée sur la place publique. Sa mère et trois autres femmes, pendues par les bras, gémissent, les yeux fermés.

— Maman! hurle Kalinda.

Inge ouvre les yeux. Elles se regardent, impuissantes, infiniment tristes.

— Qu'est-ce qui se passe? demande Hermann aux gardiens.

— Nous avons réussi à trouver qui, parmi les femmes travaillant à l'usine d'armements, avait fourni des munitions pour aider à l'insurrection du *Sonderkommando*, survenue en octobre.

Lors de cette insurrection, des gardiens avaient été tués, une chambre à gaz avait explosé et des détenus avaient réussi à s'enfuir dans la forêt, des barbelés électrifiés ayant été coupés. La majorité avaient été rattrapés et tués sur-le-champ, mais quelques-uns avaient retrouvé la liberté, et cela suffisait à réchauffer chaque jour le cœur des résistantes dont Inge et son amie Mia faisaient partie.

Le regard d'Hermann passe de Kalinda à sa mère et au kapo. Il doit vite prendre une décision.

— Il y aura d'autres soulèvements si nous ne punissons pas les résistants. Faites votre travail, tonne-t-il au bout de quelques minutes.

Le kapo acquiesce.

— Aidez-moi ! hurle Kalinda lorsqu'elle aperçoit Hermann.

Ce dernier s'approche d'elle et la regarde sans rien dire.

— L'une des femmes qui sont pendues par les bras est ma mère. Libérez-la, je vous en supplie !

— Non, elle doit être punie, rétorque-t-il en détournant le regard.

Kalinda le fixe avec colère jusqu'à ce qu'elle aperçoive, derrière lui, Marceline qui accourt vers elle.

— Je suis si heureuse de te revoir. J'ai appris que Paris a été libéré à la fin d'août. La guerre achève. Les Russes approchent. Une usine d'armements a été bombardée près d'ici. On m'envoie avec d'autres femmes à Bergen-Belsen. Nous serons libérées bientôt et toi aussi.

— Je m'en fous ! Tu n'as pas vu ? C'est ma mère qui est là, hurle Kalinda en la pointant du doigt.

— Mon Dieu ! s'exclame Marceline, sous le choc.

Une gardienne lui ordonne de rentrer dans le rang.

— Nous nous reverrons, crie Marceline. Courage, ma sœur de vie !

Un kapo s'approche de la potence et détache les femmes une à une. Inge et Mia ont le temps de se prendre dans leurs bras avant qu'on les sépare pour leur passer la corde au cou.

— La petite chaîne de Naomie nous a été utile. Ta petite sœur nous a aidées, crie sa mère avant de mourir sous le regard terrifié de sa fille.

Kalinda ne cesse de hurler. Un gardien l'attrape et la frappe à grands coups de matraque, mais Hermann arrête son geste et l'emmène avec lui.

En pleurs, la jeune fille marche en regardant derrière elle, ses yeux accrochés à ceux, privés de vie, d'Inge, cette femme à qui on a tout enlevé, sauf sa capacité à s'indigner, à se révolter et à se battre. À cet instant, une douleur atroce fait son nid dans chaque cellule de son corps. La voilà orpheline. De toute sa famille, il ne lui reste que son père. S'il n'est pas mort lui aussi. Plusieurs fois ensuite, elle cherchera à comprendre les dernières paroles de sa mère.

Kalinda est trop sous le choc pour penser à ce que Hermann attend d'elle. Durant le trajet les menant à Auschwitz, ils restent muets, seuls les pleurs de la jeune fille brisent le silence.

Hermann l'entraîne dans sa chambre et l'embrasse avec douceur. Elle se laisse faire, mais ne répond pas à son baiser.

— Je viens de te sauver la vie. Je veux que tu m'aimes, dit-il tout bas.

Elle le regarde, médusée. Cet homme est fou. Comment peut-il imaginer qu'elle puisse aimer un nazi ? Et juste après ce qu'ils ont fait à sa mère ? En d'autres circonstances, elle aurait peut-être profité de la situation, l'aurait fait languir en tentant d'obtenir des faveurs pour ses compagnes et elle, mais elle est trop triste pour songer à manigancer ainsi. Sans réfléchir, elle crache sur lui. Un crachat destiné à tous les gens de son espèce. Une lueur de colère dans les yeux, Hermann essuie lentement sa joue avant de saisir Kalinda par le bras et de l'entraîner dehors. Elle le défie du regard. Elle ne craint pas la mort. Même si Marceline lui a dit qu'ils seraient libérés bientôt, elle ne croit guère qu'elle sortira vivante du camp. Aussi bien en finir tout de suite et cesser de souffrir. Rejoindre sa famille décimée. Cette idée la réconforte. Hermann a capté le sourire qui illumine son visage. Cessant brusquement de marcher, il lui lance :

— La mort ne te fait pas peur, n'est-ce pas ?

— Je la souhaite.

— Je ne te ferai pas ce plaisir, rétorque-t-il en la prenant de nouveau par le bras.

Il la conduit dans une baraque où des *schreibers* s'activent à tatouer des hommes et des femmes. Hermann déchire la robe de Kalinda d'un geste brusque et s'approche de l'un d'eux.

— Faites-lui un tatouage juste ici, dit-il en plaçant sa main sur le sein gauche de la jeune femme.

— Je suis déjà tatouée, et deux fois plutôt qu'une, riposte cette dernière.

— Oui, mais celui-là sera différent. Sur ton sein, il sera écrit *Feld-Hure*.

— Qui veut dire ?

— Putain de campagne ou putain de camp. Désormais, tu travailleras au block 24, la maison des prostituées, où je te conduirai moi-même.

29

Normandie, novembre 1944

Dorothée ne rate pas une occasion de croiser Franz et de tout faire pour le séduire. Elle se lève plus tôt afin d'avoir le temps de bien se coiffer et de se parfumer. Quand il est à proximité, elle se montre d'une douceur et d'une gentillesse exemplaires envers les malades. Afin de lui montrer qu'elle est sensible à la souffrance des autres, elle clame haut et fort qu'elle prendra moins de temps pour ses repas afin de pouvoir réconforter plus de soldats blessés. Ayant surpris une conversation entre Franz et un médecin à qui il confiait regretter de n'avoir pas encore d'enfants, elle fait en sorte qu'il l'entende proclamer qu'elle a hâte de fonder une famille. Au fil des jours, elle constate, ravie, qu'il la regarde avec plus d'intérêt.

Ce soir-là, elle s'habille chaudement et va le rejoindre à l'endroit où ils se sont parlé et où elle a si malencontreusement gaffé en se montrant insensible à ses remords.

— Permettez-vous que je m'assoie auprès de vous ? demande-t-elle avec un sourire charmeur.

— Bien sûr. J'ai encore du vin, répond l'homme en s'emparant de la bouteille qui se trouve à ses pieds, près de son vieux chien qui ne le quitte pas d'une semelle.

— J'en prendrais volontiers, ainsi qu'une cigarette, quête Dorothée en affichant un sourire espiègle, avant d'ajouter :

j'ai souvent pensé à ce que vous m'aviez dit l'autre soir et j'ai hâte de savoir comment vous avez réussi à quitter les Jeunesses hitlériennes.

— Cela vous intéresse vraiment ?

— Tout ce qui vous concerne m'intéresse, affirme-t-elle avec un sourire charmant.

— Puisque vous y tenez, répond-il, flatté.

Il allume la cigarette de Dorothée et verse le vin dans le verre qu'il lui tend avant d'ajouter :

— Savez-vous que ce sont souvent les hasards et les rencontres qui changent le cours d'une vie ? Même ceux qui sont les plus improbables.

— Oui, c'est le hasard d'une rencontre qui m'a conduite jusqu'ici. Je parle de Mathilde, l'infirmière.

— Celle avec qui vous êtes toujours ? On dirait des siamoises, lance Franz pour taquiner Dorothée.

— Oui, reconnaît cette dernière en souriant. Et vous, quelle rencontre a changé votre vie ?

— Je dirais que ce qui a changé ma vie a été un événement, suivi d'un article dans un journal et ensuite de deux rencontres, énumère-t-il en donnant un petit coup sur la cigarette qu'il vient d'allumer afin d'en faire tomber la cendre.

Dorothée ouvre la bouche pour lui faire remarquer qu'il fume comme une cheminée, mais se ravise et demande simplement :

— Racontez.

Franz prend une bouffée de cigarette, plisse les yeux en la regardant, et confie qu'un jour, on leur avait ordonné, à lui et ses comparses des Jeunesses hitlériennes, d'enfermer des Juifs dans une grange et d'y mettre le feu. Afin de ne pas participer à cette opération, il avait réussi à se cacher à l'écart.

Les autres jeunes étaient tous bien trop excités par ce qu'ils allaient faire pour constater son absence. Dans ses rêves et souvenirs qu'il n'arrive pas à endiguer, il entend encore les cris de terreur et de souffrance des hommes, femmes et enfants brûlés vifs par les membres du groupe fasciste. Il est convaincu qu'il n'aurait pas survécu s'il avait participé à cet acte de barbarie. Il aurait fini par se tirer une balle dans la tête.

Paniqué, il avait couru dans la forêt, jusqu'à ce qu'il aperçoive deux hommes assis près d'une clairière, mangeant tranquillement en compagnie de leurs chiens. Appuyé à un arbre afin de reprendre son souffle, il avait entendu une partie de leur conversation : ils racontaient que c'étaient leurs chiens qui leur donnaient la force de vivre, eux qui avaient perdu toute leur famille. Ils parlaient de tous ces hommes, femmes et enfants qui, depuis le début de la guerre, s'étaient cachés dans la forêt et avaient été sauvés parce que des animaux s'étaient trouvés sur leur chemin. Des chats, des chiens, des moutons auprès de qui des enfants ou de jeunes gens s'endormaient d'un sommeil paisible.

Le lendemain, quand Franz était retourné auprès des Jeunesses hitlériennes, leur guide leur avait parlé des animaux en des termes tout à fait opposés. Il disait qu'Hitler voulait qu'ils imitent non pas la loyauté et l'amour des animaux de compagnie, mais plutôt la cruauté de certaines bêtes sauvages. Celles-ci symbolisaient la force du pouvoir nazi. Afin de gagner des galons, les jeunes devaient briser le cou d'un animal doux et serviable. Cela aussi, Franz n'avait pu se résoudre à le faire. Puisque son tour de poser un tel geste devait être le lendemain, il avait profité de la nuit pour se sauver. Il était retourné dans la forêt et s'était réfugié auprès de l'un des deux hommes qu'il avait vus la veille.

— C'est la meilleure décision que j'ai prise dans ma vie, résume Franz en plongeant son regard dans celui de Dorothée. C'était un Juif qui se cachait dans une cabane construite à l'abri de tous. J'étais dans un tel état qu'il aurait pu me tuer en voyant mes insignes nazis. Je n'aurais même pas songé à me défendre. De toute façon, il avait une arme et un chien à ses côtés à qui il aurait pu donner l'ordre d'attaquer. Devinant ma détresse, il m'a simplement invité à partager sa maigre pitance.

Franz prend une pause, comme s'il cherchait dans ses souvenirs.

— Et après, que s'est-il passé? demande Dorothée, vivement intéressée à connaître le dénouement de l'histoire.

— Le soir, dans sa cabane, continue Franz, j'ai ouvert un journal datant de quelques années. Sur une photo accompagnant un article apparaissait un groupe de Juifs qui attendaient la mort, placés en rang devant des soldats qui, arme à l'épaule, s'apprêtaient à les exécuter. Le journaliste racontait qu'un soldat nazi s'était détaché du peloton d'exécution pour rejoindre les Juifs, choisissant ainsi d'être tué plutôt que de tuer. Sur une autre photo, on le voyait couché parmi les cadavres. J'ai trouvé son acte à la fois touchant et admirable.

Franz marque une pause, attendant la réaction de Dorothée, qui reste muette.

— Vous saisissez: il a préféré mourir plutôt que de commettre un crime horrible.

Habituée de ne penser qu'à elle, Dorothée ne comprend pas vraiment. Elle considère que ce qu'avait fait cet homme était stupide, mais elle n'en souffle pas un mot et acquiesce en hochant la tête.

— Cette nuit-là, j'ai décidé de quitter l'Allemagne, ajoute Franz tout bas.

Son vieux chien couché à ses pieds bouge les pattes en rêvant. Franz le regarde en souriant. Dorothée n'en fait pas de cas. Elle n'aime pas les animaux.

— Vous voulez dire que vous avez quitté votre famille ? lui demande-t-elle. Comment vous êtes-vous débrouillé ?

— Je suis d'abord retourné à la maison. Pendant que mes parents dormaient, j'ai volé de l'argent à mon père ainsi que l'une de ses armes. J'ai pris des victuailles et suis parti. Deux jours plus tard, j'ai fait une autre rencontre qui a changé ma vie. Une femme juive, mariée à un Allemand. Je vous raconterai peut-être un jour les détails, mais cette femme a été très bonne pour moi au moment où j'avais désespérément besoin de bonté et de réconfort. J'ai fini par m'ouvrir les yeux et comprendre que les Juifs ne sont pas les personnes décrites par les nazis. Je lui ai fait part de mon désir de quitter l'Allemagne. Elle m'a indiqué la maison d'un homme qui pouvait me fournir des faux papiers. J'ai pris le nom français de ma mère, Legardeur, et j'ai quitté le pays de mon enfance pour rejoindre mes grands-parents maternels.

— Je comprends maintenant pourquoi votre père vous a déshérité. Et qu'avez-vous fait ensuite ?

— J'ai travaillé dans l'entreprise de meubles de mon grand-père maternel avant d'en assumer la direction et d'en hériter. Mais il fallait que je fasse autre chose pour être plus heureux.

— Quoi donc ?

— J'ai caché plusieurs Juifs afin qu'ils échappent aux camps de concentration.

— Vous avez caché des Juifs ! C'était risqué.

— Oui, mais sur mon lit de mort, je sais que j'aurais regretté de ne pas l'avoir fait. Vous savez, je crois qu'en vieillissant, lorsque l'on regarde derrière soi, nous éprouvons des remords à l'idée de ne pas avoir fait le bien lorsque la vie nous en donnait l'occasion.

— C'est vrai, opine Dorothée sans grande conviction.

— D'ailleurs, le fait d'avoir sauvé des vies m'aide à me sentir moins coupable du mal que j'ai infligé lorsque j'étais dans les Jeunesses hitlériennes.

Dorothée voit bien que Franz est sincère. Quand il parle de cette époque, son visage est infiniment triste.

— Malheureusement, j'ai parfois échoué, ajoute-t-il, comme s'il se parlait à lui-même.

— Comment ça? demande la jeune aide-infirmière en posant sa main sur le bras de l'homme pour l'encourager à parler.

— Partout, il y avait des mouchards. Ils surveillaient les allées et venues des voisins. S'ils voyaient beaucoup de nourriture entrer dans une maison, ou des voix provenant des caves, ils s'empressaient de dénoncer à la police ceux qu'ils suspectaient d'aider les Juifs. Un jour, en revenant du travail, j'ai vu des policiers dans la cour de l'atelier de l'une de mes manufactures. J'y avais caché des Juifs. J'ai su alors qu'ils étaient perdus. Je m'étais lié d'amitié avec plusieurs. L'un d'entre eux, en particulier. Isaac. Ce cher Isaac. J'étais si dévasté quand je l'ai vu sortir, encadré par des policiers. Caché dans le noir depuis des mois, les muscles affaiblis par le manque d'activité, il marchait en vacillant. Il avait l'air d'une marionnette tenue d'une main malhabile. Son regard a croisé le mien. J'y ai lu de la gratitude. Sans doute pensait-il que pendant les mois où je l'avais caché, je lui avais épargné le pire. J'étais dévasté. J'aurais tant voulu faire plus. Le sauver. Je savais que sa famille et lui allaient être conduits dans un camp de concentration. J'espère qu'il est encore vivant, bien que cela me semble improbable. Je n'ai pas été puni parce que je suis riche. Je n'ai pas eu de difficulté à corrompre les forces de l'ordre.

La pression de la main de Dorothée sur le bras de Franz est plus soutenue. Il tourne la tête vers elle et ils se fixent en silence.

— Les hommes sont fous et cruels, souvent bien plus que les bêtes, murmure-t-il ensuite en posant les yeux sur son chien.

Dorothée éteint sa cigarette avec son pied et dit :

— Vous avez sauvé des vies, vous devez être fier, c'est de cela dont il faut se souvenir. Moi, en tout cas, même si ce que je vois et entends chaque jour est difficile, je suis heureuse d'être ici… avec vous, ajoute-t-elle en le regardant dans les yeux.

Mal à l'aise, Franz ne sait que répondre. Même s'il la trouve attirante, il n'arrive pas à cerner qui elle est vraiment.

— Il ne sert à rien de regretter le passé. Il faut regarder vers l'avenir. Que désirez-vous maintenant ? demande-t-elle pour rompre le malaise.

— Si je réponds à cela, je crains d'avoir l'air moralisateur.

— Dites toujours.

— Maintenant, je ne rêve plus que d'une chose.

— Laquelle ?

Il hésite et confie :

— Je rêve qu'une grande vague d'amour balaiera ce déferlement de haine.

À cet instant, comme si elle se faisait complice de ce vœu, une étoile filante glisse dans le ciel. Comme une enfant, Dorothée pousse un cri de joie en l'apercevant. Lui, c'est elle qu'il regarde. Il la trouve très jolie à cet instant. Ils restent silencieux un moment au bout duquel Dorothée se maudit de ne pouvoir réprimer un bâillement. Elle aurait tant aimé rester encore auprès de Franz.

— Je vois que vous êtes fatiguée. Je vous raccompagne jusqu'à l'entrée du manoir. Quant à moi, je vais me promener un peu avec mon vieil ami, dit-il en faisant un signe vers son chien aux poils hirsutes.

Les deux complices marchent lentement afin de permettre au vieux compagnon d'accorder ses pas à ceux de son maître.

Avant d'entrer dans le manoir, Dorothée se tourne pour regarder Franz et constate qu'il s'est retourné au même moment. Ils rient et se font un signe de la main.

30

Sainte-Flavie, novembre 1944

Rose désormais seule avec sa mère, la vie s'écoule doucement à la ferme, en ce mois de novembre plutôt froid. Assises près du poêle à bois, les deux femmes tricotent en silence.

— Il est parfait ce chien, dit Bérangère en jetant un regard sur Renoir, couché aux pieds de sa fille.

La jeune femme sourit. Renoir, c'est le chien qu'Henri leur a suggéré d'adopter il y a quelques semaines: *Le cultivateur chez qui j'ai soigné une vache m'a dit qu'il voulait s'en débarrasser.*

— Débarrasser! Comme si les animaux étaient des objets! s'était exclamée Rose.

— Je suis bien d'accord avec toi. Je me suis retenu d'ailleurs de le sermonner. Je crois que cela n'aurait servi à rien. Mais bon, l'important, c'était de trouver à ce toutou un endroit où il serait heureux. J'ai pensé que ta mère et toi aimeriez l'adopter.

Les deux femmes étaient immédiatement tombées sous le charme de ce colosse de plus de cent quarante livres aux longs poils gris rugueux et qui n'avait jamais connu l'affection d'un maître. Celui-ci ne lui avait même pas donné de nom! C'est Bérangère qui avait suggéré de l'appeler Renoir, l'un de ses peintres préférés. L'animal, qui n'avait jamais été caressé, éprouvait une reconnaissance sans bornes pour l'amour et les soins que les deux femmes lui prodiguaient. Il obéissait au doigt et à l'œil et manifestait, comme jadis Luna, un enthousiasme débordant lorsque Rose et Bérangère marchaient avec lui dans le boisé derrière la maison. Avec lui, elles se sentaient en sécurité, convaincues qu'il les défendrait contre d'éventuels importuns. Il y avait de plus en plus d'étrangers qui se cachaient dans les bois depuis que le gouvernement avait décidé d'imposer la conscription pour le service outre-mer. La police militaire, omniprésente, multipliait les descentes et avait arrêté des centaines de déserteurs.

— Alphonse Dubé[21], de Price, s'est caché dans un baril du magasin général de son père. La police de l'armée est passée près de lui sans soupçonner sa présence, souligne Bérangère en riant.

— Oui, par contre il y a des personnes qui dénoncent les déserteurs pour deux piastres. Qu'est-ce qu'on ferait pas pour l'argent, des fois ! s'insurge Rose.

Elle a le vague à l'âme depuis qu'Henri leur a annoncé son mariage prochain avec Jocelyne. Qu'il soit amoureux de cette belle infirmière n'a rien d'étonnant. Elle est d'ailleurs aussi très appréciée de tous ceux dont un membre de la famille atteint de tuberculose est hospitalisé au sanatorium de Mont-Joli où elle travaille. Plusieurs d'entre eux se privent pour lui faire des cadeaux. *Elle prend tellement bien soin de ses patients, elle mérite qu'on la récompense,* disent-ils. Jocelyne réconforte autant les malades que leurs proches en leur répétant qu'ils ont de bonnes chances de guérison : *j'ai lu que nous aurons bientôt accès à un remède pour soigner définitivement cette maladie*[22], disait-elle.

---

21 Personnage et fait réels.

22 Les antibiotiques pour soigner la tuberculose ne seront disponibles qu'en 1945.

Rose pense de plus en plus souvent qu'elle est passée à côté de l'amour et du bonheur auprès d'un homme profondément bon. S'il n'avait pas rencontré Jocelyne, elle est convaincue qu'Henri l'aurait épousée, même si elle est enceinte d'un autre homme. Étant l'une des rares personnes à connaître son secret, il ne lui avait jamais fait la moindre remarque désobligeante. Il était au contraire plein de petites attentions à son égard. Plus elle réfléchit à ses choix, plus elle se dit qu'elle est douée pour en faire de mauvais. Au moins a-t-elle cette grande consolation : elle n'aura pas à donner son enfant en adoption à des étrangers.

Elle parle souvent avec Bérangère de « leur » enfant, qui devra croire qu'elle est sa sœur. Elles sont persuadées qu'il ne s'en étonnera pas, car il est fréquent qu'un grand écart d'âge sépare l'aîné et le benjamin d'une famille nombreuse. Mais Rose se demande parfois si le poids de ce secret ne sera pas trop lourd à porter pour elle. Elle s'attache toutefois sans retenue à ce bébé, qu'elle voit parfois dans ses rêves. Elle lui parle, lui chante des berceuses en caressant son ventre et écoute les conseils de sa mère, même s'ils lui apparaissent parfois relever de la magie : *Oublie pas de toucher ton visage chaque matin en pensant au bébé afin qu'il ne naisse pas avec des taches sur la peau. Nourris ton regard de belles choses, ainsi ton enfant sera beau. Regarde surtout pas la lune, ça risquerait de rendre ton bébé lunatique. Évite toute forme de peur, car toute émotion forte s'imprime dans le corps de ton enfant.*

Rose est sceptique, mais elle ne peut s'empêcher de se plier à ces rituels. Mais cela, elle ne l'avouerait jamais à personne d'autre qu'à sa mère.

Un matin, tout en faisant le pain, celle-ci lui demande si elle a songé à des prénoms pour le petit à naître :

— Oui. Je voulais justement vous en parler. Puisque mon deuxième prénom est Alexandra, j'aimerais beaucoup Alexandre si c'est un garçon, d'autant plus que j'aime ce qu'il signifie, dit Rose.

— Et c'est quoi ?

— Protéger.

Les deux femmes se regardent sans dire un mot. Elles pensent la même chose : il sera protégé des violences d'Onésime.

— Et si c'est une fille ?

C'est le pressentiment de Rose. Dans tous ses rêves, c'est une fille qu'elle attend. Mais elle n'en glisse pas un mot à sa mère, de crainte que toutes les deux rêvent de cet enfant qui sera peut-être d'un sexe différent. Elle-même s'efforce de ne pas trop y penser.

— Tu l'appelleras Alexandra ? questionne encore Bérangère, qui estime que sa fille met beaucoup de temps à répondre.

— Non. Ce sera Sandrine, répond Rose.

— C'est un prénom très rare, remarque Bérangère.

— Oui, c'est vrai. J'ai lu qu'il est issu du grec Sandre, un diminutif d'Alexandre.

— Alexandre et Sandrine. C'est très beau ! s'exclame Bérangère.

Rose lui sourit. Tout est toujours simple avec sa mère, tout le contraire d'avec Onésime pour qui il suffit de souhaiter une chose pour qu'il y trouve une objection. Faire plaisir n'est pas sa tasse de thé.

La grossesse de Rose se déroule bien. Bérangère veille à ce que sa fille se nourrisse parfaitement. Malgré le rationnement, elles réussissent à se mijoter de bons plats qu'elles dégustent tout en bavardant. La nuit, quand les grands vents d'automne sont si violents que la maison craque de toutes parts, Rose, que sa grossesse rend anxieuse, dort avec Bérangère, auprès de qui ronronne Mimine. Renoir, lui, ronfle près du lit.

Une nuit d'insomnie, Rose confie à sa mère à quel point elle a peur d'accoucher.

— Tout se passera bien, la rassure celle-ci. On pourra aussi demander à Jocelyne de venir. Je suis certaine qu'elle acceptera. Elle habite pas loin. Il me faudra pas plus de dix minutes pour aller la chercher.

Même si Jocelyne suscite sa jalousie, Rose est heureuse de pouvoir éventuellement compter sur elle.

— Mais si elle ne peut pas venir parce qu'elle est au travail ?

— Je suis pas sage-femme, mais j'ai accompagné quelques femmes lors de leur délivrance. Tout se passera bien, répète Bérangère.

Le lendemain, pour la rassurer encore plus, Bérangère se rend au village afin de demander au médecin de venir à la maison. Pas question que Rose se rende à sa clinique et révèle au monde sa condition de fille-mère. Sa grossesse n'est pas très apparente, mais dimanche dernier, sur le parvis de l'église, Bérangère a clamé haut et fort qu'elle se sentait bien seule depuis que Rose avait rejoint Dorothée à Québec.

Le médecin venu examiner Rose en fin de journée décrète que sa grossesse se déroule normalement. Il est distant et froid, très différent d'avant. Il juge la future mère, c'est évident. Il promet cependant de tout faire pour être là au moment de l'accouchement et ajoute qu'il est lié par le secret professionnel. Il se doute qu'Onésime n'est pas encore au courant de la situation. Il connaît son caractère colérique.

Tous les après-midi, Bérangère trouve le temps de sortir ses pinceaux. Sa passion pour la peinture a éclos peu de temps après que Rose, du temps où elle travaillait à l'école de tir, avait fait des heures supplémentaires afin de lui acheter de la peinture à numéros. Mais elle crée désormais ses propres tableaux. Elle rougissait quand Rose lui disait qu'elle était très douée. Elle ne mentait pas. Bérangère aurait pu faire partie de ces peintres naïfs dont elle avait vu une œuvre exposée dans la salle d'attente du médecin. Elle l'avait examinée longuement, indifférente aux regards des autres patients qui se moquaient de son air extasié. Bérangère ne les avait pas remarqués. Elle avait eu comme une révélation : elle voulait peindre comme eux.

Récemment, elle a peint une toile sur laquelle apparaissent, de dos, une femme tenant un enfant par la main. Devant eux, un chemin ensoleillé.

— C'est toé et ton enfant dans quelques années.

Rose remercie sa mère, mais ce qu'elle ressent en regardant cette peinture n'est pas ce que Bérangère avait espéré. Elle éprouve le sentiment que ce que la toile exprime ne se réalisera pas.

31

Auschwitz, novembre 1944

Hermann marche d'un pas rapide vers le block 24, juste à gauche du portail d'entrée d'Auschwitz où il est inscrit : *Arbeit Macht Frei,* signifiant *Le travail rend libre.* Or, dans ce block, il ne s'agit pas de travail, mais d'esclavage sexuel. Deux filles assises sur des canapés sursautent lorsqu'il ouvre la porte d'un geste brusque. Elles connaissent Hermann, son pouvoir, ses excès et ses exigences. Quelques-unes portent des blouses bleues ornées de dentelles noires et des pantoufles à talons hauts. D'autres n'ont qu'un peignoir bleu ouvert sur leur nudité.

— Enlève ta robe, ordonne-t-il à Kalinda.

Tremblante, elle fait passer sa robe par-dessus sa tête.

— Voyez ces traces, dit Hermann en posant le doigt sur le tatouage encore frais sur le sein de Kalinda. Bientôt apparaîtront clairement les lettres *Putain de camp*, car elle fait maintenant partie de votre groupe, les *Feld-Hure*, ajoute-t-il en éclatant de rire.

Un rire forcé, teinté de tristesse.

— Elle s'appelle Kalinda. Elle est moitié tzigane, moitié juive, précise-t-il à une femme qui s'avance vers eux.

C'est Gina, l'une des gardiennes auxiliaires du bordel, une *Aufseherin*[23]. Toute menue, son regard perçant et dur trahit cependant la brutalité dont elle peut et aime faire preuve. Arrivée à Auschwitz en 1942, elle n'est pas de celles qui exercent ce métier après que la conscription est devenue obligatoire en raison de la pénurie de gardiennes. Ancienne coiffeuse, elle s'est portée volontaire, prouvant ainsi, aime-t-elle répéter, son amour pour le Reich. Faisant aussi partie des centaines de femmes qui envoient des lettres d'amour enflammées à Hitler, Gina attend toujours une réponse. Espérant attirer son attention en étant promue gardienne en chef, elle est souvent d'une brutalité inouïe.

— Moitié tzigane, répète-t-elle en examinant Kalinda. Elle sera beaucoup demandée par les hommes. Ils aiment la nouveauté, ça les changera des Allemandes qui ont trahi notre Führer. A-t-elle été en quarantaine ?

— Non, ce n'est pas nécessaire, répond Hermann. Elle faisait partie de l'orchestre. Elle est en santé.

— C'est vrai qu'elle n'est pas trop amochée. Elle est d'ailleurs vraiment belle !

Kalinda écoute à moitié. Ses yeux parcourent la pièce où un poêle déverse une douce chaleur. L'endroit est coquet. Des fleurs décorent les petites tables dont les nappes sont d'un blanc immaculé. Une propreté qui contraste avec la saleté omniprésente à Auschwitz.

Des gémissements de plaisir parviennent à leurs oreilles. Au même moment, deux kapos ivres entrent et entraînent deux filles dans des chambres.

— Explique-lui les règles, Gina, dit Hermann après leur avoir jeté un bref coup d'œil.

23 Surveillante.

La gardienne va ouvrir la bouche, mais il l'interrompt soudain :

— Attends ! ordonne-t-il avant de prendre brusquement Kalinda par la taille et de l'embrasser. La jeune fille sent sa langue qui explore avidement sa bouche pendant qu'il lui caresse la vulve d'une main experte.

— Ce n'est qu'un avant-goût, prévient Hermann en se dégageant. Désormais, je peux te prendre quand je veux et crois-moi, je ne m'en priverai pas.

Il éclate de rire avant de se tourner vers Gina en faisant le salut hitlérien. Celle-ci tend le bras à son tour en hurlant *Heil Hitler.*

— Vive Hitler, répète-t-elle en fixant Kalinda d'un air de défi.

Hermann claque les talons, ouvre la porte et sort. Le froid pénètre dans la pièce, glaçant les filles à moitié nues.

Gina pousse Kalinda sur l'un des fauteuils. Celle-ci tombe brusquement, son coude frappant au passage le ventre d'une jeune fille auprès de qui elle s'excuse.

— Regarde-moi, hurle Gina en tapant le sol avec le bâton dont elle ne se sépare jamais. Ici, oublie tes numéros. On t'appellera par ton prénom. Ce soir, un homme va se présenter et réclamer tes services, alors écoute-moi bien. Première règle : lorsque tu reçois un client, tu as vingt minutes pour le satisfaire, pas plus. Une gardienne surveille ce que tu fais par le judas de la porte. Nous comptons les minutes, mais nous vérifions aussi que la position du missionnaire est respectée. Aucune autre n'est acceptée.

Kalinda n'a jamais fait l'amour et ignore ce qu'est la position du missionnaire, mais elle n'ose le demander. Elle a peur de Gina. Elle sent sa violence aussi sûrement que la ressentent les chiens. Elle s'informera à l'une des prostituées, se dit-elle.

— Tu travailleras à partir de la fin de l'appel du soir jusqu'à vingt et une heures. Avec l'allure que t'as, c'est certain que tu seras en demande. Tu passeras environ six hommes par jour.

C'était peu, comparé au travail à Birkenau. Mais se donner à des hommes qu'elle ne connaît pas lui semble au-dessus de ses forces. Elle a peine à retenir ses larmes. Des larmes d'humiliation, d'angoisse et de désespoir. Et de terreur.

— Maintenant, suis-moi. Je vais te montrer les douches et ta chambre. Le temps des douches est lui aussi compté. Et il n'est pas long.

Effectivement, Kalinda a à peine le temps de se laver. Gina la conduit ensuite à sa chambre. Son regard parcourt la pièce où se trouvent un lit, une chaise, une petite commode, un lavabo et une table sur laquelle ont été déposés des fleurs, des livres, ainsi qu'une petite lampe diffusant une lumière rose. De jolis rideaux ornent la fenêtre et d'immenses nus de peintres allemands décorent les murs. La tablette au-dessus du lavabo est remplie du nécessaire à maquillage pour les yeux, les sourcils et les lèvres.

— Après chaque relation, tu dois te laver au lavabo et insérer cette lotion abortive dans ton vagin, dit Gina en montrant du doigt un pot placé sur la commode. Une grossesse signera ton arrêt de mort, ajoute-t-elle en ricanant.

Gina n'a pas besoin de donner plus d'explications. Kalinda sait déjà que les femmes enceintes sont conduites à la chambre à gaz. Elle est aussi consciente qu'il lui serait difficile de savoir si elle est enceinte : à cause des conditions de vie difficiles dans les camps, les femmes cessent d'être menstruées.

— Tu auras toutes sortes de clients. La majorité sont des kapos et des Aryens. Eux, ils payent. Deux *Reichsmark*[24] pour vingt minutes. Évidemment, ce n'est pas toi qui ramasses l'argent, précise Gina en s'esclaffant avant d'ajouter : Mais tu auras de la chance de te donner à un homme de race supérieure.

Kalinda pense qu'avoir des relations sexuelles avec un nazi sera au-dessus de ses forces.

— Tu coucheras aussi avec des hommes de race inférieure. Certains d'entre eux sont des Juifs. Ils ont gagné la permission de venir au bordel parce qu'ils ont été efficaces au travail. Tu seras leur prime, surtout ceux qui travaillent dans les usines d'armement. S'ils ont travaillé et produit plus que les autres, ils ont droit à du tabac et à de la nourriture supplémentaire. Et à une putain comme toi. Tu seras leur récompense, dit Gina, en lui caressant la joue d'un doigt.

Kalinda se retient de ne pas enlever brusquement cette main qui la touche. Elle doit s'habituer à cela, désormais. Son corps ne lui appartient plus vraiment.

— Tu porteras de jolis vêtements, continue la gardienne en ouvrant la porte d'une garde-robe où sont accrochées des jupes et une belle robe de chambre en soie rose. Bon, maintenant, c'est l'heure du repas. Tu dois être en forme pour ta première journée de travail. Plusieurs hommes arriveront bientôt.

Tout en mangeant, les filles la réconfortent du mieux qu'elles peuvent : *Ici, tu seras bien nourrie. Au déjeuner, on a du pain, du beurre et autant de café que tu désires. Au dîner,*

---

24 L'équivalent de 50 francs ou 0,076 euro.

on te servira des patates, de la viande, des légumes et des fruits.

Kalinda les remercie en souriant, mais elle est dévastée. Elle songe à tous ceux qu'elle aime et qui sont morts. Que penseraient sa mère, ses trois sœurs, toute sa famille tzigane, si elles la voyaient ici ? Et Nanosh ! Elle regrette de s'être refusée à lui la nuit où ils regardaient les étoiles, près de la roulotte de leur famille respective. Avec lui, sa première fois aurait été remplie d'amour.

La gardienne qui vient de remplacer Gina pour la soirée devine la détresse de Kalinda. Elle s'approche et lui dit à l'oreille : *Va dans ta chambre. Tu commenceras à travailler demain.*

32

Sainte-Flavie, novembre 1944

Rose lit la lettre de son correspondant, Bertrand Coutu, un jeune homme parti à la guerre depuis un an. Jusqu'à la mort de Luna, leurs lettres manquaient d'authenticité. Mais depuis qu'elle lui a confié la peine qu'elle a ressentie lors du décès de Luna, il lui a raconté à quel point il s'était attaché à une petite chatte. *Elle est arrivée d'on ne sait où, mais reste avec nous. Elle chasse les rats, nombreux, qui pillent notre ration de nourriture. La nuit, elle dort collée contre mon corps. Je ne dirai jamais à d'autres que toi à quel point elle me réconforte. Je sais que tu peux me comprendre. Elle a peut-être senti que j'adore les animaux. J'espère que le voisin qui garde les miens à Saint-Étienne-des-Grès en prend bien soin. Si je sors vivant de cette guerre, je me jure de me donner comme mission de protéger les animaux. Savais-tu que des phoques kamikazes sont utilisés par les Suédois pour détruire les sous-marins allemands ? Pauvres phoques qui ignorent qu'on les envoie à la mort ! Même chose pour les chiens kamikazes envoyés par les Soviétiques devant les chars d'assaut allemands. C'est nouveau pour moi, mais je pense depuis quelque temps que les animaux sont souvent meilleurs que les humains. Prends les dauphins par exemple. Ils refusent d'attaquer un humain, même si celui-ci l'agresse avec une arme blanche. Je…*

Mimine, qui ronronne sur les genoux de Rose, se lève brusquement, à l'affût, et court en miaulant vers la porte, visiblement nerveuse. Rose jette un coup d'œil à la fenêtre, prête à se cacher si un visiteur se pointe, mais elle ne voit rien ni personne. Elle entend les jappements de Renoir, mais ne le voit pas lui non plus.

— Qu'est-ce qu'il y a, ma Mimine? Tu veux aller voir pourquoi Renoir jappe comme ça? demande-t-elle en lui ouvrant la porte.

Mimine se faufile entre ses jambes en miaulant. Rose, elle, reste figée, face à face avec son père, qui se dépêche de refermer la porte avant que Renoir ne réussisse à entrer avec lui. Sous le choc, la lettre de Bertrand lui tombe des mains. Toute sa vie, elle se souviendra du regard d'Onésime quand il a posé les yeux sur son ventre. Puisqu'elle devait rester recluse à la ferme, elle n'avait pas jugé nécessaire d'acheter ces vêtements que les publicités qualifiaient *de merveilles de camouflage charmant pour future maman.* Elle enfile les robes de Bérangère, plus grandes que les siennes, mais pas suffisamment pour cacher une grossesse de quatre mois. Elle ne porte pas non plus de corset, comme bien des femmes enceintes. Même si les médecins ne s'y opposent pas, Bérangère et elle croient que ce n'est pas bon pour le bébé.

Rose recule en ne quittant pas des yeux Onésime qui marche vers elle en boitant. Sa hache a glissé et il s'est fait une entaille profonde à la jambe, ce qui l'a forcé à revenir du chantier. Appuyé au mur, Rose tremble de tous ses membres. Il la pousse en hurlant:

— J'aurais aimé mieux te savoir morte plutôt que d'te voir partir en famille, grogne-t-il en frappant le mur avec ses poings, juste à côté de la tête de sa fille.

La savoir morte ! Rose n'oubliera jamais ces paroles qui la tuent en dedans.

Dehors, Renoir se précipite à la fenêtre en jappant comme un chien enragé. Si seulement elle pouvait le faire entrer, il la protégerait.

Bérangère, alertée par les jappements de son chien et les cris de son mari, se réveille brusquement de la sieste qu'elle se permet rarement, du moins jamais quand Onésime est à la maison. Les yeux tout ensommeillés, elle entre dans la cuisine et comprend vite ce qui se passe. Elle se place aussitôt entre son mari et sa fille. Le ventre plat de sa femme décuple la colère d'Onésime : il n'aura pas le fils qu'il souhaitait tant.

— Dans toutes les lettres que tu m'as envoyées et que le *foreman* m'a lues, tu m'as pas dit qu'était partie en famille ! hurle Onésime. Dire qu'on comptait sur elle pour qu'a soit notre bâton de vieillesse. Beau bâton de vieillesse qui nous déshonore ! C'est rien qu'une catin !

— Tu sais pas lire ! Je pouvais pas risquer que celui qui te lirait ma lettre soit au courant de la situation de Rose et l'ébruite, argumente Bérangère, surprise elle-même d'avoir trouvé si vite ce mensonge.

— Ah ouin ? Pis toé, t'es pas enceinte à ce que j'vois ! Vous avez manigancé toutes les deux pour me berner.

— C'est pas ce que tu penses. On…

Bérangère n'a pas le temps d'inventer un nouveau mensonge. Les coups pleuvent sur elle. Rose tente de lui venir en aide, mais son père la pousse violemment contre le mur. Sonnée, elle perd conscience un moment. Quand elle reprend ses esprits, le monstre n'est plus là. Bérangère est agenouillée auprès d'elle et lui éponge le front avec une serviette imbibée d'eau froide, indifférente au sang qui coule le long de sa tempe à elle. Les deux femmes pleurent dans les bras l'une de l'autre.

— Allons-nous-en, décide soudain Bérangère.

— Où ?

La mère de famille hésite et dit :

— Chez Dorothée à Québec. On louera un appartement toutes les trois.

Rose ne l'a jamais vue aussi déterminée. Malgré les coups, la violence, l'indifférence, le manque d'amour et de considération de son mari, jamais elle n'avait envisagé de le quitter, espérant toujours qu'il changerait. Mais désormais, pour sa fille et l'enfant qu'elle porte, elle trouve enfin le courage de partir. *Enfin, elle le fera,* songe Rose.

— Où est Renoir ?

— Onésime a pris son arme pour le tirer, mais heureusement, il avait pu de balles. Il l'a enfermé dans' grange avant de s'en aller à' belle épouvante. J'ai bien peur qu'il l'tue quand y va revenir. On va se dépêcher d'aller le porter chez Marie-Ange avec Mimine pour qu'ils soient tous les deux en sécurité. Tancrède et elle vont nous aider. Depuis le temps qu'ils me supplient de quitter ton père.

— Est-ce qu'il vous a menacée avec son arme ? demande Rose, d'une voix tremblante.

— Non, j'te dis, il est parti à' belle épouvante, répète Bérangère en détournant le regard. Mais on en reparlera. Là, on a pas de temps à pardre.

Les deux femmes se dépêchent et, avec des gestes nerveux, fourrent le strict nécessaire dans leurs valises de carton bouilli.

— On pourra attraper le prochain train qui partira dans moins d'une heure, dit Bérangère en regardant l'horloge.

Sa voix tremble, comme elle tremblait plus tôt sous les coups de son mari.

Elles enfilent leur manteau et sortent de la maison. Elles sont encore sur la galerie quand l'auto d'Onésime entre dans la cour. Il n'est pas seul. Le curé l'accompagne. Elles ont à peine le temps de cacher leurs valises derrière le petit banc de neige accumulée sur le perron durant la nuit.

Renoir, dans la grange, hurle à la mort.

— Je suis venu, car je crains que sans ma présence, Onésime vous tue toutes les deux, murmure le prêtre à l'oreille de Bérangère. Je lui ai enlevé son arme et je l'ai cachée. J'ai fait ça même si je ne te pardonne pas pour autant de n'avoir pas forcé ta fille à se confesser.

Bérangère baisse les yeux. Le curé finit toujours par la culpabiliser, quelles que soient les circonstances. Il y a quelques mois, cherchant du réconfort, elle s'était confessée d'éprouver parfois de la haine envers son mari : *quand il me bat*, avait-elle précisé. Le curé lui avait alors répété de ne pas provoquer Onésime, d'être patiente, tolérante, aimante et compréhensive. Aux yeux de l'homme d'Église, elle est responsable de la paix de leur foyer.

Ils entrent tous dans la maison. Les cœurs de la mère et de sa fille battent la chamade. Les deux hommes ont déjà décidé du sort de Rose.

— T'iras terminer ta grossesse et accoucher chez les religieuses du Bon Pasteur, qui dirigent l'hôpital de la Miséricorde et la crèche Saint-Vincent-de-Paul, à Québec, lâche Onésime d'une voix pleine de colère.

— Tiens, voici une lettre, ajoute le curé en la lui tendant. Tu la donneras à la supérieure de l'hôpital. Elle est ma cousine. Elle te prendra tout de suite.

Il faut que tu prennes cette fille dès maintenant. Son père est dangereux. Il pourrait les tuer, elle et le bébé, ainsi que la mère de Rose. D'ailleurs, il ne veut rien payer pour sa fille. Tu sais ce que tu dois faire dans ces cas-là, et il te donne son accord, a écrit le curé avant de cacheter l'enveloppe.

— T'as jeté la honte et le déshonneur sur la famille ! hurle Onésime.

— C'est précisément l'objectif de la Miséricorde : éloigner le déshonneur des familles, tempère le curé.

— Dis-moé qui est le père. J'vas aller y régler son compte, lance Onésime.

— Il est parti à la guerre.

— C'est qui ? J'veux son nom ! répète le père enragé en donnant un coup de poing sur la table.

Même si elle a l'impression que son cœur va exploser dans sa poitrine, Rose ne bronche pas. Elle ne veut plus avoir affaire à Gratien.

— Dis-moé pas que c'est un protestant de l'école de tir ? Ce serait ben le bout du Christ, tabarnak !

— Calme-toi, semonce le curé, scandalisé d'entendre Onésime blasphémer.

Lui aussi cependant espère que celui qui a engrossé Rose n'est pas un protestant anglophone. Il pose sa main sur l'épaule d'Onésime avant d'ajouter, en se tournant vers Rose :

— Ce serait pas le petit Blais ? J'vous ai vus ensemble le soir de la remise des ailes.

Rose demeure silencieuse.

— Ah, pis laissez faire, curé ! C'est pas de sa faute à lui. C'était à elle de garder sa vertu. Pis qu'elle aille au diable, tabarnak !

— Ne blasphème pas, j'ai dit ! ordonne de nouveau le prêtre en se signant.

Rose songe avec amertume qu'un garçon, dans ces cas-là, n'est jamais jugé responsable. Bérangère s'est approchée d'elle et lui prend la main. Son visage défait révèle qu'elle n'approuve pas le plan des deux hommes. Un jour, elle a parlé avec Marie-Ange d'un article de journal dans lequel étaient dénoncés les mauvais traitements subis par les filles de l'hôpital de la Miséricorde. Sa belle-sœur avait ajouté qu'une fille avait préféré accoucher seule dans un hangar plutôt que de s'y rendre. Rose les avait entendues. Elle souhaite trouver un moyen d'éviter ce mauvais sort. Elle pense à Dorothée, qu'elle pourra joindre une fois rendue à Québec.

Elle est loin d'imaginer qu'au même moment, Dorothée gît entre la vie et la mort dans un lit d'hôpital.

33

Auschwitz, novembre 1944

Au block 24, il n'est pas nécessaire d'attendre l'appel chaque matin durant des heures. Il suffit aux filles de se présenter à la fenêtre pour manifester leur présence. Elles en profitent pour jeter de la nourriture à ceux qui, dehors, attendent le signal du départ. Aux femmes qui gèlent devant sa fenêtre, Kalinda lance la pomme, le pain et les saucisses qu'elle n'a pas mangés hier soir. Elle espère de tout cœur que son geste, qu'elle compte répéter chaque jour, sauvera des vies. Elle sait aussi que ceux qu'elle devra désormais appeler des clients lui donneront des cadeaux, souvent des cigarettes. Elle ne fume pas, mais les acceptera avec gratitude. Elle les donnera aussi : elles valent de l'or. Une seule cigarette peut être échangée contre sept patates ou un peu de pain. Désormais, elle veut mettre chaque jour en pratique cette phrase d'Inge : *La bonté est un acte de résistance.*

Son regard est attiré par Hermann qui, un peu plus loin, se dirige vers Himmler, le bras droit de Hitler. Devant lui, un Juif gît dans la neige après avoir passé des heures dans un bassin d'eau glacée. Himmler veut connaître les effets de l'hypothermie. Ces derniers jours, une dizaine de ces cobayes sont tombés inanimés. Contrairement à eux, l'homme qui, devant lui, hurle sa douleur et supplie qu'on l'aide en lançant des cris déchirants est particulièrement résistant.

— Avez-vous percé le secret de l'hypothermie ? lui demande Hermann.

— Non, mais vous me connaissez, je ne renonce pas. Tout comme je n'ai pas totalement abandonné l'idée de mettre la main sur le Graal : cet objet magique me donnerait des pouvoirs surnaturels et assurerait la victoire de l'Allemagne nazie ! s'exclame-t-il d'un ton qu'il veut convaincant.

Hermann ne dit rien. Plusieurs, dans l'entourage d'Himmler, se gaussent de ses croyances occultes et le traitent de charlatan depuis qu'il s'est tourné vers les médecines alternatives.

— Il a l'air vraiment mal en point, dit Hermann en pointant l'homme pour qui il éprouve soudain de la pitié.

— Crois-tu qu'une visite au bordel pourrait le réchauffer ? réfléchit Himmler.

— Ça se pourrait bien. Une très belle femme, moitié tzigane, vient d'y arriver. Tu sais ce qu'on dit des Tziganes : ce sont des devins et des magiciens.

— Alors allons-y, mon ami, lance Himmler en lui donnant une tape amicale sur l'épaule.

Il ordonne ensuite à deux gardiens qui sont près du bassin de conduire le pauvre cobaye au block 24. Le malheureux marche en titubant et en toussant, suivi des deux nazis. Ils veulent être témoins de cette expérience. Pour des raisons différentes cependant. Himmler, parce qu'il veut passer à l'Histoire en tant que pionnier : il sera le premier à avoir mené à bien une telle expérience. Et Hermann, parce qu'il désire Kalinda. Amoureux d'elle, il est en colère contre lui-même d'éprouver un tel sentiment. Il voudrait ne ressentir rien d'autre que ce désir qu'il pourra désormais satisfaire.

Arrivé au block 24, Hermann ordonne qu'on les conduise auprès de Kalinda et exige que la porte reste ouverte : ils ne peuvent être deux à regarder par le judas.

Le pauvre homme, perclus de douleur, s'étend sur Kalinda en tremblant de froid.

— Je t'en supplie, réchauffe-moi, l'exhorte-t-il en claquant des dents.

Beaucoup trop mal en point pour éprouver quelque désir, il ne souhaite qu'une chose : être enfin débarrassé de ce froid intense qui pénètre chacune de ses cellules et glace tous ses os.

Kalinda a pitié de lui. Tout en l'embrassant, elle frotte vigoureusement ses membres.

— Ce n'est pas ce que tu dois faire ! hurle Himmler. Tu es une pute, nom de Dieu ! Alors, montre-le.

L'homme, pesant de tout son poids sur elle, se met à pleurer. Des larmes d'humiliation, de désespoir et de chagrin, impossibles à contenir. Il essaie tant bien que mal de la pénétrer, mais son sexe reste mou et pendouille entre ses jambes. Kalinda le caresse en espérant susciter une érection. Elle devine que si l'expérience échoue, l'homme sera tué ou, pire encore, demeurera l'objet d'autres cruelles expérimentations.

— Il ne reste que dix minutes, lance Hermann, surexcité de voir Kalinda dans un lit avec un autre homme.

Malgré les mots tendres que Kalinda chuchote à l'oreille du Juif qui ne cesse de pleurer en prononçant le nom d'une femme, malgré sa main qui caresse son pénis, le sexe de l'homme pend toujours lamentablement. Il sanglote de plus belle.

— Aide-moi, implore-t-il.

Kalinda pleure elle aussi. L'homme s'évanouit et sa tête retombe lourdement sur la sienne. Himmler décrète qu'il sera conduit à la chambre à gaz.

— « Que la force des anges te couvre de son manteau », lui dit Kalinda pendant qu'on l'emmène.

Hermann reconnaît l'extrait de cet opéra de Verdi qu'elle a chanté à Birkenau et qu'il a tant aimé.

— Allez, chante *La Vergine*, ordonne-t-il à la jeune femme en fermant la porte avant de se déshabiller.

Elle tremble. Ainsi, ce sera lui son premier amant. Un nazi !

— Allez, chante, réitère-t-il en s'étendant près d'elle et en caressant ses seins.

— Pourquoi t'abaisser à coucher avec moi, toi d'une race dite supérieure ?

— Tu m'as envoûté. Roms, Romanichels, Gitans, Tziganes, peu importe la façon de vous nommer, vous avez tous des pouvoirs magiques.

Kalinda songe que si seulement elle avait une once de magie dans son sang, elle ne moisirait pas à Auschwitz, c'est certain.

— Allez, chante, ordonne-t-il pour la troisième fois.

Sa voix emplit la chambre pendant que deux yeux l'observent derrière le judas. Les yeux fous de Gina.

Hermann ne la prend pas avec brusquerie comme elle s'y attendait. Par contre, contrairement à lui qui gémit de plaisir, elle ne ressent rien d'autre qu'une petite douleur, infime quand elle la compare à tout ce qu'elle endure depuis qu'elle n'est plus qu'un numéro. Trois numéros plutôt, marqués dans sa chair.

Le nazi s'étend ensuite à côté d'elle en souriant. Elle croit qu'il partira enfin. Le temps est certainement écoulé, mais il s'attarde. Il sait que personne n'osera lui ordonner de partir. Il la regarde en caressant son visage et son ventre. Il a l'air songeur. Il y a de la tendresse dans ses yeux. *En d'autres circonstances, que serait-il advenu de lui s'il ne s'était pas laissé endoctriner?* se demande Kalinda. *Il pourrait être un homme bon. Un père de famille attentionné et un époux dévoué. Peut-être l'est-il.* Elle ne sait rien de lui. Elle examine ses mains: il ne porte pas d'alliance.

— Allez, va au lavabo. Tu ne dois pas être enceinte.

Il ne le dira jamais, mais il aurait de la peine si elle devait être envoyée à la chambre à gaz parce qu'elle porte la vie.

Elle se lève en soupirant. Il l'observe attentivement. Aux gestes rapides qu'elle pose, il devine qu'elle veut être enceinte. C'est la mort qu'elle souhaite. La vie qu'elle mène la révulse trop. Elle a tellement honte d'en être réduite à se prostituer. Et tous ses morts déjà dans sa vie. Elle n'en peut plus. Elle a atteint la limite de l'endurance. La moindre protubérance de son ventre ou de sa poitrine, la plus petite sensibilité de ses seins, la rendraient heureuse. Ses yeux et ses gestes la trahissent. Hermann lit en elle comme dans un livre.

— Habille-toi, lance-t-il en se levant brusquement.

— Comment ça?

— Pose pas de questions.

— Je vais à la chambre à gaz? demande-t-elle tout de même avec un air de défi.

Il la pousse dans le corridor sans répondre.

— Je l'emmène au block 10, dit-il à Gina qui s'esclaffe aussitôt.

34

Normandie, novembre 1944

Dans la tente où se lamentent des soldats blessés, Dorothée s'efforce tant bien que mal de faire son travail. Mais la douleur abdominale qu'elle ressent depuis quelques heures ne cesse d'augmenter, l'obligeant à sortir prendre l'air. Elle a à peine fait quelques pas en se tenant le ventre qu'elle tombe, évanouie. Confuse, elle se réveille plus tard dans un hôpital, Mathilde à son chevet.

— Qu'est-ce que j'ai ? Où suis-je ? demande-t-elle.

— Je crois que tu souffres d'une appendicite, répond son amie. Tu es constipée depuis trop longtemps. Il est bien possible qu'un petit morceau de selle dure obstrue l'appendice. Nous attendons le médecin. Il viendra le confirmer.

— Je me sens déjà mieux, dit Dorothée d'une voix peu convaincante.

Jamais elle ne l'aurait avoué, mais l'idée de se retrouver dans un lit d'hôpital la rend très anxieuse. Comment confesser cela, alors qu'elle travaille auprès de médecins et d'infirmières depuis des semaines, soignant des blessés sans broncher ? Jamais elle n'avait dû s'éloigner, comme certaines autres aides-soignantes, lorsqu'elle avait été en présence de soldats qu'on avait dû amputer ou dont la figure n'était plus qu'une plaie sanguinolente. Mathilde et quelques médecins la félicitaient pour son sang-froid. Elle mourrait de honte si elle devait admettre qu'être hospitalisée la terrorisait.

Rassemblant tout ce qu'elle a de force morale, de détermination et de capacité à jouer la comédie, elle se lève sans grimacer, même si la douleur lui déchire les entrailles.

— Allons-nous-en. Je me sens très bien. J'ai dû faire une indigestion, ment-elle.

— Tu es certaine ?

— Oui, bien entendu.

— Tu sais qu'une appendicite non soignée peut avoir des conséquences graves, insiste Mathilde.

— Oui, bien sûr que je le sais, répond Dorothée en prenant un air offusqué.

Au cours de la journée, même si ce n'est pas le cas, elle tente de se convaincre elle-même qu'elle va de mieux en mieux. Mais la nuit suivante, la douleur augmente au point où elle commence à délirer. Elle est donc de nouveau conduite à l'hôpital, où le médecin diagnostique une péritonite. Il ne cache pas à Mathilde, affolée, que Dorothée peut en mourir.

Est-ce en raison des ferventes prières de son amie ? De la force de la volonté de Dorothée ? De sa santé de fer ? D'un simple hasard ? Les deux amies se le demandent lorsque le médecin, un peu plus tard, déclare qu'elle est hors de danger. Mais qu'importe l'explication, l'important est que Dorothée a survécu. Cependant, des complications résultant de la péritonite peuvent avoir une conséquence dont elle ne mesure pas encore toute la portée.

— L'ampleur de votre péritonite provoquera sûrement beaucoup d'adhérences. Il est même possible que vous ne puissiez jamais avoir d'enfants, l'informe doucement le médecin.

Contrairement à ce à quoi il s'attendait, Dorothée accueille la nouvelle avec indifférence. Elle n'a jamais vraiment désiré être mère.

— Je peux en mourir, n'est-ce-pas? demande-t-elle plutôt. Quotidiennement en contact avec des médecins et des infirmières, elle a assimilé quelques notions médicales et connaît certains risques.

Le médecin hésite et fronce ses sourcils blancs en se mordant la lèvre inférieure avant de répondre:

— Ne pensez pas à cela, se contente-t-il de répliquer en lui tapotant la main.

— Dites-moi la vérité, supplie-t-elle.

Il la regarde un moment et comprend, à son front buté, qu'elle allait insister encore et encore.

— Plus de cinquante pour cent des personnes en meurent. Si vous en réchappez, comme je le crois, précise-t-il en appuyant sur ses mots, vous devrez vous reposer durant plusieurs semaines.

Franz, que Mathilde a mis au courant de la situation, est heureux d'accueillir la convalescente dans son manoir. Il a même payé une infirmière afin qu'elle veille sur elle.

— Cela n'a pas de sens. Il y a tant de malades et de gens qui meurent autour, se défend Dorothée pour la forme.

En réalité, elle adore qu'il prenne soin d'elle et est ravie qu'il ne tienne pas compte de son argument. Ce soir-là, elle demande à Mathilde de jurer qu'elle ne révélera jamais à Franz qu'elle est probablement devenue stérile. Avant de faire une telle promesse, Mathilde résiste:

— Puisque tu souhaites l'épouser comme tu me l'as confié, tu dois le lui avouer. Il ne mérite pas que votre union se construise sur une omission pareille.

Dorothée sait que son amie a raison. D'autant plus que Franz veut fonder une grande famille. Malgré cela, rien ne peut la faire changer d'idée. Pour une fois qu'elle a la chance de vivre sans avoir à se soucier de l'argent, Franz étant immensément riche. *Pas question de le perdre. Je dois d'abord l'amener à m'épouser, je trouverai bien ensuite un moyen de lui donner des enfants,* se dit-elle pour calmer sa conscience.

35

Auschwitz, novembre 1944

Hermann tient fermement Kalinda par le bras, comme il l'a fait quand il l'a conduite au bordel. Ils marchent dans la neige et dans la boue. Elle grelotte. De peur, encore plus que de froid.

Des planches obstruent toutes les fenêtres du block 10 où il l'emmène, ce qui n'augure rien de bon. Kalinda se souvient : la rumeur court que de cruelles expérimentations s'y déroulent.

— Je t'en prie, envoie-moi à la chambre à gaz.

— Il n'en est pas question, répond Hermann avec colère.

— Je t'en supplie !

— Pas question, j'ai dit. Je te veux encore.

Il semble donc convaincu que je survivrai, se dit-elle.

Ils entrent dans le block Clauberg[25], du nom du médecin extrêmement fier d'y travailler. D'autant plus que le commandant Höss[26], responsable de ce block, lui a dit : *Mon cher Clauberg, Auschwitz restera pour toujours dans la mémoire des hommes comme ayant été un haut lieu de la science.*

Depuis, Clauberg répète ces paroles à qui veut les entendre, ajoutant qu'il est chargé de stériliser les femmes de

---

25 Le docteur Carl Clauberg a réellement existé et il a effectué les tristes opérations décrites dans ce roman.

26 Personnage et mots réels.

races inférieures et que ces expériences seront une avancée pour la gynécologie. Hier, il a implanté des fœtus d'animaux dans le ventre de jeunes Juives.

Hermann se dirige vers lui, Kalinda à son bras.

— Je t'amène un beau spécimen. Moitié Juive, moitié Tzigane, mais je veux que tu la stérilises, rien de plus, compris ? ordonne-t-il à ce médecin très petit et dont les rares cheveux dévoilent un crâne étonnamment cabossé.

Les apparences sont trompeuses, se dit souvent Kalinda, mais pas en ce qui concerne cet homme qui dégage une cruauté palpable : sa physionomie est aussi repoussante que sa personne. Le regard en oblique, un œil à moitié fermé, le médecin scrute Kalinda des pieds à la tête, de façon tout à fait singulière.

— Parfait, je m'en occupe, confirme-t-il à Hermann.

Celui-ci fixe Kalinda un instant et quitte le block après avoir fait le salut hitlérien.

Le docteur Clauberg ne perd pas de temps. Il conduit Kalinda dans une salle où sont étendues, sur d'étroites planches, des femmes qui se lamentent, pleurent et supplient qu'on les exécute. Kalinda, terrifiée, tremble de tout son corps. Elle n'est pas aussitôt couchée à son tour qu'une femme l'attache et lui ordonne d'écarter les jambes avant de lui injecter des produits dans l'utérus.

— Que faites-vous ?

Pour toute réponse, une kapo lui donne un coup de poing. Étourdie, au bord de l'évanouissement, Kalinda n'en ressent pas moins des douleurs atroces, comme si un feu intense brûlait son ventre. Quelques minutes plus tard, elle a le sentiment que son abdomen va éclater.

— Aidez-moi, je vous en supplie, demande-t-elle au médecin qui la regarde sans réagir.

Kalinda perd beaucoup de sang avant de s'évanouir. Quand elle se réveille, la douleur qui lui vrille le ventre est terrible.

— Je m'appelle Dorita, dit d'une voix faible la femme couchée auprès d'elle. Je comprends ce que tu ressens. Il y a une semaine, on m'a fait des rayons X et on m'a droguée. Mes douleurs sont pires qu'à la naissance de mes enfants.

— Comptez-vous chanceuse d'en avoir eu, car les femmes qui sont ici deviennent infertiles à jamais, lance méchamment une aide du docteur Clauberg.

Kalinda retient ses larmes. Elle n'a jamais pu imaginer sa vie sans enfants. Sans leur joie, leur émerveillement, leur douceur, leurs drôleries, leurs pitreries. Elle pense à sa petite sœur, sa petite Naomie, pour qui elle éprouvait tant d'amour.

— Ne l'écoute pas, la console Dorita en serrant sa main un peu plus fort.

— Ah oui, vous croyez que je mens. Avec le formol et les autres produits toxiques qu'on lui a injectés, ce serait déjà peu probable qu'elle donne la vie un jour, mais en plus, dans quelques minutes, elle n'aura plus d'ovaires. Le docteur Clauberg étudie les effets sur les ovaires des produits que nous injectons ici. Sans ovaires ou une opération du Saint-Esprit, les chances de tomber enceinte sont plutôt réduites, explique-t-elle en riant, avant de s'approcher du lit sur lequel une femme se lamente.

— Je vous en prie, soulagez-moi, supplie cette dernière, dont la peau est noircie par de multiples rayons X.

Indifférente à sa souffrance, l'assistante de Clauberg lui tourne le dos.

— Aidez-la, implore Dorita. Hier, une femme est morte d'un arrêt cardiaque tant ses douleurs étaient intenses.

— Justement, cela aussi fait partie des expériences du docteur Clauberg.

Horrifiée, Kalinda constate que les blessures de cette pauvre femme ont été refermées avec une épingle de sûreté. Elle n'a guère le temps de compatir à la douleur des autres. Le docteur Clauberg est revenu auprès d'elle pour lui enlever ses ovaires. À froid. De cela, elle ne garde heureusement pas le souvenir, car elle s'évanouit presque aussitôt. Elle se rappelle seulement qu'à son réveil, le médecin et une infirmière discutaient auprès d'elle et que leurs voix lui semblaient lointaines.

La douleur est insupportable. Comme s'ils étaient là, elle parle à voix haute à sa mère et à Nanosh, les suppliant de l'aider.

— On dirait qu'elle est devenue folle. Intéressant, dit Clauberg. Il faut que je note cela.

Les oreilles de Kalinda bourdonnent si fort qu'elle ne l'entend pas. Elle voit cependant Hermann qui entre dans la pièce. Il se dirige vers elle et l'observe un court instant.

— Si vous continuez vos expérimentations, elle va mourir. Ce n'est pas ce que je vous ai demandé. Je voulais seulement qu'elle soit stérilisée. L'est-elle ?

— Oui, mais je n'ai pas terminé mes expériences.

— Cela suffit. Elle repart avec moi.

Le docteur acquiesce en maugréant. Avec des gestes d'une étonnante tendresse, Hermann prend Kalinda dans ses bras. Elle pèse une plume et il sent son cœur battre contre sa poitrine, comme celui d'un oiseau blessé effrayé par la main de l'homme qui lui porte secours.

Il l'emmène à Birkenau, auprès de Gisella Perl[27], une médecin juive qui a soigné avec succès des victimes des expérimentations du docteur Clauberg. Perl se dévoue jour et nuit. Elle procède à des opérations, seule, dans des conditions difficiles. Afin de leur sauver la vie, elle aide des femmes qui en sont jusqu'à leur cinquième ou même parfois leur neuvième mois de grossesse. Elle provoque d'abord leur accouchement en procédant à une dilatation avec ses doigts et bande ensuite leur abdomen avant de les renvoyer au travail afin de ne pas éveiller les soupçons des nazis. Hermann l'a surprise un soir alors qu'elle opérait une femme dans une obscurité presque totale afin de ne pas être découverte par un gardien. Il ne l'a pas dénoncée : il pressentait qu'il aurait peut-être un jour besoin de cette excellente médecin. Ce jour était arrivé. *Auprès d'elle, Kalinda guérira. Il le faut,* murmure-t-il.

Grâce aux soins de la médecin juive, Kalinda a effectivement survécu aux expérimentations du docteur Clauberg. Hermann l'a aussitôt ramenée au block 24 en ordonnant qu'elle se repose au moins deux semaines. Durant ces journées qui se sont écoulées trop vite, Lumina, la plus jeune des prostituées, est venue chaque jour à son chevet. Lorsque Kalinda s'est de nouveau présentée au petit salon pour attendre avec les autres filles que les premiers clients arrivent, Lumina s'est assise auprès d'elle, affichant un grand sourire.

— Plus qu'un mois et je sortirai d'ici, a-t-elle déclaré.

27 Personnage réel.

Chaque jour, elle trace des X sur le calendrier de la salle à manger. Afin d'éviter les révoltes des putains de camp, les SS leur ont fait croire qu'elles seront libérées au bout de six mois. Seule Lumina y croit. Les autres filles lui cachent la vérité : loin d'être libérées, les putains de camp sont envoyées à la chambre à gaz.

— Trop usées, disent les nazis. Il faut aux hommes de la chair fraîche.

Depuis la fin de la convalescence de Kalinda, Hermann vient au block tous les soirs, passant devant les hommes qui attendent leur tour en file. Son rang à Auschwitz lui permet de devancer tout le monde. Il ne veut aucune autre femme que Kalinda. Au moins lui fait-il l'amour avec art, tendresse et passion, contrairement aux autres Allemands qui la prennent comme si elle n'était rien d'autre que de la chair. Ici, au cœur de la tourmente, personne ne cherche à se montrer sous son meilleur jour. Chacun est authentique. Dans la violence, comme dans la bonté.

Elle ne peut en vouloir aux détenus de venir au bordel : ils sont maltraités à longueur de semaine, et c'est le seul moment où ils ont le sentiment d'être à nouveau des hommes. *Au moins, ici, je suis une consolation pour eux,* songe-t-elle. *Si ce que je fais peut les aider à survivre, cela aura au moins servi à quelque chose.*

Même si chaque relation sexuelle la tue un peu plus en dedans, la jeune femme a encore de la lumière dans les yeux. Elle la doit à un détenu juif : Isaac. Kalinda n'a pas oublié Nanosh, mais elle ne peut nier être amoureuse d'Isaac. De l'amour mêlé de désir. Elle s'interdit de penser à lui quand d'autres hommes la prennent. Isaac n'est pas comme eux. Tendre et doux, il réussit même à la faire rire. Ils croient qu'ils seront libres un jour et se marieront. Cet espoir les aide à vivre.

La première fois qu'elle a vu Isaac, elle n'aurait jamais cru qu'un jour elle pourrait l'aimer. En plus de son tatouage sur la face interne de son bras gauche, un triangle rose est cousu sur sa chemise: une façon de l'identifier comme un homosexuel. C'est la raison pour laquelle il vient au bordel. Le médecin nazi croit que les visites aux prostituées sont un remède à l'homosexualité. Il force aussi les lesbiennes à se prostituer afin, crache-t-il avec mépris, de les guérir de leur vice.

À la façon dont Isaac lui a fait l'amour la première fois, Kalinda a douté qu'il soit homosexuel.

— Je ne le suis pas, lui a-t-il avoué.

— Mais alors pourquoi portes-tu le triangle rose?

— Un jour, j'ai aidé un homme à sortir des bassins dans lesquels s'écoulaient les matières fécales des détenus du camp. Il s'était évanoui. Je l'ai porté sur mon dos et l'ai nettoyé du mieux que j'ai pu avec le peu d'eau dont nous disposons. Un kapo y a vu un geste amoureux. Il s'est avancé vers nous en hurlant les paroles d'Himmler, le bras droit d'Hitler, qui, dans l'un de ses discours enflammés, a hurlé qu'il fallait abattre cette peste par la mort. Dans son esprit, l'homosexualité, c'est la peste. Ici, la plupart des homos sont exterminés ou castrés. Mais des médecins nazis veulent savoir si ce qu'ils croient être une maladie peut se guérir dans les bras d'une femme. Je fais partie des cobayes.

— Qu'importe ce que pensent cet idiot d'Himmler et tous les gens de son espèce, pour une fois que leurs préjugés apportent du bien dans notre vie! Sans cela, tu ne viendrais pas ici, a dit Kalinda en se serrant contre lui.

Hendrike, l'une des gardiennes du block, a bien vu que Kalinda et Isaac sont amoureux. Il y a tant de haine à Auschwitz : leur amour la touche, met un peu de lumière dans sa vie, ravive l'espoir que la bonté existe encore. Contrairement aux autres gardiennes qui ont les yeux rivés au judas de la porte, elle ne les surveille guère et leur laisse souvent bien plus que les minutes allouées. De toute façon, il y a de moins en moins d'Allemands qui viennent au block. Les Alliés approchent et plusieurs nazis ont commencé à quitter Auschwitz.

Kalinda conserve des restes de repas pour Isaac. Aujourd'hui, elle lui offre des *butterbrots,* ces tartines sur lesquelles sont étalées de la moutarde et une pâte salée. Ils parlent en mangeant. Ils ont toujours beaucoup de choses à se dire. Elle lui raconte le dernier souvenir qu'elle a de sa petite sœur Naomie :

— Elle gardait la main sur la petite chaîne avec une étoile que je lui avais donnée. Elle ne cessait de me fixer avec ses grands yeux noirs. Je l'aimais tellement. Quatre ans, c'est terrible de mourir à cet âge. De cette façon en plus. Elle…

Isaac a blêmi en entendant cela. Il n'écoute plus Kalinda. Ses souvenirs prennent toute la place. Il a vu cette enfant dont son amoureuse parle. Et la petite chaîne avec l'étoile, il l'a… Il rejette cette pensée. Il doit oublier. Ne rien dire. Il est convaincu que Kalinda le haïrait si elle découvrait la vérité. Il ne veut pas la perdre.

36

Sainte-Flavie, décembre 1944

C'est l'anniversaire de Rose : elle a 16 ans aujourd'hui. Triste anniversaire : hormis sa mère qui lui a donné en cachette un petit montant d'argent, rien ne sera fait pour le souligner. Plutôt que de festoyer, elle doit quitter la maison.

Entre chien et loup, son père la conduit à la gare, où elle prendra le train menant à Québec. Même si les sous-marins allemands ne sillonnent plus le fleuve à cette période de l'année, les phares de l'auto d'Onésime sont toujours enduits de charbon. Cela présente d'autant plus de risques que le ciel est déjà noir en cette fin d'après-midi et que le conducteur, une bouteille d'alcool entre les jambes, roule à toute vitesse, moins soucieux d'économiser l'essence que ne l'est la majorité, celle-ci n'étant pas rationnée pour les cultivateurs. *Si seulement il s'était blessé la jambe droite plutôt que la gauche, il ne pourrait pas conduire. Et si au moins il avait pris le temps de nettoyer les phares tout noircis,* pense Rose, blême de peur.

Elle pousse un soupir de soulagement lorsque la vieille Ford se stationne en face de la gare. Onésime descend de l'auto, ouvre la porte arrière, en sort une petite valise de carton bouilli, la dépose brusquement sur le sol et, sans dire un seul mot, il laisse sa fille là. Seule.

Les pneus qu'il fait crisser parlent pour lui : il n'a pas décoléré depuis son retour des chantiers. Il sera encore plus ferme : *Surtout avec ta mère qui a pas su t'éduquer correctement. Les femmes doivent être contrôlées,* a-t-il répété entre ses dents durant le court trajet menant à la gare.

Devenue brusquement adulte sans transition, Rose se sent plus démunie que jamais. Elle ne quitte pas du regard l'auto de son père, comme si elle espérait encore qu'il change d'avis et la ramène à la maison. Un espoir fou. Vain. Improbable. Bérangère a eu beau le supplier, il n'a rien voulu entendre. Les demandes de sa femme n'ont fait qu'exacerber sa colère. Mais elle se morigène aussitôt : *C'est la peur de l'inconnu qui me pousse à vouloir retourner chez nous. En réalité, je suis bien soulagée de ne plus voir mon père.* Elle plaint sa mère cependant et a peur pour elle.

Le trajet en train, contrairement à celui qu'elle avait fait avec Bérangère, est triste à mourir. Rose est épuisée. La nuit précédente a été marquée par l'insomnie. Elle ne sait pas vraiment ce qui l'attend à la Miséricorde et l'inconnu l'angoisse. Elle ferme les yeux et, au bout d'une heure, réussit enfin à s'endormir. L'une des passagères la réveille lorsque le train entre en gare.

— Mademoiselle, nous sommes arrivés à Québec. Est-ce ici que vous descendez ?

Tout endormie, sachant à peine où elle se trouve, Rose marmonne un merci en jetant un regard apeuré autour d'elle. Elle reprend peu à peu ses esprits, prend sa valise, descend du train et se dirige vers l'un des taxis stationnés à proximité. Le chauffeur, après avoir jeté un regard désapprobateur sur son ventre, la conduit à l'hôpital de la Miséricorde, chemin Sainte-Foy, presque au cœur de la campagne. Là, il prend l'argent que la jeune fille lui tend sans la remercier et attend qu'elle descende avant de repartir, l'air enragé.

La nuit est étonnamment douce en cette période de l'année. Une lumière diffuse et subite vrille le ciel, annonçant un orage de neige, un *thundersnow*, disent les anglophones pour désigner ces rarissimes phénomènes hivernaux. Rose compte les secondes qui séparent l'éclair de la foudre. Seulement quatre : le tonnerre n'est pas loin. C'est un réflexe pour elle de faire ce décompte. Elle craint le tonnerre depuis l'enfance. Pas autant que Bérangère qui se réfugie sous son lit, mais assez cependant pour la motiver à se mettre au plus vite à l'abri.

Avalant péniblement sa salive, elle pose sa main sur la relique que sa mère lui a donnée : *Elle te protégera. Garde-la avec toi quand tu accoucheras,* lui a-t-elle dit. Rose prend ensuite une grande respiration et s'avance jusqu'à la porte de l'imposant édifice, tenant d'une main sa petite valise aussi légère qu'une plume. Une religieuse à l'air sévère, sœur Marie-du-Calvaire, vient lui ouvrir. Elle pose les yeux sur le ventre de la jeune femme et, sans un mot, la conduit jusqu'au bureau où Rose doit s'inscrire. Avec une lenteur déconcertante, elle lit la lettre que la jeune fille lui tend. Puis, la sœur enlève ses lunettes et la fixe un moment avant de lui apprendre que son père ne paie pas de pension et qu'elle sera conséquemment logée dans la salle commune.

— Vous devrez aussi travailler bénévolement après l'accouchement pour payer votre dette envers nous, et ce, jusqu'à ce que vous ayez atteint l'âge de vingt et un ans. C'est d'ailleurs ce que souhaite votre père pour vous punir, ajoute la religieuse d'une voix neutre en la regardant de biais. Mais ne vous inquiétez pas trop. Cela peut vous sembler long, cinq ans, mais puisque certaines restent avec nous pendant cinquante ans, elles ne doivent pas être si malheureuses, conclut-elle en scrutant Rose avec des yeux inquisiteurs.

Cette dernière se dit que les filles qui restent longtemps auprès des religieuses n'ont peut-être pas d'autres endroits où aller, surtout avec l'opprobre pesant sur les filles-mères.

— Acceptez-vous ces conditions ? demande sœur Marie-du-Calvaire.

Que pourrait-elle bien faire d'autre ? Devrait-elle, comme certaines, commettre un petit larcin afin d'accoucher en prison, évitant ainsi que son enfant naisse dans la rue ? Réprimant ses larmes, elle acquiesce et signe le document que la religieuse lui tend.

Celle-ci lui explique qu'elle ouvrira deux dossiers. Pour préserver l'anonymat, gage de sa réputation future, seuls un numéro et le surnom qu'on lui assignera seront inscrits dans le dossier auquel auront accès les infirmières et les médecins ainsi que leurs stagiaires, des étudiants en médecine de quatrième année.

— Vous devez mémoriser le numéro 4444 que je vous donne aujourd'hui, car ici on ne nomme aucune « expectante » par son nom. Serez-vous capable de le retenir ?

— Oui, répond Rose, insultée que la nonne doute qu'elle ne puisse se souvenir d'une chose aussi simple.

Elle ne tardera pas à apprendre que plusieurs religieuses reprennent le discours de certains soi-disant experts, et écrivent dans les registres que les « filles perdues » sont stupides et idiotes. Rien pour donner confiance à Rose, qui depuis son enfance estime que les autres sont toujours plus doués qu'elle.

— Et quand je parle « d'expectante », avez-vous une idée de qui je parle ?

— De toutes les filles qui sont dans l'expectative, dans l'attente. Dans l'attente d'un bébé, évidemment.

La religieuse, qui semble déçue de ne pas avoir à lui expliquer, ajoute :

— De toute façon, si jamais vous oubliez votre numéro, sachez que nous ne prenons pas de chance. Nous donnons aussi un surnom aux expectantes.

— Et quel sera le mien ?

— Attendez, soyez patiente, répond brusquement Marie-du-Calvaire, avant de la toiser longuement.

Mal à l'aise, Rose se retient presque de respirer. Elle espérait un accueil plus chaleureux et des mots *réconfortants* qui la consoleraient un peu de la situation dans laquelle elle est plongée.

— Je me sens à l'instant comme une mère qui regarde son enfant à la naissance, explique la sœur. C'est ainsi que la plupart du temps, les nouvelles mamans trouvent le prénom.

La religieuse se lève et tourne autour de Rose qui, n'osant la regarder dans les yeux, fixe le sol. Le froissement des plis de la robe de Marie-du-Calvaire, qui n'en finit plus de la scruter, lui tape sur les nerfs.

— Hum, dit-elle en s'arrêtant devant elle, le doigt sur la lèvre inférieure.

Rose lève les yeux. *Je suis fatiguée,* voudrait-elle lui dire, *j'aimerais me reposer,* mais elle attend, muette, craignant de s'attirer de mauvaises grâces.

— Ça y est ! J'ai trouvé ! *Repentante,* voilà votre nom désormais. Ici, vous devez vous repentir, ajoute la sœur en s'assoyant pour noter ce sobriquet.

Les filles que Rose rencontrera bientôt ont toutes des surnoms évocateurs. L'une s'appelle *Humiliance* parce qu'elle est une tête forte qu'il faut humilier pour la remettre dans le droit chemin.

Une autre se nomme *Fructueuse* parce que ce n'est pas la première fois qu'elle accouche ici.

Que dire de *Nymphodore,* parce qu'elle a eu l'audace incroyable de dire tout haut qu'elle aimait le sexe. La liste est aussi longue que l'imagination des religieuses, mais tous les surnoms visent à leur rappeler qu'elles sont des filles perdues, des filles de rien, des filles vicieuses, des filles tombées. Tombées dans le péché. Rose comprendra alors que la majorité des nonnes qui sont ici veulent que toutes les filles-mères soient non seulement repentantes, mais humbles et soumises. Et honteuses, mais cela, elles n'ont pas besoin de le leur rappeler : la majorité des filles ont presque toutes honte de leur état.

— Les visites au parloir sont permises, dans la mesure où elles ne sont pas trop fréquentes. Vous devrez alors donner votre consentement à recevoir telle ou telle personne. Vous devez être parcimonieuse et accepter de voir seulement celles qui n'ébruiteront pas votre condition à tout vent. Bon, dit-elle en se levant, il est temps que je vous conduise à votre dortoir, au premier étage.

Le trousseau de clés que Marie-du-Calvaire porte à la ceinture tinte au rythme de ses pas. Quelques minutes plus tard, la religieuse désigne à Rose sa place au milieu de la salle. Un sanglot, des ronflements et des mots incohérents parviennent de quelques lits, certaines parlant en dormant, leur gros ventre pointant sous les couvertures. Rose, habituée de s'endormir avec la musique de la mer ou du vent, se demande si elle arrivera ici à trouver le repos.

— Il est tard. Vous n'aurez pas beaucoup de temps pour vous reposer. Demain matin, après la messe, vous subirez un examen médical. Vous devrez d'ailleurs consulter notre médecin résident tous les mois jusqu'à l'accouchement.

Rose n'arrive pas à dormir. Elle ne cesse de penser à Dorothée, au moyen de la joindre, afin, espère-t-elle, qu'elle la sorte de cet endroit.

Au même moment, de l'autre côté de l'Atlantique, Franz se réveille, en sueur. Il a encore fait des cauchemars. Il regarde Dorothée qui dort auprès de lui. Depuis des semaines qu'ils sont amants. Il ne sait pas s'il l'aime vraiment. Il aime baiser avec elle, mais est-ce seulement cela l'amour ? Ce dont il est certain, cependant, c'est qu'il a besoin d'une présence pour éloigner les souvenirs horribles qui l'assaillent trop souvent : ces Juifs brûlés vifs par les Jeunesses hitlériennes.

Dorothée ouvre les yeux et lui sourit. Elle glisse une main vers le sexe de Franz et le caresse. Elle sait éveiller ses sens mieux que quiconque. Il pétrit les seins de son amante en l'embrassant avec fougue. Ils font l'amour passionnément, comme si ce devait être la dernière fois.

— Je crois que j'attends un enfant, lui ment-elle ensuite.

Il la regarde longuement sans réagir, songeur. Il a toujours voulu avoir des enfants, beaucoup d'enfants, mais il n'est pas certain que cette femme soit celle qu'il rêvait d'épouser. *Mais pourquoi pas ?* se dit-il. *J'ai déjà plus de trente ans. Il est temps de fonder une famille. À force de chercher la perle rare, je risque de voir mon rêve s'écrouler. Et puis, Dorothée est une amante très douée.*

— Alors marions-nous, suggère-t-il simplement.

Sans remarquer la pointe de tristesse dans la voix de son amant, Dorothée l'embrasse, folle de joie.

37

Auschwitz, décembre 1944

Tout a commencé avant les Fêtes par une rumeur. La libération est prochaine. Des soldats polonais et russes approchent. Au début, les détenus n'osaient pas trop y croire, même s'ils entendaient des explosions au loin et que des obus passaient au-dessus du camp, semant la terreur chez les plus désespérés et l'espoir chez les plus optimistes.

Quant aux filles du block 24, elles ont d'abord cru que cela n'était qu'une chimère de plus qui les décevrait amèrement, encore une fois. Mais les événements qui se bousculent ces dernières semaines leur font penser que cette fois-ci sera la bonne. Avant de prendre la fuite, les nazis ont brûlé les listes des personnes exterminées. La libération d'Auschwitz semble d'autant plus probable que depuis quelques jours, ils ont aussi détruit plusieurs baraques et ont fait exploser trois fours crématoires et trente blocks remplis de vêtements. Il est clair qu'ils veulent supprimer les traces de leurs atrocités. Dans les documents qui n'ont pas été détruits, les mots sont maquillés : un cadavre est appelé un bout de bois, et les chambres à gaz, des installations spéciales.

En cette glaciale soirée de décembre, Kalinda et Isaac, étendus l'un auprès de l'autre, rêvent de leur liberté prochaine.

— Mon pire cauchemar, dit Kalinda, c'était de sortir d'ici seule, d'être enfin libre, mais de n'avoir personne à aimer. Or, maintenant, tu es là, et…

La voix étranglée par l'émotion, elle se tait un moment avant de demander à son amoureux de lui raconter ce qu'il a fait depuis qu'il est détenu.

— Dès mon arrivée à Auschwitz, j'ai travaillé au block Kanada. Mon travail était moins pénible que celui des autres détenus. Je travaillais toujours à l'abri du froid et de la pluie. Même si les baraques du Kanada sont très surveillées par les nazis, j'ai réussi à voler des chaussures et des bas que j'échangeais contre de la nourriture que je partageais avec d'autres détenus. Malheureusement, je n'y suis pas resté longtemps.

— Et ensuite ? demande Kalinda.

Il est à deux doigts de lui révéler qu'il a vu sa petite sœur et qu'il… Mais il n'y arrive pas. Il l'aime et ne veut pas la perdre. Il chasse le souvenir de Naomie et raconte qu'il a ensuite fait partie du *Scheisse Kommando*: Isaac ramassait avec une pelle la croûte de merde qui se formait au-dessus du bassin où étaient jetées les déjections des détenus. Lorsqu'elles étaient presque sèches, ses acolytes et lui les mettaient dans des sacs que des camions transportaient ensuite à l'extérieur du camp.

— Chaque jour, un kapo nous poussait dans le marais rempli d'excréments. J'ai compris pourquoi ils riaient tant quand j'ai rejoint ce commando.

— Ça les amusait, bien sûr, dit Kalinda d'une voix déprimée.

— Il y avait aussi les mouches qui nous tournaient autour. Une vraie torture ! Tu connais l'expression mouche à merde ? demande Isaac.

Qu'il réussisse à faire de l'humour avec cela ne le rendait que plus touchant aux yeux de Kalinda.

— Et l'odeur qui nous collait à la peau, dit-il d'une voix rauque.

— J'imagine le bonheur que tu devais ressentir lorsque tu avais accès à un peu d'eau pour te laver et rincer tes vêtements.

— Une vraie jouissance ! reconnaît Isaac en riant. Mais pas aussi intense que celle que j'éprouve dans tes bras, ajoute-t-il en l'embrassant.

— Donc, qu'est-il arrivé ensuite ? demande Kalinda après avoir goûté à leur baiser.

Isaac hésite, craignant tout à coup de la dégoûter de lui, mais puisqu'elle insiste :

— Parfois, des SS m'obligeaient à ramasser à mains nues les excréments de leurs chevaux et de leurs chiens, révèle-t-il.

— À mains nues pour prendre plaisir à t'humilier, bien sûr, décrit-elle avant de poursuivre : mon aïeule faisait partie de la caste des Intouchables en Inde. Elle exerçait le métier de *Scavenger.*

— Qui signifie ?

— Extracteur. Elle était chargée de ramasser à mains nues la merde des membres des castes supérieures. Elle allait chaque jour de maison en maison pour effectuer cette tâche ingrate.

— Je ne sais pas grand-chose de l'Inde, mais si ma mémoire est bonne, ton aïeule était considérée comme impure du point de vue religieux, c'est ça ?

— Exact. Comme les bouchers, les pêcheurs, les chasseurs, les vidangeurs, les mendiants, les gardiens de cimetière et les sages-femmes.

— Les sages-femmes ! Qu'y a-t-il de plus beau pourtant que d'aider à donner la vie ?

— Je suis bien d'accord, mais en Inde on la jugeait souillée parce qu'elle était en contact avec le sang et les parties intimes du corps féminin.

— Le monde est fou ! s'exclame Isaac en la serrant contre lui.

— Oui, mais nous pouvons ajouter à la beauté du monde. Nous nous marierons, dit Kalinda. Je porterai un beau sari rouge corail, comme ceux que mes parents vendaient à leur boutique.

Elle hésite : doit-elle lui dire qu'elle est infertile ? *Plus tard, je lui dirai plus tard.*

— Moi aussi, je porterai un beau vêtement indien. Puisque toi et moi ne pratiquons aucune religion, nous nous créerons nos propres rituels.

Ils s'embrassent encore.

— Parle-moi des hommes que tu as rencontrés depuis que tu es détenu, demande Kalinda après lui avoir raconté son amitié avec Marceline.

— Avant de vivre dans la baraque réservée aux homosexuels, j'étais dans le même block que Viktor Frankl[28], un homme exceptionnel. Tu l'aimerais. Il nous parlait des moyens à prendre pour ne pas perdre espoir. Il nous a fait remarquer que ce ne sont pas nécessairement les plus robustes qui survivent ici, mais ceux qui donnent un sens à leur vie même s'ils sont très faibles.

— Ma mère pensait comme lui, dit Kalinda qui se souvenait qu'Inge lui avait tenu le même discours.

— Ah oui ? Elle était une grande sage.

---

28 Personnage réel.

— Oui, elle l'était. Mais parle-moi encore de Viktor Frankl, s'empresse d'ajouter Kalinda. Elle sait qu'elle se mettra à pleurer si elle évoque plus longuement sa mère qui lui manque terriblement.

— Il veut survivre afin de retrouver sa femme et terminer le livre qu'il a commencé avant d'être enfermé. Il dit aussi qu'il est nécessaire de vivre le moment présent et de se répéter ces phrases : *Une minute de passée, et je suis encore en vie. Chaque jour est un cadeau.*

Isaac fait une pause, regarde Kalinda dans les yeux et lui demande :

— Et toi, quel sens veux-tu donner à ta vie, à part m'épouser ?

La jeune fille rit avant de répondre.

— Je voudrais devenir la grande musicienne et cantatrice que ma mère souhaitait que je sois. Je voudrais faire connaître la musique des Tziganes. J'ai perdu plusieurs de leurs compositions, mais j'espère les récupérer. Sinon, je les jouerai de mémoire, du moins celles que je connais et dont je me souviens. Parfois, tout s'emmêle dans ma tête, comme la laine d'un tricot sur lequel un chat aurait mis sa patte pour jouer.

— Je souhaite que tu les retrouves.

— Et toi, quel sens donnes-tu à ta vie ?

— J'ai toujours voulu connaître l'amour. Et je sais maintenant que cela a valu la peine que je me batte pour survivre ici. Sinon, je n'aurais jamais connu ce beau sentiment que nous partageons.

Ces mots la touchent d'autant plus qu'elle ne croyait plus possible d'aimer et d'être aimée après avoir été forcée de se prostituer.

Hendrike frappe trois petits coups discrets à la porte.

Kalinda et Isaac s'embrassent et mettent tout leur cœur dans ce baiser. Chacune de leurs rencontres leur donne la force de survivre.

— Il y a une chose que nous devrions apprendre de ce que nous vivons actuellement, dit Isaac.

— Laquelle ? demande Kalinda.

— Nous devons nous souvenir que la vie est fragile. Que rien n'est jamais acquis et qu'il faut goûter et apprécier ce que nous avons. Avant la guerre, je n'appréciais pas vraiment tout ce que j'avais.

— Moi non plus. Nous le ferons ensemble, jure Kalinda.

— Promis, répond Isaac.

Il est sincère. Pourtant, elle devra lui rappeler un jour cette promesse.

38

Québec, hôpital de la Miséricorde, décembre 1944

Lorsque la cloche retentit à l'aube, toutes les filles se lèvent aussitôt, comme si elles étaient mues par un ressort. Commence alors pour Rose une journée rythmée comme du papier à musique. Sa vie ressemble en partie à celle d'une nonne. N'ayant pas plus qu'elle la vocation religieuse, plusieurs autres filles se plaignent de tout ce temps consacré à la prière et aux offices religieux.

Assise dans la chapelle auprès de ses compagnes qu'elle apprend à connaître au fil des jours, Rose écoute le sermon terrifiant du prédicateur qui, le visage rougissant à mesure qu'il parle, les condamne aux feux de l'enfer. Il s'enflamme, frappe de son poing la chaire, hurlant presque en leur répétant qu'elles sont des pécheresses coupables d'avoir forniqué en dehors des liens sacrés du mariage. Au bout d'un moment, il s'essuie le front et, d'une voix un peu plus calme, ajoute :

— Il n'y a qu'une façon d'éviter l'enfer, c'est de vous repentir. Vous n'aurez pas trop du reste de votre vie pour gagner votre ciel.

Rose est convaincue qu'il la regardait quand il a terminé sa phrase. Les feux de l'enfer la terrorisent encore plus depuis qu'elle est ici. Au bord des larmes, elle se tord les mains de nervosité. Pour se changer les idées, elle observe les autres filles. Plusieurs pleurent, d'autres, les épaules affaissées, semblent tout à coup très vieilles. Rose réussit tant bien que mal à retenir ses larmes. Elle s'ennuie de sa mère, de la ferme, de Renoir et Mimine, de l'immensité du fleuve où le regard se perd, du bruit des vagues battant les rochers, des couchers de soleil embrasant la banquise. Elle demande pardon à Dieu d'avoir parfois souhaité que son père meure. Convaincue que la lumière et l'ombre cohabitent en chacun, elle souhaite qu'il trouve la bonté qu'il a en lui.

D'une main, elle masse discrètement son dos qui la fait souffrir. Ses jambes sont enflées. Une religieuse lui a conseillé de voir sa souffrance comme une occasion d'expier ses péchés.

Elle sursaute en entendant le prêtre hurler de nouveau :

— Là d'où je viens, au Nouveau-Brunswick, il y a dans chaque église un *banc de la honte* pour les filles comme vous. Elles s'y assoient chaque dimanche. Ici, vous êtes à l'abri des regards méprisants et des remarques blessantes. Remerciez Dieu de vous épargner ces commentaires, même s'ils sont justifiés. Prions le Seigneur.

Des voix s'élèvent, mais des lèvres restent closes. Des filles soupirent et ne rêvent que du jour où elles partiront.

Entre les cinq heures de travail suivies des leçons de catéchisme, d'hygiène et de bienséance, leurs journées s'écoulent semblables les unes aux autres. Routinières. Sans joie et sans surprise. Heureusement, elles ont quelques minutes pour lire. Ces moments-là, Rose les attend avec impatience. Certes, ce sont des livres pieux, mais la lecture a toujours eu le don de la transporter ailleurs. Ce qui la distrait aussi, ce sont les discussions avec les filles, le soir dans le dortoir. Là, elles trouvent le moyen de se confier des secrets, malgré la loi du silence. Lorsqu'elles deviennent amies, leur véritable prénom est la première chose qu'elles révèlent, se délestant ainsi du surnom humiliant donné par les religieuses.

Ce soir-là, plusieurs d'entre elles, rongées par la culpabilité, se flagellent elles-mêmes :

— Je fais souffrir maman, dit l'une d'elles en pleurant.

Le sentiment de culpabilité pèse lourd aussi sur le cœur de Rose. Elle pense souvent à Bérangère sur qui son père va se venger puisqu'il la croit en grande partie responsable de l'état de leur benjamine.

Janine, une fille au tempérament colérique, ne cache pas sa rage envers l'enfant qu'elle porte. Rose lui rappelle qu'il n'y est pour rien, mais la jeune fille hausse les épaules et crache d'une voix rude :

— Pourquoi les femmes sont-elles condamnées à enfanter ? Avoir un bébé n'apporte pas toujours le bonheur, c'est moé qui vous l'dis. Ma mère voulait pas d'enfants. Durant son voyage de noces, a s'est arrêtée au couvent pour visiter ses sœurs religieuses. A dit qu'a les enviait de vivre dans un si bel endroit, calme, propre, entourées d'autres femmes. A porté ses enfants comme on porte un boulet. Sans joie. Nous a jamais donné d'affection, même durant notre plus tendre enfance.

Aucune des filles ne lui répond, même si la plupart ne pensent pas comme elle.

— En tout cas, moi, même si je dois avoir dix autres enfants, il n'est pas question de me marier, dit l'une d'elles.

— Pourquoi ? demande Rose.

— Je n'ai confiance en aucun homme. Mon père est notaire. C'est moi qui recopiais les testaments de ses clients. J'en ai vu des belles ! Des hommes mariés qui couchaient leur maîtresse pas seulement dans un lit, mais sur leur testament. Imaginez l'humiliation, la peine et la colère que ressentaient les veuves quand elles apprenaient cela dans le bureau de mon père !

Rose n'écoute plus. Elle caresse son ventre en fredonnant une berceuse. Pascale, une géante au cœur d'or mesurant plus de six pieds, s'approche d'elle et lui dit doucement :

— Tu dois pas t'attacher à ton bébé. J'te vois souvent lui parler. Je gage même que tu lui as donné un prénom. Si tu continues, tu souffriras beaucoup quand viendra le moment de l'abandonner.

Rose sait qu'elle a raison, mais c'est plus fort qu'elle. Elle est consciente cependant que toutes les femmes n'aiment pas spontanément leur bébé. Elle pense à sa tante Marie-Ange qui avait un jour confié à Bérangère qu'à la naissance de sa fille, elle n'avait rien ressenti : *Je m'attendais à un bonheur et un amour immenses. Mais non. J'avais seulement l'impression d'être face à une étrangère. C'est au fil des mois que je l'ai aimée. Beaucoup aimée. Tu sais à quel point j'adorais cette enfant. N'empêche que lorsqu'elle est morte, j'ai cru que Dieu me punissait de pas l'avoir aimée dès que je l'ai vue.* Bérangère avait su trouver les mots pour la convaincre qu'elle avait tort de penser ainsi.

Au bout de la salle, une fille récite à haute voix *La prière de l'indigne,* composée par un prêtre et qu'on leur a apprise ici :

— « Surtout, je supplie votre miséricorde d'enlever mon enfant tout jeune de la terre s'il doit porter en lui le triste héritage des passions qui nous ont perdues. »

Rose a un pincement au cœur rien qu'à l'idée que son enfant puisse mourir. Si elle a songé à avorter au début de sa grossesse, un lien s'est ensuite tissé entre eux au fil des mois. Elle tient maintenant à ce qu'il vive et que sa vie soit meilleure que la sienne.

Rose n'arrive pas à dormir. Elle pense à cette femme qu'elle a croisée dans le couloir aujourd'hui.

— C'est Béatrice Fontaine, lui avait dit Pascale. Elle est responsable du groupe de jeunes filles enceintes qui étaient dans l'armée ou qui travaillaient dans les usines de guerre.

— Qu'est-ce qu'elles font ici ? lui avait demandé Rose.

— Ben comme nous autres, c't'affaire ! Elles sont enceintes, grosse nouille, avait-elle ajouté pour la taquiner.

Pascale lui avait ensuite appris que l'Arsenal où travaillait Dorothée avait créé le Service social industriel dont la mission était officiellement d'aider les filles-mères. Cependant, à cause du manque de main-d'œuvre, plusieurs doutaient de l'aspect purement altruiste de la chose. Quand la grossesse était trop avancée et qu'elles ne pouvaient plus travailler, les filles étaient dirigées vers l'hôpital de la Miséricorde et, après l'accouchement, vers le Service familial de Québec chargé de leur réhabilitation.

Rose se demande si Dorothée ne pourrait pas être parmi elles : *Cela expliquerait pourquoi elle n'a jamais répondu à mes lettres. Certes, une partie de sa paie arrive chaque mois chez nos parents comme à l'accoutumée, mais elle est assez débrouillarde pour avoir trouvé un moyen de nous leurrer. Le fait que je ne l'aie pas vue ici ne veut rien dire. On raconte que deux sœurs ont déjà été accueillies à la Miséricorde en même temps sans le savoir. Elles ne se sont jamais croisées. Si, en plus, elle loge au département spécial pour les filles-mères ayant travaillé dans les usines de guerre, les chances de nous rencontrer sont encore plus minces.*

Rose se dit que la meilleure façon d'en avoir le cœur net serait de parcourir les autres étages de la Miséricorde à la recherche de Dorothée. Elle regarde sœur Sainte-Claire, la surveillante du dortoir dont les ronflements emplissent la salle. C'est la même chose chaque nuit: la religieuse apporte un oreiller, se cale dans le fauteuil confortable au bout de la pièce et roupille jusqu'à ce que les cloches sonnent. Si elle constatait qu'elle n'est plus dans son lit, ce n'est pas cette religieuse qui la dénoncerait. Contrairement à quelques professes qui ne ratent pas une occasion de leur rappeler qu'elles font partie de la lie de la société, sœur Sainte-Claire est de ces religieuses bienveillantes auprès de qui Rose trouve parfois réconfort. Heureusement qu'il y a à la Miséricorde des sœurs clairvoyantes et compatissantes qui consolent les jeunes filles lorsqu'elles ont des crises de larmes qui semblent ne jamais vouloir s'arrêter. Mais leurs paroles, qui se veulent réconfortantes, sont parfois maladroites: *Si vous vous sentez coupables et que vous vous repentez, vous avez plus de chances de devenir une sainte qu'une autre qui n'a jamais péché.*

Les yeux fixés sur sœur Sainte-Claire, Rose pense à tout cela et hésite. Et si elle rencontrait l'un des étudiants en médecine? Quelle serait sa réaction? Ils ne sont pas tous aimables et compréhensifs. Quelques-uns d'entre eux leur font même sentir qu'ils ne les estiment guère: à leurs yeux, les femmes privées de leur virginité sont toutes des débauchées.

— Ignorent-ils donc le pouvoir des mots, des mots destructeurs, des mots assassins? avait demandé Rose à Pascale un soir, au dortoir. C'était devenu une habitude: étendue chacune sur son lit, elles parlaient tout bas avant de s'endormir.

Afin de ne pas attirer l'attention de la surveillante, son amie s'était retenue de s'exclamer, mais n'en avait pas moins révélé ce qu'elle pensait d'un ton sans équivoque :

— Et cet étudiant de marde qui a dit que les filles tombées ont été privées d'affection dans leur famille et que c'est pour ça qu'elles se jettent dans les bras du premier venu ! Tu te souviens, il a parlé d'une psychanalyste pour appuyer son propos. Comment a s'appelle déjà ?

— Hélène, Hélène quelque chose. Je ne me souviens plus, avait répondu Rose, en haussant les épaules.

— Je l'ai : Deutsch[29] ! Hélène Deutsch. Peut-être qu'a' jamais ressenti de désir envers un homme, cette femme-là, avait murmuré Pascale en s'esclaffant.

Rose pense elle aussi que cette psychanalyste a tort. Elle en a la preuve ici même : elle côtoie quotidiennement des filles-mères qui ont été aimées, gâtées et choyées. Elle-même a certes souffert de l'attitude de son père, mais elle a été beaucoup chérie par sa mère. *Il serait temps d'admettre que les filles, comme les garçons, ont des désirs brûlants,* songeait-elle.

Elle chasse ses pensées. Elle doit prendre une décision. Et vite, sinon il sera bientôt l'heure de se lever : *qu'est-ce que je risque en montant à l'étage afin de vérifier si Dorothée y est ?* se demande-t-elle. *D'autant plus que je pourrais rencontrer un médecin ou un étudiant en médecine qui comprendrait ma démarche. Ils ne partagent pas tous les théories à la mode. Et s'il n'est pas sympathique, je n'aurai qu'à faire semblant d'être somnambule.*

Rose pose doucement les pieds par terre et retient son souffle en regardant la surveillante qui sourit en dormant.

---

29 Personnage et discours réels.

Elle place sa couverture et son oreiller de façon à donner l'impression qu'elle est toujours couchée, et sort de la salle aussi silencieusement qu'une poussière tombant sur le plancher.

Au deuxième étage, elle ouvre une porte au hasard, son cœur battant à tout rompre. Elle reconnaît l'homme qui dort dans un lit : c'est le médecin résident. Un interne et lui sont de garde jour et nuit. Nerveuse et le souffle court, elle referme doucement et continue d'explorer l'endroit. Elle passe devant les laboratoires d'hématologie et de bactériologie, ainsi que les salles d'accouchement. Elle reconnaît les locaux de consultations qui lui rappellent les moments où elle doit subir les examens des étudiants en médecine.

Tout en parcourant le corridor à la recherche de l'endroit où loge peut-être Dorothée, elle espère que Pascale ne s'est pas trompée d'étage, car elle semblait plutôt incertaine.

Soudain, une main posée sur son épaule la fait sursauter. Elle reconnaît un étudiant en médecine, toujours aimable et dévoué.

— Êtes-vous malade ? demande ce dernier gentiment.

Il a un regard si doux. Rose renonce à jouer la comédie et se risque plutôt à lui avouer la vérité.

— Non, je cherche ma sœur, balbutie-t-elle, nerveuse. Je veux dire… Je crois qu'elle pourrait être ici. Elle travaillait à l'usine de munitions.

— Elle aussi est enceinte ?

— Oui. Non. Enfin, je ne sais pas. Je suis sans nouvelles d'elle et j'ai pensé que…

— Qu'elle pouvait être ici.

— Oui… Peut-être, dit Rose, qui se sent stupide. Elle s'appelle Dorothée. Dorothée Dubeau, s'efforce-t-elle d'ajouter d'une voix plus assurée.

— Nous ne connaissons pas les noms des filles qui sont ici. Seulement leur numéro. Je connais le vôtre, 4444.

Elle se sentirait flattée et un peu plus à l'aise si elle savait qu'il l'a remarquée la première fois qu'il l'a vue.

— Retournez vous coucher. Il faut vous reposer. De toute façon, vous n'êtes pas au bon étage. Je vais tenter de savoir si votre sœur est ici et je vous en aviserai. Promis.

Rose remercie l'étudiant chaleureusement et retourne au dortoir. Elle estime avoir eu de la chance de tomber sur lui plutôt que sur un aumônier ou un autre de ses collègues. Elle aurait pu se retrouver dans un beau pétrin.

39

Québec, hôpital de la Miséricorde, décembre 1944

Le bel étudiant a vite trouvé le moyen de parler à Rose en privé :

— J'ai commis une faute grave pour vous, lui dit-il avec un petit sourire.

Elle le trouve charmant, s'imagine déjà vivant une belle histoire d'amour avec lui, mais se morigène aussitôt : *je me fais encore des idées. Pourquoi un jeune médecin pouvant avoir toutes les filles à ses pieds s'intéresserait-il à moi ?* Aussi ne lui rend-elle pas son sourire et demande simplement ce qu'il a fait.

— J'ai fouillé dans les dossiers secrets des religieuses.

— Et puis ?

— Rien. Je n'ai rien trouvé, répond-il, déçu de la froideur de cette jeune fille qui lui plaît. Étant lui-même un enfant né hors mariage et élevé par sa mère biologique, une femme aimante et joyeuse, il n'a aucun préjugé envers les filles-mères.

— Je vous remercie. J'apprécie beaucoup ce que vous avez fait.

Une religieuse entre dans la salle et les observe. Le garçon s'éloigne, dépité. Mais il comprend Rose : à sa place, il se méfierait des étudiants qui viennent ici. Plusieurs sont bardés d'idées préconçues envers les filles-mères, se dit-il.

Les sœurs ont convenu de surveiller encore plus étroitement les filles depuis que Pascale a récemment réussi à s'enfuir. La directrice a dû payer un détective qui n'a pas tardé à la ramener. Ce n'était pas la première fois qu'il était aux trousses d'une résidente de cet hôpital. *J'ai bien de la peine pour ces filles si épuisées, déprimées et découragées qu'elles cherchent à s'enfuir, mais il faut bien que je gagne ma vie et la vôtre,* explique-t-il parfois à sa femme et à ses enfants lorsqu'il revient à la maison. *Mais celle-là, j'avoue qu'elle n'était pas difficile à repérer. Elle est tellement grande, bien plus que moi, et autant que les bouncers du Red Light à Montréal.*

S'enfuir ! Rose y a songé elle aussi. Mais l'échec de son amie Pascale, beaucoup plus débrouillarde qu'elle, la décourage. Elle sent sa gorge se nouer chaque fois qu'elle pense qu'elle devra travailler gratuitement pour les religieuses jusqu'à ses vingt et un ans. Cinq ans ! Une éternité ! Les sœurs peuvent non seulement garder des filles contre leur gré, mais les curés les y encouragent afin qu'elles expient leur péché et se repentent véritablement. Ils sont convaincus que les chances de revenir dans le droit chemin sont proportionnelles à la durée de l'enfermement.

L'enfant que je porte sent-il ma détresse ? se demande Rose. Elle craint que, même lové en sécurité dans son ventre, il puisse être effrayé ou affecté par sa tristesse et ses pensées moroses.

Elle réfléchit à cœur de journée à un moyen de sortir de cet hôpital avec lui, aussitôt après l'accouchement. Dorothée n'a pas le téléphone. Ses parents non plus, mais l'auraient-ils qu'il ne saurait être question qu'elle appelle sa mère. Rose ne pourrait rien dire à cause des écornifleurs sur la ligne que les abonnés partagent avec leurs voisins.

Une seule solution s'impose à son esprit : trouver une autre façon d'envoyer un message à Dorothée. Certes, elle ne répond pas aux lettres que sa mère et elle lui ont envoyées, mais en apprenant dans quelle situation elle se trouve, il lui semble improbable qu'elle ne fasse rien pour lui venir en aide. *Du moins, je l'espère,* se dit Rose en songeant à quel point sa sœur aînée a souvent fait preuve d'égoïsme.

Durant l'une de ces nombreuses nuits où elle cherche le sommeil, une stratégie surgit tout à coup à son esprit. Elle se lève quelques minutes avant les autres et écrit un message qu'elle dépose dans une enveloppe adressée à sa sœur avant de la fourrer dans sa poche. Juste avant le dîner, elle quitte la salle de repassage et se poste devant une fenêtre du deuxième étage. Elle observe la physionomie des femmes qui circulent dans la rue en espérant deviner si l'une d'elles sera suffisamment bienveillante pour accepter de l'aider. Il n'est pas aisé de discerner ce qui se cache derrière un visage : une âme compatissante ou bien insensible ? Elle se souvient d'avoir vu un jour, faisant la une d'un journal, la photo d'une infirmière à qui l'on aurait donné le Bon Dieu sans confession et qui pourtant, au fil des ans, avait assassiné plusieurs de ses patients sans jamais être soupçonnée.

Rose voit soudain une femme d'une trentaine d'années, tirant lentement son bébé dans un traîneau. Lorsqu'elle s'arrête pour replacer la couverture sur son enfant, Rose la supplie en pensée de s'approcher davantage. Au même moment, elle entend des pas dans le couloir. Elle se retourne et reconnaît un employé. Elle sait qu'elle ne risque rien, car les membres du personnel ont reçu l'ordre de détourner le regard lorsqu'ils rencontrent une fille, au cas où celle-ci viendrait du même village qu'eux. Les filles qui sont ici doivent demeurer dans l'anonymat le plus complet afin de protéger leur famille du déshonneur. Par prudence, les plus fortunées vont jusqu'à payer une chambre privée et à se voiler le visage.

Rose observe de nouveau la dame et son enfant. Un coup de vent soulève le chapeau de la mère et le jette juste sous la fenêtre. Elle s'approche, le ramasse et donne à son petit la sucette qu'il a laissée tomber sur sa couverture. *Qu'elle se soit arrêtée précisément à cet endroit ne peut être qu'un signe du destin,* se dit Rose. La dame a l'air gentil. L'employé est maintenant à l'autre bout du couloir. C'est le moment ! Elle ouvre la fenêtre et crie : *Madame !* Celle-ci se retourne et regarde derrière elle, cherchant d'où provient la voix. Rose crie de nouveau. La jeune femme lève la tête et met sa main au-dessus de ses yeux pour les protéger du soleil.

— Madame, s'il vous plaît, portez cette lettre à ma sœur, l'interpelle Rose en lançant l'enveloppe. Celle-ci virevolte comme une plume avant de se poser aux pieds de l'inconnue qui la ramasse aussitôt.

La dame la dévisage un moment avant de lui faire signe qu'elle le fera. Rose entend de nouveau des pas derrière elle. Une religieuse s'approche et s'empresse de fermer la fenêtre, non sans avoir d'abord examiné d'un œil suspicieux la jeune femme qui s'éloigne. En entrant dans le corridor, elle a cru voir une lettre tourbillonner dans les airs, mais ne pourrait le jurer sur la bible. Puisque les religieuses lisent toute la correspondance des filles-mères, elle ne serait cependant pas étonnée que les plus ingénieuses d'entre elles trouvent des moyens plus discrets de communiquer avec l'extérieur. Elle rabroue Rose et lui ordonne d'aller immédiatement prier à la chapelle.

Rose jette un coup d'œil à la belle dame. Avant de tourner au coin de la rue, celle-ci se retourne et lui sourit. Son cœur se gonfle d'espoir.

— Allez, grouillez-vous ! dit brusquement la religieuse.

Rose se dirige d'un pas alerte vers la chapelle. Elle y priera afin que sa missive se rende le jour même entre les mains de Dorothée. Elle pense à sa mère dont elle s'ennuie tant. Elle est loin d'imaginer qu'elle la reverra très bientôt.

40

Sainte-Flavie

Onésime n'a pas d'amis et le mot entraide ne fait pas partie de son vocabulaire. Ainsi, quand vient le temps de faire boucherie, il a de la difficulté à trouver des hommes qui acceptent de venir l'aider. Seulement deux se sont présentés aujourd'hui, attirés non pas tant par la viande qu'il leur a promise que par l'alcool qui a coulé à flots. Après leur avoir prêté main-forte toute la journée, Bérangère se couche avec le soleil. Les trois hommes, eux, boivent jusqu'à l'aube.

Tôt le matin, Onésime réveille sa femme en secouant son épaule sans ménagement. Il ne s'est pas couché, mais il insiste pour se rendre à l'église. Bérangère essaie de le dissuader : il empeste l'alcool. *Pas question de manquer la messe du dimanche, c't'un péché,* bafouille l'ivrogne, la bouche pâteuse. Craignant de déclencher sa colère, Bérangère n'ose le contredire, mais elle le regrettera amèrement.

Onésime somnole et ronfle pendant l'office religieux. Heureusement qu'ils sont assis dans le banc le plus éloigné de l'autel ! Bérangère a le sentiment que cette messe ne finira jamais.

Les cloches sonnent enfin. Bien emmitouflés dans leurs manteaux, les villageois s'attardent sur le parvis de l'église, comme ils le font tous les dimanches après l'office religieux. Ils prennent des nouvelles les uns des autres, se taquinent et commentent les derniers potins. Bérangère voudrait être ailleurs, n'importe où, sauf auprès de son mari saoul, qui marche d'un pas mal assuré, la tête basse, bousculant au passage deux dames endimanchées qui lui jettent des regards outrés. Bérangère aimerait monter dans l'auto et, si seulement elle savait conduire, fuir le village une fois pour toutes, mais elle refoule ses larmes et prend le bras de son mari pour l'aider à marcher plus droit. Onésime lève la tête en rotant. Aveuglé par le soleil, il place sa main devant ses yeux et reconnaît Magella et Claudette Blais, les parents de Gratien, ce garçon qui a dévergondé sa fille. Y penser le met hors de lui. À cause de sa blessure à la jambe et de l'ivresse, il se dirige vers eux en titubant et en boitant. Bérangère tente en vain de le retenir. Même saoul et blessé, c'est lui qui contrôle la situation.

— Où est votre fils que j'y casse la gueule ? hurle-t-il en se frayant un chemin en zigzaguant.

Tout le monde s'est tu. Même les cloches qui sonnaient à toute volée sont maintenant muettes.

— Voyons, Onésime, tu sais ben qu'il est parti à' guerre. Viens ! Allons-nous-en, suggère Bérangère en essayant de l'entraîner vers leur auto.

— Laisse-moé tranquille, lui répond-il en la repoussant brusquement.

Bérangère se liquéfie sur place, aussi blanche que la neige accumulée sur le perron de l'église. Marie-Ange vient vers eux, la main sur la poitrine, craignant que le scandale qui flotte dans l'air ne l'éclabousse elle aussi.

— Qu'essé qu'y t'a faite, mon gars ? demande Magella, l'air menaçant.

— Il a engrossé ma fille.

Bérangère ferme les yeux. Comme elle déteste son mari à cet instant ! Lui qui craignait tant le déshonneur et la honte, voilà qu'il crie haut et fort ce qui devait rester un secret de famille. Secret dont le prix est si lourd à payer pour Rose. Non seulement elle devra abandonner son enfant mais, à cause d'Onésime, elle sera marquée à jamais ; une fille-mère trouvant difficilement un mari.

Dans une vaine tentative d'étouffer le cri que cette annonce publique suscite, Claudette, la mère de Gratien, met sa main gantée sur sa bouche. Magella, tout aussi choqué, reste un moment silencieux avant de vociférer :

— Des maudites menteries ! T'es encore saoul, Onésime, tu divagues !

Magella a dit ça pour ne pas perdre la face devant tout le village, mais il sait que Rose n'est pas la seule que son fils a mise dans cet état. Il pourrait en nommer au moins trois qui sont tombées enceintes durant la même période. Le père d'une aviatrice de l'école de tir est même venu d'aussi loin que les États-Unis afin de lui parler : *vous devez forcer votre fils à épouser ma fille. Sinon, elle n'a aucun avenir,* avait-il dit avec un fort accent. Magella l'avait envoyé promener. Il a préféré que Gratien parte au plus vite à la guerre plutôt que de le voir marier une fille perdue. *T'aimes mieux que ton fils soit de la chair à canon plutôt que de l'obliger à prendre ses responsabilités ?* avait hurlé Claudette au moment de se coucher ce soir-là.

Magella en a plus qu'assez d'entendre parler des frasques de son fils et de prendre sa défense. *Si seulement on savait où il est,* se dit-il. Tout ce qu'ils ont comme information, c'est qu'il est revenu de la guerre, mais il n'est jamais venu les voir. *Soit c'est un maudit sans-cœur, soit il est dans le pétrin,* disait Magella à sa femme qui, follement inquiète, a perdu le sommeil et maigrit à vue d'œil.

Le curé, qui a suivi la scène de loin, est rouge de colère. Bousculant ses paroissiens sur son passage, il se fraie un chemin jusqu'à Onésime et lui ordonne de le suivre.

— Viens au presbytère. Et si tu te présentes une autre fois à l'église dans cet état, je vais t'excommunier !

L'excommunication ! La honte que Bérangère éprouvait depuis le début de l'esclandre de son mari atteint son comble. Marie-Ange, qui s'est approchée d'elle, lui prend le bras et lui offre :

— Viens dîner chez nous.

Bérangère sait bien qu'elle ne pourra rien avaler, mais sans l'intervention charitable de sa belle-sœur, elle croit qu'elle resterait paralysée sur place. Elle déteste néanmoins aller chez Marie-Ange quand Tancrède est là. Il est très gentil et elle l'aime beaucoup, mais quand Bérangère est avec ce couple, elle mesure pleinement tout ce qui manque au sien. Tancrède et Marie-Ange sont mariés depuis plus de vingt ans, mais ils sont toujours aussi heureux d'être ensemble. Ils rient souvent et se confient leurs désirs, leurs craintes, leurs peines, leurs joies. Leur maison est un havre de paix. Si seulement Bérangère avait pris conscience avant de se marier qu'une telle relation entre un homme et une femme était vraiment possible, elle ne se serait pas soumise aussi facilement à son père qui lui ordonnait d'épouser Onésime : *Il reprendra la ferme et la fera fructifier, même si elle restera à ton nom, ça, j'y tiens.* Lorsqu'elle avait confié à sa mère qu'il n'était pas l'homme dont elle avait rêvé, celle-ci avait rétorqué qu'Onésime ou un autre, c'était du pareil au même : *tous les hommes changent après le mariage, et pas pour le mieux.* Bérangère l'avait crue d'autant plus facilement qu'elle n'avait jamais eu comme modèle des époux qui s'aimaient profondément. Son père n'était pas aussi violent qu'Onésime, mais il la battait quand elle avait désobéi ou ne s'acquittait pas de ses tâches aussi vite qu'il l'aurait souhaité. Sa mère aussi la frappait quand elle osait donner une opinion contraire à la sienne. Sa maman ne l'avait pas désirée et le disait à tous, devant elle : *Celle-là, quand est arrivée, était de trop. J'avais déjà assez d'enfants.* Non seulement Bérangère ne s'était jamais sentie digne d'être aimée, mais elle avait cru dès l'enfance que la vie était dure et qu'il fallait s'y habituer. Point. Ne rien attendre de plus.

Aujourd'hui, c'était difficile pour elle d'admettre à quel point elle s'était trompée. Chez Marie-Ange, la vie n'était pas un champ de bataille, mais un nid chaud rempli d'amour. Bérangère comprenait que si chacun y mettait du sien, la vie de couple pouvait couler, douce et joyeuse malgré les aléas de l'existence qui, par moments, lui donnaient une couleur plus sombre.

Debout dans la cuisine de sa belle-sœur, Bérangère reste figée : elle a honte d'enlever son manteau, son corps portant les marques des colères d'Onésime.

— Déshabille-toé, ma chère. Tu vas crever habillée de même. Le poêle ronfle depuis le matin, dit Tancrède.

Bérangère a beau tirer sur les manches de sa veste, les bleus à la hauteur de ses poignets sont apparents.

— Il va finir par te tuer, ç'a pas de bon sens ! Sacre ton camp ! On va t'aider ! s'exclame Tancrède.

— Le curé m'a dit d'arrêter de le provoquer, répond Bérangère en détournant le regard comme une coupable.

— Le provoquer ! Maudit curé qui veut juste des femmes soumises dans sa paroisse, peu importe le prix de leur obéissance ! lance son beau-frère.

Bérangère reste muette. Contrairement à Tancrède et Marie-Ange, elle pense qu'elle est en partie responsable de la violence qu'elle subit : elle doit bien faire quelque chose de mal pour susciter ainsi la colère de son mari. À force d'entendre Onésime lui répéter ou de lui faire sentir qu'elle est bonne à rien, elle n'a aucune confiance en elle. Elle sait aussi que bien des gens pensent que les femmes battues restent auprès de leur mari violent parce qu'elles aiment se faire frapper ou parce qu'elles le méritent. Combien de fois Bérangère a-t-elle entendu cela au hasard des conversations ? Leurs mots sont autant de blessures invisibles qui la culpabilisent, la musèlent et l'isolent.

— Mon mari a raison, dit Marie-Ange. Si j'étais toé, j'irais rejoindre Dorothée à Québec. T'es encore jeune, va-t'en pendant qu'il est encore temps. Tu sais de quoi Onésime est capable. Il va te tuer toé aussi.

Toé aussi. Deux mots qui la poignardent. Bérangère revoit sa belle Éva inanimée, et Onésime penché au-dessus d'elle, un oreiller dans les mains. Elle se frotte le front comme pour effacer ces images qu'elle n'arrivera jamais à oublier. Elle semble soudain plus accablée que jamais.

Dans un élan de réconfort, Marie-Ange passe son bras autour des épaules de sa belle-sœur :

— Pardonne-moé, ça m'a échappé.

Bérangère murmure que ce n'est rien, tout en jetant des coups d'œil apeurés vers la rue, craignant de voir surgir Onésime. Elle sait qu'elle passera un mauvais quart d'heure s'il se pointe. Après avoir été humilié publiquement par le curé, il s'en prendra à elle, alors qu'il devrait se maudire lui-même d'avoir jeté la honte sur leur famille en dévoilant au grand jour leur secret.

— Va-t'en. Quitte-le, répète Marie-Ange.

— J'ai pas d'argent. Même pas assez pour prendre le train. En plus, les billets de train sont plus chers depuis le début de la guerre.

— C'est pas un problème, intervient Tancrède. On va t'en donner.

Ce geste de bonté, si rare dans la vie de Bérangère, la fait pleurer. La bienveillance et la gentillesse lui font toujours cet effet.

— Je peux pas accepter, oppose-t-elle en se mouchant.

— Ben voyons. On n'a pas besoin de beaucoup de choses pour vivre. On a l'amour, c'est l'essentiel, dit-il en regardant tendrement sa femme. Pis, on n'a pas d'enfants à qui léguer nos biens, ajoute-t-il tristement.

Un ange passe : Tancrède et Marie-Ange pensent à leur fille adorée, heurtée mortellement par une voiture devant leur maison.

— Mon mari a raison. On n'apportera pas notre argent dans notre tombe, appuie Marie-Ange. On t'aime et on voudrait t'aider.

Ces mots vont droit au cœur de Bérangère. *Ils ont peut-être raison,* se dit-elle. *Mes filles sont grandes. On pourrait vivre ensemble toutes les trois et nous débrouiller sans un homme. Ma vie pourrait être bien meilleure.* Mais la peur reprend vite le dessus.

— Il va nous retrouver, argumente-t-elle.

— Il vous trouvera pas si vous prenez des précautions. Dorothée pourra pas refuser de t'aider, assure Tancrède. C'est ta fille.

Bérangère en doute, son aînée ayant toujours d'abord pensé à elle-même. Mais de toute façon, elle pourrait se débrouiller sans elle. Elle s'imagine prendre le train, seule, sans trop savoir où elle dormira la nuit suivante. Elle n'a jamais agi ainsi.

— Comment on ferait pour signer le bail de l'appartement ?

— Maudit que ça m'enrage, ces lois qui vous emprisonnent dans des mariages malheureux ! s'écrie Tancrède. Pas l'droit d'ouvrir un compte bancaire. Pas l'droit de signer un contrat. Pas l'droit de demander le divorce. Pas l'droit de travailler sans la permission du mari. S'il faut, j'irai à Québec et je signerai toué papiers que tu me demanderas de signer, poursuit Tancrède d'une voix plus douce. T'auras juste à téléphoner au bureau de poste. Gloria est fiable. Elle nous fera le message.

Bérangère pense aux animaux :

— Je veux pas que Renoir et Mimine restent avec lui. Dans un moment de colère, qui sait ce qu'y pourrait leur faire ? Le curé y a pas redonné son arme, mais ça fait rien. Onésime, quand y veut faire du mal, y trouve toujours un moyen.

— On va les garder. Inquiète-toi pas, ça fera d'la compagnie à notre chatte, dit Tancrède. Pis si Onésime se présente pour les récupérer, il aura affaire à moé. Tu peux être tranquille.

Bérangère hésite. Qu'est-ce qui la retient au juste ? Cette maudite peur. Cette peur terrible devant l'inconnu. Jetant un regard à l'horloge, elle calcule que le prochain train part dans cinquante minutes. C'est peu pour prendre une décision aussi grave. Mais elle sent que c'est maintenant ou jamais.

— C'est bon, cède-t-elle. Vous avez raison. Je pars. Mais j'aimerais prendre quèques affaires à' maison, si vous voulez m'y conduire, implore-t-elle d'une voix tremblante.

— Certain qu'on veut ! lance Marie-Ange d'une voix déterminée. Allons-y.

En passant devant l'église, ils constatent, soulagés, que l'auto d'Onésime y est toujours.

— Le curé doit lui avoir ordonné de dégriser avant de retourner chez vous. C'est une bonne chose, se réjouit Tancrède.

Aidée de Marie-Ange, Bérangère rassemble vite le nécessaire pendant que Tancrède cherche Mimine et Renoir. Il les trouve dans la grange, dormant l'un près de l'autre. Il les fait monter dans l'auto et tous partent aussitôt. Une fois à destination, quand vient le temps de faire ses adieux, le cœur de Bérangère bat à tout rompre. Quelques minutes plus tard, seule sur le quai de la gare, elle jette autour d'elle des regards apeurés, craignant de voir apparaître Onésime : *S'il fallait qu'il me trouve icitte, ma vie deviendrait un enfer encore plus terrible qu'elle l'a été jusqu'à présent.*

Des vieux fument la pipe en regardant un avion près des rails :

— Les cent cinquante avions de l'école de tir ont été transportés par chemin de fer. C'est pas rien, dit l'un.

— Il le fallait. Bientôt, il y aura presque six mille aviateurs qui auront été formés là. Sur les soixante-dix écoles qui ont été ouvertes au Canada, celle de Mont-Joli est la plus grande !

Bérangère ne les écoute plus. Des gens s'agglutinent autour d'elle, formant comme une barrière protectrice qui la rassure.

— *All abord !* crie la contrôleuse en balançant son fanal, le ciel devenu orageux s'étant brusquement obscurci.

Cette jeune femme au large sourire se dit que la guerre a du bon : elles sont de plus en plus nombreuses à travailler dans des domaines traditionnellement réservés aux hommes.

Elle est si heureuse d'exercer ce travail qu'elle essaie d'être meilleure qu'eux.

Inconsciente de la nervosité que son visage et tout son corps trahissent, Bérangère lui présente son billet d'une main tremblante. La contrôleuse la dévisage un instant, notant la sueur qui perle à son front. On lui a recommandé d'être à l'affût de toute personne pouvant être un espion allemand se cachant sous les oripeaux les plus inattendus. Elle a beaucoup ri lorsqu'on lui a raconté qu'un agent secret était débarqué à New Carlisle en pleine nuit. Rendu à l'hôtel où il voulait louer une chambre, il avait fait l'erreur de payer avec un billet de Georges Édouard 7. Personne ne possédant de telle coupure au Canada, il avait aussitôt été démasqué. Sa mission n'avait pas duré vingt-quatre heures !

Mais cette dame semble bien inoffensive, se dit la jeune femme en regardant Bérangère. Se fiant à son instinct qui ne l'a jamais trahie, elle lui sourit et lui fait signe de monter dans le train.

Bérangère lorgne une place dans l'avant-dernière rangée et s'y installe. L'attente lui paraît longue, même si quelques minutes à peine s'écoulent avant le départ. Lorsqu'elle entend siffler le train, son cœur reprend peu à peu un rythme normal. Elle a hâte de revoir ses filles et sourit en pensant à la surprise qu'elle leur fera.

Plus le train s'éloigne de Sainte-Flavie, plus l'euphorie grandit en elle, chassant l'angoisse qui l'étouffait un peu plus tôt. Elle qui n'a jamais voyagé seule ressent une liberté nouvelle qui la rend presque heureuse et lui donne des ailes. Plus rien soudain ne lui semble impossible. Elle s'imagine un autre avenir : Onésime meurt et elle rencontre un homme qui l'aime profondément et passionnément. Elle se sent aussitôt coupable de presque souhaiter la mort de son mari, mais c'est plus fort qu'elle. Elle sait qu'elle ne sera jamais en paix tant qu'il sera vivant. Et puis, elle voudrait connaître un amour semblable à celui qui unit Marie-Ange et Tancrède. Elle imagine Rose qui lui chante *Ça va v'nir, ça va v'nir, découragez-vous pas,* et se met à rire. L'homme assis en face d'elle lève un œil de son journal et la fixe. Elle se sent ridicule d'avoir ricané toute seule. Elle détourne la tête et l'appuie contre la fenêtre. Le froid de la vitre lui fait du bien, comme s'il enlevait sa fatigue, une fatigue que son corps porte depuis des années sans qu'aucun sommeil, jamais, l'en déleste.

Elle songe qu'une fois à Québec, il lui faudra prendre un taxi pour se rendre à l'hôpital de la Miséricorde. Elle aimerait aller directement chez Dorothée, mais celle-ci sera au travail quand le train entrera à la gare de Québec. Elle demandera donc l'hospitalité aux religieuses, mais s'inquiète : si les sœurs refusent de l'héberger, que fera-t-elle ? Pas question de payer une chambre à l'hôtel. Elle doit ménager. Qui sait combien de temps il lui faudra pour se trouver un travail à Québec. Les salaires ne sont pas élevés dans les manufactures et le labeur y est difficile. Elle a aussi entendu dire que les contremaîtres abusaient parfois de leurs employées. A-t-elle quitté Onésime pour trouver pire ? Elle craint aussi que Dorothée ne soit pas tellement heureuse d'apprendre qu'elle vivra désormais à Québec. À part l'argent qu'elle envoie régulièrement, elle est sans nouvelles de son aînée depuis plusieurs mois. L'inquiétude, cette compagne familière, taraude de nouveau Bérangère, mais le mouvement du train la berce tant et si bien qu'elle s'assoupit et ne se réveille qu'à Québec. Là, elle prend son bagage à mains et se dirige vers un taxi.

41

Québec, hôpital de la Miséricorde, décembre 1944

Sœur Marie-Joseph, la religieuse au visage empreint de bonté qui ouvre la porte à Bérangère, lui demande gentiment ce qu'elle désire.

— Ma fille est icitte. Je viens de Sainte-Flavie. J'ai pas d'endroit où dormir, implore Bérangère d'une voix suppliante.

— Quel est son nom ?

— Rose Dubeau.

— Ha ! Repentante.

— Pardon ?

— Rien, je me comprends, répond la religieuse en la scrutant attentivement. Touchée par la fragilité qui émane de cette femme aux remarquables yeux turquoise, identiques à ceux de Rose, elle réfléchit un moment et, avec un sourire espiègle, met un doigt devant sa bouche en lui faisant signe de la suivre en silence. À pas de loup, elles montent un étage, traversent un corridor et s'arrêtent devant une chambre vide.

— Ne bougez pas d'ici. Je vais chercher votre fille, chuchote la sœur, heureuse de la bonne surprise qu'elle fera à Rose.

Entrée au couvent depuis quelques mois à peine, elle a constaté avec tristesse que plusieurs sœurs sont trop à cheval sur les principes qu'on leur a inculqués depuis l'enfance. Principes qui se sont rigidifiés depuis qu'elles ont pris le voile. Sœur Marie-Joseph est bien déterminée, quant à elle, à ne juger aucune des filles enceintes qui logent ici. Elle cherche plutôt à mettre de la joie dans leur cœur aussi souvent qu'elle le peut. Elle a toujours pensé que la véritable charité chrétienne se trouvait là.

Les retrouvailles sont touchantes. Bérangère couvre de petits baisers les joues et le front de sa fille, avant de mettre affectueusement ses mains autour de son visage en lui demandant comment elle va.

Très vite, elles se confient comme elles l'ont toujours fait. Pour ne pas l'inquiéter, Rose ment avec aplomb.

— Ici, les filles-mères sont bien traitées, dit-elle.

Bérangère la croit d'autant plus facilement que l'attitude de sœur Marie-Joseph le lui confirme. Rose lui cache les humiliations, l'ennui, la tristesse, voire la détresse qu'elle ressent à l'idée que dans quelques mois, elle devra peut-être abandonner son bébé à des étrangers. Mais sa mère est là: peut-être que son père a changé d'idée et accepte de prendre l'enfant?

— Non, malheureusement c'est pas ça, s'attriste Bérangère, qui aurait tant aimé avoir un autre petit à la maison. Elle aime tellement les bébés, leurs gazouillis, leurs premiers sourires, la façon dont ils prononcent leurs premiers mots. Même leurs pleurs ne l'agacent pas. Elle a toujours su les consoler, sauf sa petite Éva dont elle chasse à l'instant le souvenir.

Elle prend une grande inspiration et ajoute:

— J'ai quitté ton père.

Une fois qu'elle est revenue de sa surprise, le visage de Rose s'éclaire. Sa mère s'est enfin libérée de ce monstre!

— Je suis fière de vous, maman!

Fière. Sa fille est fière d'elle ! Combien de fois Bérangère a-t-elle été jalouse des journalistes dont Rose parlait si souvent avec une admiration sans bornes ? Combien de fois s'était-elle dit aussi que ses filles ne devaient pas être fières d'avoir une mère battue par son mari. Les mots de sa cadette lui font du bien.

— Demain, j'irai chez Dorothée et j'lui offrirai de vivre avec elle. J'vas lui demander s'il y a une place pour moé à l'Arsenal, sinon j'en trouverai ben une dans une manufacture.

Rose lui révèle le moyen qu'elle a utilisé pour faire parvenir une lettre à Dorothée :

— Si la femme à qui j'ai lancé la lettre la lui a transmise, elle devrait se manifester bientôt. Chaque jour, je pense à cette étrangère en espérant qu'elle sait à quel point des petits gestes peuvent faire une grande différence dans la vie de quelqu'un.

Terriblement inquiète pour sa fille aînée, Bérangère reste silencieuse un moment avant d'ajouter :

— Si Dorothée préfère vivre sans nous, j'trouverai du travail et payerai les religieuses afin que tu sortes d'icitte avec ton enfant. On vivra toué deux à Québec avec le bébé, lance Bérangère qu'un vent d'optimisme secoue inopinément.

Elle hésite et dit encore en soupirant :

— Tu ferais mieux de pas revenir à Sainte-Flavie.

— Pourquoi ?

Lorsque Bérangère lui raconte l'esclandre d'Onésime sur le perron de l'église, Rose est envahie par la honte.

— Comme ça, tout le monde au village sait que je suis une fille de rien !

— Dis pas ça.

— Je ne veux pas que mon enfant porte le poids du déshonneur. Vous avez raison. Je vivrai ici à Québec où personne ne me connaît. Je dirai que son père est mort à la guerre. Il passera pour un orphelin, pas un bâtard. Je ne veux pas qu'il soit pointé du doigt et rejeté.

— Mais il faudra que t'inscrives sur son baptistère le nom de son père.

— Je prendrai le nom de mon correspondant dont j'ai appris la mort. Il n'a pas de famille et a toujours vécu en solitaire avec ses animaux.

Bérangère n'aime pas ce mensonge, mais elle ne veut pas gâcher ce moment de tendresse qu'elle partage avec sa fille.

— Tiens, essaye-la, dit-elle en enlevant sa bague.

— Ben voyons, maman, c'est votre jonc de mariage.

— Justement, quand tu sortiras d'icitte, ce sera aux yeux des autres le signe que t'as été mariée. De toute façon, pour moé, ç'a pu aucun sens, ajoute-t-elle.

Elle ne le dit pas tout haut, mais selon la croyance populaire, une femme qui perd son jonc perd son mari. Une croyance qui, si elle s'avérait, serait loin de la rendre malheureuse.

Rose le glisse à son index. Il lui va parfaitement. Elle ne sera pas une mère sans alliance.

— C'est comme un magnifique cadeau de Noël avant le temps que vous me faites, ma belle petite maman ! s'exclame la jeune fille. Mais votre présence est encore le plus beau cadeau, enchaîne-t-elle, le cœur rempli de gratitude.

— Te voir en est un ben gros aussi. Profitons du moment qu'on passe ensemble, dit Bérangère.

Silencieuses, elles restent étendues l'une contre l'autre, comme au temps où Rose se réfugiait auprès de sa mère durant les tempêtes qui secouaient la vieille maison à Sainte-Flavie. Elles songent toutes les deux que n'eût été le retour d'Onésime, elles auraient passé un bel hiver, rigolant et chantant des airs de La Bolduc en tricotant pour le bébé ou en lui cousant une belle courtepointe.

— Reposons-nous un peu, tu dois faire attention à toé, dit Bérangère au bout d'un moment.

Rose acquiesce. Elle a besoin de repos. Elle travaille fort ici, peu importe sa fatigue, ses douleurs, sa lassitude, sa peine.

Les deux femmes dorment depuis moins de deux heures lorsque sœur Marie-Joseph vient les réveiller :

— Il faut que vous partiez, annonce-t-elle à Bérangère en lui tendant un morceau de pain, une pomme et du fromage.

Les yeux tout ensommeillés, cette dernière la remercie chaleureusement. Elle embrasse et enlace longuement sa fille avant de la quitter.

Le soleil n'est pas encore levé. Bérangère se dit que Dorothée n'est peut-être pas revenue du travail. De toute façon, elle doit marcher un bon bout avant de la rejoindre dans le Vieux-Québec. Qu'importe. *Le temps est doux et j'aime marcher*, se dit-elle, le cœur léger.

Dans la pénombre, elle distingue mal la silhouette qui s'avance vers elle. Elle croit que son cœur va s'arrêter quand elle le reconnaît. C'est Onésime. Lui ayant interdit de venir voir sa fille, elle est certaine qu'il va la tuer. Ce qui se passe ensuite la soulage et la consterne à la fois :

— J'savais que j'te trouverais icitte, dit-il d'une voix douce, différente de celle qui résonne habituellement à ses oreilles. Le curé m'a beaucoup parlé. J'veux changer. Il est venu avec moé à' maison quand j'ai dégrisé hier. Sur un papier enluminé, j'ai mis la croix de la tempérance. Le curé l'a bénie. Il a béni aussi la branche de buis. J'l'ai mise sous la croix. On va réciter le chapelet ensemble chaque soir. Je boirai pu une seule goutte.

Jamais son mari ne lui a fait une telle promesse ni tenu de tels propos. Jamais il ne lui a parlé doucement, sauf peut-être au temps de leurs courtes fréquentations. Jamais elle ne l'a senti aussi repentant qu'il semble l'être à cet instant. Elle hésite. Peut-elle croire à ses promesses ? Parce qu'elle a peur de sa réaction si elle refuse, elle finit par accepter.

— On va reprendre le train ce matin. Faut retourner vite chez nous. La viande de cochon est encore dans' grange. Faudra s'en occuper.

Une servante : voilà ce qu'elle était aux yeux de cet homme.

Trois jours plus tard, un homme, prétendant être l'oncle maternel de Rose, la demande au parloir. Rose est surprise quand la religieuse vient le lui annoncer. Les trois frères de sa mère vivent aux États-Unis et ils sont sans nouvelles d'eux depuis plusieurs années.

L'homme qui l'attend, vêtu d'une salopette de denim sale et d'une chemise rouge à carreaux tout aussi usée et malpropre, tourne sa casquette entre ses doigts avec nervosité.

— Je me présente, Urgel Ladouceur, dit-il aussitôt qu'elle s'assoit en face de lui, de l'autre côté de la vitre. J'ai eu vent de ce qui vous arrivait et ma sœur m'a dit que vous étiez sans doute icitte. Faque, j'ai pris ma chance. J'irai pas par quatre chemins. Je veux pas aller à' guerre. Rien que d'y penser, ça me rend malade. J'ai vite besoin d'une femme et d'un ou plusieurs enfants, parce que même les hommes mariés seront appelés si y'ont pas d'enfants. Comme vous êtes enceinte, on pourrait se marier, ça ferait l'affaire aux deux. Vous pourriez garder votre enfant. C'est ben ce que vous voulez ?

— Oui, répond Rose, estomaquée.

C'était la demande en mariage la moins romantique qu'on puisse imaginer. Certes, l'idée de pouvoir garder son petit et de se faire une vie honorable n'était pas à dédaigner. Mais quand Urgel parlait, des relents d'alcool parvenaient jusqu'à elle. Elle ne voulait pas vivre le même calvaire que sa mère.

— Non, je ne suis pas intéressée, dit-elle en se levant.

— Dites-moé pas ça ! s'exclame-t-il d'une voix geignarde. Pensez-y au moins. Si vous refusez, moé, il me reste pu qu'à me couper l'index avec ma hache, comme ça, y verront ben que je peux pas tirer du fusil. Mais ça me tente pas. J'aimerais garder tous mes doigts. En connaissez-vous d'autres icitte qui pourraient être intéressées ?

Rose rirait de bon cœur si l'homme ne lui faisait pas tant pitié. Elle réfléchit avant de lui répondre. Certaines de ses compagnes d'infortune auraient sans doute accepté cette offre incongrue. Des inconscientes qui n'imaginent pas ce qu'est la vie avec un buveur. Sans compter que si Urgel s'était présenté sale pour lui faire la grande demande, elle pouvait facilement deviner que l'hygiène ne faisait pas partie de ses priorités.

— Je n'en connais pas. Je suis désolée, dit-elle simplement avant de le quitter.

42

Auschwitz, 17 janvier 1945

De sa fenêtre, Kalinda regarde la tempête qui fait rage. En quelques heures, vingt centimètres de neige[30] sont tombés et les murs du block 24 craquent sous la force du vent qui pousse la neige dans les moindres recoins. Elle songe à tous les détenus vivant dans des baraques glaciales en ce mois de janvier particulièrement froid, la température avoisinant souvent moins vingt-cinq degrés. Mais un vent d'espoir souffle aussi dans le camp.

— Le temps nous manque. Depuis quelques jours, nous dirigeons les survivants vers le camp de Buchenwald, a dit Hermann à la gardienne.

Kalinda souhaite qu'Isaac soit parmi les survivants envoyés dans un autre camp. Elle ne l'a pas vu depuis décembre et est morte d'inquiétude. Elle demande aux rares hommes qui viennent encore au block 24 s'ils l'ont aperçu ou s'ils savent qu'il a été évacué. Personne parmi eux ne le connaît. Elle n'ose pas questionner Hermann. S'il savait qu'Isaac et elle sont amoureux, il le tuerait et lui ferait peut-être subir le même sort. Quoiqu'elle en doute. Hermann est amoureux d'elle. Elle en a encore la preuve ce matin :

30 Température réelle.

— L'Armée rouge approche, lui dit-il. Je quitte le camp aujourd'hui. Je ne veux pas que tu partes avec les autres que nous évacuons. C'est dangereux. D'ici à Paris où tu devrais te rendre, il y a un long périple avant d'atteindre la Ville lumière. Plusieurs risquent de mourir en route à cause du froid ou de la violence des villageois qui les verront passer.

— Que va-t-il m'arriver ? lui demande-t-elle.

— Je vais te cacher dans une pièce du camp où tu n'auras qu'à attendre que l'Armée rouge te libère. La porte sera verrouillée de l'extérieur, mais les soldats la défonceront. Ils ne tarderont pas. Ils ne sont pas loin.

Hermann hésite un moment et ajoute, en caressant la joue de Kalinda :

— Tu me manqueras.

Il a prononcé ces mots si bas qu'elle n'est pas certaine d'avoir bien entendu, mais elle voit la tristesse dans ses yeux. Elle se dit qu'il y a de la bonté dans cet homme. Qui serait-il sans la guerre ? Sans cette folie qu'est la guerre ? Il serait peut-être un homme qui protège ceux qu'il aime et non celui qui prend plaisir à humilier et à faire souffrir de pauvres gens qui n'ont comme seul défaut à ses yeux de n'être pas de sa race. Elle est jeune, mais elle sait déjà que le bien et le mal cohabitent en chacun. Certains de ses clients, de cruels nazis le jour, rentrent chez eux le soir et sont de bons pères de famille.

— Je te remercie. Sincèrement, répond-elle, mais je veux une autre faveur.

— Laquelle ?

— Que les filles viennent avec moi.

— Impossible, tranche aussitôt Hermann. Je ne pourrai cacher autant de monde sans risques pour vous et moi. Je serais accusé de trahison.

Kalinda sait qu'il ne changera pas d'idée. Elle réfléchit : *peut-être pourrais-je en sauver au moins une,* se dit-elle.

— Une seule fille de ce block avec moi, alors.

— Laquelle ?

Comme il est difficile de choisir ! Elle les aime toutes. Elle n'arrive pas à se décider.

— Vite, je n'ai pas beaucoup de temps, insiste Hermann.

Kalinda choisit alors la plus jeune, celle qui est la plus en santé, celle qui n'a jamais perdu espoir :

— Lumina.

— D'accord, mais ne dis rien aux autres. Nous viendrons les chercher à la fin de l'avant-midi. Je m'organiserai pour que Lumina et toi soyez dans une chambre. Je vous conduirai ensuite à votre cachette. Prépare ce que tu veux amener. L'essentiel seulement.

Toute la journée, une tristesse infinie s'empare de Kalinda chaque fois qu'elle pose les yeux sur l'une des filles du block. Elles ont été solidaires, se sont toujours soutenues. Mille petits gestes les unissent. Des gestes qui n'ont pas de prix. Souvent, l'une d'elles posait sa main sur son épaule et cela lui suffisait pour ne pas perdre courage. C'est un déchirement de savoir que dans quelques heures, elle ne les verra plus. Pourvu qu'elles survivent. Elle trouve le moyen de dire à chacune qu'elle les aime sans pour autant éveiller leurs soupçons. Elle entraîne ensuite discrètement Lumina à l'écart pour la mettre au courant de son plan.

Hermann ne lui a pas menti. Tout se passe comme prévu. Avant le dîner, elle entend un brouhaha dans le block, suivi d'un grand silence. Hermann ne tarde pas à venir les chercher, Lumina et elle. Elles le suivent à l'extérieur. Même le vent a fui Auschwitz. Une odeur envahissante, écœurante, insupportable, leur soulève le cœur : des relents de pourriture et de décomposition proviennent des cadavres empilés le long des baraques. La terre est trop gelée pour les enterrer et les fours crématoires ne sont plus en activité. Auschwitz est un charnier à ciel ouvert.

Kalinda croise des hommes et des femmes qui quittent le camp. Véritables squelettes ambulants, ils n'apportent avec eux qu'un mince bagage qu'ils ont pourtant peine à porter, tant ils sont faibles. Mais la plupart n'ont qu'un morceau de sucre et une couverture déchirée. Elle aperçoit une silhouette semblable à celle d'Isaac. Son cœur s'affole aussitôt. L'homme se retourne, comme s'il avait senti l'amour que Kalinda a dirigé sur lui. Ce n'est pas Isaac.

Hermann la pousse à aller plus vite. Il les conduit dans une salle où une grande paillasse a été déposée par terre près de boîtes remplies de nourriture et d'eau. Il leur rappelle que la porte sera verrouillée, mais qu'elles seront bientôt libres.

— N'ouvrez pas aux autres détenus qui pourraient tenter de s'introduire. Je sais qu'il y en a qui se sont cachés, préférant attendre l'armée. D'autres sont trop faibles pour partir.

— Je ne peux pas les laisser mourir de faim, dit Kalinda.

— Ils pilleront les cuisines et nos réserves dès que nous serons partis. Ils y trouveront de la viande, des saucisses pendues au crochet, du chocolat. Ils n'ont pas besoin de vous.

Il ment. Ils sont trop nombreux pour tous assouvir leur faim. Kalinda n'imagine pas qu'ils sont au moins sept mille, mais elle pense qu'il ne lui dit pas toute la vérité. Elle craint aussi qu'il ne cherche pas vraiment à la sauver. Que les Allemands mettront le feu au camp. La peur l'envahit, mais elle ne fait pas un geste, ne dit pas un mot. Elle se sent impuissante à changer le cours de sa vie. De toute façon, il est trop tard. Après l'avoir embrassée tendrement, Hermann lui jette un dernier regard et referme la porte. Il a la gorge nouée et se maudit encore une fois d'être amoureux de cette femme.

L'Armée rouge entre dans Auschwitz le 27 janvier. Un soldat, mitraillette à la main, ouvre brutalement la porte de la cachette où, grelottantes de froid, Kalinda et Lumina sont blotties l'une contre l'autre. Incrédules, elles n'arrivent pas à croire que la vie leur offre une seconde chance. Elles ne sont pas euphoriques pour autant. Elles ont perdu confiance, tant aux hommes qu'au destin. L'avenir leur fait peur. Elles craignent même ceux qui les aident.

Le soldat leur fait signe de les suivre.

— Nous ne nous attendions pas à cela, dit-il simplement d'une voix sourde en plantant ses yeux dans ceux de Kalinda.

Elle comprend sa stupéfaction et son désarroi. Ce qu'il découvre dépasse en cruauté tout ce qu'il a vu ailleurs. Tous les soldats sont saisis d'effroi. Avant d'apercevoir les cadavres empilés, la première chose qui les frappe est l'odeur de pourriture et de décomposition, insoutenable. Plusieurs d'entre eux avoueront plus tard qu'ils ont eu peur comme jamais ils n'avaient eu peur au cœur même des combats les plus sanglants. Ils restent pétrifiés devant les survivants, incapables de distinguer les hommes des femmes, à cause de leur maigreur effrayante, inconcevable à l'esprit humain. Ils ont même peur de ces squelettes au ventre gonflé par la faim qui s'avancent péniblement vers eux. Certains, très affaiblis, rampent sur la neige.

Des enfants viennent vers eux en soulevant leurs manches afin de montrer leurs tatouages, mais d'autres n'ont pas la force de lever leurs bras minces comme des ficelles.

Ils ne parlent pas. N'ont pas de mots pour raconter ce qu'ils ont vécu. Ils ne pleurent pas, plus aucune larme ne coule de leurs yeux. Ils sont si maigres qu'ils semblent n'avoir plus de visage, seulement des yeux.

Pendant longtemps, les soldats parleront des yeux de ces morts-vivants qui les dévisageaient. Des yeux noirs, tant leurs pupilles étaient dilatées. Des yeux qui les fixaient comme s'ils n'arrivaient pas à concevoir que la liberté n'était pas une chimère nourrie par leur désespoir.

L'un des journalistes qui accompagne les soldats s'approche de Kalinda. Lui aussi sous le choc, il lui demande d'une voix tremblante de décrire ce qu'elle a vécu.

Elle le regarde et murmure :

— Je suis sans doute la seule survivante de ce camp ayant du sang tzigane.

— Racontez-moi ce que vous avez vécu, insiste le journaliste.

Elle secoue la tête. Elle sait qu'il ne la croira pas.

— Dites-moi quelques mots, insiste-t-il encore.

Kalinda le regarde avec tristesse et murmure un proverbe tzigane :

— N'entre pas dans mon âme avec tes chaussures.

Il faudra du temps avant que le journaliste comprenne que cela signifie : « On n'entre pas impunément chez les Tziganes, ni dans leur présent ni dans leur mémoire. »

43

Sainte-Flavie, fin janvier 1945

Onésime a tenu sa promesse. Chaque soir, il s'agenouille devant la croix de la tempérance et prie Dieu de l'aider à continuer de se tenir loin de la boisson. Bérangère ajoute une autre prière, muette celle-là : arriver à supporter sa vie auprès de lui. Son mari est désormais sobre et ne lève plus la main sur elle, mais elle ne pourra jamais l'aimer. Les blessures qu'il lui a causées, tant physiques que psychologiques, ont creusé une trop grande distance entre eux. Depuis le jour où elle a pris le train pour Québec et que, chemin faisant, elle a imaginé sa vie autrement, celle qu'elle partage avec Onésime lui semble désormais trop difficile à accepter. Elle se sent prisonnière. Elle a donc adopté une attitude passive et résignée.

Bérangère ne peut plus compter sur l'aide ou le réconfort de personne. Marie-Ange, la seule qui pourrait la comprendre, est retournée vivre en Gaspésie. Sa belle-sœur est dans un piteux état depuis le matin de Noël où, au réveil, elle a vu les yeux de Tancrède fixés sur elle. Des yeux morts. Morts comme lui, décédé dans son sommeil. L'été précédent, il lui avait fait un magnifique cadeau : une petite maison sur une falaise en Gaspésie. *Nous y vivrons dès que j'aurai vendu le garage,* avait-il promis.

Bérangère se dit parfois qu'elle aurait trouvé le courage de partir avec sa belle-sœur si Tancrède n'avait pas fait l'erreur de mentionner devant Onésime l'endroit où était nichée cette petite maison. *Je peux pas venir avec toi,* avait-elle expliqué à Marie-Ange qui souhaitait qu'elle la suive. *On serait bien, j'en suis convaincue, mais il viendrait me chercher, tu sais ben. On serait toujours sur le qui-vive.*

Avant son départ pour la Gaspésie, inconsolable de la mort de l'amour de sa vie, Marie-Ange avait participé à quelques séances de spiritisme très courues en temps de guerre. Malgré la menace d'excommunication qui pesait sur eux, des parents endeuillés transgressaient les interdits religieux et tentaient de communiquer avec leurs fils morts au combat. Marie-Ange, elle, c'est Tancrède ou sa petite fille qu'elle voulait *entendre.*

— Viens avec moé à ces séances-là, avait-elle demandé à Bérangère.

— J'aurais ben trop peur, avait répondu celle-ci.

— Même le premier ministre du Canada cherche à communiquer avec sa défunte mère.

— Pas MacKenzie King ?

— J'te jure que oui.

Mais ces arguments n'ayant pas eu raison des craintes de Bérangère, Marie-Ange y était donc allée seule.

J'suis avec notre petite fille, lui avait enfin dit Tancrède un soir par la bouche de la voyante. *On t'attendra jusqu'à ce que ton heure soit venue. On sera de nouveau réunis.* Plusieurs étaient sceptiques quant à l'authenticité de ce message, mais personne n'avait rappelé à Marie-Ange que cette femme qui jurait communiquer avec les morts connaissait son histoire et que ce qu'elle avait dit était somme toute banal. Ils se réjouissaient plutôt de constater que ces mots prétendument venus d'outre-tombe lui apportaient un certain réconfort.

Marie-Ange avait ensuite trouvé le courage de vider la maison et de partir en Gaspésie.

Bérangère se sent plus seule que jamais. Sans Rose, sans Marie-Ange, sans nouvelles de Dorothée dont elle s'inquiète, il n'y a plus de joie dans sa vie. Sans compter qu'elle a pris la difficile décision de ne pas reprendre auprès d'elle Renoir et Mimine : elle craignait qu'ils subissent un jour ou l'autre les violences d'Onésime. Elle se console en se disant qu'ils sont traités comme des rois sur la ferme où ils vivent désormais.

Un jour, Onésime, exaspéré de l'entendre renifler, lui lance :

— Qu'est-ce que t'as encore ? Je suis correct, là. Je bois pu une goutte. Si tu continues, j'vas t'en donner, des raisons de pleurer !

Bérangère sent qu'il ne tardera pas à le faire. Sa peur des coups est cependant moins grande que la crainte de ne jamais connaître son petit-enfant. Elle espère que Dorothée donnera enfin signe de vie et aidera Rose à garder son bébé. Elle ne trouve un peu d'apaisement que dans la prière. Pour sa fille, elle invoque sainte Élisabeth, la patronne des femmes enceintes.

Comme si un fil invisible les liait, au même moment, Rose relit la lettre de sa mère lui annonçant la mort de Tancrède et lui expliquant dans quelles circonstances elle est revenue à Sainte-Flavie.

Elle cache la lettre dans sa poche en soupirant et écoute ses compagnes raconter ce dont elles ont été témoins au petit matin. Humiliance, l'une des filles qui a accouché d'un bébé handicapé, s'est lancée dans le vide à partir d'une fenêtre du troisième étage. Une véritable défenestration.

Rose les rejoint près de la fenêtre et regarde les religieuses qui, aidées de plusieurs filles enceintes, finissent de ramasser la vitre éclatée en mille morceaux dont plusieurs sont tachés de sang. Les sœurs ont fait jurer aux filles de ne jamais parler de ce qu'elles ont vu. Elles tiennent à camoufler ce suicide en accident. Même les membres de la famille de Humiliance ignoreront la vérité. Les religieuses ne révéleront jamais non plus les paroles dites au médecin après la naissance de l'enfant: *Laissez-le devenir bleu, pour qu'il meure. Personne ne voudra l'adopter.*

C'est Fructueuse, l'une des filles chargée de faire le ménage dans les dortoirs et devenue experte dans l'art d'écouter aux portes, qui leur apprend tout cela. Elle ajoute que Humiliance a laissé un mot sous son oreiller.

— La religieuse me l'a arraché des mains. J'ai su ensuite que la directrice avait brûlé le message. Je suis d'autant plus contente d'avoir retenu par cœur ce qu'elle a écrit. On n'a pas souvent l'occasion de connaître les dernières pensées de quelqu'un, dit-elle.

— Elle a écrit quoi? Arrête de nous faire languir, demande d'une voix faible Extasie, la plus jeune d'entre elles, âgée de quatorze ans à peine.

Elle a été nommée ainsi parce qu'une religieuse a décrété qu'elle tombe en extase devant les hommes. Rose a pitié d'elle car depuis quelques jours, elle a plutôt l'air de quelqu'un qui va tomber dans les pommes. Ses lèvres collées et l'odeur qu'elle dégage ne laissent aucun doute. Elle a le scorbut, comme des dizaines d'autres Canadiens frappés par le rationnement. Les religieuses essaient de fortifier son organisme avec du foie de cheval ou de porc, mais les résultats se font attendre, au point où Rose se demande si elle survivra.

Heureuse de l'importance que lui procure ce message venu presque d'outre-tombe qu'elle s'apprête à transmettre,

Fructueuse prend la pose et, comme l'actrice qu'elle aimerait devenir, déclame d'une voix solennelle:

Je ne peux supporter la honte que je ressens d'être une fille tombée. Je me sens trop coupable. J'ai commis un si grand péché. Je demande pardon à mes parents. Ils l'auraient appris un jour ou l'autre et je n'aurais pu supporter de voir leur peine. Mais surtout, je n'aurais jamais pensé que la mort de mon petit garçon me causerait une si grande douleur. Qu'il soit handicapé n'y change rien. Je l'aurais aimé tout autant s'il avait survécu et que j'aurais pu le garder.

Plusieurs filles essuient une larme.

— Pauvre Humiliance, dit l'une d'elles. Pendant quelques mois, elle a cru qu'elle épouserait le père de son enfant et qu'elle ferait ainsi partie des plus chanceuses qui se marient à la chapelle et partent de cet hôpital avec leur bébé.

— Ça arrive seulement à une fille sur huit, rappelle Rose.

— La veille de son accouchement, elle a appris qu'il s'était fiancé à une autre, précise Fructueuse.

Rose caresse l'anneau de mariage à son doigt. Elle n'aura pas besoin de se marier. Elle sortira d'ici avec son bébé. Une mère avec une alliance est une mère respectée. Elle finira bien par avoir des nouvelles de Dorothée. Même si cela lui semble de plus en plus improbable, elle s'accroche à cette idée. Perdre tout espoir serait trop dur.

44

Québec, hôpital de la Miséricorde, 14 avril 1945

Malgré l'imminence de l'accouchement, Rose doit se présenter chaque jour à l'atelier de repassage pour y travailler. Même si son cœur bat plus vite et que son dos et ses jambes la font souffrir, elle préfère tout de même cela à l'oisiveté qui laisserait trop de place à la peur. Peur de mourir. Peur que son enfant ne soit pas normal ou qu'il soit mort-né. Sa mère a déjà vécu cela. Peut-être a-t-elle hérité de cette tare? Peur de souffrir au-delà de l'imaginable, aussi. Hier, dans une autre salle, une fille hurlait sa douleur. Un cri que personne ne semblait entendre. Ne voulait peut-être pas entendre, car ici, la douleur a une valeur de rédemption.

Sœur Marie-Joseph entre dans la salle les bras chargés de vêtements. Elle jette un regard à la ronde sur les filles, évaluant si l'une d'elles aurait besoin de quelque chose, ne serait-ce qu'un mot de réconfort. Son regard s'attarde sur Rose. Dans ses gestes nerveux et ses yeux inquiets, elle sent sa peur aussi sûrement que la ressentent les animaux.

Soudain, une pluie de printemps, aussi glaciale que brutale, fracasse les vitres. Le cœur de Rose s'emballe. Son fer à repasser lui tombe des mains. Elle passe une main tremblante sur son front perlé de sueur. Dans un élan de tendresse, sœur Marie-Joseph s'approche et lui touche doucement le bras.

— Venez vous asseoir avec moi quelques instants, dit-elle en lui montrant le banc d'église placé face à la fenêtre.

Rose accepte avec soulagement. Cette religieuse a toujours eu le don de la rassurer. Assises l'une près de l'autre, leurs épaules se touchent, et ce simple contact a le pouvoir de redonner un rythme normal à son cœur.

— Est-ce que les médecins vous ont donné une date pour l'accouchement ?

— Ils m'ont seulement parlé d'avril, répond Rose avant d'ajouter : mais peut-être pouvez-vous être plus précise qu'eux ?

Rose, comme toutes les filles de l'hôpital, sait que sœur Marie-Joseph s'amuse à faire des calculs. Souvent, la religieuse s'amuse à faire des calculs afin de prévoir les dates auxquelles naîtront les enfants. Prévisions qui sont généralement plus justes que celles des médecins.

— Je sais que je l'ai conçu le 8 juillet, ajoute Rose en rougissant.

Devinant qu'elle n'a fait l'amour qu'une seule fois, la nonne lui touche la main avec tendresse. *Une autre qui paie cher les quelques minutes de plaisir qu'elle a connues. Si elle les a connues, d'ailleurs. Ce qui est plutôt rare la première fois,* se dit-elle. Cela, elle le sait d'expérience, même si tous croient qu'elle est vierge. *J'ai simplement eu de la chance de ne pas me retrouver enceinte,* se répète-t-elle souvent. Avec un sourire espiègle, elle sort un papier et un crayon de sa poche et écrit quelques chiffres. Au bout d'un moment, elle s'exclame :

— Le 14 avril. Il se pourrait bien que tu accouches aujourd'hui !

— Aujourd'hui ! s'écrie Rose.

Son regard se pose sur les arbres qui, face à la fenêtre, sont fouettés par le vent. La pluie a cessé et le soleil se pointe à l'horizon. Devra-t-elle se séparer de son enfant ? Cette pensée lui fait mal.

— Ça se pourrait bien ! Si ton enfant naît aujourd'hui, ce sera une drôle de coïncidence. J'ai lu dans un journal que l'école de tir de Mont-Joli fermait ses portes le 14 avril, dit la religieuse à qui Rose avait confié que le père de l'enfant y avait étudié.

Au même moment, comme si son bébé avait attendu cet instant précis pour naître, Rose sent un liquide s'écouler entre ses jambes.

— Je crois que je viens de perdre mes eaux ! s'écrie-t-elle.

— Regarde ! dit sœur Marie-Joseph en pointant du doigt l'arc-en-ciel qui vient d'apparaître. L'arc ressemble au ventre d'une femme enceinte. C'est un signe du ciel. Tout ira bien.

Rose veut croire elle aussi que cette ligne de couleurs aussi lumineuse que sœur Marie-Joseph est un bon présage. Un peu de sérénité se glisse en elle.

Ses compagnes cessent toutes de travailler et l'entourent pour la réconforter et l'encourager. La plupart des souvenirs que Rose gardera des heures qui suivront ne seront jamais très nets dans son esprit : un amalgame d'émotions et de sensations qui lui reviendront plus tard par bribes.

Elle se souviendra que sœur Marie-Joseph l'avait conduite à la salle d'accouchement et était restée auprès d'elle. Elle se rappellera aussi s'être lamentée et avoir eu l'impression que son dos, son ventre et ses parties génitales allaient fendre en deux. Elle reverra ses pieds attachés à des étriers et le visage de sœur Marie-Joseph qui épongeait son front trempé de sueur. Elle aura aussi un souvenir net de ses jambes qui tremblaient. Un tremblement incontrôlable.

Et la douleur qui l'envahissait tout entière. Une douleur qu'elle sera incapable de décrire plus tard. *Si les femmes s'en souvenaient parfaitement, elles ne voudraient plus enfanter*, lui a dit un jour Fructueuse. Et puis, la délivrance, le mot ne peut être mieux choisi. Et cette émotion grandiose qui l'a envahie en voyant sa fille.

Elle a de la chance, une chance qui n'est pas accordée à toutes : sœur Marie-Joseph la dépose contre son sein. Rose ressent alors une euphorie et un sentiment de paix innommables. Elle caresse doucement la joue de son bébé, incapable de détacher son regard d'elle. Elle n'a jamais rien ressenti d'aussi fort. À partir de cet instant, elle donnerait n'importe quoi pour n'avoir jamais à la confier à l'adoption. Mais une religieuse s'approche déjà et tend les mains vers le poupon. Rose résiste et serre sa petite un peu plus fort contre son cœur.

— Vous devez me donner cette enfant du péché afin que je l'amène à la crèche, dit fermement la religieuse.

L'enfant du péché : comme un coup de couteau en plein cœur. Rose ravale la colère qui se pointe et, tout en caressant la main de son trésor, supplie la religieuse de la lui laisser encore un peu.

— Non, ce n'est pas possible. Vous vous faites du mal, dit-elle en prenant de force le poupon qui se met à pleurer.

À la douleur physique s'ajoute une autre, moins visible, mais beaucoup plus insupportable.

Avant qu'elle ne s'éloigne, Rose, en larmes, l'implore :

— Attendez !

La sœur soupire et revient sur ses pas, le nourrisson hurlant dans ses bras.

— Elle doit être nourrie au plus vite, lui explique-t-elle d'une voix impatiente. Vous ne l'aidez pas, là.

Rose a le cœur brisé à l'idée qu'une autre femme donnera le sein à sa fille. Des mères qui viennent d'accoucher sont encouragées à allaiter plusieurs bébés de la crèche. Une façon pour elles d'abréger le temps qu'elles doivent passer au service des religieuses. Rose s'est portée volontaire, mais on lui a répondu que les nourrices ne manquaient pas.

— Je peux l'allaiter, supplie Rose. Je veux l'allaiter, corrige-t-elle d'une voix plus ferme.

— Estimez-vous chanceuse de n'être pas exposée à une chose si pernicieuse, réplique la religieuse.

Sœur Marie-Joseph qui, jusqu'alors, avait gardé une attitude flegmatique, lève les yeux au ciel en soupirant d'exaspération. Il est évident qu'elle ne partage pas l'opinion de ses compagnes pour qui l'allaitement est une occasion de péché, en raison des sensations voluptueuses qu'il procure à plusieurs femmes.

— Alors, accordez-moi au moins cette faveur. Je voudrais qu'elle s'appelle Sandrine, dit Rose d'une voix tremblante.

— Ce n'est pas à vous de décider. D'ici son adoption, elle portera le même patronyme que tous ceux qui naîtront ce mois-ci. Avril, suivi du numéro indiqué dans votre dossier: 4444, précise la nonne avant de s'éloigner.

Rose se sent vide et malheureuse. *Mon ventre aura été le seul berceau que je lui aurai donné,* pense-t-elle en les regardant s'éloigner.

— Offrez votre souffrance à Dieu, lui conseille une religieuse. Dans quelques minutes, une infirmière viendra bander vos seins afin d'arrêter vos montées de lait.

Rose se retient de leur demander ce qu'Il pourrait bien faire de sa souffrance, la terre en étant saturée.

45

Québec, hôpital de la Miséricorde, 15 avril 1945

Le lendemain de l'accouchement, Pascale s'approche de Rose avec son air espiègle de la joueuse de tours qu'elle est.

— Palam ! s'écrie-t-elle en sortant de sa poche une empreinte moulée. C'est le pied droit de ton bébé, précise-t-elle en le lui tendant.

— Oh, Pascale ! s'exclame Rose en caressant l'objet, les yeux pleins de larmes. Quel merveilleux cadeau !

Rose a toujours su que les allures brusques de cette fille cachent une âme sensible et généreuse. Mais ce jour-là, la géante dont tout le monde se moque touche le cœur de Rose comme personne ne l'a fait depuis qu'elle est ici.

— C'est rien, répond Pascale. La recette est simple. Il faut juste de la farine, de l'eau chaude et du sel. J'ai appuyé le pied de ta fille sur cette pâte, pis après, je l'ai faite cuire au four. Vu que je travaille à' cuisine, c'était un jeu d'enfant.

— Tu es adorable, ma chère amie. Viens que je t'embrasse.

Pascale l'étreint un peu trop fort, mais Rose, jamais, ne s'en plaindrait.

— Faut que je retourne travailler, dit Pascale, en cachant l'émotion qui lui monte à la gorge. Depuis que j'me suis sauvée, on me laisse rien passer. Les nonnes me font même payer le coût du détective qui m'a ramenée, ajoute-t-elle en embrassant son amie qui la remercie chaleureusement.

Après son départ, Rose, attendrie, regarde longuement cette empreinte. Elle sent soudain un liquide chaud s'écouler de ses seins emprisonnés sous un bandage. Elle est convaincue que Sandrine tète au même moment. Bérangère lui a dit que du lait s'écoulait de ses seins quelques minutes avant que ses bébés ne réclament leur boire. Sa mère ! Comme elle aimerait l'avoir auprès d'elle. Elles sont tellement proches l'une de l'autre qu'elle est convaincue que Bérangère a eu l'intuition qu'elle était désormais grand-mère.

Au bout d'un moment, Rose reprend son ouvrage : elle tricote des chaussons à sa fille. *Je veux lui laisser quelque chose que j'aurai fait pour elle avec tout mon amour. C'est peu, mais c'est mieux que rien. J'espère que sa mère adoptive les gardera toujours et les lui remettra quand elle sera plus vieille.*

Toujours sans nouvelles de sa sœur, Rose n'a plus guère d'espoir qu'elle lui vienne en aide. Pierrette, une fille dont la sœur travaille à l'Arsenal, lui a appris que Dorothée n'y est plus depuis quelques mois. Elle l'a aussi informée qu'il y a eu beaucoup de mises à pied ces derniers temps. Où sa sœur peut-elle bien être ? Cette question, Rose se la pose chaque jour.

Ses pensées vagabondent au rythme de son aiguille à tricoter. *Comment pourrais-je sortir d'ici ?* Les paroles de sœur Marie-du-Calvaire, le jour de son arrivée, s'imposent à son esprit : *Vous devrez travailler bénévolement après votre accouchement pour payer votre dette envers nous, et ce, jusqu'à ce que vous ayez atteint vos vingt et un ans, comme votre père et le curé l'ont demandé.* Rose soupire. *Cinq ans ici ! Une éternité ! Si seulement Henri était libre. Je lui demanderais de m'épouser. J'aurais peut-être dû me montrer plus avenante avec ce jeune médecin qui m'a aidée lorsque je voulais savoir si Dorothée était ici. Il semblait bien m'aimer. Trop tard maintenant. Il travaille je ne sais où. J'ignore même son nom. Je serais même prête à marier un inconnu, pourvu qu'il ait bon cœur, qu'il n'hésite pas à aider les autres et que je puisse compter sur lui.* L'image d'Urgel Ladouceur, vêtu d'une salopette sale et dont l'haleine empestait l'alcool, surgit. *Mais pas n'importe qui, tout de même,* se dit-elle avant que d'autres pensées roulent en boule dans sa tête, comme le pollen courant dans les sentiers de la forêt à la fin de l'été.

Qu'adviendra-t-il de ma fille ? Elle a beau être magnifique, il n'est pas certain qu'elle sera vite adoptée. Il y a tellement de bébés tout aussi magnifiques qui sont ici depuis des mois. Ils sont si nombreux que les sœurs doivent en installer dans des bains, faute d'espace.

Certes, je pourrais la réserver. Plusieurs filles le font en espérant pouvoir reprendre leur enfant un jour, mais dans la plupart des cas, elles ne reviennent jamais et ont ainsi fait perdre à leur bébé une occasion d'être adopté, les parents adoptifs préférant les poupons. Plusieurs enfants réservés par leur mère sont ainsi condamnés à passer une partie de leur vie à la crèche Saint-Vincent-de-Paul. L'idée que ma Sandrine passera son enfance à l'orphelinat m'est insoutenable. Je vois parfois des enfants qui jouent dans la cour de la crèche. Aussi petits soient-ils, ils doivent se soumettre à une sévère discipline. Ils jouent sur commande, à une heure donnée, toujours en groupe. Ils doivent prier beaucoup et respecter scrupuleusement les périodes de silence. Lorsqu'ils sont un peu plus vieux, ils travaillent du matin au soir, sans guère recevoir d'affection ni d'amour : les religieuses sont trop débordées ou n'ont tout simplement pas la fibre maternelle. Leurs jours s'écoulent, tous semblables. Parmi les sœurs et les infirmières qui s'occupent d'eux, plusieurs sont dévouées et bienveillantes, mais il s'en trouve qui, cruelles et sadiques, font de la vie des enfants un long calvaire. Quant aux bébés, nous les entendons souvent pleurer. Je me demande souvent ce que peut ressentir un nourrisson qu'on laisse pleurer dans son berceau. A-t-il le sentiment d'être seul au monde? Si tel est le cas, je n'ose imaginer sa terreur.

Si je ne découvre pas un moyen de quitter cet endroit avec ma fille, elle fera peut-être partie de ces tout-petits à qui les religieuses apprennent ces premiers mots: Amenez-moi avec vous. Une phrase qu'ils répètent chaque fois qu'un couple visite la crèche. J'ai eu le cœur brisé quand j'ai entendu un petit garçon la réciter en tendant vainement les bras aux gens qui passaient devant lui sans s'attarder.

Si personne n'adopte Sandrine, son avenir sera tout tracé: dès l'âge de sept ans, elle sera placée comme servante dans une maison qui pourra la traiter comme une personne inférieure, ou sur une ferme, comme John l'a été chez nous.

Rose a souvent pensé à lui au cours de sa vie. John, c'était l'un des milliers d'orphelins anglais envoyés au Canada et qui, dès leur arrivée, travaillaient pour la plupart sur des fermes. Bérangère l'avait aimé comme son fils. Pas Onésime, qui n'avait vu en lui qu'une main-d'œuvre bon marché. Un véritable esclave. De le voir traiter John si durement brisait le cœur de Bérangère. Un matin, elle avait trouvé son lit vide. L'enfant était parti en laissant cette note: *Merci pour votre bonté, madame Bérangère. Je m'ennuierai de vos filles: dites à Dorothée et Rose que leurs taquineries me manqueront. Nos petites querelles aussi.* Ils ne l'avaient jamais revu. Le curé lui avait dit qu'on l'avait aperçu à la gare, allongé sur des barres sous les wagons. N'ayant pas d'argent, il n'avait trouvé que ce dangereux moyen de voyager. Fallait-il qu'il veuille partir pour risquer ainsi sa vie!

Où peut-il bien être aujourd'hui et qu'est-il advenu de lui? se demande Rose. *Qui sait si ma fille ne se retrouvera pas dans la même situation, adoptée par une famille dont le père sera comme Onésime. Les familles adoptives peuvent être aimantes, mais comment savoir? Comment croire les religieuses? À les entendre, tous les bébés sont adoptés chez des médecins et des juges. Comme si seulement les femmes de la bourgeoisie étaient infertiles! En réalité, seuls les enfants des filles issues de classes aisées sont donnés en adoption chez des notables.*

Perdue dans ces pensées qui la taraudent, Rose sursaute en apercevant soudain l'une des expectantes envers qui elle ressent beaucoup de compassion parce qu'elle a dû abandonner les trois enfants qu'elle a eus ici:

— J'travaille astheure à' pouponnière, lui dit Fructueuse, et j'suis venue te dire qu'une tite fille, née cette semaine, ressemble comme deux gouttes d'eau à' tienne. Les religieuses les feront passer pour des jumelles, ajoute-t-elle tout bas en regardant derrière elle, comme si elle craignait d'être surprise. Si un jour, tu cherches à la retrouver, vaut mieux que tu te souviennes de ça.

— Pourquoi les religieuses feraient-elles cela?

— Parce que des couples infertiles sont souvent prêts à donner une bonne somme d'argent pour adopter des jumeaux ou des jumelles. Ils font d'une pierre deux coups, comme on dit.

Le sachant coureur de jupons, Rose se demande si la *jumelle* de Sandrine ne serait pas une autre enfant illégitime de Gratien. À moins que, contrairement à ce qu'a dit le beau jeune médecin, Dorothée soit ici et vienne tout juste d'accoucher? Ce serait l'une des nombreuses coïncidences extraordinaires de la vie. Une phrase de Balzac surgit à sa mémoire : « Le hasard est le plus grand romancier du monde. »

La porte du dortoir qui s'ouvre soudain avec fracas rompt le fil de ses pensées. Sœur de l'Eucharistie, la plus détestable de toutes, entre en coup de vent et, d'une voix criarde, demande à Fructueuse ce qu'elle fait là.

— Rien, répond celle-ci en baissant les yeux, non sans avoir d'abord fait un clin d'œil à Rose.

La religieuse la tire brusquement par le bras et la pousse vers la porte. Avant de sortir, elle jette aux autres filles un regard meurtrier. Elle aurait mieux fait de regarder devant elle : dans le corridor, une fille qui cire le plancher pousse innocemment son seau juste au moment où sœur de l'Eucharistie sort de la salle.

Celle-ci pose un pied dedans avant de tomber à la renverse en poussant un hurlement à réveiller les morts.

46

Paris. Gare de l'Est, 30 avril 1945

Depuis la libération par l'Armée rouge du camp d'Auschwitz, le rapatriement des survivants est très lent, les moyens de transport étant désorganisés à cause de la guerre. Ce n'est qu'à la fin avril que le train dans lequel ont voyagé Kalinda et Lumina approche enfin de Paris.

— Si mes parents sont là, ne leur dis surtout pas dans quel block tu m'as connue, demande Lumina lorsque le train entre à la gare de l'Est.

— Bien sûr que non, répond Kalinda. Moi non plus, je ne veux jamais parler de cela. Je suis convaincue que les filles du block 24 ne diront jamais qu'elles ont dû se prostituer.

Dès que les portes s'ouvrent, une fanfare commence à jouer *La Marseillaise*. La foule venue les accueillir ne s'attendait pas à se trouver face à de véritables squelettes vivants, au visage osseux et d'une pâleur effrayante. Perdus dans leurs vêtements trop grands pour eux, les anciens prisonniers avancent péniblement, l'œil hagard. Le regard de certains est d'une fixité si glaçante que les bénévoles venant vers eux ressentent une pitié infinie qu'ils peinent à masquer derrière leurs sourires.

Kalinda et Lumina avancent en contournant les civières où sont couchés ceux qui, ayant épuisé leurs forces jusqu'à la limite du possible, ne peuvent plus faire un seul pas. Faute de brancards en nombre suffisant, des aidants en portent quelques-uns dans leurs bras. Même de frêles femmes n'ont aucune difficulté à transporter des hommes aussi légers qu'un jeune enfant.

Kalinda cherche en vain Isaac et son père. Les regards bienveillants qu'elle croise ne la réconfortent pas vraiment.

Elle avait tant espéré qu'au moins l'une des deux personnes qui lui sont chères l'attendrait à la gare. La perspective de les retrouver lui avait donné le courage de traverser les moments de désespoir qui l'ont assaillie durant le long trajet parsemé d'embûches de toutes sortes. Elle ne veut pas envisager qu'ils soient morts eux aussi. Elle refuse de tout son être cette idée et se répète qu'elle le sentirait dans son cœur. Après tout, ne dit-on pas qu'elle a hérité de ses aïeules une certaine prescience, comme sa mère et sa grand-mère et la mère de celle-ci avant elle ?

Ne voulant pas gâcher la joie de Lumina qui, bientôt, espère revoir ses parents, Rose s'efforce de sourire. Elles montent dans un autobus vert qui les conduit à l'hôtel Lutetia, dans le 6e arrondissement, en plein cœur de Saint-Germain-des-Prés. C'est le général de Gaulle qui a ordonné que cet hôtel accueille les rescapés. Un pied de nez aux nazis : le Lutetia ayant été durant la guerre le quartier général de l'*Abwehr*, le service de renseignements et de contre-espionnage de l'état-major allemand.

Arrivés à cet établissement, ils descendent de l'autobus, véritables fantômes revenant de la mort. Leur silence et leurs yeux parlent pour eux. La foule qui les attend se tait. Les gens sont aussi stupéfaits que l'étaient les bénévoles à la gare. Ils scrutent chaque personne, espérant reconnaître un des leurs. Kalinda passe devant toutes ces personnes dont la douleur muette est palpable. Espérant qu'ils sont parmi eux, elle crie les noms d'Isaac et d'Ariel à plusieurs reprises. Aucune voix familière ne fait écho à la sienne.

Devant l'hôtel, plusieurs personnes tendent des photographies. Une femme agrippe le bras de Kalinda.

— Vous le connaissez ? Est-il vivant ? Il était à Auschwitz. C'est mon fils. Il a vingt ans maintenant.

Kalinda regarde le visage souriant d'un jeune homme grassouillet aux épais cheveux blonds. Même si elle l'avait rencontré au camp, elle ne le reconnaîtrait pas. Cette mère ne voit-elle pas que les survivants ne ressemblent plus à ce qu'ils étaient ?

— Non, désolée, je ne le connais pas.

La femme insiste. Ne lui lâche pas le bras. Une autre s'approche, la bouscule, prend sa place.

— Vous la reconnaissez ? demande-t-elle en tendant une autre photo.

Kalinda regarde le cliché. Elle reconnaît cette jeune fille. Elle a vu un matin son cadavre parmi les autres près de la baraque des couturières.

— Oui, murmure-t-elle, regrettant aussitôt sa réponse.

— C'est ma fille. Est-elle revenue du camp avec vous ? s'enquiert la femme dont l'inquiétude et l'angoisse figent les traits.

Kalinda a envie de fuir.

— Je suis désolée, dit-elle simplement en la prenant dans ses bras.

La pauvre femme s'écroule, pleure, crie. Kalinda se penche et l'aide à se relever. Elle pense à Inge à qui l'on aurait annoncé pareille nouvelle. Elle se sent cruelle de l'avoir fait. Un homme s'approche et entoure la femme de ses bras. Ils s'éloignent en pleurant, mais déjà, une autre accoste Kalinda et lui montre elle aussi une photo. C'est infernal. Ils sont des dizaines comme cela à la questionner. Le cœur de Kalinda bat à tout rompre. Elle est sur le point de s'évanouir.

Lumina lance un cri :

— Maman ! Je suis là.

Les deux femmes courent l'une vers l'autre. Le père les rejoint. Lumina revient sur ses pas et entraîne Kalinda dans son sillage, la libérant de ceux qui l'assaillent avec leurs photos, leurs questions, leurs angoisses.

— Maman, je te présente une amie. Elle était à Auschwitz avec moi.

— Avez-vous quelqu'un à appeler ? Un proche qui pourrait venir vous chercher ? demande celle-ci après l'avoir embrassée sur les joues.

Kalinda fait signe que non. Les membres de la famille élargie des Tziganes, une si grande famille, sont tous morts. Elle n'a qu'Isaac et son père et ne sait où les joindre. S'ils sont toujours vivants !

— Amenons-la chez nous, propose aussitôt Lumina.

Sa mère regarde son mari. Celui-ci fait signe que non.

Cet homme distant n'a pas pris sa fille dans ses bras, se contentant de l'embrasser froidement. Il n'essaie même pas de cacher à Kalinda qu'il n'a pas envie de l'accueillir. À peine semble-t-il heureux de revoir sa fille.

— Ne t'en fais pas pour moi. J'ai une amie à Paris, ment Kalinda en prenant Lumina dans ses bras.

L'image de Delphine a surgi à son esprit. Elle la revoit au bras d'un Allemand, près de l'Alcazar. Comment pourrait-elle désormais lui faire confiance ? Pas question de chercher à la revoir. Mais qu'importe, elle ne veut pas s'imposer chez les parents de Lumina.

Lumina glisse à Rose un papier sur lequel sont notés son numéro de téléphone et son adresse. Les deux jeunes filles s'enlacent et se quittent en promettant de se revoir. Dans la cohue, personne ne remarque qu'elle part avec ses parents, échappant ainsi à la procédure à laquelle doivent se soumettre les survivants.

Kalinda essaie de se frayer un chemin parmi la foule. Elle n'ose plus regarder personne, de crainte de reconnaître quelqu'un sur une photo et de ne pouvoir cacher une vérité cruelle, comme elle l'a fait quelques instants plus tôt. Autour, beaucoup de rescapés semblent inconscients des douleurs qu'ils causent à ceux qui les questionnent. Leur franchise est brutale: *Il a été gazé. Mort du typhus. Mort d'épuisement. Mort de faim. Mort de froid. S'est suicidé. Un chien l'a dévoré.* Les phrases claquent. Les mots peuvent tuer. Le savent-ils ou sont-ils trop anéantis par leur propre souffrance pour y penser? Des cris de désespoir fusent des poitrines de ceux et celles à qui l'on vient d'annoncer ces terribles nouvelles.

Kalinda aperçoit un homme qui, très en colère, hurle à la face d'un rescapé:

— Tu n'es pas mon fils. Tu es un imposteur!

— C'est moi, papa, crie le jeune homme sur le point d'éclater en sanglots.

Le père secoue la tête. Son enfant ne ressemblait pas à cela la dernière fois qu'il l'a vu.

— Comment pourrait-il encore lui ressembler après tout ce qu'il a vécu? intervient Kalinda. Regardez, dit-elle, en pointant du doigt des jeunes filles. Elles sont dans la vingtaine.

L'homme n'en croit pas ses yeux: elles ont l'air de vieilles femmes. Elles-mêmes ne se reconnaîtront pas quand elles se verront dans un miroir. L'homme la dévisage. Elle devine la question qu'il a au bout des lèvres: *pourquoi avez-vous gardé votre air de jeunesse?*

Pas question de lui dire qu'elle a été bien nourrie et mieux traitée quand elle faisait partie d'un orchestre ou se prostituait. Elle emportera cela dans sa tombe.

— Même nos voix ne sont plus tout à fait les mêmes, dit-elle plutôt.

L'homme plonge ses yeux dans ceux de son fils. Au bout de quelques minutes, il le reconnaît enfin. Ils tombent dans les bras l'un de l'autre.

47

Québec, hôpital de la Miséricorde, 30 avril 1945

Ce que Rose n'espérait plus arrive enfin. À quatorze heures piles, Dorothée la demande au parloir. L'homme qui l'accompagne est beau, grand et mince, mais ce qui frappe Rose, ce sont ses yeux bleus très doux et son sourire franc et exquis. Les habits qu'il porte révèlent sa richesse. Rose est très mal à l'aise. Elle n'a jamais eu confiance en elle, mais elle a aussi désormais honte de sa condition de fille-mère. La grande gentillesse de Franz la réconforte cependant. Il voudrait lui tendre la main, mais une vitre les sépare. Il décline son nom avec un léger accent :

— Franz Legardeur, dit-il avec un sourire charmant après l'avoir dévisagée un instant, frappé encore une fois par le rarissime turquoise de ses yeux qu'il a observé aussi chez Bérangère.

— J'ai lu ta lettre seulement à mon retour de voyage de noces, ajoute Dorothée.

— Ton voyage de noces !

Souriante, Dorothée raconte tout : quels concours de circonstances l'ont amenée à devenir assistante-infirmière dans l'armée, ainsi que sa rencontre avec Franz. Elle parle en se collant contre lui et dépose un baiser sur sa tempe. La surveillante du dortoir se racle la gorge et leur lance un regard noir. Toujours aussi frondeuse, Dorothée l'ignore totalement. Elle est encore excitée à l'idée d'avoir traversé l'Atlantique; aucun membre de sa famille n'étant jamais allé plus loin qu'à Montréal.

Elle a débité tout cela en parlant « à la française ». Rose a souri de l'entendre dire *Je suis* plutôt que *J'suis*. Elle présume qu'elle le fait non seulement pour plaire à Franz, mais aussi, et peut-être même surtout, pour s'intégrer dans les cercles des dames de la haute société. *Dire qu'elle se moquait de moi en disant que je sortais mes grands mots,* pense Rose. Mais qu'importe, autre chose l'inquiète :

— As-tu vu maman récemment ? demande-t-elle.

— Oui, nous revenons de Sainte-Flavie. Mais avant de te raconter, je veux te parler de mon merveilleux époux, répond Dorothée.

— Non, ta sœur aimerait mieux avoir des nouvelles de sa famille, rétorque Franz doucement.

Visiblement, il est plus empathique que son épouse.

— Pas question, s'oppose Dorothée en lui prenant la main, je parle de toi d'abord. Franz est allemand du côté de son père et français du côté de sa mère, ajoute-t-elle en regardant Rose. Au début de la guerre, il a caché beaucoup de Juifs dans sa maison, leur épargnant ainsi d'être enfermés dans des camps de concentration. Quelques-uns d'entre eux vivent maintenant à Montréal dans le quartier juif et d'autres sont établis à Québec.

— Les villes canadiennes sont un havre pour ceux qui ont réussi à échapper à l'horreur des camps. Je profite de mes voyages d'affaires pour les visiter, dit Franz. Je...

— Franz a un nom prédestiné, coupe Dorothée. Comment on appelle ça déjà ? lui demande-t-elle.

— Un aptonyme. Je m'appelle Legardeur alors que j'ai gardé chez moi des Juifs afin qu'ils se cachent. Un peu comme un boucher qui porte le nom de famille Boucher, explique Franz.

— Ou comme le botaniste Félix Dujardin ou l'érudit Robert Grossetête, renchérit Dorothée.

— Ils ont vraiment existé ? demande Rose.

— Oui, nous sommes peu nombreux dans le monde à porter un nom de famille qui a un lien avec notre travail ou nos activités, dit Franz en la regardant. Quoique ceux qui mènent des activités clandestines comme moi ne le crient pas sur les toits et ne sont donc pas répertoriés, ajoute-t-il en souriant à Rose.

Depuis qu'il est en sa présence, il n'a d'yeux que pour elle. De son côté, Rose est étonnée de se sentir aussi proche de cet homme qu'elle connaît à peine.

— Oui, mais revenons à nos moutons, intervient Dorothée. Nous disions donc que Franz possède plusieurs manufactures de meubles. Ils sont si beaux, si tu les voyais. Nous en vendons partout dans le monde.

Rose sourit à Franz. Il la trouve charmante avec ses fossettes qui se creusent quand elle sourit. Il n'écoute plus sa femme et se demande, bouleversé, s'il n'est pas en train de tomber vraiment amoureux pour la première fois de sa vie. Cette pensée le déchire.

— Dès que j'ai vu Franz, ce fut le coup de foudre, dit Dorothée. Et ce fut réciproque, n'est-ce pas, mon chéri ?

Franz hésite un instant, très court, mais perceptible pour Rose qui a guetté sa réaction. Dorothée, elle, n'a rien senti. Il hoche la tête en jetant un coup d'œil gêné à Rose.

— Dès que je l'ai vu, j'ai su qu'il était l'homme que j'attendais. Nous nous sommes mariés assez vite, conclut-elle en passant sous silence son terrible mensonge : faire croire à Franz qu'elle était enceinte.

— Je vous félicite, dit Rose en s'efforçant de sourire.

— Nous n'avions pas le temps de faire une cérémonie de mariage où vos parents et vous auriez été invités, Dorothée était enceinte. Nous ne pouvions guère attendre, précise Franz pour s'en excuser.

— Enceinte ! s'exclame Rose.

— Je l'ai perdu, répond Dorothée en détournant le regard.

À cet instant, Rose parierait qu'elle a inventé cela. Sa sœur a toujours répété qu'elle épouserait un homme riche. Elle la connaît suffisamment pour comprendre qu'elle a trouvé le moyen de mettre le grappin sur l'un d'eux. Elle est triste pour Franz, qui lui semble honnête et bon.

Dorothée a deviné que sa cadette voit clair dans son jeu. Elle constate aussi à quel point Franz s'étonne de lire la réprobation sur le visage de sa sœur. Pour faire diversion, elle met sa main sur son menton, tourne sa tête et l'embrasse langoureusement. La religieuse s'approche et menace de les expulser. Franz s'excuse, mais Dorothée la défie du regard avant de se tourner vers Rose et d'ajouter :

— Et nous allons partager notre temps entre Paris et la Normandie, où Franz a un manoir. Tu te rends compte ! Je n'aurais jamais pensé vivre en Europe.

Rose demande de nouveau des nouvelles de Bérangère. Le regard de Dorothée se rembrunit.

— Je ne sais pas vraiment comment elle va. Contrairement à toi, je n'ai jamais été sa confidente. Moi, les femmes qui se laissent maltraiter par leur mari comme elle le fait, ça me rend malade. Elle n'a qu'à partir.

— Tu devrais essayer de la comprendre, s'insurge Rose.

— Ta sœur a raison. Tu es sévère, ce n'est pas si simple, renchérit Franz.

Dorothée leur lance un regard noir. Elle n'a pas l'habitude que l'un ou l'autre la contredisent. Surtout sa cadette, qu'elle a toujours menée par le bout du nez. Elle est d'autant plus contrariée qu'elle voit bien que le courant passe très bien entre Rose et Franz. Mieux qu'entre lui et elle, d'ailleurs.

— En tout cas, Onésime ne t'a pas pardonné et ne veut plus que tu mettes les pieds à la maison, dit sèchement Dorothée.

— J'ai bien essayé de faire comprendre à votre père, ajoute Franz, qu'au lieu d'être en colère, il devrait se réjouir de compter un membre de plus dans la famille. En France, à cause de la guerre, il y a eu tant de morts ! Des morts qui auraient pu être évitées n'eût été Hitler, dont la force de persuasion est telle qu'il en a poussé plusieurs à commettre des actes aussi ignobles que racistes.

Rose acquiesce. Pour détendre l'atmosphère, Dorothée commence à fredonner la chanson de La Bolduc que chantait parfois leur mère : *Si je pouvais m'enrôler/Pour aller soigner les soldats/Je m'en irais dans les tranchées/Pour trouver cet Hitler-là/J'mettrais le feu à sa moustache/Il passerait un mauvais quart d'heure/J'y emplirais la bouche de ouate/J'y mettrais les yeux au beurre*[31].

Le silence accueille sa chansonnette. Elle est la seule à avoir le cœur à rire.

— Toute vie mérite d'être célébrée et accueillie avec une grande joie, ai-je dit à votre père, précise Franz en se tournant vers Rose. Il m'a regardé comme si j'étais un demeuré, avoue-t-il en affichant un air contrit.

Rose, qui le trouve de plus en plus charmant, pense que sa sœur a bien de la chance.

---

31 La Bolduc. *Si je pouvais tenir Hitler*, 1939.

— Ne retourne jamais à la maison, conseille Dorothée. Il serait capable de te tuer. D'ailleurs, il a dit qu'il le ferait si tu osais reprendre contact avec notre mère. Il n'arrête pas de répéter qu'elle t'a mal élevée.

Rose se promet de trouver un moyen d'aider sa mère et de la consoler pour tout ce qu'elle subit à cause d'elle.

— Et aujourd'hui, nous sommes venus pour vous mettre en garde et aussi parce que nous avons une offre à vous faire, mentionne Franz.

— Oui, et nous en avons parlé avec maman pendant que papa était à l'étable. Elle est d'accord, mais elle a dit que c'est à toi de décider.

Dorothée s'interrompt, passe son bras autour de celui de Franz et dit:

— Nous désirons adopter ton enfant.

Rose est sans voix. Elle avait tant espéré qu'elle élèverait son bébé aidée de sa mère et de Dorothée. Tout se bouscule dans sa tête.

La religieuse s'avance et annonce que le temps de la visite est écoulé.

— Donnez-nous encore quelques minutes, demande Franz en affichant son plus beau sourire.

Mais contrairement à Rose qui aurait du mal à résister au charme de cet homme, la religieuse répond sèchement que le temps imparti est terminé.

— Nous reviendrons demain, dit Dorothée.

— La nuit porte conseil, ajoute doucement Franz. À bientôt.

— Ah oui, reprend Dorothée avant de partir. Nous allons payer les religieuses afin que tu sortes d'ici au plus vite. Tu n'auras pas à rester enfermée ici jusqu'à tes vingt et un ans.

48

Paris, avril 1945

Après s'être frayé un chemin parmi la foule de parents recherchant leurs enfants, Kalinda est enfin arrivée à la porte tournante du Lutetia où, sans crier gare, une équipe de scouts la poudre de DDT : *Pour tuer les poux et éviter les maladies,* expliquent-ils en s'excusant.

Un autre bénévole vient ensuite vers elle et lui offre du chocolat. Tout le monde ici est gentil, mais elle sait bien qu'aucun d'entre eux ne peut deviner la détresse que ressentent les survivants. Elle aimerait se reposer un instant dans l'un des confortables fauteuils du grand salon, mais il y a une procédure à suivre. Après avoir inscrit son nom, son âge et l'adresse où elle habitait avant d'être déportée, Denise Mantoux[32], la responsable de l'enregistrement des arrivants, lui explique qu'elle doit se placer dans la file afin de répondre aux questions des officiers de la Sécurité militaire.

Kalinda regarde de nouveau avec envie les fauteuils confortables, mais s'estime plus chanceuse que les rescapés qui, malades, doivent s'appuyer les uns sur les autres. Le temps d'attente est d'autant plus long que quelques survivants, considérablement affaiblis, répondent lentement aux questions d'une voix si faible qu'ils doivent répéter souvent

32 Personnage réel.

pour être entendus. D'autres s'enferment dans leur mutisme : leur souffrance psychique est tellement grande qu'ils ne réagissent plus à rien. Ils gardent la tête basse, le dos rond, affaissés sur eux-mêmes, coupés des autres.

Plusieurs d'entre eux répondent aux questions qui leur sont adressées, mais ils ont souvent un discours confus. Dans les camps, ils ont perdu leurs repères et la notion du temps. Leur mémoire est si embrouillée qu'ils craignent de donner de mauvaises réponses. Ils affichent un air traqué comme s'ils étaient coupables de quelque chose. Ils sont des victimes pourtant, mais la méfiance et la peur se sont incrustées en eux. Un rescapé, qu'un examinateur questionne un peu trop brusquement, met ses mains sur sa tête pour se protéger, habitué qu'il est de subir les coups des SS. Son regard trahit sa terreur.

L'examinateur, qui ne doit pas se laisser attendrir, insiste avec ses interrogations. Il doit démasquer si des SS en déroute se sont infiltrés parmi les véritables victimes. Kalinda se dit qu'il n'est pas très perspicace. L'homme sur lequel il s'acharne à l'instant n'a plus d'ongles : il est peu probable qu'un SS se les soit fait arracher. Le contrôleur finit par le laisser tranquille et questionne un autre rescapé avec autant de zèle. Kalinda sait que celui-ci n'est pas non plus un imposteur. Il suffit de le regarder dans les yeux pour s'en convaincre. Comme l'ont dit les soldats de l'Armée rouge : *Ils ont les yeux de ceux qui reviennent de l'enfer.* Et leurs voix non plus ne mentent pas. Celle de ce pauvre homme qu'on interroge n'est plus qu'un filet, si faible que l'examinateur doit s'approcher pour l'entendre. Il y a quelque chose de brisé dans la voix des déportés, une tristesse venue des profondeurs. Quelques jours avant la libération, Hermann avait demandé à Kalinda de chanter pour lui. Pour la première fois, elle l'avait vu pleurer : *tu es encore plus touchante que lorsque je l'ai entendue la première fois,* lui avait-il dit.

Sachant que des SS se sont fait tatouer afin de les leurrer, l'examinateur scrute attentivement le tatouage du pauvre homme avant de lui dire enfin que l'interrogatoire est terminé. Le rescapé est si soulagé qu'il se met à sangloter.

Kalinda voudrait le prendre dans ses bras, mais c'est maintenant à son tour d'être interrogée. Quand son interlocuteur lui demande son nom, elle a le réflexe de dire l'un de ses numéros. Elle est si nerveuse qu'elle cherche ses mots et balbutie lorsque les questions se font plus précises. L'examinateur veut des détails. Comment pourrait-elle se souvenir de tout ? Elle doit faire un effort. L'homme cherche à débusquer des contradictions dans son discours. Quand il lui demande qui elle a vu mourir, la première image qui surgit à son esprit est celle de sa petite sœur Naomie, mais elle n'était pas décédée la dernière fois qu'elle l'a vue, même si elle sait ce qui lui est arrivé ensuite. Par contre, elle avait vu périr sa mère, cela, elle peut le décrire parfaitement. L'image est si claire, si brutale, qu'elle croit entendre son cri comme si elle était là, tout près. Elle raconte la mort de Nanosh et de tous les Tziganes gazés. Et celle de ses sœurs jumelles qui, lui a-t-on appris récemment, ont été torturées par ce médecin, le docteur Mengele, ayant brisé sans remords son serment d'Hippocrate : *d'abord ne pas nuire.* Surgissent aussi à sa mémoire les gestes des kapos qui étranglaient des Juifs à mains nues. Kalinda les décrit du mieux qu'elle peut. Elle pense aux prostituées envoyées à la chambre à gaz après six mois, mais de la prostitution et de la musique, elle ne parlera pas. La honte la muselle. Kalinda est prise de vertige, mais réussit à se ressaisir et mentionne les femmes mortes sous ses yeux en travaillant ainsi que les cadavres entassés le long des baraques. Puis, elle se tait. Combien de temps a duré son témoignage ? Elle ne saurait le dire, mais cela lui a paru une éternité.

L'examinateur se lève et regarde ses tatouages. Elle voudrait lui dire que la marque la plus profonde n'est pas sur sa peau mais dans son cœur, où son passé est à jamais gravé. Elle craint qu'il découvre celui sur son sein, mais il cesse de la scruter quand un bénévole vient lui parler à l'oreille. Lorsqu'il se retourne vers elle, il semble si troublé qu'il complète son formulaire d'un air distrait. Pendant ce temps, Kalinda jette un regard à la femme qu'on interroge à côté d'elle. Il lui semble la connaître. Elle fouille sa mémoire et la revoit en pensée, donnant des coups de bâtons sur les reins des Tziganes. Et une autre fois, obligeant des femmes à faire de la gymnastique des nuits entières, sans répit. Lorsqu'elles tombaient d'épuisement, elle les assommait.

Kalinda hésite à la dénoncer. Jusqu'à quel point cette kapo est-elle responsable des gestes qu'elle a commis ? Elle sait que les SS, très doués pour faire surgir les aspects les plus sadiques de l'âme humaine, réussissaient à imposer à des kapos des actes qu'en d'autres circonstances, jamais ils n'auraient posés. Elle pense à Hermann. Le dénoncerait-elle s'il était parmi eux ? Il lui a sans doute sauvé la vie.

La kapo, devinant que Kalinda l'a reconnue, baisse la tête.

— Elle n'est pas une déportée !

C'est sorti comme un cri, en écho aux hurlements des personnes mortes sous les coups de cette femme. Comme si toutes ces victimes l'imploraient de faire justice.

— Je me disais justement qu'il y avait quelque chose qui clochait ! s'exclame celui qui l'examinait.

Il hésite un moment et dit soudain :

— Je me rappelle maintenant. La quatrième série de tatouage des Tziganes effectuée à Auschwitz a commencé le 26 février 1943, la série Z symbolisant Zigeuner, c'est-à-dire Tzigane. Cette série s'est terminée le 8 juillet 1944 avec le numéro Z-10.094 pour les hommes et le 21 juillet de la même année avec le numéro Z-10.888 pour les femmes, explique-t-il à son collègue.

— Cette femme porte le numéro Z-10.890. Un numéro inexistant.

— Et tous les Tziganes ont été gazés, tient à préciser Kalinda.

Elle veut que le monde entier sache qu'il s'agit d'un génocide.

La kapo, blême, se demande comment elle a pu commettre une erreur aussi stupide.

Les deux examinateurs ne la questionnent pas longtemps. Ils trouvent vite sur son corps des cicatrices de chirurgie esthétique visant à cacher les matricules SS.

Kalinda se souvient du tatouage que Hermann avait sous l'aisselle : SS A +. Cette marque lui donnait la priorité dans tous les hôpitaux situés sur les territoires du Reich et lui permettait d'être le premier à recevoir une transfusion sanguine, en cas de besoin.

La kapo jette un regard meurtrier à Kalinda et n'oppose aucune résistance lorsque deux hommes viennent la chercher pour l'enfermer dans une chambre de l'hôtel avec d'autres criminels de guerre. Un fourgon cellulaire viendra les prendre vers dix-huit heures.

Pour Kalinda, l'interrogatoire est terminé. Un bénévole lui remet une carte de déportée. Elle a de nouveau des papiers. Une identité. Elle peut revenir au monde.

— Je vais vous conduire maintenant à l'infirmerie, au deuxième étage. Vous devez subir un examen médical, précise une bénévole en lui prenant doucement le bras.

En entrant dans cette infirmerie, Kalinda entend hurler une rescapée :

— Lâchez-moi ! On m'a assez souvent fait mettre à poil quand j'étais à Auschwitz. Ça suffit !

Le docteur Toussaint Gallet[33] s'approche d'elle et lui murmure quelques mots. La femme se calme aussitôt. Cet homme, qui sait mieux que quiconque réconforter ses patients, a rejoint la Résistance en 1942 sous le pseudonyme de Dominique. Ayant été arrêté par le service de sécurité de la SS, il a été torturé sans pour autant révéler le nom de ses compagnons du réseau. Interné à Buchenwald en août 1944, il a risqué sa vie en volant des médicaments aux SS pour ses compagnons malades. Il a aussi eu le courage d'approcher leurs chiens pour voler leur pain, même s'il savait qu'ils étaient dressés à déchiqueter la chair humaine et à ne jamais lâcher prise. Rapatrié par avion le 18 avril 1945, il a été nommé médecin-chef du Lutetia deux jours plus tard.

Avec des gestes doux, il examine la femme qu'il a réussi à apaiser avant de passer à une autre qui est en très mauvais état. Quand cette dernière quitte l'infirmerie, Gallet dit à l'infirmière en soupirant :

— Pauvre femme ! À cause de tout ce qu'elle a subi au camp, elle est devenue sourde et a perdu toutes ses dents. Elle a aussi de graves problèmes intestinaux et ses poumons sont sclérosés. Comme beaucoup d'autres rescapés, elle ne retrouvera jamais la santé. Quel gâchis !

---

33 Personnage réel.

— Qui sait ? répond l'infirmière. Je me suis souvent demandé comment tous ces rescapés ont pu survivre. Cela dépasse tout ce que nos connaissances en médecine nous ont appris.

Kalinda pense comme elle. Elle aussi est stupéfaite devant la capacité d'adaptation de l'être humain défiant tout pronostic.

— C'est vrai, mais même les rescapés qui retrouveront la santé ne seront pas nécessairement heureux. Ils n'auront pas assez de toute leur vie pour revenir à un état psychologique normal. Mais je suis sans doute trop pessimiste. En fait, leur bonheur dépendra beaucoup des hasards et des rencontres que la vie mettra sur leur chemin. Et ils…

En apercevant Kalinda, le médecin se tait brusquement.

— Vous êtes la survivante qui a l'air le plus en forme que j'ai vue jusqu'à présent, dit-il en s'approchant d'elle.

Il l'examine avec des gestes tendres et ne lui pose aucune question, même s'il a vu le tatouage sur son sein et en connaît la signification. Il sait qu'elle craindra toute sa vie qu'on lui demande dans quel block elle était au camp d'Auschwitz.

— Voilà, c'est terminé. N'oubliez jamais que vous avez traversé le pire. Le meilleur est devant vous. Ne perdez pas espoir, encourage-t-il en l'aidant à se lever de la table d'examen.

Elle lui sourit et est frappée par le regard de cet homme, empreint d'une grande bienveillance.

Une infirmière lui apporte des vêtements neufs et propres.

— Ils sont à votre taille. Je ne vous donne pas de vêtements tziganes, même si je sais que leur sang coule dans vos veines. Ils sont encore trop souvent persécutés. Je vous souhaite la meilleure des chances. Bonne route tout au long de votre vie, dit doucement la femme avant de lui indiquer les douches et le paravent où elle pourra se changer.

Pendant que l'eau glisse sur Kalinda et qu'elle pleure sa vie, une phrase du *Crédo du Samouraï* que son père avait un soir récité lui revient en mémoire: « Je n'ai pas d'armure; je fais de la bienveillance et de la rectitude mon armure. »

Où que tu sois, papa, sache que désormais, telle sera mon armure. Et si je n'y arrive pas chaque jour, du moins m'y appliquerai-je, murmure-t-elle en essuyant ses larmes.

49

Québec, hôpital de la Miséricorde, 1er mai 1945

La nuit suivant la visite de Franz et Dorothée, Rose n'a pas réussi à dormir. Ce matin, les pensées qui la taraudent depuis des heures roulent encore en boucle dans sa tête. Pourtant, elle se répète qu'elle devrait se réjouir: *Je devrais m'estimer d'autant plus chanceuse que j'ai jeté la honte sur ma famille et qu'à cause de moi, ma mère subit plus souvent la mauvaise humeur de mon père. Je n'ai pas d'argent, pas de foyer, et la perspective de devoir passer encore des années dans cet hôpital me révulse. Je devrais remercier Dorothée et Franz à genoux de m'offrir la clé de cette prison. Mais n'empêche que je ne suis pas totalement rassurée: ma fille sera-t-elle heureuse auprès de ma sœur qui pense d'abord à elle? Prendre soin d'un enfant demande une bonne dose d'altruisme et de renoncements. C'est vrai que je pourrais au moins la voir et m'assurer de son bien-être. Dorothée et Franz viendront sûrement au Québec de temps en temps. Et qui sait? Pourquoi n'irais-je pas vivre à Paris moi aussi? Ils ne me l'ont pas offert, mais je pourrais m'y rendre quand j'aurai suffisamment d'argent. J'emmènerai maman avec moi. Mon père ne viendra certainement pas la tourmenter en France. Mais pour le moment, je ne dois penser qu'à ce qui est le mieux pour Sandrine.*

Toutes ces idées qui se bousculent dans sa tête sont interrompues par la religieuse venue lui annoncer qu'elle est demandée au parloir. L'heure de prendre une décision a sonné.

— Et puis ? demande Dorothée sans préambules. Pourrons-nous partir dès aujourd'hui avec la petite ?

— Nous sommes passés la voir et elle est magnifique, dit Franz en souriant.

Comme si elle n'avait pas entendu son époux, Dorothée répète sa question.

— Prenons le temps de nous parler un peu d'abord, répond Rose.

— Quelle que soit votre décision, soyez assurée que nous ne vous laisserons pas tomber. Nous...

— Franz a un ami juif dans la basse-ville de Québec, l'interrompt brusquement Dorothée. Il a besoin de quelqu'un pour l'aider dans son commerce où les heures de travail sont longues. Il vend des antiquités et toutes sortes de choses dont les gens veulent se débarrasser. Et toi qui aimes lire, tu seras contente d'apprendre qu'il écoule même des livres, dont plusieurs sont très anciens. Il est prêt à te prendre.

— Vous avez tout de même le temps de vous reposer si vous en sentez le besoin, assure Franz avant que Dorothée ajoute :

— C'est une occasion rêvée. Et tu verras du monde. Ses affaires vont bien. Il a beaucoup de clients.

— Est-ce que l'idée d'avoir un patron juif vous déplaît ?

— Pas du tout ! Je ne suis pas antisémite. Au contraire ! J'ai toujours été révoltée de voir ces affiches aux portes de certains endroits : *Pas de chiens, pas de Juifs.* Sans compter qu'ils sont carrément exclus de certains villages. Je trouve que nous...

Impatiente d'avoir une réponse claire, Dorothée lui coupe la parole :

— Décide-toi ! Je n'en reviens pas que tu ne sois pas plus enchantée que cela. Sache que depuis la fin de la guerre, les femmes qui travaillaient ont été renvoyées à la maison. Toi, un bon job te tombe du ciel et tu ne sembles guère l'apprécier.

Franz, mal à l'aise, pose sa main sur son bras pour l'inciter à se calmer, mais sa jeune épouse en rajoute :

— N'oublie pas que ta fille sera traitée toute sa vie de bâtarde si elle reste au Québec. Alors qu'en France, tout le monde croira qu'elle est notre enfant, à Franz et moi.

Bâtarde. L'enfant du péché. Combien de fois Rose a-t-elle entendu cela sans éprouver la moindre compassion envers les personnes visées ? Elle se souvient de ce jeune homme, à Sainte-Flavie. Jamais on ne l'appelait par son prénom. C'était toujours : le bâtard. Comme s'il n'était que cela. Il était pourtant d'une gentillesse remarquable et avait fait de brillantes études. Mais de cela on ne parlait jamais, braquant constamment les projecteurs sur sa condition d'enfant illégitime.

— Votre mère nous a dit que vous aviez d'autres ambitions. C'est pourquoi je vous offre mon aide, ajoute Franz, mal à l'aise. Et…

— Du coup, nous payerons ton loyer, précise Dorothée.

— Et vos études du soir. Vous pourrez réaliser ce rêve que vous caressez de devenir journaliste.

Encore une autre de mes chimères, pense Rose. *Je n'ai sans doute pas le talent.*

— Aussi généreuse que soit votre offre, je ne peux l'accepter. C'est beaucoup trop, se contente-t-elle de répondre. J'aurais le sentiment de vendre ma fille si j'acceptais.

— Ne vous méprenez pas, dit doucement Franz. J'ai appris que la vie sur Terre est plus agréable si nous nous entraidons.

— Tu peux te compter chanceuse ! Dans ta condition de fille perdue, il te serait difficile de te trouver du travail. Du moins un travail qui vous fasse bien vivre toutes les deux, ta fille et toi. Ce matin, nous avons visité le faubourg de la misère. Il peut bien s'appeler ainsi ! Des pauvres familles sont installées dans les baraques militaires ayant servi de camp de prisonniers allemands[34]. C'est pas beau à voir. Tu pourrais bien t'y retrouver avec ta fille. Y as-tu pensé ? Quant au père de ton bébé, je me souviens de lui. De sa beauté. De son talent de musicien. Il était un coureur de jupons, mais ce n'est pas grave. De toute façon, tu ne peux pas compter sur lui, c'est certain.

Rose se mord les lèvres. Tout le monde sait qui est le père depuis qu'Onésime a hurlé son nom sur le perron de l'église.

— Pourquoi es-tu si certaine que je ne pourrais pas compter sur lui ?

— En France, j'ai rencontré une infirmière qui l'a soigné. Il a perdu son air prétentieux, ça, je peux te le dire. Il a été renvoyé au Québec parce qu'un soir, après avoir atterri en catastrophe, il ne cessait de trembler et se mettait souvent à hurler sans que l'on sache pourquoi. À mon avis, il est maintenant dans un hôpital psychiatrique. Mais qu'importe. L'important, c'est ta réponse. Qui est ? s'impatiente encore Dorothée, malgré les yeux de Franz qui l'exhortent à plus de délicatesse.

— J'accepte, se décide Rose, la gorge nouée.

— Tu prends la meilleure décision, répond sa sœur, mais j'ai une condition : si jamais Gratien te contacte, jure-moi sur

34 Aujourd'hui, un stationnement a remplacé ce bidonville situé au pied de la Citadelle, derrière le Manège militaire.

la tête de ta fille que tu ne lui diras jamais ce qu'il est advenu d'elle.

— Juré, dit Rose.

— Parfait. Il n'y a donc pas de danger qu'il nous importune un jour. S'il se rétablit, bien sûr.

Le regard de Franz est si bienveillant, si rempli de générosité, que c'est lui qu'elle regarde lorsqu'elle leur demande si elle pourra les visiter à Paris. Hélas, c'est Dorothée qui répond à sa place. Une réponse brutale, presque un cri.

— Nous voulons l'élever comme si je lui avais donné naissance. Je ne veux pas… pas d'intermédiaire.

— D'intermédiaire !

— Tu sais ce que je veux dire, réplique Dorothée, agacée. Elle sera à nous et nous l'élèverons à notre façon. Je ne veux pas que tu t'immisces dans son éducation.

Rose comprenait qu'en réalité, Dorothée ne voulait pas dans son entourage d'une mère sans alliance qui pourrait être un mauvais exemple pour « sa » fille. D'autant plus qu'une fille tombée cadrerait mal avec la nouvelle vie de bourgeoise qu'elle entendait mener.

Franz, quant à lui, a l'air terriblement mal à l'aise. Son attitude le trahit. Rose est convaincue qu'il lui aurait permis de voir sa fille aussi souvent qu'elle l'aurait souhaité. Mais il est clair qu'il ne veut pas contrarier sa femme. La colère et la tristesse l'envahissent, mais elle ravale son indignation et ses larmes.

— J'aimerais que vous l'appeliez Sandrine, dit-elle d'une voix tremblante.

Elle voit dans les yeux de Dorothée qu'elle a déjà choisi un autre prénom, mais Franz intervient :

— C'est très joli, n'est-ce pas, Dorothée ?

Celle-ci approuve du bout des lèvres.

— Vous faites partie de cette lignée de femmes qui, depuis la nuit des temps, n'ont d'autres solutions pour sauver leur enfant que de l'abandonner. C'est un acte très généreux que vous allez poser, dit-il de la compassion plein les yeux.

Rose le remercie du regard en songeant que sa sœur a vraiment de la chance de l'avoir épousé. Une chance qu'elle ne mérite pas.

Ensuite, tout va si vite que Rose n'a même pas le temps de faire ses adieux aux autres filles, à Pascale surtout, avec qui elle aurait aimé garder contact. Franz et Dorothée signent les papiers d'adoption et payent la dette de Rose aux religieuses. Franz ajoute à ce montant un don pour les enfants de la crèche, et un autre, que les religieuses ne peuvent refuser, afin qu'Onésime n'apprenne pas que sa fille est maintenant libre.

Rose avait prié chaque jour afin de faire partie des filles qui sortent de ce refuge avec leur bébé. Son souhait est exaucé à moitié. En franchissant la porte de cet hôpital, elle tient sa fille contre son cœur en brandissant d'une main son billet de sortie comme un sésame vers la liberté. Et pourtant, elle ne saurait dire à quel point cette liberté lui fait peur et l'attriste. Elle sera désormais seule et devra se débrouiller dans une ville qu'elle ne connaît guère.

Dans le taxi qui les mène dans le quartier Saint-Roch, où Franz et Dorothée ont loué un appartement, Rose écoute à peine le bavardage de sa sœur. Les yeux rivés sur sa fille, elle veut graver dans sa mémoire chacun de ses traits et chacune de ses mimiques.

Le taxi s'arrête devant une maison à quatre étages, modeste, mais bien entretenue.

— Attendez-nous, nous revenons dans quelques minutes, prévient Dorothée.

Franz la regarde, visiblement contrarié. Il aurait préféré laisser à Rose un peu plus de temps avec Sandrine, mais il ne dit rien. *Ma sœur le mène par le bout du nez,* pense Rose.

Situé près du commerce où elle travaillera désormais, l'appartement est très petit, mais coquet.

— Toi qui aimes la solitude, estime-toi chanceuse d'avoir ton appartement. Tu y seras mieux que dans une pension avec des étrangers. En signant le bail, Franz a payé pour un an et il s'est porté garant de toi. Bien sûr, ce n'est pas le grand luxe, reconnaît Dorothée en parcourant la pièce du regard.

— C'est parfait, dit Rose. Elle préfère effectivement vivre seule, même si elle devra préparer elle-même ses repas et faire son lavage.

De toute façon, l'heure de la séparation l'accable trop pour qu'elle y accorde de l'importance. Craignant de ne pouvoir laisser partir Sandrine, elle se retient de trop la caresser, de plonger ses yeux dans les siens un trop long moment, de lui souffler trop de mots doux à l'oreille. Elle essaie de ne rien laisser paraître de la tristesse, de l'angoisse et de la peur qui s'engouffrent en elle. Elle se contente de déposer un baiser tendre et doux sur son front. Les yeux de Sandrine croisent les siens et s'y accrochent avec le sérieux propre aux bébés et aux jeunes enfants.

Rose lui glisse quelques mots à l'oreille :

— J'ai choisi ce qu'il y a de mieux pour toi, murmure-t-elle, la gorge nouée.

Elle essuie furtivement les larmes qu'elle avait réussi à refouler jusque-là. Elle se sent misérable. Comme elle aurait aimé garder son enfant, la gâter, la dorloter, la cajoler !

Dorothée regarde l'heure en soupirant. Rose embrasse encore sa fille. *Est-ce que son corps se souviendra des baisers mêlés à mes larmes qui coulent sur son front ou bien si, à compter de cet instant, je n'existerai plus pour elle, même pas dans un souvenir enfoui au fond de ses cellules ? Je souhaite qu'elle comprenne un jour que, pour une mère, se séparer de son enfant est le plus grand des renoncements,* écrira-t-elle plus tard dans son journal intime.

Dorothée tend les bras et prend la petite. Nerveuse, Rose lui demande d'attendre, fouille dans son sac et lui remet les chaussons qu'elle a tricotés pour Sandrine. Elle prend aussi une petite paire de ciseaux, essuie les larmes qui lui brouillent la vue et, avec des gestes tendres, coupe une mèche de cheveux de son bébé. Une mèche noire qu'elle insérera dans un pendentif-cœur-porte-photo qu'elle gardera à son cou.

Retenant de plus en plus difficilement ses sanglots, Rose entend à peine la voix de Dorothée qui promet de lui écrire. *Nous vous enverrons des photos,* ajoute Franz. Quand elle prend Sandrine, la main de Dorothée lui semble froide comme la mort.

— Aimez-la beaucoup… implore Rose si bas qu'elle n'est pas certaine d'avoir été entendue.

Quand la porte se referme, elle ne peut s'arrêter de trembler. Il y a désormais une grande déchirure en elle.

La nuit suivante, elle rêve de cette maman béluga qu'elle a aperçue un jour à partir de la plage de Sainte-Flavie. Elle remontait son petit, inerte, à la surface, comme si, n'acceptant pas sa mort, elle ne pouvait se résoudre à l'abandonner.

50

Paris, mai 1945

Kalinda a des papiers d'identité et des vêtements neufs qu'on lui a donnés, mais elle ne sait où aller. Elle profite donc des quelques jours d'hospitalité au Lutetia auxquels elle a droit. Elle descend lentement l'escalier menant au hall de l'hôtel, s'arrêtant à chaque marche. Des photos de personnes déportées recherchées par leurs familles ont été accrochées aux murs de l'escalier. Elle cherche fébrilement la sienne, que seul son père aurait pu y poser. Elle espère voir aussi celle d'Isaac qu'une personne voudrait retrouver. Les centaines de clichés affichent des êtres aux cheveux épais, en santé, les yeux brillants. Personne au camp ne ressemblait plus à cela.

Auprès d'elle, deux rescapés pleurent de joie en voyant que des membres de leur famille sont venus épingler leurs photos. D'autres, dans le hall, sont encore plus chanceux : ils ont déjà retrouvé leurs proches. Ils parlent et rient d'un rire nerveux, le rire de ceux qui ont échappé au pire et qui sont conscients que c'est un miracle d'être en vie, de respirer, et qu'il n'y a pas grand-chose à demander de plus, sauf d'avoir autour de soi des êtres chers. Pour Kalinda qui les a vus mourir, c'est ce qui manque le plus à son bonheur.

Elle aimerait tant être à la place de tous ces gens réunis. La gorge nouée, elle ne peut s'empêcher de les regarder, même si cela lui fait mal. Elle devine qu'ils recommencent à croire qu'ils peuvent refaire leur vie et qu'une deuxième chance leur est donnée. Un peu plus loin, un homme tend les mains vers le rayon de soleil qui filtre par la fenêtre et rit sans s'arrêter.

D'autres, cependant, demeurent apathiques, réagissant à peine aux manifestations d'amour de leurs proches. Ceux-là mettront du temps avant de retrouver le sourire.

Une femme vient vers elle, l'air avenant :

— Je suis Sabine Zlatin[35], dit-elle en lui prenant la main.

Sabine Zlatin est surnommée la dame d'Izieu parce que son mari et elle ont fondé dans ce petit village une colonie où ils ont accueilli plusieurs enfants juifs. Hélas, lors d'une rafle, son mari et les quarante-quatre enfants qui y vivaient ont été déportés. Sabine était absente ce jour-là. Quand elle est revenue, elle s'est effondrée en trouvant la maison vide. Depuis, elle prie pour le retour de chacun d'eux et continue de consacrer sa vie à aider les autres. C'est elle qui a mis sur pied ce centre d'accueil au cœur du Lutetia, où les familles viennent retrouver leurs proches ou prendre de leurs nouvelles avec l'espoir qu'ils sont toujours vivants.

Après les présentations, Kalinda lui demande si Ariel Cohen ou Isaac Adler sont venus au Lutetia.

— Je vais voir. Je vous reviens dans une dizaine de minutes, dit-elle avant de parcourir le hall d'un pas déterminé.

Kalinda se tourne de nouveau vers la centaine de photos affichées. Son cœur bondit soudain dans sa poitrine. Juste devant ses yeux, Isaac apparaît parmi des hommes et des femmes. Elle craint de se tromper : l'homme est plus gras et la photo est embrouillée, mais le nom d'Isaac figure parmi

35 Personnage réel.

ceux inscrits sur un papier collé sous le cliché : *Si vous êtes l'une de ces personnes, téléphonez-moi, je serai de retour à Paris au courant de l'été : Franz Legardeur.*

Certes, Kalinda ignore si Isaac est toujours vivant, mais au moins elle a une piste. Elle demande à un bénévole de lui donner un bout de papier sur lequel elle note le numéro de téléphone de Franz. Son cœur bat si fort qu'elle peine à former les chiffres. Elle dépose un baiser sur ses doigts et les pose sur le visage d'Isaac en murmurant : *Je te retrouverai, mon amour.*

Le cœur gonflé d'espoir, elle va s'asseoir un moment dans l'un des fauteuils du grand salon. Le Lutetia est une vraie ruche bourdonnante d'activités. Elle observe les garçons de l'hôtel qui parcourent sans relâche toutes les pièces, lisant d'une voix sonore des noms de personnes recherchées par les familles. Assis à une grande table, d'autres bénévoles, provenant soit de la Croix-Rouge, soit de l'Armée du Salut ou des Quakers, téléphonent dans les familles ou les mairies afin de recréer les liens que la guerre a brisés. D'autres ne ménagent aucun effort pour réquisitionner des automobilistes afin de conduire chez eux les rescapés, ceux dont on est certains que la maison n'a pas été bombardée et que quelqu'un les y attend. Plusieurs volontaires reviennent les bras chargés de nourriture et de vêtements qu'ils ont trouvés en faisant le tour, accompagnés d'agents de police, des dépôts du marché noir. L'un d'eux s'écrie avec une joie évidente que l'ambassadeur du Canada et sa femme, M. et Mme Vanier[36], ont fait venir des marchandises de leur pays. Le mot Canada porte encore la connotation d'abondance qu'il avait à Auschwitz.

36 Personnages réels.

Un serveur s'approche de Kalinda et lui offre un thé qu'elle accepte avec gratitude. Chaque geste de bonté posé envers elle la bouleverse autant que cet homme assis tout près : il éclate en sanglots en prenant d'une main tremblante la tasse qu'on lui tend.

Les retrouvailles qui se déroulent sous ses yeux sont infiniment touchantes.

— Ce qui m'a aidée à tenir, c'est que je savais que tu m'attendais, dit une rescapée à l'homme qui la prend dans ses bras.

Ils s'enlacent avec tendresse un moment avant que la femme le repousse doucement et répète :

— Si tu savais. Si tu savais.

— Ne dis rien, oublie tout ça.

Ne dis rien. Oublie. Kalinda entend souvent ces mots. Comme s'ils n'avaient pas la force d'entendre la vérité, les proches des rescapés ne les encouragent pas à parler. Ce silence rassure aussi la majorité des survivants qui ne veulent qu'une chose : fuir leurs souvenirs afin de ne pas replonger en enfer. De toute façon, l'insoutenable cauchemar qu'ils portent en eux est indicible. Les autres ne pourraient pas vraiment le comprendre. De grandes épreuves peuvent être faussées par les paroles, car les mots qui sauraient les décrire n'existent pas.

Ils craignent surtout de ne pas être crus, d'être jugés fous ou fabulateurs. Qui pourrait croire tout ce qu'ils ont enduré ? Ils ont honte aussi, inexplicablement. La honte du survivant, Kalinda la ressent. Que répondrait-elle à son père s'il était devant elle ? Comment pourrait-elle ne pas se sentir coupable d'être la seule des siens à avoir survécu ? Comment lui expliquerait-elle que tous sont morts, sauf elle ? Comment pourrait-elle justifier que la musique qu'elle jouait quand elle faisait partie de l'orchestre avait servi la propagande allemande et à torturer parfois des Juifs ? Comment pourrait-elle lui avouer qu'elle a été contrainte de se prostituer ?

Kalinda observe encore les survivants dans les bras de leurs proches. Elle sait que le prix de leur silence, comme le sien, sera élevé : il les enfermera dans la solitude.

51

Québec, mai 1945

Dorothée marche de long en large dans leur luxueuse chambre du Château Frontenac, réfléchissant à ce que lui a suggéré Franz après que la petite s'est enfin endormie, épuisée. Depuis qu'ils ont quitté Rose, elle n'a pas cessé de pleurer, refusant le biberon.

— Peut-être que nous pourrions demander à ta sœur de venir l'allaiter quelques jours, le temps que la petite s'adapte à nous ? Nous pourrions ainsi passer progressivement du sein au biberon.

Dorothée n'aime pas l'idée. Elle a bien vu la façon dont son mari regardait Rose. Jamais il n'avait posé les yeux sur elle avec autant de tendresse. Et de désir.

Elle pense à son amie Mathilde, revenue à Québec avec son beau soldat blessé à la guerre. *Je vais lui téléphoner. Elle sait toujours quoi faire en toute situation,* se dit-elle. Après que Dorothée lui eut raconté la nuit qu'ils viennent de passer, Mathilde réfléchit un moment et dit :

— Tu sais ce que je pense de l'allaitement. Bien qu'il ne soit pas à la mode, on a observé partout dans le monde qu'il contribuait à la santé et à la survie des bébés. Peut-être trouveras-tu mon idée saugrenue, mais tu pourrais l'allaiter toi-même.

— Es-tu folle ?

— Je suis tout à fait lucide, répond Mathilde en riant. Des adolescentes et des femmes très âgées peuvent allaiter des bébés.

— C'est du délire !

— Pas du tout. Mais je ne te dis pas que c'est facile. Il faudra que tu pétrisses et masses tes seins. Tu pourrais demander à Franz de s'en charger, ajoute-t-elle en riant encore. Il pourrait aussi téter pour déclencher la montée de lait.

Dorothée, étrangement, voit dans cette façon de faire non pas une manière d'aider Sandrine, mais plutôt un moyen de séduire son mari.

Pendant plusieurs jours, l'expérience avait été douloureuse et frustrante jusqu'à ce que du lait surgisse de ses seins et que la petite, affamée, tète enfin ! Dorothée est d'autant plus fière d'avoir réussi que le regard de Franz posé sur elle est rempli d'affection.

Mais rapidement, l'allaitement lui semble un esclavage ennuyeux. Plus encore, elle déteste le contact de cette petite bouche sur son mamelon. Lorsque Franz est dans les parages, elle s'efforce cependant de sourire tendrement au bébé qu'elle n'est pas loin de comparer intérieurement à une sangsue lui dérobant son énergie vitale.

La plupart du temps, elle offre le sein distraitement, lisant d'une main une revue de mode. Comme elle a hâte d'être à Paris, d'engager une gouvernante et une bonne et de courir les magasins ! Comme si elle sentait qu'elle n'a guère de place dans la vie dorée que sa mère adoptive imagine bientôt sienne, Sandrine cesse brusquement de téter et refuse tout autant le biberon. Le médecin consulté la trouve en bonne santé, même si elle ne prend pas suffisamment de poids. Une décision s'impose :

— Nous n'avons pas le choix. Réservons une chambre avec une suite et installons-y Rose pour qu'elle puisse allaiter la petite. Elle ne commence pas à travailler avant une semaine. Et s'il nous faut plus de temps, j'expliquerai à son patron que nous avons besoin d'elle. C'est une bonne personne, il comprendra.

— Il n'en est pas question. Je vais finir par la faire boire !

— Nous ne pouvons tout de même pas la laisser mourir de faim ! Je suis désolé, mais je vais la chercher, répond Franz qui, pour la première fois, tient tête à sa femme.

Comme si elle reconnaissait sa mère, Sandrine prend aussitôt le sein avec gourmandise, ses yeux rivés sur ceux de Rose qui, émue aux larmes, ne cesse de caresser ses cheveux et ses bras à la peau si douce. *Heureusement que mon mari n'est pas là au moment de l'allaitement,* pense Dorothée, enragée de la façon dont il regarde Rose habituellement.

Pendant qu'elle chante en l'allaitant, son bébé attrape un bout de ses cheveux et les tire avec sa petite main. Contrairement à sa sœur, l'allaitement la comble de joie. D'ailleurs, son lait ne cessait de couler depuis que Dorothée et Franz avaient emmené son enfant avec eux. Rose songe avec tristesse que sa fille ne se souviendra jamais de ces instants merveilleux qu'elles partagent. Des moments précieux qu'elle ne pourra jamais lui raconter. Pourtant, elle sent qu'un fort lien d'attachement se crée entre elles. Par moments, elle est submergée d'un amour incommensurable.

Quelques jours plus tard, Franz surprend la mère et l'enfant dans sa chambre. La femme de ménage nettoyant celle de Rose, celle-ci avait pensé qu'elle serait plus tranquille dans celle de sa sœur, d'autant plus que Dorothée était sortie avec Mathilde et que Franz en avait profité pour visiter des amis juifs.

Rose ne l'ayant pas entendu rentrer, il reste sur le seuil de la porte, comme hypnotisé. C'est plus fort que lui, un élan irrésistible le pousse à la regarder, même s'il se dit qu'il serait plus convenable de manifester sa présence. Mais le tableau qui s'offre à lui l'émeut profondément. Rose et Sandrine semblent soudées l'une à l'autre, se complétant parfaitement. L'une qui tète avec un visible contentement, l'autre qui la serre contre elle, le sourire aux lèvres, les yeux remplis d'amour. Pour Rose, rendre sa fille heureuse est le plus grand bonheur qu'elle ait connu. Elle est si obnubilée par son bébé qu'elle n'a ni vu ni entendu Franz qui s'en va à pas de loup.

Il revient une heure plus tard avec un carrosse, toque à la porte de la chambre de Rose et, n'obtenant pas de réponse, l'ouvre doucement. Il trouve la jeune femme endormie dans le grand lit, sa petite fille lovée contre elle. Comme si, cette fois, elle sentait sa présence, elle se réveille aussitôt.

— Veuillez m'excuser. Je n'entendais rien, je me demandais si vous étiez partie, dit-il mal à l'aise.

— Croyez-vous que je pourrais m'enfuir avec ma petite ? demande Rose qui y a songé pas plus tard que ce matin.

— Non. Non pas du tout, se défend Franz, à qui cette idée n'a jamais effleuré l'esprit. Je…

Il hésite, car il sait que cela ne plaira pas à Dorothée, mais ajoute tout de même :

— J'ai acheté un carrosse. Ça vous dirait que nous allions faire un tour tous les trois ? Le temps est magnifique.

Rose accepte avec enthousiasme. Elle prend sa petite qui vient de se réveiller et lui murmure que ce sera sa première vraie sortie.

La terrasse Dufferin où ils marchent quelques minutes plus tard vibre d'un chant tzigane qu'une femme à la longue chevelure noire interprète d'une voix chaude et caressante. La foule dense de touristes envahit les lieux. Rose et Franz marchent si près l'un de l'autre que leurs bras, parfois, se frôlent. Ils font comme si de rien n'était, mais ce simple contact les trouble profondément. Leurs pas s'accordent, comme tout le reste depuis que Rose est arrivée au Château. Ils mangent au même rythme, rient des mêmes choses, s'extasient au même moment des mimiques de Sandrine, s'endorment à la même heure, se réveillent en même temps. Franz, tout comme Rose, ouvre les yeux quelques minutes avant que Sandrine ne réclame à boire. Dorothée, elle, dort beaucoup, passe son temps dans les magasins, ou rejoint son amie Mathilde dans l'un des restaurants du Vieux-Québec où elles discutent pendant des heures. *Elle ne sait pas tout ce qu'elle manque,* se dit Rose, mais jamais elle n'incitera sa sœur à rester auprès de Sandrine. Elle aime être seule avec Franz et elle. Au fil des jours, ils se sont confiés l'un à l'autre comme s'ils se connaissaient depuis des lunes. Parfois, elle imagine qu'il est son mari : le bonheur.

Ce qui leur arrive est à la fois inattendu, merveilleux et tragique : ils ne savent comment réagir à cet amour naissant qu'ils taisent, mais que tout leur être hurle si fort qu'ils ne peuvent le dérober aux yeux de Dorothée.

La voilà justement qui marche vers eux, les bras chargés de paquets, fruits de son magasinage dont elle ne semble pas se lasser. Son visage s'est rembruni en les apercevant : *Ils ont l'air de deux amoureux,* pense-t-elle.

— J'ai décidé que nous allons réessayer le biberon. Tu banderas tes seins, dit-elle à sa sœur sans plus de préambules aussitôt qu'elle les a rejoints.

— Il est encore tôt, répond Rose d'une voix suppliante.

— Aide-moi à porter ces sacs jusqu'à notre chambre, lance simplement sa sœur à son mari.

Elle n'a pas jeté un seul coup d'œil à la petite, se dit Rose en les suivant d'un pas si lent qu'elle les perd de vue. Quand elle arrive à la chambre, Dorothée est déjà au téléphone afin de préparer leur départ. Franz hoche la tête en signe d'impuissance. Devinant que la jeune mère s'inquiète du peu d'intérêt que manifeste son aînée envers le bébé, il s'avance vers elle et chuchote : *Nous engagerons une gouvernante affectueuse et dévouée. J'en chercherai une qui vous ressemble. Et je m'occuperai bien d'elle. Je l'aime beaucoup cette petite. Je vous téléphonerai souvent pour vous parler d'elle.*

Rose veut plus qu'avoir de ses nouvelles. Elle voudrait garder son enfant. C'est cruel de le lui enlever maintenant qu'elle s'y est encore plus attachée. Par leur faute ! Ce sont eux qui avaient besoin d'une nourrice.

— Nous devons nous dépêcher, mentionne Dorothée en raccrochant. Nous avons des billets en première classe sur le paquebot qui part pour la France dans une heure.

Elle jette un regard à Rose et, pour une rare fois, ressent de l'empathie envers elle. Elle s'approche et lui dit doucement :

— Tu n'as pas à t'inquiéter. Les sous-marins allemands ne sillonnent plus le fleuve.

Le cœur serré, Rose reste muette et avale péniblement sa salive.

— C'est un peu rapide, non ? Il vaudrait mieux voir comment Sandrine acceptera le biberon, intervient Franz.

— Il faudra bien qu'elle l'accepte un jour. Autant que ce soit tout de suite, rétorque Dorothée.

Pendant qu'ils font leurs bagages, Rose berce sa petite, la cajole et l'embrasse en refoulant ses larmes.

— Prends tes affaires, nous te déposerons chez toi en passant, lui propose Dorothée.

— Non, je vais rester un peu, répond celle-ci. J'irai à pied.

Elle veut sentir l'odeur de bébé qui embaume sa chambre, se coucher dans le lit où elles ont dormi, rassembler tous les souvenirs d'elles que ce lieu gardera dans ses murs.

— Comme tu veux. Donne-la à Franz, nous devons partir, dit Dorothée en embrassant sa sœur sur une joue.

Un baiser froid comme la mort.

— Elle tirait mes cheveux quand je l'allaitais ou posait sa main sur mon sein, commence Rose d'une voix tremblante. Elle aime qu'on lui caresse le dessus de la main. Regarde, cela la calme, ajoute-t-elle en se tenant debout, tout en balançant sa fille. Elle aime quand je chante…

À cet instant, les larmes l'étouffent.

La lumière dans les yeux de Rose a de nouveau disparu.

52

Paris, mai 1945

Peu à peu, le Lutetia devient ce lieu où, pour les plus résilients des rescapés, renaissait cette confiance en la vie qu'ils croyaient ensevelie à jamais.

Les premières fois où on les avait appelés *Monsieur* ou *Madame*, ils étaient restés incrédules un moment, puis avaient éclaté de rire en répétant ces mots si doux à leurs oreilles. Ils avaient si souvent entendu les kapos ajouter le mot *merde* au numéro qui les identifiait. D'autres les appelaient des cafards, ce qui leur permettait de les exterminer sans trop de remords. Et voilà que les mots magiques *Madame* et *Monsieur* leur redonnaient une dignité : ils redevenaient quelqu'un. Assise dans son fauteuil préféré, Kalinda observe que cela se voit même dans leur posture : ils relèvent les épaules et marchent la tête haute. Elle sursaute lorsque Sabine lui touche doucement le bras.

— Je suis désolée, lui dit-elle tristement. J'ai enfin terminé ma recherche vous concernant, et ni votre père ni Isaac Adler ne sont venus ici. Mais il y a d'autres centres d'accueil à Mulhouse, Longuyon, Strasbourg, Orsay, Hazebrouck, Mézières, s'empresse-t-elle d'ajouter en voyant le désespoir dans les yeux de Kalinda. J'ai aussi envoyé un bénévole à l'appartement où vous habitiez avant votre départ de Paris. Il a constaté que la milice a bombardé ce quartier. Il est en ruines. La maison qui appartenait à vos parents a elle aussi été bombardée.

Kalinda retient difficilement ses larmes.

— Venez, ajoute doucement Sabine en lui tendant la main. Les cuisiniers se dévouent pour concocter des mets exquis. Le bon repas qui est servi à la salle à manger vous fera du bien.

Là, on chuchote sur son passage: *Elle a du sang tzigane.* Personne ne l'invite à sa table. Loin d'avoir tiré une leçon du racisme dont ils ont été l'objet, ils le font à leur tour subir à d'autres.

Rien n'a changé, songe Kalinda. Avant la guerre, les Tziganes étaient persécutés par des Français. Véritables boucs émissaires, on les estimait responsables des épidémies et on les croyait tous voleurs de poules et même d'enfants. Hélas, plusieurs les perçoivent encore ainsi.

Une femme, affreusement maigre, au visage marqué de multiples taches brunes et dont le crâne dégarni porte des blessures, l'observe un moment avant de se lever. D'une voix étonnamment forte pour quelqu'un d'apparence si fragile, elle s'écrie:

— Les Tziganes ont été formidables à Auschwitz. Ils jouaient de la musique pour nous réconforter et j'en ai connu qui ont même simulé des bagarres pour aider des Juifs à s'évader. L'hospitalité chez les Tziganes est une valeur suprême. Ils donnent leur lit et invitent des étrangers à leur table, sans jamais rien demander. Imitons-les, conclut-elle en faisant signe à Kalinda de s'asseoir auprès d'elle.

Les mots de cette femme vont droit au cœur de Kalinda qui lui sourit tendrement. La dame se présente en la serrant dans ses bras:

— Je m'appelle Sarah. Vous me faites penser à ma fille, morte à Auschwitz, dit-elle en refoulant ses sanglots.

Les mets qu'on leur sert sont succulents. Alors qu'autour d'elle les convives en redemandent, Kalinda, elle, y goûte du bout des lèvres. Contrairement à eux, elle a mangé à sa faim durant les dernières semaines qu'elle a passées à Auschwitz. Mais surtout, ce que lui a appris Sabine lui a coupé l'appétit. Elle a besoin d'être seule. Sans terminer son repas, elle se lève et remercie Sarah ainsi que ses autres voisins de table avant de se diriger vers le service d'accueil. Elle aperçoit soudain un enfant de l'âge de Naomie qui mange une banane. Sa petite sœur n'a jamais vu ce fruit. Un jour, Kalinda lui en avait dessiné une et la fillette s'était mise à rire, croyant que cela n'existait pas vraiment: *Ça ressemble à une grosse moustache jaune,* avait-elle dit en s'esclaffant. Elle riait si facilement sa belle Naomie.

— Bonjour, Kalinda, lui lance une femme qui se dirige vers elle.

C'est Madeleine Thibeault[37]. À leur arrivée au Lutetia, elle est venue se présenter aux rescapés en précisant qu'elle était affectée au service des «petites bleues»: le service aux chambres.

— Vous avez une mémoire d'éléphant pour vous souvenir de tous nos noms, dit Kalinda.

— Oui, j'ai hérité de ce don.

Pendant qu'elles se faufilent à travers les nombreuses personnes encombrant le hall, Madeleine ne cesse de papoter.

37 Personnage réel.

— On annonce de la neige, dit-elle en appuyant sur le bouton de l'ascenseur. C'est pas croyable, de la neige en mai[38].

Madeleine, passant d'une banalité à l'autre, est très volubile. Et c'est très bien ainsi : Kalinda, elle, n'a pas envie de parler.

Les portes de l'ascenseur s'ouvrent. La chambre de Kalinda, au bout du couloir, est petite, mais chaleureuse. En y entrant, elle aperçoit un oiseau jaune sur le rebord de sa fenêtre. Inge adorait les oiseaux jaunes. Kalinda y voit un signe. Elle se sent moins seule. Elle reste là un bon moment, le regard vide.

Elle s'étend ensuite sur le lit, épuisée. Pourtant, elle n'arrive pas à trouver le sommeil. Les jours et les nuits ne sont pas calmes dans cet hôtel. Plusieurs rescapés se couchent par terre : ils n'arrivent pas à se reposer sur un matelas trop confortable dont ils ont perdu l'habitude. Certains parlent tout seuls, même dans leur sommeil. Kalinda entend, parvenant des chambres voisines, les gémissements et les cris de rescapés prisonniers d'un cauchemar. Des années plus tard, l'on racontera que le Lutetia est un lieu hanté parce que ses murs portent leurs confidences.

Le lendemain, dans le hall, on ne parle que d'une chose : le 30 avril, le jour même où Kalinda est arrivée au Lutetia, Hitler s'est suicidé. Il avait eu cinquante-six ans dix jours plus tôt. *Cinquante-six ans de trop !* s'exclament des rescapés qui applaudissent, rient, le maudissent, le vouent aux enfers. Kalinda ne partage ni leur joie ni le sentiment de vengeance qui les anime. Elle n'a jamais ressenti cette colère meurtrière de tous ces justiciers qui se tiennent aux abords des palais

---

38 Il a effectivement neigé à Paris en mai 1945.

de justice pour cracher sur des criminels. Inge lui a toujours appris que la haine engendre la haine. Elle pense soudain à cette Juive enfermée à Birkenau: elle faisait du vaudou en espérant que la vie des nazis soit horrible. Elle sait aussi que si Hitler avait été seul, il n'y aurait pas eu tous ces morts. D'autres l'ont suivi. Convaincus de détenir la vérité, ils ont fait front commun contre tout ce qui nuisait à la pureté de la race aryenne. Et il y a tous ceux, très nombreux, qui ont fermé les yeux et les ont laissés faire.

Kalinda sort dans la cour pour fuir cette explosion de haine qui lui fait croire que jamais le monde ne trouvera la paix. Un autobus rempli d'enfants se stationne devant le Lutetia. Elle entend un homme raconter qu'un million et demi d'enfants sont morts dans les camps.

— Ceux qui ont survécu n'avaient pas été jadis les mieux traités dans leur famille. Non, croyez-moi, les survivants sont ceux qui, dans l'enfance, ont été endurcis aux mauvais traitements.

Kalinda n'y croit pas totalement. *La négligence fragilise autant que la surprotection,* se dit-elle.

Regarder les tout-petits lui arrache un sourire. Ils sont beaux, malgré leur maigreur et leur visage sévère, qui a vieilli trop tôt. Elle aurait envie d'en adopter un. Elle ne serait plus seule au monde. Elle pense à Naomie, qu'elle a tant aimée et qui lui manque horriblement. Les enfants passent sans la voir. Ils se tiennent ensemble. Ils ne veulent rien partager avec quiconque n'a pas vécu ce qu'ils ont traversé avec leur jeune âme. Sabine vient vers elle:

— Qu'adviendra-t-il d'eux? lui demande Kalinda.

— Nous avons un plan. Ils iront dans vingt-cinq maisons où ils seront pris en charge. Il faut rétablir leur confiance. Rester avec d'autres enfants dans la même situation les rassurera. Mais en ce qui vous concerne, vous devez nous quitter, ajoute Sabine. C'est court, n'est-ce pas? Nous ne pouvons vous garder plus de trois jours à cause de tous les survivants qui affluent encore ici. Seuls les malades peuvent rester cinq jours, mais pas plus. S'ils ne vont pas mieux, ils sont conduits à l'hôpital Bichat ou à la Salpêtrière. Je suis désolée, sincèrement.

— Je comprends, répond Kalinda en lui touchant tendrement la main.

Elle refuse de s'apitoyer sur son sort, même si elle quittera à regret le Lutetia. Elle connaît la valeur d'un abri où l'on se sent en sécurité.

Sabine lui remet sa prime de rapatriement, mille francs, et la prend dans ses bras en lui souhaitant bonne chance.

— Je reviendrai chaque jour pour voir si quelqu'un me cherche, dit Kalinda.

Sabine la comprend. Elle aussi est dans l'attente. Elle espère toujours revoir son mari et les quarante-quatre enfants qu'elle a aimés et protégés.

Des deux, l'attente d'une seule sera récompensée. Elles ne le savent pas encore, bien sûr. Pour l'heure, l'espoir est leur consolation.

Kalinda contourne les mères qui restent devant l'hôtel nuit et jour. Elles ont dormi dehors, derrière les barrières, malgré le froid. Qu'importe! Dans quelques minutes, elles se lèveront et attendront l'arrivée d'un autre autobus rempli de rescapés. Elles tendront leurs photos et des cartons où sont inscrits en grosses lettres les noms de leurs enfants. C'est leur cœur qu'elles tiennent ainsi à bout de bras. Un mot, une parole, peut le briser.

Kalinda ne sait où aller. Étourdie par le mouvement de la vie auquel ses mois d'enfermement l'ont déshabituée, elle marche jusqu'aux Champs Élysées, où, avant son départ, résonnait le bruit des bottes des nazis.

Personne ne l'attend nulle part. Elle est peut-être désormais seule au monde. Elle n'a revu aucune des personnes qu'elle a connues à Auschwitz et à Birkenau. Sont-elles toutes mortes ? Elle aimerait tant avoir Marceline, sa sœur de vie, auprès d'elle.

Elle continue de marcher comme si ses pas allaient la mener d'eux-mêmes au bon endroit, parcourant les rues si belles lorsque les marronniers sont en fleur et que Paris est baigné d'une douceur printanière, plutôt que couvert de neige épaisse comme ce jour-là. Elle observe des femmes. Leur tenue, leurs gants, leurs chapeaux à voilettes. Elle avait oublié comment une dame doit s'habiller pour sortir. Elle n'est pas restée si longtemps à Auschwitz, mais il lui semble qu'une vie entière s'y est déroulée et que celle d'avant est enfouie dans les méandres sinueux de sa mémoire.

Elle marche longtemps, évitant cependant les endroits où elle a habité avec sa famille et la rue où était située la boutique de ses parents. Elle s'effondrerait d'être la seule à revoir les lieux où ils ont été heureux. Épuisée, elle entre dans un café, même si elle sait qu'il est mal vu pour une femme de s'y attabler seule. Elle enlève son manteau, commande un thé, ferme les yeux et boit pour ne pas éclater en sanglots.

Un homme à la table d'à côté la déshabille des yeux et, sans se présenter, lui demande si le numéro tatoué sur son bras correspond à celui de son domicile.

— Si oui, j'aimerais connaître l'adresse complète, ajoute-t-il.

Kalinda ne le trouve pas drôle. Elle portera des manches longues désormais. Même pendant les grandes chaleurs.

Elle ne se fait plus d'illusions sur les hommes, sur rien ni personne d'ailleurs, aussi bien dire qu'elle n'a plus d'espoir.

Dix-huit ans, mais déjà brisée par la vie.

53

Québec, mai 1945

Rose se réveille à l'aube en pleurant. Elle sort d'un cauchemar, toujours le même : elle marche dans la rue avec un carrosse vide alors que partout autour d'elle circulent des femmes enceintes dont les traits du visage sont aussi flous que sur un cliché raté.

Elle s'assoit au bord de son lit et prend la photo de Sandrine que Franz lui a donnée avant son départ. Elle s'inquiète pour elle : a-t-elle finalement accepté le biberon ? Pleure-t-elle souvent ? Elle aimerait tant pouvoir encore la bécoter, tenir sa main, la protéger, plonger ses yeux dans les siens, la regarder dormir et, plus tard, faire ses premiers pas, partager ses fous rires, combattre ses cauchemars. Elle remet le cadre à sa place, près de la photo de Bérangère qui, elle aussi, lui manque énormément. Elle a une pensée pour son père : elle ne donnerait pas cher de sa peau s'il découvrait qu'elle n'est plus à la Miséricorde. Bérangère et elle s'écrivent régulièrement. Henri leur servant d'intermédiaire, Onésime n'en sait rien et continue de croire que les deux femmes n'ont aucun contact. Sa mère la rassure : *Onésime est sobre et ne me bat plus*, écrit-elle. Mais comment la croire ? Peut-être ne veut-elle simplement pas qu'elle s'inquiète et se sente coupable.

Rose lui a écrit qu'elle étudie à l'Université Laval. Bérangère en est tellement fière. C'est grâce à Franz qu'elle s'y est inscrite :

— Je me suis informé, lui avait-il annoncé, tout joyeux, quelques jours avant de quitter le Québec. Les cours d'été permettent aux femmes d'entrer à l'université par une porte secondaire. Et à cause de la guerre, il y a beaucoup moins d'hommes qui s'instruisent. Les femmes y sont donc plus souvent admises sans qu'elles aient fait un cours classique. Saisissez votre chance.

Puis, Franz l'avait regardée droit dans les yeux et avait ajouté :

— Des filles y vont aussi parfois pour trouver un mari qui aura une belle situation. Vous pourrez peut-être faire d'une pierre deux coups. Étudier et vous trouver un bon parti. Un avocat, un professeur.

Il la scrutait jusqu'au fond de l'âme lorsqu'il avait parlé de trouver un mari. *Aurait-il aimé qu'en plus de lui donner ma fille, je lui jure de ne jamais aimer un autre homme?* Rose avait aussitôt regretté cette pensée. Franz n'avait pas une once d'égoïsme en lui. Elle devrait plutôt lui être infiniment reconnaissante. Sans lui, elle n'aurait jamais trouvé le courage de fréquenter l'université. Elle y a été admise sans problème, non seulement en raison du contexte de la guerre, mais aussi parce qu'elle avait toujours eu de très bonnes notes à l'école et qu'elle s'en était bien tirée lors de l'entrevue d'admission. Elle croit même qu'elle a réussi à impressionner l'un des professeurs qui lui posait des questions d'ordre général. Sa maturité, sa grande curiosité, son amour des études, ses nombreuses lectures et tout ce que lui a appris Henri lui ont bien servi. Mais Rose n'est pas dupe. Elle n'aurait jamais pu pénétrer l'une des chasses gardées masculines autrement. Qu'importe : c'est la littérature et l'histoire qui l'intéressent.

Elle ne va cependant pas toujours à l'université de gaieté de cœur. Elle y est mal à l'aise. Gênée, maladroite, elle ne se sent pas à sa place parmi ces jeunes à qui les bonnes manières, le langage raffiné et l'élégance viennent aisément. Elle n'est ni de leur classe ni de leur culture. Elle bafouille souvent quand ils lui parlent. Même si, grâce à ses nombreuses lectures, elle s'exprime généralement très bien, certains se gaussent lorsqu'il lui arrive d'utiliser des mots familiers aux gens des campagnes. Ils ont bien ri quand elle a dit qu'il y avait un tapon de feuilles laissées sur un bureau. « Un tapon ! » s'étaient exclamés deux étudiants en riant. Ou lorsqu'elle avait dit à l'un d'eux : *Espère-moi un petit élan,* pour lui demander de l'attendre un peu.

Pour se donner du courage, elle se répète cette phrase que lui a dite le reporter rencontré au mess de l'école de tir de Sainte-Flavie : *Tu dois prendre ta place.*

Ce matin-là, pour trouver un peu de sérénité, elle décide de se promener au bord de l'eau. Il fait étonnamment chaud pour la saison. Elle n'a pas à marcher longtemps avant de pouvoir admirer la lumière infinie du fleuve, si beau avec les nuages qui se mirent en lui tant et si bien que leur reflet crée l'illusion que le ciel est tombé sur la tête. Elle s'ennuie tellement de son fleuve, si vaste, que tous au village l'appellent la mer. Depuis que la guerre est terminée, les oiseaux et les phoques doivent être revenus. Ils lui manquent. L'odeur de foin de la grange lui manque. Lui manque aussi la petite colline qu'elle grimpait pour aller, tranquille, regarder les nuages, y débusquer des formes de toutes sortes, respirant à pleins poumons l'odeur des fleurs que le vent charrie, écoutant le bruissement des feuilles des arbres majestueux dont les bras formaient comme un arc-en-ciel au-dessus de sa tête. Tout cela lui manque. Sa fille lui manque. Infiniment. Et sa mère tout autant.

Rose soupire et, plutôt que de s'apitoyer sur son sort, décide de profiter de ce que la vie lui offre. Puisqu'elle a le temps, elle se dirige vers les Plaines. Là, un homme, sale, la barbe longue, les vêtements usés et troués, est assis par terre, le dos appuyé contre un arbre. Elle presse le pas, regrettant de s'être aventurée seule en ce lieu où, dit-on, des personnes peu recommandables se tiennent.

Elle marche plus vite et passe devant celui qu'elle qualifie intérieurement de miséreux. Elle ne l'a pas reconnu. Lui la reconnaît, mais la honte le retient de la héler. Cet homme, c'est Gratien Blais. En face de lui, un renard le fixe sans relâche. Chaque jour, il s'approche d'un peu plus près. Pourtant, Gratien n'a pas cherché à l'apprivoiser. Comment d'ailleurs aurait-il pu ? Il n'a pas de nourriture à offrir. Il ne mange que lorsqu'il trouve le courage d'aller mendier sur la rue Saint-Jean. Il n'aurait jamais cru que quêter était si difficile. Si humiliant. Si profondément triste. Dire que jadis, bien avant la guerre, lors de ses séjours avec ses parents à Montréal ou à Québec, il avait insulté plusieurs sans-abris. *Imbécile que j'étais*, se dit-il.

Sans se lever, le renard se traîne sur son ventre et s'approche plus près. Gratien pourrait tendre la main et le caresser. Il lui semble que cela lui ferait du bien. Il se souvient tout à coup de cette journée où, lorsqu'il étudiait à l'école de tir et qu'il avait fini un peu plus tôt, il avait volé en rase-mottes juste pour le plaisir de poursuivre un renard dans un champ couvert de neige. La pauvre bête, traquée, affolée, était à bout souffle lorsqu'il avait tiré, l'atteignant en plein ventre. Le renard, qui n'avait été pour lui rien de plus qu'une cible, tentait sans succès de se relever. Il était tombé sur le dos, et ses pattes s'étaient agitées dans le vide avant qu'il ne rende son dernier souffle. Gratien avait ressenti de la joie. Plus que de la joie. Une ivresse mâtinée d'un immense sentiment de pouvoir. Il se sentait fort. Puissant. Comment disaient-ils, déjà, les bourreaux, jadis ? Il fouille sa mémoire. Trouve : « Dieu et nous seuls pouvons. » L'expression lui semblait juste : il avait eu le sentiment d'être aussi puissant que Dieu. Il avait le pouvoir de vie et de mort. Il croyait alors que tuer des Boches allait nourrir les mêmes émotions. Comme il se trompait ! Certes, au début, quand il volait en territoire ennemi, il avait ressenti une grande euphorie : le sentiment grisant d'être si près de la mort, de la défier en quelque sorte. Il ne s'était jamais senti aussi vivant. Mais ensuite, il avait compris combien il peut être difficile de tuer un homme, même un ennemi qu'on a appris à haïr.

Un jour, alors que son avion avait été atteint par l'ennemi et qu'il avait dû sauter en parachute, il s'était mis à trembler et avait réprimé une forte envie de hurler et de pleurer. Il était certain qu'il allait être tué aussitôt qu'il toucherait le sol. Même s'il savait que l'espérance de vie d'un pilote est en moyenne de cinquante et un jours, cela ne changeait rien : avoir la mort en face l'avait terrifié. Son frère d'armes avait lancé un cri de terreur : son parachute ne s'était pas ouvert. Gratien l'avait vu se fracasser au sol.

Maintenant, il regarde Rose qui s'éloigne d'un pas rapide. *Elle ne m'a sans doute pas reconnu et a eu peur,* se dit-il. Lui, l'ancien don Juan, fait désormais peur aux femmes. Encore plus aujourd'hui. Non seulement est-il sale et puant, mais il a du sang séché sur le front. Hier, il s'est frappé la tête contre un mur de briques. Il espérait éloigner les souvenirs de la guerre qu'un rien peut ressusciter. Il porte aussi d'autres cicatrices, des blessures qu'il s'est infligées afin que la souffrance physique anéantisse ses tourments.

Cette guerre qui l'a transformé est loin de ce qu'il avait imaginé. Lui, en qui ses professeurs avaient mis tant d'espoir, a dû être renvoyé au Canada parce qu'il ne contrôlait plus ses tremblements, ses sanglots, ses cris de terreur la nuit.

Même s'il devine leur inquiétude, il n'a pas contacté sa famille. Il se sent incapable de retourner à Sainte-Flavie. Il ne pourrait supporter les regards des autres, surtout ceux à qui il tapait sur les nerfs avec sa suffisance. Que diraient-ils de le voir débarquer dans cet état ? Que restait-il du beau soldat parti à la guerre qui avait séduit tant de filles sans songer un instant au mal qu'il leur faisait ?

On lui poserait des questions. Or, il ne veut pas parler. Ne PEUT pas parler de ce qu'il a vu et fait à la guerre. Ce qu'il veut, c'est oublier. Il tend la main vers son sac. Le renard se lève, prêt à décamper. Comme Gratien, il est toujours sur le qui-vive. Ses yeux balaient les alentours, à l'affût d'un danger. Gratien prend sa bière et l'avale presque d'un coup. Il boit pour éloigner les images. Corps mutilés, déchiquetés, éventrés. Visages défoncés, membres arrachés, enfants morts sous les bombes, dont certaines qu'il avait lui-même lancées. La dernière fois qu'il a piloté un avion, il a vu ces petits corps sans vie mis dans des carrosses devant des parents perclus d'une souffrance innommable. D'autres, courant, leur corps en flammes, fous de douleur et de terreur. Encore des enfants parmi ces torches vivantes. Toutes ces images qui l'assaillent sont des démons terrifiants qui le hantent.

Il pense de nouveau à ses parents. S'il allait les retrouver ? Comment pourrait-il leur expliquer ce qu'il ressent ? Son père le considérerait sans doute comme un lâche. Les soldats qui reviennent avec un membre en moins n'ont pas à se justifier. Leur blessure, apparente, attire la compassion. Et n'a rien à voir avec celle de l'âme qui le torture. Sa blessure à lui est invisible. Pourtant, il n'y a pas de pire prison que celle où l'a enfermé son esprit.

Des soldats qui présentent les mêmes symptômes que lui ont été accusés d'être des simulateurs. Durant la Première Guerre mondiale, ils étaient enfermés ou fusillés pour désertion. La peur d'être interné s'ajoute à la peur panique que Gratien ressent. Une peur si intense qu'il a souvent le sentiment d'être toujours dans son avion qui s'écrase. Le cœur qui s'emballe. La difficulté à respirer. La certitude qu'il va mourir. Il aimerait tant que quelqu'un le comprenne plutôt que de le juger. Et l'aide.

Un soldat à qui il avait, avant son retour, confié sa honte de ne pouvoir remplir son devoir militaire jusqu'au bout lui avait expliqué :

— À force de se couper de nos émotions, on ne ressent plus rien. On croit aller mieux, on ne souffre plus, mais en fait, on a commencé à mourir.

Ils savaient tous les deux que de toute façon, les soldats ont un devoir de réserve : ils ont promis de ne jamais raconter ce qu'ils ont vu et fait.

Gratien ouvre une autre bouteille, se lève et la boit en regardant le fleuve qui sépare Lévis de Québec. Il la lance ensuite dans le ravin et trouve le courage de se diriger vers la rue Saint-Jean. Il a besoin de la rue, de la foule qui l'entoure. Il la préfère à la solitude de son petit boisé, où trop de fantômes viennent le hanter.

54

Québec, 8 mai 1945

Rose ouvre les yeux, alertée par le tintamarre de dizaines de klaxons. Les cloches des églises sonnent à toute volée et des éclats de voix parviennent de la rue. Elle repousse ses couvertures, se lève et va à la fenêtre. Malgré l'heure matinale, des dizaines de gens se promènent déjà avec des petits drapeaux. Ils chantent, rient ou pleurent, s'enlacent et s'embrassent. Elle ouvre la radio, espérant comprendre ce qui se passe: c'est la voix de Claire Martin[39] qui annonce la fin de la guerre.

Elle déjeune en vitesse et asperge son visage d'eau froide avant de choisir ses vêtements, noirs de la tête aux pieds. Elle s'habille toujours de couleurs sombres, comme si elle portait le deuil de son enfant. Mais aussi parce qu'elle ne veut pas ressembler à une fille de mauvaise vie, comme lui ont répété les religieuses.

Elle a essayé de joindre Pascale, mais une nonne lui a appris qu'elle avait réussi à s'enfuir de la maternité. Nul ne sait où elle se trouve. Rose n'a donc pas d'amies et n'en sent pas tant que cela le besoin. Pas plus qu'elle désire se distraire. Elle s'est emmurée volontairement dans cette passion

39 Personnage réel: annonceuse à cette époque à Radio-Canada, elle deviendra aussi, des années plus tard, écrivaine.

de l'étude. Elle passe tout son temps libre plongée dans les livres. Lire l'aide à vivre.

Le soleil brille et l'air frais du matin lui fait du bien. Pour souligner joyeusement la fin de la guerre, plusieurs personnes lancent des confettis dont certains lui tombent sur la tête et les épaules. Elle lève les yeux et sourit à la femme qui vient de les jeter.

Elle sourit aussi aux éboueurs qui la saluent, mais ignore ceux qui la sifflent. Elle déteste ça. Bien qu'elle soit en avance, elle presse le pas. Elle a hâte de se faire un bon café, de ceux qu'elle n'a pas les moyens de s'acheter. Elle est du même avis que son patron, Aharon Hoffmann, qui répète à ses clients qu'il vaut mieux ne rien boire plutôt que d'avaler des cafés qui goûtent l'eau de vaisselle. Quand il a constaté qu'elle et lui partageaient les mêmes goûts, il l'a invitée à se servir aussi souvent qu'elle le désirait. *Je ne suis pas de ceux qui déduisent les cafés sur la paie de leurs employés,* avait-il ajouté.

Elle aime arriver très tôt au travail. Comme chaque matin avant l'ouverture, elle prendra l'un des livres vendus au magasin et s'assoira derrière le comptoir pour lire. Depuis deux jours, elle est captivée par le recueil regroupant les meilleures chroniques que Françoise Gaudet-Smet a publiées dans différents journaux. Elle jette un coup d'œil à sa montre, ravie de constater qu'elle sera tranquille pendant au moins deux heures.

Elle croise des filles de joie qui sortent de la ruelle derrière le bordel où elles travaillent. *Bonjour, beauté,* disent-elles. Certaines lui envoient des baisers. Rose leur sourit. Elle s'est vite habituée à leurs tenues et à leurs manières qui, au début, la rendaient mal à l'aise.

Elle s'apprête à mettre la clé dans la serrure du magasin quand elle voit à travers la vitrine que son patron est déjà derrière le comptoir. Ciseau à la main, il découpe des articles d'une dizaine de journaux qu'il a accumulés. Il lève les yeux lorsque la clochette de la porte retentit. Dès qu'il la voit, son regard s'illumine.

— Toujours aussi matinale, ma fille.

Il l'appelle *ma fille* et cette familiarité entre eux réchauffe le cœur de Rose. Aharon Hoffmann est le père qu'elle aurait souhaité avoir. Entre eux, un lien d'affection s'est tissé dès leur première rencontre.

— Pas plus que vous, répond Rose en souriant.

— Je t'apporte un café.

— Merci, c'est gentil, dit-elle en enlevant sa veste.

— Je n'ai pas fermé l'œil de la nuit, déclare-t-il en déposant la tasse sur le comptoir où s'amoncelle une pile de journaux.

Afin de lire tout ce qui concerne les camps de concentration, Aharon les achète tous, tant anglophones que francophones. Elle lit la une du journal *Le Soir*: « Le Lutetia, chargé d'accueillir les rescapés des camps de concentration, ne sera bientôt plus l'hôtel des morts-vivants. » Elle devine que son patron croit de moins en moins pouvoir retrouver sa famille. Ce qu'il lui dit le confirme:

— J'ai téléphoné au Lutetia ce matin. Je n'ai presque plus d'espoir.

Sa voix s'est brisée en disant cela. Aharon avait laissé son numéro de téléphone à cet hôtel et avait demandé de l'avertir si des membres de sa famille s'y présentaient. Sa femme et ses enfants ne quittent jamais ses pensées. Depuis qu'elle travaille pour lui, Rose l'a vu chaque jour penché sur son journal ou assis près de la radio. Il essuyait ses larmes à la fin de chaque reportage sur les camps de concentration et restait longtemps immobile, les yeux dans le vide. Ensuite, comme s'il prenait subitement conscience de la présence de sa jeune employée, il se ressaisissait et se raclait la gorge.

— Ne perdez pas espoir. J'ai lu que des rescapés seront accueillis à cet hôtel jusqu'à la fin août.

— Oui, je sais, mais ils arrivent déjà au compte-gouttes. Quelque chose me dit que… dit-il en frappant sur son cœur.

Il n'achève pas sa phrase mais elle le devine : il sent que ses proches sont tous morts.

Pour la première fois, elle voit de la colère dans les yeux de cet homme habituellement bon et doux. Il en veut encore au gouvernement canadien qui, en 1939, a refusé l'entrée au Canada du *MS Saint-Louis* transportant à son bord 937 passagers juifs allemands qui cherchaient à échapper à la persécution des nazis. L'épouse d'Aharon et leurs quatre enfants, une fille et trois garçons, étaient à bord. Ne trouvant nul refuge ailleurs, ils avaient été contraints de retourner en Allemagne. La famille d'Aharon faisait partie des 254 passagers à avoir ensuite été enfermés à Auschwitz, les autres ayant eu la chance d'y échapper.

— J'étais venu avant eux au Canada pour préparer un nid. Un nid d'amour. Ils auraient dû venir avec moi dès le début. Aujourd'hui, je préférerais être mort moi aussi.

Il sanglote. Rose passe son bras autour de ses épaules et appuie sa tête contre la sienne. Maigre et à peine plus grand qu'elle, il lui semble encore plus fragile ce matin.

— Et moi, que serais-je devenue sans vous ?

Il lui tapote affectueusement la main sans répondre. Au bout d'un moment, il demande plutôt pour la énième fois :

— Pourquoi le gouvernement a-t-il refusé de les aider ?

Rose ne sait quoi répondre, mais elle comprend à quel point cela lui semble insensé. La loi juive prescrit de ne jamais refuser d'apporter son aide. Les Juifs ont un joli mot, *mitzvah*, qui signifie « faire quelque chose de gentil pour quelqu'un ». *Même si certaines tentatives pour améliorer une situation semblent vouées à l'échec, la plupart des Juifs vont tenter l'impossible si cela peut aider quelqu'un,* lui a dit son patron un jour. Venant de lui, Rose sait que ce n'est pas qu'un beau discours. *Ses bottines suivent ses babines,* aurait plaisanté Bérangère. Aharon ne perd pas une occasion d'aider les autres. Elle en a été témoin dès sa première journée de travail : Anna, qui habite en face du magasin, est une femme que personne ne veut fréquenter à cause de ses sautes d'humeur imprévisibles. Certains jours, elle est la douceur même et d'une gentillesse remarquable, mais à d'autres moments, sans que l'on sache pourquoi, elle entre dans de violentes colères et invective tout un chacun. Aharon l'accepte comme elle est, peu importe l'humeur du jour, et est toujours très aimable avec elle. Il a confié à Rose que sa mère était comme Anna et qu'elle était la première à souffrir de son état sur lequel elle disait n'avoir aucun contrôle.

Rose aimerait tant pouvoir l'aider. Le voir démoli à ce point l'attriste. Il prend son mouchoir dans sa poche et se mouche.

— Pardonne-moi, dit-il.

— Je n'ai rien à vous pardonner. Votre peine et votre colère sont bien compréhensibles.

— Notre café refroidit, remarque-t-il pour changer de sujet. Il se lève et ouvre la radio.

— Que faisiez-vous, ciseau à la main, quand je suis arrivée ?

— Je découpais des articles que je veux encadrer. Les journalistes parlent des camps de concentration afin qu'on n'oublie pas et que toutes ces atrocités ne se reproduisent plus jamais. C'est un devoir de mémoire que nous avons.

— Je vais vous aider, offre Rose en s'installant sur le tabouret auprès de lui.

Il lui sourit, prend une règle et trace une ligne bien droite autour du premier article qu'il découpe dans un journal.

— Les soldats de l'Armée rouge ont témoigné de ce qu'ils ont vu, dit-il en lui tendant l'article. Quand ils sortaient des camps qu'ils libéraient, ils avaient vieilli de cinquante ans tant ils étaient marqués. Lis, invite Aharon en mettant son doigt sur la première ligne : « J'avais l'impression d'être à l'intérieur d'un cœur noir, maléfique[40]. »

À l'instant, un rayon de soleil éclaire Aharon. Il paraît très vieux tant son visage est triste, défait.

Rose colle minutieusement l'article sur le carton avant de remettre la vitre en place.

— Tu travailles bien, ma fille. Je suis persuadé qu'un jour ce sera l'un de tes écrits qu'on lira en première page, déclare-t-il en faisant une pichenotte sur le journal.

La jeune femme le regarde avec tendresse et ne regrette nullement de lui avoir confié son rêve, même si elle avait d'abord pensé qu'il pourrait l'estimer bien prétentieuse de viser si haut.

— J'en ai de la chance de vous avoir comme patron. Ils sont rares les hommes qui encouragent les femmes à s'instruire.

— Je t'encourage comme j'aurais aimé pouvoir le faire avec ma fille, dit-il tout bas.

Pour éviter d'être envahi de nouveau par la tristesse, il ajoute aussitôt :

---

40 Paraphrase du témoignage d'un soldat publié en 1950 à Londres : « C'était comme si nous avions pu enfin pénétrer à l'intérieur même du cœur noir, dans les replis du cœur maléfique. » Meyer Levin, *In Search*, publié à Londres en 1950.

— Si tu as besoin de t'absenter plus souvent pour tes cours, on va s'arranger.

— Ne vous inquiétez pas, je serai absente seulement le jeudi matin. Mes autres cours sont le soir.

— Le jeudi matin est justement l'avant-midi où j'aime être seul au magasin, dit-il, mi-figue mi-raisin en lui tendant le reportage de Marguerite Higgins[41], la correspondante de guerre du *Herald Tribune* de New York. Elle y décrit ce qu'elle a vu à la libération du camp de concentration de Dachau: « Les prisonniers du camp embrassaient les troupes américaines et embrassaient le sol », lit Rose en appuyant sur le papier afin qu'il colle uniformément.

— J'ai entendu cette journaliste à la radio. Quand elle a envoyé son article à son rédacteur en chef, elle a insisté pour dire que les photographies n'étaient pas truquées, mais bien réelles, tant il est difficile de croire ce que les nazis ont fait aux prisonniers des camps, dit Aharon, la voix étranglée par l'émotion. À la fin de l'entrevue, elle a supplié les auditeurs de la croire, même si cela semble invraisemblable. Sa voix tremblait. Tu vois pourquoi c'est important de conserver des traces de ce qui est écrit. Bien des gens diront que tout ce qu'ont vécu les Juifs n'est qu'invention.

Ils restent silencieux, chacun perdu dans ses pensées.

— Moi, reprend Rose au bout d'un moment, j'ai entendu un autre journaliste, originaire de la Gaspésie: René Lévesque[42]. Il a été correspondant pour *La voix de l'Amérique,* une radio américaine. Il s'est rendu à Dachau, le premier camp de prisonniers politiques. Il a parlé de la puanteur insoutenable. Il a dit que les prisonniers se sont rués sur les

41 Personnage réel.
42 Personnage réel. Deviendra premier ministre du Québec.

libérateurs pendant que d'autres exécutaient des gardiens des camps qui avaient été particulièrement durs avec eux.

— La guerre ne finira jamais. La haine engendre la haine.

Aharon et Rose éclatent de rire parce qu'ils ont dit cela à l'unisson.

— Bon, c'est assez la tristesse, ce matin. Je vais fermer la radio et mettre le disque d'Édith Piaf que j'ai acheté hier. Tu vas aimer *La vie en rose* qu'elle chante merveilleusement bien.

Les paroles de celle qu'on appelle la môme Piaf s'échappent par la fenêtre ouverte et réjouit le cœur des passants : *Des yeux qui font baisser les miens. Un rire qui se perd sur sa bouche…*

Anna entre sur ces entrefaites. Aharon la prend dans ses bras et la fait valser. Ils rient. Anna est dans l'une de ses bonnes journées. Sans Aharon, elle n'aurait personne à qui parler.

Rose les regarde et murmure *mitzvah*, un mot qu'elle veut se répéter chaque jour.

55

Paris, septembre 1945

Un oiseau jaune vient se poser sur le bord de la fenêtre d'une petite chambre située dans les combles d'une maison parisienne où Kalinda dort d'un sommeil rempli de musique. La veille, elle est allée au concert. Pour la première fois depuis la Libération, elle avait trouvé le courage de sortir seule le soir. Il n'y a que la musique pour la forcer à le faire. Non seulement la liberté ne lui a pas apporté autant de joie que plusieurs imaginent, mais depuis ces heures sombres passées dans les camps, elle ne supporte pas la promiscuité et fuit les foules.

Certes, les jours suivant son départ du Lutetia, elle aimait flâner dans Paris et prenait plaisir à redécouvrir cette ville qu'elle aimait tant et qui avait un autre visage depuis qu'elle avait été occupée par les Allemands. Mais ce sentiment de liberté, cette joie de pouvoir marcher comme elle le voulait, quand elle le voulait, avait été vite assombrie par l'antisémitisme ambiant, aussi fort, sinon plus qu'avant la guerre. Sans compter les hommes ! Depuis la Libération, dans une vaine tentative d'échapper à leurs regards concupiscents, elle ne s'était jamais maquillée et avait camouflé son corps sous d'amples robes informes. Ayant refoulé dans un coin de sa mémoire les visages des clients du block 24, elle serait bien en peine de les reconnaître. Ainsi, chaque fois qu'un homme lui faisait de l'*œil*, elle se demandait toujours avec angoisse s'il avait été l'un d'eux. Elle faisait donc ses emplettes à l'heure où les magasins étaient presque vides et allait au cinéma quand tout le monde, ou presque, travaillait. Une seule chose l'avait motivée à s'aventurer un peu plus loin : se rendre à la parfumerie, comme si les effluves dont elle s'aspergeait chaque jour pouvaient anéantir les souvenirs des odeurs d'Auschwitz. Cela lui rappelait aussi le parfum que Nanosh avait volé pour elle à Birkenau. Elle avait eu alors le sentiment d'être femme. Pas seulement un numéro.

Heureusement qu'il y avait aussi dans sa vie les petits gestes à la valeur inestimable : les regards bienveillants, les sourires, les *Bonjour* joyeux, les portes que l'on tenait pour elle lorsqu'elle avait les bras chargés. Tout cela lui faisait un tel bien !

Hier soir, au concert, elle avait réservé deux sièges supplémentaires afin qu'aucun étranger ne s'assoie auprès d'elle. Mais la soirée avait été magique. Estimant que les rares instruments anciens encore disponibles étaient trop usés pour rendre justice à Bach ou Mozart, la musicienne jouait des compositions d'autres époques sur un clavecin conçu expressément pour elle. Kalinda aimerait devenir elle aussi une grande pianiste et cantatrice. Mais ce rêve lui semble inatteignable. Elle devrait suivre des cours pour perfectionner son art, mais n'a pas les moyens financiers de le faire.

Des éclats de voix provenant du corridor la réveillent brusquement. Les yeux encore tout ensommeillés, elle s'assoit dans son lit, les yeux fixés sur la porte, le cœur tambourinant dans sa poitrine. Depuis Auschwitz-Birkenau, elle n'a pas perdu cet état d'hypervigilance qu'elle y avait développé et qui la met toujours en alerte, comme si un danger constant la menaçait. Plus rien n'a l'écho rassurant de la vie d'avant la guerre.

Elle passe ses mains sur son visage. Comme chaque matin, ses premières pensées vont vers Isaac et son père, dont elle est toujours sans nouvelles. Tout au long de l'été, elle est souvent retournée au Lutetia. La photo d'Isaac n'avait pas été enlevée sur le grand tableau, mais Sabine ne pouvait cependant rien en conclure :

— Depuis le 10 juin, ça s'est beaucoup calmé, mais il y a encore pas mal de gens qui viennent voir les photos sur le grand tableau. Isaac a aussi bien pu prendre le numéro de téléphone de l'homme qui a laissé un message pour lui, sans qu'aucun d'entre nous le sache. Je suis désolée, ajoute Sabine, qui avait considérablement maigri depuis qu'elle avait appris la mort de son mari et des quarante-quatre enfants qu'ils avaient accueillis. Kalinda l'avait longuement serrée dans ses bras lorsqu'elle lui avait confié cette terrible nouvelle.

Kalinda s'était ensuite rendue à la Pitié-Salpêtrière, où des rescapés et blessés de guerre étaient hospitalisés. Dans la salle commune où la première infirmière l'avait dirigée, elle avait dévisagé les malades, dont certains lui tendaient la main, pour en ressortir plus triste qu'à son entrée. Avec une autre infirmière, elle avait gravi un escalier au bout d'un bâtiment dont les murs anciens de cet étage avaient abrité des filles à marier envoyées au Canada. L'endroit portait aussi le souvenir des prostituées déportées quelques années plus tard en Louisiane. Là non plus, nulle trace de son père parmi les malades. Avant de partir, désespérée, elle s'était arrêtée à la chapelle pour prier.

Refusant de perdre espoir, elle avait fait publier chaque semaine des annonces dans plusieurs journaux afin de retrouver son père, Isaac et Marceline.

Ignorant toujours si celle-ci était vivante, Kalinda avait aussi cherché à renouer avec Delphine. Le fait qu'elle l'avait surprise, le jour de son départ de Paris, au bras d'un Allemand devant l'Alcazar, pesait moins lourd dans la balance que l'absence d'une véritable amie. Elle l'avait trouvée, mais pas là où elle s'y attendait. Peu de temps après les célébrations soulignant la fin de la guerre, le désir de vengeance avait pris le dessus dans le cœur de bien des Français, qui n'hésitaient pas à former des tribunaux populaires afin de punir les traîtres. C'est ainsi qu'un soir, Kalinda avait aperçu un groupe de femmes que des mains agressives tondaient sur la place publique. Delphine était parmi elles. Des rigoles de sang coulaient sur son cou et ses seins nus. Leurs regards s'étaient croisés. Avant que deux hommes l'emmènent, Delphine, les yeux rivés sur Kalinda, avait crié : *Pardon !* Malgré les recherches qu'elle avait effectuées ensuite, Kalinda n'a jamais su ce qu'il était advenu d'elle.

Et puis, par une magnifique journée de juillet, Lumina, comme une bouée de sauvetage, avait ressurgi dans sa vie.

Kalinda regarde le réveille-matin, qui sonnera dans quelques minutes. Lumina, avec qui elle habite depuis deux mois, rentrera bientôt de son boulot. Son amie préfère travailler la nuit dans une manufacture plutôt que de supporter l'indifférence et la froideur de son père.

— Tu te rends compte, jamais il ne m'a demandé ce que j'ai vécu à Auschwitz ! Il ne s'intéresse qu'à lui et à sa politique. Il ne parle que de cela. Ce que j'ai ressenti au camp ne l'intéresse pas, lui avait confié Lumina lorsqu'elles avaient pris un thé ensemble sur une terrasse par un bel après-midi de juillet.

— Peut-être qu'il trouverait ça trop difficile à entendre, avait répondu Kalinda.

Lumina avait haussé les épaules avant de lui demander si elle pouvait venir vivre avec elle.

— Je veux travailler, être libre, avait-elle alors ajouté.

Libre. À cela, Kalinda n'avait pas répondu : elle se sentait trop prisonnière de ses souvenirs pour parler de liberté. Elle avait cependant accepté la suggestion de Lumina avec empressement. Elle l'aimait bien et, qui sait ? Peut-être que sa présence chasserait les cauchemars qui assombrissaient sa vie, le jour autant que la nuit. Elle savait surtout que seuls les déportés peuvent comprendre ce qu'ils ont traversé. Peut-être qu'ensemble, elles retrouveraient une certaine joie de vivre, un élan vital.

Elles avaient visité plusieurs appartements avant d'en trouver un qui n'était pas trop sordide et ne sentait pas le moisi, comme la plupart de ceux qui correspondaient à leurs revenus modestes. Kalinda était heureuse de quitter la chambre qu'elle avait louée à l'Hôtel de Seine, où la vie était trop communautaire à son goût. Auschwitz l'avait dégoûtée de la vie en groupe qu'elle avait pourtant jadis tant aimée auprès de ses grands-parents tziganes. Elle se méfiait trop des gens, désormais. Elle scrutait leur visage, cherchant à déceler ce qu'ils avaient réellement au fond du cœur. Cet hôtel était aussi lié à un très mauvais souvenir. C'est là qu'elle avait appris la mort de son père.

— Je l'ai tenu dans mes bras lorsqu'il a rendu son dernier souffle, l'avait informée un homme qui faisait lui aussi partie de la résistance.

Ariel était mort le 26 août 1944, par une journée ensoleillée et chaude durant laquelle cent vingt avions avaient bombardé Paris, faisant deux cents morts et mille blessés.

Kalinda avait accueilli la nouvelle apparemment sans émotions, mais elle avait ensuite beaucoup pleuré dans la solitude de sa chambre.

Or, il y avait désormais Lumina qui lui redonnait espoir en lui répétant chaque jour qu'elle retrouvera Isaac : *Je le sais là,* disait-elle, en posant sa main sur son cœur.

Kalinda avait téléphoné plusieurs fois sans succès chez Franz Legardeur, l'homme qui avait laissé son numéro au Lutetia afin qu'Isaac le contacte. Personne n'avait jamais répondu à ce numéro jusqu'à ce qu'enfin elle entende au bout du fil une voix féminine et, derrière elle, les pleurs d'un bébé.

— Bonjour, j'aimerais parler à Franz Legardeur, s'il vous plaît.

Son cœur battait la chamade. Elle craignait tant de recevoir une mauvaise nouvelle.

— Est-ce que vous êtes une employée de l'un de ses magasins ? avait demandé la femme avec un accent que Kalinda ne connaissait pas.

— Non. Je cherche un ami que nous avons en commun.

— Un instant, avait répondu l'étrangère après un moment d'hésitation.

— Allô ?

— Bonjour, monsieur Legardeur. Je m'appelle Kalinda Cohen, je cherche Isaac Adler.

— Comment avez-vous eu mon numéro de téléphone ?

— Je l'ai vu sur le grand tableau à l'hôtel Lutetia. Je suis une rescapée d'Auschwitz.

Un silence. Franz avait prévu qu'elle l'appellerait un jour. Son discours était prêt. Pourtant, à cet instant, il était sans mots. Quelque chose dans la voix de cette femme le bouleversait.

Près de lui, les pleurs se faisaient de plus en plus perçants.

— Un moment je vous prie.

Dorothée, veux-tu, s'il te plaît, fermer ce téléphone quand j'aurai pris la communication dans mon bureau? avait entendu Kalinda. *Oui,* avait répondu une voix impatiente.

Un déclic. Les pleurs de l'enfant, désormais lointains, ne couvraient plus la voix chaude de Franz qui, après une hésitation, avait mentionné:

— Je sais qui vous êtes. Isaac savait que vous alliez finir par le retrouver. Il m'a demandé de vous transmettre un message.

Kalinda avait pleuré de joie en entendant cela. Son amour était vivant. Il avait un message pour elle. Elle allait le retrouver bientôt. Mais ce qu'elle avait entendu l'avait glacée:

— Il m'a demandé de ne révéler à personne où il se trouve. Même pas à vous. Il veut que vous l'oubliiez.

Sous le choc, Kalinda était restée sans voix un moment avant de murmurer:

— Ce n'est pas possible.

— Je ne peux rien faire pour vous. Désolé, avait dit Franz avant de raccrocher.

Il était resté auprès de l'appareil quelques minutes et avait appuyé son front contre le mur. Il devinait la peine qu'il venait de causer à cette femme. Il avait pensé à Rose: il savait ce que c'était de ne pouvoir vivre avec l'amour de sa vie. Il était venu à un cheveu de dévoiler la vérité à Kalinda, mais il avait préféré raccrocher plutôt que de briser la promesse faite à Isaac.

— Quel gâchis, s'était-il dit entre ses dents.

L'appartement était calme : *La petite s'est sans doute endormie,* se disait-il.

Sandrine pleurait souvent, mais Dorothée était persuadée que cela passerait, que ce n'étaient que des coliques. Jamais, dans les lettres qu'elle avait écrites à Rose, elle n'avait soufflé mot des crises de larmes de sa fille, la décrivant plutôt comme une enfant calme et sereine. Ce n'était pas tant pour éviter de l'inquiéter qu'elle lui cachait la vérité que par orgueil : Dorothée voulait montrer qu'elle savait désormais s'y prendre aussi bien qu'elle.

Dans l'espoir que Rose vienne à Paris, Franz lui avait dit que la petite se souvenait de la voix de sa maman et que la voir la réconforterait. Dorothée avait rejeté cette idée. Elle voulait être la seule mère pour sa fille. Elle demeurait inflexible, même si Rose la suppliait elle aussi de la laisser les visiter. Non seulement Dorothée ne voulait pas que Rose voie que Sandrine n'était pas l'enfant heureuse et calme décrite dans ses lettres, mais il n'était pas question que sa sœur entre dans leur vie. Même si elle n'évoquait pas ouvertement le sujet avec lui, elle savait bien que son mari en était amoureux.

En sortant de son bureau, Franz avait vu Dorothée assise dans la berceuse près de la fenêtre, Sandrine lovée contre son cœur. Il aurait aimé avoir son appareil photo sous la main pour immortaliser ce moment de douceur. Un instant si rare, Dorothée n'étant pas la mère attentionnée qu'il n'avait cessé d'espérer. Elle préférait nettement les mondanités et courir les magasins plutôt que d'être auprès de leur fille. *Finalement, le fait qu'elle ne tombe pas enceinte malgré tous nos efforts est peut-être mieux ainsi,* se disait-il pour se consoler, lui qui avait pourtant souhaité une famille nombreuse.

Malgré cette déception, il avait songé à quel point il avait de la chance, bien plus qu'Isaac. *Il suffit de peu de choses pour que la vie soit un enfer ou le paradis*, pensait Frank. *Dans mon cas, être allemand m'a protégé, tandis qu'Isaac a été précipité dans un malheur qu'aucun humain ne devrait avoir à supporter simplement parce qu'il est juif. Naître au mauvais endroit, au mauvais moment, avec la mauvaise génétique. La vie est un coup de dés.*

Il s'était avancé et s'était agenouillé près de Dorothée afin d'être à la hauteur du visage du bébé endormi. Il ne se lassait pas de la regarder. Il adorait cette enfant.

Lorsque Lumina revient du travail, elle trouve Kalinda qui sanglote dans son lit. Elle s'assoit auprès d'elle, lui caresse les cheveux et accueille ses confidences avec une réelle empathie.

— Tu ne vas pas abandonner, la sermonne-t-elle gentiment. Isaac et toi n'avez pas survécu à l'enfer pour en arriver là. Quand nous étions au block 24, j'ai bien vu à quel point il était amoureux de toi. Mon petit doigt me dit qu'il y a quelque chose de pas clair dans toute cette histoire. Voilà ce que tu vas faire.

Kalinda se redresse dans son lit et l'écoute :

— Tu m'as dit que cet homme, ce Franz, est propriétaire d'un magasin de meubles.

— Oui.

— Alors, il doit bien y aller de temps en temps.

— Oui, j'imagine.

— Tu pourrais le suivre.

L'idée n'est pas bête : lorsqu'elle saura où Franz habite, elle s'y rendra. Il lui sera alors plus difficile de se désister. Mais elle a besoin d'être rassurée :

— Tu crois ?

— Ça vaut la peine d'essayer en tout cas, l'encourage Lumina.

Elles descendent au salon et fouillent dans le bottin téléphonique accroché sous le téléphone. Épaule contre épaule, elles cherchent sous la rubrique *Meubles* et trouvent un commerce qui appartient sans doute à Franz : Les meubles Legardeur. Kalinda note l'adresse.

— Ce n'est pas loin d'ici. J'irai demain, dit-elle d'une voix pleine d'espoir.

Elles se prennent les mains en souriant : une façon pour elles de prier, d'appeler la chance.

56

Québec, automne 1945

En replaçant sa couverture, Rose aperçoit la dernière lettre de Dorothée qui est tombée à ses pieds. Des mots dansent devant ses yeux : *Notre fille est adorable.* Rose sait que le mot *Notre* l'exclut, elle. Elle espère que sa sœur revienne sur sa décision et finisse par lui faire une petite place dans leur vie. Franz lui a dit qu'il ferait tout son possible pour cela. Elle a confiance en lui. Il a tenu promesse et lui téléphone durant l'une des nombreuses absences de Dorothée. Ils ont à leur service une gouvernante et une bonne, mais Franz, afin d'être très souvent avec la petite, a engagé un homme de confiance qui le remplace souvent à son travail. Il lui a dit de ne pas s'inquiéter : *Sandrine prend le biberon sans rechigner, grandit et grossit vite.* Il l'adore, cela transparaît dans chacune de ses paroles. Ils restent parfois plusieurs minutes sans se parler, la simple présence de l'autre au bout du fil leur étant précieuse. Ils ne l'ont jamais dit ouvertement, mais ils regrettent de ne pas s'être rencontrés avant. Franz n'a pas confié à Rose qu'il a songé à offrir une grosse somme d'argent à Dorothée afin qu'elle le laisse partir avec Sandrine. Il connaît désormais suffisamment sa femme pour savoir qu'elle refuserait la proposition, malgré son amour du luxe et de l'argent. Jalouse et orgueilleuse, non seulement elle ne supporterait pas de le savoir heureux avec sa jeune sœur, mais elle aurait honte d'être de celles que leur mari abandonne. Dans le milieu qu'elle fréquente, les femmes divorcées sont très mal vues.

Rose regarde la dernière photo de Sandrine que Franz lui a envoyée. Elle est tellement belle, sa fille.

Elle relit ensuite la lettre de Bérangère. *Si tu savais à quel point je suis fière que tu étudies à l'université. J'aurais jamais cru cela possible.* À défaut de pouvoir aller à Sainte-Flavie, Rose est heureuse de constater que ses études sont au moins une consolation pour sa mère.

Rose marche sur la rue Saint-Jean, heureuse de profiter de la chaleur de cet été des Indiens.

— Il fait beau. Profites-en pour aller manger sur la terrasse Dufferin. Le vendredi, les heures de travail sont longues, ça te fera du bien, lui a suggéré son patron.

Une silhouette, de l'autre côté de la rue, lui semble familière. Plus elle s'en approche, plus elle est convaincue de connaître cette personne qui, appuyée contre un mur de pierres, tend la main. Ce mendiant n'a pas relevé la tête, et bien qu'il soit considérablement amaigri et qu'il ait perdu sa superbe et son air prétentieux, elle le reconnaît: Gratien.

Il tend la main chaque fois que des gens passent devant lui. Ceux-ci regardent ailleurs et pressent le pas. Le pas du mépris. Ou de l'indifférence. Ou du malaise. Ou de la souffrance.

Gratien crie après l'un d'eux: *Bandes de sans-cœurs!* Il prend une gorgée dans la bouteille d'alcool qu'il cache dans un sac de papier. Le regard qu'il pose ensuite sur Rose arrête son geste. Ils restent tous les deux figés, ne sachant pas trop quelle attitude adopter. Elle, est consternée. Lui, a honte. Il se lève et s'éloigne d'un pas chancelant avant de tomber face contre terre. Sa bouteille éclate en mille morceaux. Les débris de verre cassé brillants sous le soleil ressemblent à des petits voiliers qu'une tempête aurait renversés. D'autres passants le contournent comme s'il était devenu invisible. Rose est tentée de le secourir, mais, s'étant juré de ne jamais renouer avec lui, elle hésite. La voix de sa conscience la rappelle à l'ordre : *Tu ne peux tout de même pas le laisser étendu sur le trottoir sans rien faire.* En s'approchant vers lui, elle aperçoit deux policiers qui, la devançant, aident Gratien à se relever et l'emmènent.

Rose n'a plus faim. Elle retourne sur ses pas et rejoint Aharon, à qui elle raconte tout.

— Maudite guerre qui brise les hommes, les femmes et les familles ! Souhaitons qu'il s'en sorte, dit-il.

La journée est riche en émotions. Il n'a pas aussitôt terminé sa phrase que le téléphone sonne. C'est Bérangère au bout du fil.

— Rose, ma belle enfant.

— Maman ! s'écrie Rose, follement heureuse de l'entendre.

— Je pourrai pas te parler longtemps, ma chérie. J'suis dans un magasin général en Gaspésie.

— En Gaspésie ? ! ! !

Rose entend des rires et de bruyants éclats de voix : l'endroit semble animé.

— Oui, j'te raconterai. Mais là, y fallait que j't'appelle. Ton père est mort y a déjà deux semaines. Je viens seulement de l'apprendre. Marie-Ange non plus le savait pas. Elle était chez sa sœur à Montréal et moi j'étais… J'étais chez un ami.

D'apprendre que son père est mort ne bouleverse pas Rose. En fait, elle ne ressent rien. Rien d'autre qu'un soulagement dont elle se sent aussitôt coupable.

— Comment c'est arrivé ?

— Il est mort subitement sur notre terre. Son cœur a lâché. Le taureau, le voyant immobile, s'est précipité et l'a poussé avec ses cornes sur une bonne distance. Onésime avait la bouche pleine de terre quand l'curé l'a trouvé. Quand Marie-Ange est revenue de Montréal, elle avait dans son courrier une lettre du curé et une du notaire. Il lui apprenait la mort de son frère et le testament qu'Onésime avait fait. Imagine-toi que ton père a donné tous ses biens à la Fabrique.

— Ah non, pas vrai ! s'exclame Rose.

— Heureusement, le curé a pas profité de la situation. L'amour change beaucoup de choses dans une vie.

— Qu'est-ce que l'amour vient faire là-dedans ?

— Le curé est en amour, dit Bérangère tout bas.

— Le curé ? En amour ? Il est pourtant tellement à cheval sur les principes ! s'écrie Rose tellement fort qu'Aharon sursaute et la fixe, curieux.

— Faut croire que l'amour est plus fort que tout, dit Bérangère qui en sait désormais quelque chose. Imagine-toé donc qu'il est en amour par-dessus la tête avec une femme d'la paroisse dont le mari a le même caractère qu'Onésime. Faque il me comprend mieux maintenant.

— Comment ça se fait que vous savez tout ça ?

— L'amoureuse du curé est la meilleure amie de Marie-Ange. Il faut garder le secret parce que si ça s'ébruite, il pourrait être muté dans une autre paroisse. Mais c'est pas certain, il paraît que c'est parfois toléré ces affaires-là.

— Oui, et c'est plus fréquent qu'on pense.

— En tout cas, moé, ça fait mon affaire. Cet amour-là, qui scandaliserait ben du monde si ça se savait, est à mon avantage. Étant donné qu'il est plus compréhensif, le curé a jugé que la maison, les meubles et la terre me revenaient. La Fabrique en a la charge légale, mais c'est juste une formalité.

Rose soupire. Les femmes verront-elles enfin le jour où elles pourront signer des chèques, des bons de traites, des baux ? Quand cesseront-elles d'être sous la tutelle d'un frère, d'un beau-frère, d'à peu près n'importe qui pourvu qu'il soit un homme ? Seront-elles enfin libérées de ce statut d'inférieures qui leur colle à la peau autant que les enfants et les aliénés ?

Ce qu'ajoute sa mère met fin à son questionnement.

— Le curé avait gardé espoir que je guérisse et que je sorte de l'asile, chuchote Bérangère.

— De l'asile ? ! ! !

— J'y suis jamais allée, rigole sa mère. Onésime a dit ça pour éviter la honte d'avoir été quitté par sa femme.

— Quitté par sa femme ? Vous l'aviez enfin sacré là ?

— Oui, laisse-moi continuer.

— Je vous écoute, ma belle maman.

— Donc, pour éviter la honte d'avoir été sacré là, comme tu dis, ton père racontait aux gens du village qu'y m'avait faite enfermer parce que je pleurais tout le temps. C'était facile à croire. Avec un mari pareil, il y a de quoi pleurer. En plus, c'est tellement facile pour un homme de faire enfermer sa femme. Il avait réussi aussi à faire croire que j'étais tellement atteinte que c'était pas recommandé de me visiter. Que les visites me perturbaient et m'empêchaient de me rétablir, ricane Bérangère.

— Ouf, vous m'avez fait peur ! Mais si j'avais réfléchi deux minutes, je me serais dit aussitôt que je l'aurais appris s'il vous avait fait enfermer. J'aurais cessé de recevoir vos lettres et Henri m'aurait avertie.

Rose entend une femme qui parle à sa mère.

— Je dois raccrocher, ma fille. Quelqu'un a besoin de la ligne. Peux-tu me rejoindre à Sainte-Flavie samedi? J'arriverai en fin de soirée.

— Un instant. Je vais demander à mon patron, dit Rose, heureuse de cette perspective.

— Mon père est mort. Est-ce que je pourrais avoir quelques jours de congé pour aller à Sainte-Flavie ? demande-t-elle en se tournant vers Aharon.

— Prends tout le temps qu'il te faudra ma fille, dit-il après lui avoir offert de brèves condoléances. Je vais m'arranger avec Anna. Elle est dans ces bonnes journées, ces temps-ci, et elle aime venir aider au magasin.

— Je serai là samedi, maman. Je vous attendrai.

— J'ai hâte de t'voir.

— Moi aussi.

57

Paris, automne 1945

Debout sous une pluie torrentielle, Kalinda regarde, exposée dans la vitrine des Meubles Legardeur, la photo de Franz en exergue de l'article dans lequel le journaliste souligne à grands traits sa réussite en affaires. Kalinda apprend que le défunt père de l'homme était allemand, qu'il porte le nom de famille de sa mère et qu'il possède plusieurs magasins de meubles disséminés à travers l'Europe et ailleurs dans le monde. Cela ne l'impressionne pas pour autant. Combien ont tiré profit du travail des prisonniers des camps de concentration ? Elle chasse cette idée que Franz Legardeur puisse avoir lui aussi les mains tachées de sang. Elle doit se concentrer sur son objectif: revoir Isaac.

Le cœur rempli d'espoir, elle ouvre la porte des Meubles Legardeur et se dirige vers la vendeuse à qui elle dit qu'elle se cherche du travail et voudrait rencontrer le patron.

— Il passe ici tous les vendredis à la même heure pour nous remettre notre paie, répond la jeune fille avec un large sourire. Monsieur Legardeur traite très bien ses employés et les paie mieux que la plupart. Revenez, ajoute-t-elle après l'avoir dévisagée de la tête aux pieds avec envie: elle n'a jamais vu de femme aussi belle.

Kalinda la remercie chaleureusement, sort du magasin et regarde l'heure: il est temps de se rendre à la maison des trois sœurs pour qui elle travaille de midi à vingt heures. Elle voit à l'entretien de leur domicile et leur fait la lecture, leur vue ayant trop diminué pour qu'elles puissent désormais se plonger pendant des heures dans un livre. Mariette, Martha et Gertrude sont de bonnes vieilles dames qui la gâtent comme si elle était leur fille. Kalinda les aime beaucoup, et même si elle imaginait autrement son avenir avant d'être enfermée à Auschwitz, elle s'estime chanceuse d'avoir obtenu cet emploi. Elle avait frappé à bien des portes avant la leur et avait parfois été insultée : « Qu'as-tu fait pour survivre ? Il n'y a que les bandits et les mécréants qui sont sortis vivants d'Auschwitz ! » Ou : « On ne veut pas des gens de ta race ! »

La première chose qu'elle a remarquée quand elle est entrée dans la maison des trois sœurs, c'est le piano. *Il doit rester muet,* a mentionné Gertrude, les larmes aux yeux. Kalinda, devinant qu'il porte un secret douloureux, n'avait pas insisté.

Elle n'a que le dimanche de congé, mais les trois sœurs acceptent sans rechigner qu'elle s'absente le vendredi suivant :

— Sors, profite de ta jeunesse ! lui dit Mariette. Tu devrais d'ailleurs nous demander des congés beaucoup plus souvent.

Vendredi, Franz se présente à son magasin à l'heure prévue. Kalinda l'attend sur le trottoir d'en face en faisant mine de regarder les vitrines. Lorsqu'il sort enfin, elle le suit en espérant qu'il ne se sente pas espionné. Ils ne marchent pas très longtemps. Franz s'engouffre dans un chic immeuble donnant sur la Seine. Kalinda attend près de l'entrée que quelqu'un en sorte. Presque aussitôt, elle tient la porte pour un vieil homme qui, une canne à la main, a peine à marcher. Posant péniblement un pied devant l'autre, il n'arrive pas à quitter l'immeuble rapidement afin qu'elle puisse s'y faufiler. Le numéro de l'appartement de Franz est indiqué dans l'entrée: le 404. Lorsque la porte de l'ascenseur s'ouvre au quatrième, Kalinda voit une femme sortir de ce logement en lançant:

— Je dois partir vite si je ne veux pas être en retard chez le coiffeur. Ensuite, je vais chez une amie. Je reviens dans environ trois heures. J'ai oublié le biberon de Sandrine. Je te laisse t'en occuper, crie-t-elle avant de se précipiter dans l'ascenseur.

Leurs regards se croisent. Les deux femmes se sourient. Kalinda prend une grande inspiration et sonne à la porte sur laquelle sont indiqués les noms de Dorothée et Franz Legardeur. Celui-ci lui ouvre presque aussitôt, un bébé lové dans ses bras.

— Vous êtes Kalinda, n'est-ce pas? Je savais que vous viendriez, dit-il simplement en l'invitant à entrer.

Quand son employée lui avait décrit la femme qui était passée à son magasin parce qu'elle se cherchait un emploi, Franz avait tout de suite deviné qu'il s'agissait d'elle: Isaac lui avait souvent dit à quoi elle ressemblait. Aujourd'hui, il l'a repérée rapidement et s'est laissé suivre, complice de son désir de retrouver Isaac. Il sait qu'il l'aime et n'approuve pas la raison que son ami invoque pour la tenir à l'écart.

Franz se sent nerveux. Il aurait bien besoin d'une cigarette à l'instant. Mais il a cessé de fumer, *pour la petite*, a-t-il dit à Dorothée qui, elle, est loin de se priver. *J'ai remarqué que Sandrine plisse le nez quand je fume auprès d'elle. Ce n'est pas bon pour notre fille.* Dorothée avait rétorqué qu'il la gâtait trop. Il était souvent revenu à la charge, mais n'avait jamais pu la convaincre d'abandonner cette mauvaise habitude.

Franz invite Kalinda à le suivre au salon. Elle préfère cet endroit chaleureux un peu en désordre aux maisons trop bien rangées dénuées d'âmes. Ils s'assoient l'un en face de l'autre dans des fauteuils confortables et très rapprochés. Le bébé fixe Kalinda et lui sourit. La jeune femme se penche et lui caresse la joue, le cœur serré. Cette enfant lui rappelle sa sœur Naomie.

— Elle est si belle, dit-elle doucement.

— Voulez-vous la prendre ?

Kalinda acquiesce en souriant. Dès qu'elle est dans ses bras, c'est comme un coup de foudre entre elles. Sandrine lui sourit de nouveau et ne la quitte pas des yeux. Kalinda aurait tant aimé pouvoir donner naissance à un bébé. Elle est convaincue qu'Isaac et elle auraient fait de beaux enfants. Sentant le regard de Franz posé sur elle, elle chasse cette pensée, le regarde à son tour et demande :

— Pourquoi Isaac refuse-t-il de me voir ? Je vous en prie, dites-moi la vérité.

— Il veut mettre son passé derrière lui. Il dit que c'est le seul moyen de se refaire une autre vie, ment Franz.

— On n'efface pas le passé comme ça, bredouille Kalinda. Et puis, les liens que l'on tisse aident à se reconstruire. Isaac et moi avons sensiblement vécu les mêmes choses. Nous sommes les mieux placés pour nous soutenir, nous comprendre et nous aider mutuellement. Et je sais qu'il éprouvait des sentiments pour moi.

Franz sait qu'elle a raison, mais il ajoute néanmoins :

— Il est homosexuel.

Kalinda reste bouche bée. Serait-il possible qu'Isaac lui ait menti quand il venait la voir au block 24 ? Serait-il vraiment ce que les nazis croyaient ? Mais le souvenir de leurs étreintes ne concorde pas avec ce que Franz affirme.

Tout en prenant garde de ne pas faire mal à Sandrine, elle ouvre son corsage d'un geste brusque et lance :

— Je n'en crois rien. Regardez ce tatouage.

— Je sais que *Feld-Hure* signifie putain des camps, dit-il doucement. Isaac m'a raconté dans quelles circonstances vous vous êtes rencontrés.

— Vous comprenez donc que je suis bien placée pour savoir qu'il n'est pas homosexuel, dit Kalinda en refermant sa blouse. Je vous le répète : je sais qu'il éprouvait des sentiments pour moi.

— En fait, il aime les hommes autant que les femmes, mais il est tombé éperdument amoureux d'un détenu à Auschwitz. Ils ont été libérés ensemble. C'est pourquoi vous ne l'avez plus revu tout à coup.

— C'est impossible ! s'exclame-t-elle d'une voix tremblante en serrant Sandrine contre son cœur comme si elle avait le pouvoir de la consoler.

Franz voit la détresse dans ses yeux. Il y a en elle quelque chose de profondément attachant. Il voudrait l'aider.

— Comment pourrais-je me fier à la parole d'un Allemand ? demande Kalinda dont la colère ne sert qu'à étouffer sa peine et sa déception.

— Que savez-vous de moi ? Qu'est-ce qui vous permet de me juger ?

Kalinda le toise froidement sans rien dire.

— Oui, je l'avoue, je n'ai pas un passé glorieux, dit Franz sur la défensive. J'ai fait partie des Jeunesses hitlériennes. J'étais loin d'être le seul. Je n'ai comme excuse que mon jeune âge, ajoute-t-il d'une voix basse.

Perdu dans ses souvenirs qui lui font mal, il fixe un moment les eaux bleues de la Seine qui coulent à quelques pas de sa fenêtre.

Se retournant vers Kalinda, il dit :

— Heureusement, le destin a placé sur ma route tout ce qu'il fallait pour que je m'ouvre les yeux. Depuis, je n'ai jamais cessé de répéter à quel point les mots peuvent être dangereux : on cible un groupe. Des Juifs, dans ce cas-ci. Ou des Tziganes, comme vous. On les marque ensuite des pires médisances qui leur enlèvent toute humanité pour mieux justifier qu'ensuite on les tue, voilà ce que je répète à tous mes employés. Mais au départ, ce ne sont que des mots. Pourtant, ils sont loin d'être inoffensifs. Ils peuvent finir par tuer.

Kalinda l'écoute en silence, cherchant à deviner s'il est sincère.

— Pour me racheter, dit-il en plongeant ses yeux dans les siens, dès le début de la guerre, j'ai hébergé clandestinement plusieurs Juifs. Isaac était parmi eux. Nous sommes devenus amis. Sans les indics, j'aurais pu le cacher jusqu'à la fin de la guerre. Mais au moins, il a été à l'abri pendant quatre ans. Quatre années soustrait à la vie des camps, c'est déjà beaucoup. Très probablement la différence entre la vie et la mort, la majorité ne survivant pas plus de quatre mois dans un camp de concentration.

Il marque de nouveau une pause et ajoute :

— Je ne suis pas parfait, mais j'essaie de réparer le mal que j'ai causé. D'ailleurs, chaque fois que le hasard met sur ma route un rescapé, j'essaie de l'aider. C'est aussi moi, peut-être même surtout moi, que j'aide, car ainsi je soulage ma conscience. Bref, j'aimerais vous soutenir, vous qui avez souffert de la bêtise allemande. Qu'est-ce qui vous rendrait heureuse ?

— Isaac, murmure Kalinda.

— Ça, malheureusement, je ne peux vous l'offrir. Il doit bien y avoir autre chose.

Kalinda hausse les épaules et pose ses yeux sur l'enfant qui bâille en faisant une drôle de mimique.

— Isaac m'a dit que vous êtes très douée et que votre mère avait raison de vous avoir répété que vous étiez née pour la musique et le chant, ajoute Franz pour rompre le silence.

J'en meurs d'envie, mais pourrai-je de nouveau en jouer? se demande-t-elle. Par moments, les souvenirs atroces liés à l'orchestre d'Auschwitz la hantent tellement que cela lui semble impossible.

Des pensées filent dans sa tête aussi rapidement qu'un écureuil sautant de branches en branches: elle se souvient des chansons qu'elle apprenait avec Marceline et qui l'avaient aidée à survivre à Birkenau. Marceline! Elle aimerait tant la revoir.

Elle se remémore les chants composés par Nanosh et d'autres Tziganes. Elle ne peut oublier son serment de les protéger afin qu'ils leur survivent. Mais ses chants étaient restés à Auschwitz. Elle s'en voulait tellement de ne pouvoir tenir sa promesse.

Elle pense à cette autre promesse, faite à Dieu cette fois. *Si je survis,* Lui avait-elle dit, *non seulement je mettrai la musique au centre de ma vie, mais je la mettrai surtout au service des autres, afin de les soulager, les consoler, les réconforter, leur redonner une certaine joie de vivre, voire un certain état de grâce.* Le jour où elle avait fait ce marché avec Dieu, il lui importait non plus seulement de rester en vie, mais de donner un sens à cette vie en faisant œuvre utile.

Elle n'oublie pas sa mère qui lui avait dit que sa musique, tout comme la bonté, *était un acte de résistance.*

Franz qui, jusque-là, l'observait en cherchant comment la convaincre, brise de nouveau le silence:

— Je vous en prie, au moins n'abandonnez pas la musique et le chant. Laissez-moi vous aider. Je paierai vos études au Conservatoire.

Kalinda ricane :

— Si vous m'aidiez, j'aurais le sentiment de souiller la mémoire de toute ma famille morte à cause des Allemands dont vous êtes, persifle-t-elle méchamment.

— À cause des nazis, pas de tous les Allemands. Sachez faire la différence. Je n'ai pas connu vos parents, mais je ne crois pas qu'ils auraient voulu que leur fille devienne aussi raciste que les nazis.

Cela, Kalinda ne peut le nier. L'offre de Franz est d'autant plus tentante que les trois sœurs chez qui elle travaille parlent de plus en plus souvent de vendre leur maison et *d'aller vivre chez les vieux,* ont-elles dit. *Quel avenir aurai-je si je ne saute pas sur cette occasion ?* se demande-t-elle.

— Vous ne me demanderiez rien en échange ? questionne-t-elle brusquement.

— Non, rien bien sûr, répond Franz. Ou plutôt si. Deux choses. D'abord, j'aimerais que vous alliez jouer dans des orphelinats. D'ailleurs, il y a un célèbre musicien qui le fait.

— Le Tzigane Django Reinhardt[43]. L'inventeur du jazz manouche.

— Vous le connaissez ?

— J'ai assisté récemment à la messe où a été jouée la pièce *Requiem pour mes frères tziganes* qu'il a composée durant l'Occupation.

Franz est sous le choc. Isaac et lui étaient eux aussi ce jour-là à la chapelle de l'Institut des jeunes aveugles de Paris. Ils auraient pu s'y croiser.

---

43 Personnage réel.

— Je l'admire beaucoup, ajoute Kalinda. Il a commencé très jeune à jouer du banjo-guitare dans les cabarets et chez les gens aisés. Un incendie dans sa roulotte lui a ensuite fait perdre l'usage de deux doigts et a paralysé sa main.

— Oui, et plutôt que d'y voir une malédiction, il répète que grâce à cela, il a développé une technique nouvelle sur la guitare que son frère lui a apportée à l'hôpital, ajoute Franz, heureux de trouver un centre d'intérêt commun avec cette jeune femme.

— Il joue maintenant avec les deux doigts de la main gauche et avec son pouce en contorsionnant ses autres doigts ankylosés, ajoute Kalinda, de l'admiration plein la voix.

— Sa musique est si belle que certains se mutilent intentionnellement pour jouer de la même façon ! s'exclame Franz.

— Oui, et moi je l'aime d'autant plus qu'il combine le jazz avec de la musique tzigane.

— Et c'est magnifique à entendre ! Quand il va à l'orphelinat, il le remplit de rires, de joie, de vie, d'espoirs.

Ils s'arrêtent de parler et se regardent en souriant. Une complicité discrète vient de naître entre eux.

— Django répète qu'il est l'exemple vivant que l'on peut faire de sa faiblesse une force, dit doucement Franz, ému. Imitez-le : faites de votre blessure une force. Plus encore, faites de votre blessure une œuvre d'art. La musique et le chant seront les symboles que vous avez triomphé du malheur.

Les paroles de cet homme dont elle se sent désormais plus proche la touchent beaucoup. Elle sait que d'avoir échappé à la mort ne suffit pas à combler une vie. Encore faut-il y trouver un sens. La musique pourrait l'y aider. Elle pourrait peut-être ajouter à la beauté du monde.

— Je ne sais pas si je trouverai la force d'aller à l'orphelinat, dit-elle cependant. Ma petite sœur de quatre ans a été gazée. Être entourée d'enfants m'est difficile.

— Et pourtant, voyez comment ma fille est bien dans vos bras. C'est ce qui m'amène à ma deuxième condition.

— Qui est ? demande Kalinda, de nouveau sur la défensive.

À Auschwitz, elle a appris la méfiance.

— Venir garder Sandrine de temps en temps. Je vois bien à quel point vous lui plaisez. Elle est très sélective. Elle n'offre pas ses sourires à n'importe qui et nous avons de la difficulté à lui trouver quelqu'un avec qui elle se sent bien.

Comme pour confirmer ce que son père vient de dire, le bébé offre son plus beau sourire à Kalinda. Celle-ci éclate de rire.

— Elle est adorable !

Franz sait que la partie est gagnée. Il se dirige vers son bureau et en revient avec un chèque et l'adresse de la meilleure école de musique.

— Laissez-moi votre numéro, demande-t-il à Kalinda en les lui tendant. Je vous appellerai à l'occasion pour garder Sandrine.

Kalinda donne celui de sa propriétaire, embrasse le front de Sandrine et la tend à son père. Avant qu'elle ne le quitte, Franz la prend chaleureusement dans ses bras. Une belle amitié est en train de naître.

Une fois dehors, Kalinda remercie en pensée sa famille, sa mère surtout qui, elle en est persuadée, y est pour quelque chose dans la tournure des événements. *Je crois que je deviendrai celle que tu souhaitais que je sois,* lui dit-elle en espérant qu'elle vit toujours quelque part et l'entend à cet instant.

Pour ne pas gâcher ce moment, elle s'efforce de ne pas trop penser à Isaac, mais c'est plus fort qu'elle. *J'ai été bête de croire qu'il m'aimait. Il a inventé cette histoire d'homosexualité. En réalité, il ne veut sans doute plus me voir parce qu'il estime que je ne vaux pas grand-chose à cause de mon passé au block 24.*

Si elle savait qu'à cet instant, Isaac, du haut du quatrième étage où il habite, voisin de l'appartement de Franz, la regarde, les larmes aux yeux. Il est tenaillé par l'envie de courir vers elle et de la prendre dans ses bras, comme au temps du block 24.

Quand il est revenu à Paris, il n'avait nul endroit où aller, la maison et le commerce de ses parents ayant été bombardés. Il n'était pas le seul sans abri, loin de là. Les maisons de plusieurs Juifs soit avaient été détruites, soit étaient désormais occupées par des étrangers, la restitution des biens aryanisés étant loin d'être terminée. Franz lui avait offert de loger dans l'un des luxueux logements de son immeuble. Il le lui loue à un prix nettement inférieur à ce qu'il vaut. Heureusement, car son salaire de serveur au Café Verse toujours, bordant la Seine, ne lui permettrait pas de vivre dans un endroit si chic.

Lorsque Dorothée est enfin de retour après plusieurs heures de retard, Franz va retrouver Isaac.

— Tant que j'ai pu, je l'ai observée dans la rue. Si tu savais ce que cela m'a fait de la voir si proche sans pouvoir lui parler et l'embrasser, dit-il en se jetant dans les bras de son ami.

Les deux hommes s'assoient sur le canapé. Isaac prend sa tête dans ses mains et pleure.

— Tu ferais mieux de tout lui raconter, conseille Franz.

— Il n’en est pas question.

— Elle viendra parfois ici pour garder Sandrine, qui semble l’aimer beaucoup. Vous risquez de vous croiser un jour. Tu lui dois au moins une explication.

— N’insiste pas. Tu n’auras qu’à me dire les moments où elle viendra et je me ferai très discret.

— Mon ami, cesse de bouder ta vie, soupire Franz. Profite de la beauté du monde et de l’amour qui te tend les bras. Tu en as de la chance, ajoute-t-il encore, en pensant à Rose et lui qui n’en ont pas, eux.

— Je ne peux pas. Je ne peux pas, répète Isaac en secouant la tête. De toute façon, notre relation est vouée à l’échec. Et tu sais très bien pourquoi : il y a un fantôme entre nous.

58

Sainte-Flavie, automne 1945

La porte de sa maison d'enfance où Rose n'a pas mis les pieds depuis plusieurs mois s'ouvre dans un grincement sinistre. Bien que la journée soit très chaude, le froid l'envahit dès qu'elle se trouve à l'intérieur.

Le salon et la cuisine empestent l'alcool. Des dizaines de verres traînent partout et certains, dont le contenu a été renversé, gisent sur le plancher. Rose ouvre les fenêtres et sort de la maison. Dehors, elle reste immobile, goûtant à ce décor qui lui a tant manqué. Le rythme régulier des vagues qui, de l'autre côté de la route, polissent les galets la calme comme une berceuse. Les feuilles des peupliers bruissent sous la brise légère comme des cailloux qu'une main délicate laisserait tomber sur l'herbe. Des grains de pissenlit s'envolent comme des papillons blancs aux ailes transparentes et se posent sur les hautes herbes qui se balancent doucement. Même la clôture de fer rouillée entourant ce qui fut jadis un poulailler lui paraît magnifique, ainsi que les herbes folles poussant dans le jardin dont Bérangère prenait amoureusement soin chaque année.

Elle flâne quelques heures sur la plage et dans le sentier qu'elle a si souvent traversé pour se rendre à l'école de tir. Elle a tellement changé depuis. Les bonnes notes qu'elle accumule à l'université lui donnent un peu plus confiance en elle. Elle espère qu'elle n'aura pas trop de difficultés à pénétrer le monde journalistique, même si les femmes y sont encore peu nombreuses ou sont souvent contraintes d'écrire des chroniques nécrologiques ou de mode. Aharon l'a rassurée : *Tu n'as pas à t'inquiéter. Tu as toujours ta place ici et tu pourras travailler à la pige en attendant qu'on découvre ton grand talent. Et en plus, j'ai changé mon testament : je vous lègue mon commerce, à Anna et toi. Il roule bien. Vous n'aurez jamais de soucis d'argent.*

Ses pas amènent Rose presque contre son gré au cimetière. Là, elle cherche la tombe de son père et s'étonne de sentir les larmes affluer. Il ne lui manque pas, mais elle regrette qu'ils n'aient jamais été proches l'un de l'autre. C'est le deuil d'une bonne relation entre eux qu'elle doit faire. Elle met sa main sur la pierre tombale. Elle voudrait prononcer ces mots : *Je te pardonne,* mais n'y arrive pas. Ils restent coincés dans sa gorge. Il n'y a pas de réparation possible. Elle s'en va presque en courant et, à bout de souffle, cherche le monument de son oncle Tancrède qu'elle a beaucoup aimé. Là, elle pleure à chaudes larmes. Avant de quitter le cimetière, elle passe devant les sépultures de sa petite sœur Éva et de son petit frère Adam, à qui elle envoie plein de pensées d'amour.

En chemin, elle s'arrête chez Henri et Jocelyne qui, entourés d'enfants aux mines espiègles, l'accueillent avec joie. Lorsque Henri lui dit le prénom de son petit dernier, Rose ne cache pas sa surprise :

— Ludwig, c'est un prénom allemand.

— C'est le nom d'un membre de l'orchestre de prisonniers allemands qui jouait lors de notre mariage en Estrie et…

— Des prisonniers allemands jouent dans un orchestre ! s'exclame Rose en lui coupant la parole.

— Oui, c'est un secret bien gardé, mais il y a plusieurs camps de prisonniers allemands au Québec. Ils nous ont été envoyés par les Anglais parce qu'en Europe, on ne sait plus où les loger, précise Henri.

— Il y en a qui travaillent sur des fermes. Mes tantes, elles, sont bien contentes qu'ils viennent pelleter leur chemin depuis que leurs fils sont partis à la guerre. Elles disent qu'ils sont très gentils, mentionne Jocelyne.

— Vraiment ? questionne Rose.

— Ce ne sont pas tous des fervents nazis. Plusieurs ont été mobilisés de force en Allemagne. C'est du monde comme nous autres. Y'en a des fins, pis des pas fins ! rigole Henri.

— Ici, on s'en occupe bien parce qu'on veut que nos prisonniers soient bien traités en Allemagne, ajoute Jocelyne.

— On s'est tellement liés d'amitié avec Ludwig qu'on lui a demandé d'être le parrain de notre petit dernier, renchérit Henri.

— Il pleurait de joie quand nous lui avons dit qu'il porterait son prénom, dit Jocelyne en se collant contre son mari.

— Quand les gens du village nous disent qu'on n'aurait pas dû donner à notre enfant un prénom allemand, on ne parle pas de notre amitié avec Ludwig. On répond qu'on l'a baptisé ainsi parce qu'on aime la musique de Beethoven, ajoute Henri en riant.

— Eh bien, j'étais au courant qu'il y avait des prisonniers allemands au Canada, mais je n'en savais pas plus ! s'exclame Rose.

— Ton père ne t'en a pas parlé ? Il y en a dans les chantiers aussi, dit Henri.

— Tu sais comment était mon père, il ne jasait pas beaucoup.

Henri et Jocelyne se regardent, complices. Ils sont visiblement heureux ensemble, mais Rose ne ressent aucune pointe d'envie. Elle sait bien que peu de gens la comprendraient si elle l'exprimait à voix haute, mais elle ne ressent plus le besoin de rencontrer un homme. Franz occupe trop ses pensées. Elle n'arrive même pas à s'intéresser aux étudiants de l'université qui lui font la cour. De toute façon, elle est désormais de celles qui aiment vivre seules. Elle ne souffre pas d'isolement pour autant. Elle a désormais deux belles amitiés : l'une avec Anna, l'autre avec Mylène, une copine de l'université.

De retour à sa maison d'enfance, elle la nettoie et la remet en ordre. Le soir, fourbue, elle s'étend sur le divan en espérant que sa mère ne tardera pas trop. Elle a tellement hâte de la revoir. Elle s'assoupit et est réveillée une heure plus tard par les claquements de portes d'une auto. Elle se rend aussitôt à la fenêtre et n'en croit pas ses yeux : sa mère est avec un homme qui la prend dans ses bras avant de l'embrasser amoureusement. Il la serre ensuite longtemps contre lui avant de retourner à son auto : *Je vais loger à l'hôtel. Fais-moi signe quand tu voudras que je vienne. Je vais m'ennuyer,* lance-t-il avant de démarrer.

Bérangère accueille ses paroles en riant comme une jouvencelle. *Elle a rajeuni,* note Rose. Les amoureux s'envoient la main et l'auto reprend la route. Rose sort de la maison et s'approche de sa mère qui sursaute et rougit en l'apercevant comme si elle avait commis quelque délit.

— Je suis très heureuse pour vous, chère maman, la rassure-t-elle aussitôt en la prenant dans ses bras. Venez, je vais vous donner à boire. Vous me raconterez tout.

— Je vais prendre juste de l'eau, dit Bérangère.

Une fois collées l'une contre l'autre sur le divan, Bérangère raconte que, n'en pouvant plus de vivre avec Onésime, elle avait décidé de partir avec Marie-Ange lorsque celle-ci était venue la visiter.

— J'me demande combien de temps il a fallu à Onésime pour comprendre que je l'avais quitté. Je pouvais pas lui laisser un mot, il savait pas lire ! J'avais d'abord songé à aller te rejoindre à Québec, mais puisqu'il m'y avait déjà retrouvée, c'est le premier endroit où il aurait pensé venir. Imagine la surprise qu'y'aurait eue en te trouvant pas à l'hôpital de la Miséricorde. Y serait entré dans une telle colère ! J'ose pas imaginer ce qu'y'aurait pu faire. Marie-Ange m'a conduite chez un de ses amis d'enfance, gardien de phare à la Pointe-à-la-Renommée : *Ici, pas de danger qu'Onésime vienne te chercher,* qu'elle m'a dit.

Bérangère, rougissante, hésite et ajoute :

— J'habite avec lui. Il s'appelle Bernard. C'est l'homme que t'as aperçu tantôt.

Rose tombe des nues. Sa mère vit avec un autre homme sans être mariée. Elle ne la juge pas, mais est très surprise.

— Vous habitez avec lui ? demande-t-elle pour s'assurer qu'elle a bien compris.

— Oui, dans le phare. J'adore y vivre. Au début, je croyais que je dérangerais ce vieux garçon dans ses habitudes, mais il a un si grand cœur qu'il me l'a jamais fait sentir. Il a tellement d'humour que ç'a pas été long que ma gêne a fondu comme un glaçon au printemps. Il aime la pêche. Il a d'ailleurs fait partie des pêcheurs qui ont sauvé des rescapés victimes des sous-marins allemands. C't'un artiste aussi. La première fois que j'l'ai rencontré, y terminait une sculpture. Tellement magnifique ! Marie-Ange y a dit que je faisais des belles peintures. J'en avais apporté quelques-unes en Gaspésie. Il a voulu les voir et m'a invitée à partager son kiosque au bord de la route où il vend ses œuvres aux touristes, l'été. J'y ai confié que j'avais toujours peur de voir apparaître Onésime. Il m'a dit qu'il saurait me défendre. Tu l'as vu tantôt. Il est colosse en titi. Il mesure six pieds quatre. Onésime aurait pas été de taille.

Rose observait sa mère. Elle rayonnait de bonheur. Et elle ne l'avait jamais connue aussi volubile pour parler d'elle-même ou d'un homme. Puis, ce n'était pas fini:

— Puisqu'il aime pêcher et que moé je crains l'eau profonde, j'y ai offert de garder le phare pour lui permettre d'y aller. Il m'a appris à manier l'appareil qui sert à réduire l'intensité du feu du phare. J'ai pas peur de rester là toute seule pendant des heures. Si j'ai besoin de quelque chose, j'ai juste à aller chez les voisins. Les Gaspésiens, y sont tellement accueillants, serviables, rieurs et chaleureux.

Bérangère marque une pause et ajoute:

— On jase beaucoup, Bernard et moi. C'est pas comme avec ton père qui ouvrait la bouche rien que pour chicaner. Bernard m'a appris tant de choses que j'ignorais. Savais-tu que le gouvernement avait adopté, en 42, la politique de la terre brûlée?

— C'est quoi ça?

— Si les nazis avaient tenté d'envahir Gaspé, la ville aurait été sacrifiée. Tout aurait été détruit à coup de dynamite, de massue ou par le feu. Les Allemands auraient juste trouvé une terre en flammes.

— Ouf, ils l'ont échappé belle! s'exclame Rose.

Elle chasse aussitôt les images d'horreur qui lui viennent à l'esprit. Elle n'a pas envie de parler de la guerre, qui gâcherait leurs belles retrouvailles. Elle prend la main de sa mère et dit :

— Vous semblez si heureuse, maman, je ne vous ai jamais vue comme ça.

— Je le suis. Bernard m'apprend à vivre, en quelque sorte. Il est tellement doué pour le bonheur. Chaque matin, il dit : *Aujourd'hui c'est un jour neuf, profitons-en. Tout est précieux en ce jour.* Avec lui, c'est facile. Pis c'est tellement beau où on habite, en haut de la falaise, à hauteur d'oiseaux. La vue sur la mer est belle, faut que tu viennes voir ça. Le bruit des vagues sur les falaises, les étoiles que le soleil allume sur la mer, c'est de toute beauté. Mais surtout, on est chaque jour plus amoureux l'un de l'autre. C't'un amour basé sur la bienveillance et la confiance. On prend nos repas du soir à la chandelle, comme des jeunes mariés. J'aurais jamais cru ça possible.

— Je suis vraiment très contente pour vous.

— Mais je te dis pas que ç'a toujours été facile. Je craignais les rapprochements intimes, ajoute Bérangère en rougissant. J'avais la haine de mon corps, comme ben des femmes battues. Je pensais pas que Bernard pourrait m'aimer vraiment. En quèque part, je croyais mériter la violence d'Onésime, comme le curé me l'avait dit. Mais j'ai assez parlé de moé. Toé, comment se passent tes études et ton travail, ma belle fille ? demande-t-elle d'un ton joyeux.

Rose raconte, volubile à son tour. Au bout d'un moment, Bérangère se lève et lui demande d'attendre, qu'elle a quelque chose à lui montrer. Elle revient avec une courtepointe qu'elle a cousue et au centre de laquelle est écrit : *Pour Sandrine. Pointe-à-la-Renommée.*

— Je vais l'envoyer à Dorothée, pour ta fille.

Émue, Rose admire le travail délicat et le sens artistique de sa mère.

— C'est un beau cadeau que vous lui faites, dit-elle en serrant ce bel ouvrage contre son cœur.

Mais, pour éviter de trop s'attendrir, elle change aussitôt de sujet :

— Pourquoi fallait-il que vous arriviez si tard le soir ?

— Parce que tout le monde me croit à l'asile. Je t'avoue que ça fait mon affaire. J'ai pas à affronter les jugements. Imagine, j'suis accotée ! ajoute-t-elle en s'esclaffant. J'ai la paix, là, c'est parfait. Mais de toute façon, j'me marie bientôt et je pourrai alors faire éclater la vérité et marcher la tête haute.

— J'ai hâte d'assister à votre mariage, dit Rose en prenant la main de sa mère.

— Ce sera une cérémonie très intime, mais je vais m'acheter une belle robe, même si c'est pas ça qui importe. Et puis, je ne vendrai pas cette vieille maison-là. J'y tiens. Elle appartenait à mes parents. Ce sera pratique. Quand on voudra se voir, on fera chacune notre bout de chemin pour se rejoindre icitte.

— Très bonne idée, dit Rose.

— Commets jamais l'erreur d'épouser un homme dont t'es pas vraiment amoureuse, conseille Bérangère.

Rose se retient de lui confier que Franz et elle sont amoureux. Elle doit d'ailleurs s'efforcer d'oublier cet amour qui ne mènera à rien.

— J'me trouve tellement bête d'avoir enduré ton père si longtemps ! murmure Bérangère comme pour elle-même.

— Ça me fait penser à ce que m'a raconté Henri un jour. C'est l'histoire d'un petit éléphant qui avait été attaché à une corde peu de temps après sa naissance. Tout au long de sa croissance, son propriétaire enroulait sa patte avec une corde plus grande, mais si mince que l'éléphant aurait pu facilement la briser. Il n'en faisait rien. Malgré sa force titanesque, il ne croyait pas en sa capacité de se libérer lui-même. Il agissait donc comme un petit éléphant faible et démuni, raconte Rose.

— C'est quoi le rapport avec moé, veux-tu ben me dire ?

— Comme le petit éléphant, vous aviez le sentiment de n'avoir aucun contrôle sur votre vie. Vous avez fini par croire que vous ne pouviez vraiment rien faire. Il vous a fallu du temps avant de comprendre que vous le pouviez, même si ce n'était pas facile.

— C'est pourtant vrai, dit Bérangère avant d'ajouter en riant : mais c'est ben la première fois qu'on me compare à un éléphant !

— L'important, c'est que vous vous en êtes sortie et que vous êtes heureuse maintenant.

— Oui, pis il faut fêter ça. J'ai justement apporté une bouteille de vin. C'est Bernard qui en a eu l'idée : il l'a achetée exprès pour fêter nos retrouvailles. Ça tombait bien, le gouvernement a mis fin récemment au rationnement d'alcool.

— Il boit beaucoup ?

— Non, inquiète-toi pas. On prend un verre de temps en temps, mais pas souvent. Je crois pas que j'aurais commis deux fois la même erreur. Quoique j'en connais qui le font. Assez parlé. Je vais chercher le vin, ajoute Bérangère.

Le bruit que laisse entendre le bouchon les fait rire comme des gamines.

— Ce qui s'évapore de la bouteille, on appelle ça « la part des anges », précise Rose.

— Alors, je trinque à ton ange gardien afin qu'il te guide vers un bonheur aussi grand que le mien, dit Bérangère en toquant son verre contre celui de sa fille.

« Ce n’est pas seulement l’harmonie qui relie le cœur des hommes. Ce qui les lie bien plus profondément, c’est ce qui se transmet d’une blessure à une autre. D’une souffrance à une autre. D’une fragilité à une autre. »

Haruki Murakami

Trois ans plus tard

59

Paris, 1948

Isaac lit la légende sous la photo en première page du journal : Kalinda Cohen, une rescapée d'Auschwitz devenue une virtuose. *Virtuose, le mot n'est pas exagéré,* se dit Isaac. En compagnie de Franz, il a assisté la veille au concert qu'elle a donné. Assis au fond de la salle afin qu'elle ne les voie pas, Isaac avait constaté à quel point le public était séduit. *Dire que nous aurions pu être heureux ensemble,* songe-t-il après avoir lu l'article dithyrambique dans lequel le journaliste mentionnait sa maîtrise exceptionnelle de plusieurs instruments de musique et l'émotion palpable dans la salle lorsqu'elle a interprété la pièce composée à Auschwitz. Juste avant, elle avait montré une pile de feuilles jaunies par le temps et tachées par endroits. D'une voix tremblante, elle avait dit : *Ces chants et ces musiques ont été créés à Birkenau par des Tziganes. C'est Nanosh, mon premier amoureux, qui me les a remis juste avant sa mort. Avec d'autres Tziganes, il a été exterminé en août 44 dans ce camp. Je les ai retrouvés après maintes démarches, car j'avais promis à Nanosh de les faire connaître au monde entier. Je suis désormais en mesure de tenir ma promesse.* Accompagnée de sa guitare, sa voix s'était élevée, vibrante et belle comme jamais.

Elle en a fait du chemin depuis la Libération, il y a trois ans, tandis que moi je ne suis toujours qu'un petit serveur.

Même si j'avais révélé la vérité à Kalinda et qu'elle m'avait pardonné, ce qui me semble improbable, elle se serait vite lassée de moi, se dit Isaac pour se consoler de l'avoir perdue. Il ne saurait dire à quel point elle lui manque. Sa voix, son sourire, leurs conversations, son corps, il y pense chaque jour depuis trois ans maintenant. Il doit se faire violence pour ne pas lui téléphoner. Il lance le journal sur la table et se rend à son travail sans avoir déjeuné. La tristesse lui coupe l'appétit.

Kalinda a encore rêvé de lui cette nuit-là. Aussitôt réveillée, elle donne un coup de coude au musicien endormi auprès d'elle.

— Il est l'heure de partir, lui dit-elle.

— Tu étais plus chaleureuse cette nuit, lui lance-t-il, dépité d'être traité si cavalièrement.

— J'ai pourtant été claire. Je ne prends que des amants d'une nuit. Une nuit, pas plus. Pas de petit déjeuner le matin, non plus. *Oust!* ajoute-t-elle en lui montrant la porte.

Il lui jette un regard noir, s'habille et sort, non sans lui avoir lancé une flèche: *Tu as beau être acclamée par le public et portée aux nues, tu agis comme une putain.* Kalinda ne peut lui donner tort. Son attitude rappelle l'époque où elle recevait des clients au block 24, à la différence cependant que, désormais, personne ne l'y oblige et que c'est elle qui choisit. Elle n'aime toutefois pas la personne qu'elle devient, considérant ses amants de passage comme des objets. Comme on la traitait à Auschwitz. Elle veut changer, ne pas faire subir à d'autres ce qu'on lui a fait endurer. Elle veut redevenir celle qu'elle était avant. Avant Auschwitz. Sensible à la souffrance des autres et respectueuse avec tout le monde.

On lui répétait souvent qu'elle avait tout pour être heureuse. Sa carrière avait débuté en flèche. Aucun critique n'avait jamais dit un seul mot négatif sur elle. Elle avait un agenda rempli un an à l'avance. Sa musique lui procurait beaucoup de bonheur et lui redonnait espoir en l'humanité, car elle rejoignait le cœur de milliers de personnes. *Les êtres humains sont beaucoup plus semblables que différents,* a-t-elle mentionné récemment à un journaliste. *Plusieurs ressentent les mêmes émotions en entendant certains airs musicaux, en lisant tel livre, en regardant une peinture. L'art est un point de contact entre les âmes. Si nous avions plus souvent à l'esprit tout ce qui nous relie les uns aux autres, plutôt que ce qui nous différencie et nous éloigne, il y aurait sans doute moins de guerres, moins de malheurs, moins de cœurs brisés.*

Malgré la musique, malgré les concerts qui l'occupent énormément, malgré les amants de passage, malgré la cour assidue que lui fait Didier Vartan, un séduisant médecin venu un soir dans sa loge, malgré Sandrine qu'elle va garder souvent et à qui elle est très attachée, malgré tout cela, la vie de Kalinda lui semble parfois vide. La personne avec qui elle voudrait partager sa réussite refuse de la revoir. Elle a remis une dizaine de lettres à Franz afin qu'il les transmette à Isaac. Sa réponse est toujours la même, comme s'il la copiait d'une fois à l'autre :

Je ne suis plus le même homme qu'à Auschwitz. Là, je n'étais pas dans mon état normal. Qui d'ailleurs, vivant dans de telles conditions, le serait ? Je me suis accroché à toi parce que tu étais la seule qui me traitait comme un être humain. La seule qui me donnait de l'affection. La seule grâce à qui je pouvais croire que le monde n'était pas totalement mauvais. Mais depuis la Libération, j'ai retrouvé ma vraie nature. Celle que les nazis ont devinée avant moi : j'aime les hommes. Autant que les femmes. Plus qu'elles, d'ailleurs. Je t'ai fait croire qu'ils ne m'attiraient pas parce que je tenais à nos moments d'intimité. Mais tout est différent maintenant.

Nous sommes libres tous les deux. Je me suis refait une vie. Je veux couper totalement les ponts avec le passé. Je te demande de respecter cela et de ne plus m'écrire.

Kalinda avait fini par exaucer son souhait, mais avait ensuite découvert tout à fait par hasard qu'il travaillait au Café Verse toujours : elle passait devant lorsqu'elle l'avait aperçu, à travers la vitrine, servant des clients. Elle était si bouleversée qu'elle s'était enfuie, au bord des larmes. Mais elle n'avait cependant pu s'empêcher de l'espionner ensuite. Sachant désormais à quelle heure il travaillait, elle l'avait suivi discrètement. Jamais elle ne l'avait vu avec un homme. Même si son nom n'était pas affiché à l'entrée, elle avait découvert qu'il habitait dans le même édifice et sur le même étage que Franz. Il semblait mener une vie très tranquille, ne sortant qu'avec ce dernier. *Se pourrait-il que Franz et lui ?* se demande-t-elle soudain. Elle ne s'était jamais posé cette question tant il lui semblait que Franz était un homme limpide et franc. Allant garder Sandrine au moins deux fois par mois, elle avait souvent l'occasion de discuter avec lui. Au fil de leurs rencontres, une solide amitié s'était tissée entre eux. Il ne cessait de lui dire à quel point sa fille était attachée à elle. Et cet attachement, réciproque, donnait de plus en plus souvent envie à la jeune femme de vivre avec un homme avec qui elle pourrait adopter des enfants. *Bon, c'est assez !* se dit-elle en se levant. *Je règle cette affaire une fois pour toutes. Si ça ne marche pas, j'invite Didier Vartan à souper. Il est d'ailleurs très charmant, ce médecin.*

Elle se maquille soigneusement, enfile sa plus belle robe et sort avec l'intention de surprendre Isaac à son lieu de travail. *Je verrai bien dans ses yeux s'il me dit la vérité.*

Une heure plus tard, elle est si énervée en entrant au Café Verse toujours que les voix des clients lui parviennent en sourdine. Elle n'entend que son cœur qui bat la chamade. Elle voit son ancien amoureux de dos. Lorsqu'il se retourne, elle constate que sa barbe noire et ses lunettes lui vont bien. Il a grossi, même s'il est encore mince. Elle le trouve séduisant.

Il tremble si fort en la voyant qu'il laisse tomber son cabaret. Les éclats de verre glissent sur le plancher. Tout le monde le regarde. Silence dans le café. Isaac et Kalinda ne se quittent pas des yeux, leur cœur plein de turbulences. Elle s'avance et se jette dans ses bras. Plusieurs clients ont reconnu la célèbre Kalinda Cohen et se mettent à applaudir.

— Allez, prends congé, lui offre son patron en mettant la main sur son épaule. Il voudrait voir heureux cet employé qu'il apprécie beaucoup, mais dont il sent parfois la profonde tristesse.

Isaac le remercie, enlève son tablier d'une main tremblante, met son manteau et sort avec Kalinda qui passe aussitôt son bras sous le sien.

Le ciel est d'un bleu éclatant.

— C'est la première fois que nous nous voyons sans que le soleil soit obscurci par la fumée des cheminées, dit Kalinda pour briser le silence.

— Je n'aime pas trop marcher dans Paris ! s'exclame Isaac en se retournant.

Lorsqu'elle l'espionnait, Kalinda avait observé qu'il se retournait souvent. Elle aussi le fait. Elle a toujours l'impression d'être surveillée, comme à Auschwitz.

— Nous sommes libres, mais d'une certaine façon, nous sommes encore là-bas. Il n'y a plus de barbelés, mais ils sont toujours dans notre tête. Nous avons quitté Auschwitz, mais Auschwitz est toujours en nous, dit-elle.

Isaac acquiesce et comprend sa souffrance. Il n'y a que les rescapés qui se comprennent entre eux.

— À deux, nous pourrions peut-être mieux réapprivoiser la liberté ? Devenir vraiment libres ?

Kalinda pose la question même si elle doute que cela soit un jour totalement possible. Les cauchemars les poursuivront jusqu'à leur mort. Elle ressent toutefois comme une urgence de vivre, de goûter à tout sans réserve.

— Viens chez moi, l'invite-t-elle. J'habite tout près.

Elle l'entraîne presque de force. Elle vient à peine de refermer la porte de son appartement qu'elle se serre contre lui et l'embrasse avant de murmurer : *Je t'aime. Je t'aime tant.* Elle tremble dans ses bras, comme elle tremblait au block 24 dans les bras de tous les hommes. Mais à Auschwitz, elle ne tremblait pas de désir, mais parce que chaque fois, elle mourait en dedans. Sauf avec lui. Aujourd'hui, son désir, infini, la submerge.

Isaac repousse doucement Kalinda. Elle ne comprend pas : elle sent qu'il la désire, lui aussi, avec autant de force.

— Mon amour, pourquoi me fuis-tu ? Au nom de tout ce que nous avons partagé à Auschwitz, dis-moi la vérité, je t'en supplie !

Isaac revoit la petite maison des prostituées, leurs étreintes, leurs promesses, leurs jouissances et leurs rires même dans la tourmente.

— Je suis homosexuel, dit-il en détournant le regard.

— Ce n'est pas vrai. Je t'ai espionné. Je ne t'ai jamais vu avec d'autres hommes que Franz.

— Mon amant habite l'appartement juste à côté du mien. Nous sommes prudents. Nous ne sortons jamais ensemble. Tu n'ignores sans doute pas que les homosexuels peuvent finir en prison, ou être tabassés par tous ceux, et ils sont nombreux, qui n'aiment pas les hommes qui s'aiment.

Kalinda le fixe, sonde son âme. Elle n'arrive pas à le croire. Tout son être dit le contraire de ce qu'il affirme. Elle se remémore les noms à l'entrée de l'édifice où habite Isaac. Il y a effectivement plusieurs hommes qui y vivent seuls.

En pensée, Kalinda revoit Isaac au block 24, ses mains à lui sur son dos à elle. Lui, si maigre qu'elle sentait tous les os de sa colonne vertébrale. Elle pense au désir qui les unissait. Son corps ne pouvait lui mentir. Elle commence à détacher la ceinture du pantalon de son ancien amant, mais, arrêtant brusquement son geste, il lui ordonne d'une voix sourde qu'elle ne lui connaissait pas de cesser ce jeu.

Elle le frappe à coups de poing sur la poitrine. Elle ne peut supporter l'idée qu'il lui échappe.

— J'ai perdu tous ceux que j'aime, murmure-t-elle en sanglotant.

— Moi aussi.

— Mais alors, nous deux, restons ensemble. Tu te souviens de la promesse que nous nous sommes faite ? Tes mots sont encore très clairs dans mon esprit : « Il y a une chose que nous devrions apprendre de ce que nous vivons actuellement. » Tu te rappelles ? demande-t-elle encore.

— Oui.

— Répète la suite.

Isaac, au bord des larmes, cite sans hésiter :

— Nous devons nous souvenir que la vie est fragile. Que jamais rien n'est acquis et qu'il faut goûter et apprécier ce que nous avons. Avant la guerre, je n'appréciais pas vraiment tout ce que j'avais.

— Et je t'avais répondu : *Moi non plus. Nous le ferons ensemble*, se remémore Kalinda. Et tu as promis. Tu as une promesse à tenir aujourd'hui, mais ce n'est pas ce qui importe le plus. Le plus important, c'est que je sais parfaitement que tu m'aimes. Je le sens.

— Tu te trompes. J'aime un homme.

— Je te déteste ! hurle-t-elle après l'avoir fixé un moment. Je ne veux plus jamais te revoir, tu m'entends ! J'ai été folle d'espérer, rage-t-elle en lui ouvrant la porte.

Il sort. La femme de l'appartement voisin, alertée par les cris, est sortie dans le couloir. Elle aime bien Kalinda et se demande si elle a besoin d'aide. Méfiante, elle dévisage Isaac.

— Vous, mêlez-vous de vos affaires ! lui lance-t-il en passant devant elle.

Une fois dehors, il s'appuie au mur et pleure sans retenue.

60

De la fenêtre, Kalinda regarde la Seine dont les eaux miroitent sous la lune. Ce soir, elle garde Sandrine à qui elle s'est beaucoup attachée. Le sourire aux lèvres, la belle enfant s'est endormie après qu'elle lui a lu pour la centième fois son histoire préférée dans laquelle des Tziganes sont sauvés par un homme qui, contrairement à la majorité, n'a aucun préjugé à leur endroit. Chaque fois qu'elle vient la garder, Kalinda porte un costume tzigane que la fillette adore. Ce soir, elle lui a fait une belle surprise. Elle lui a offert une robe comme en portent les Bohémiennes, identique à la sienne. Une robe blanche, décorée d'immenses fleurs écarlates et dont la taille est soulignée par une large ceinture d'un rouge éclatant. Leurs jupes, très amples, tourbillonnaient autour d'elles lorsqu'elles dansaient sur une musique endiablée.

Kalinda prend un livre et va l'ouvrir lorsqu'elle entend l'ascenseur et une personne qui s'approche. C'est Isaac : elle reconnaît son pas. Feutré, un pas de loup. Elle se lève et va appuyer son oreille sur la porte. Elle sursaute. Isaac a fait la même chose, et sa respiration, à travers la cloison, est perceptible. Une peur qu'elle ne saurait expliquer – peut-être la crainte qu'il ne s'éloigne aussitôt – la retient d'ouvrir la porte.

— Isaac, murmure-t-elle.

Silence.

— Mon amour. Je t'en prie. Je voudrais te parler, dit-elle.

Des pas, rapides, qui s'éloignent. Un bruit de clé dans une serrure, puis une porte qui claque.

Kalinda va s'asseoir sur le divan, en colère. Puisque c'est comme ça, elle oubliera cet imbécile. Elle se lève et met de la musique. Il n'y a qu'elle pour la consoler. La fatigue l'accable soudain. C'est le premier soir depuis quarante jours qu'elle ne donne pas de concert. Elle a tout de même accepté de venir garder Sandrine parce qu'elle n'a jamais perdu l'espoir de croiser Isaac et qu'enfin, ils puissent se parler à cœur ouvert.

Elle s'étend sur le divan et s'endort aussitôt, mais se réveille brusquement quelques heures plus tard. Le téléphone sonne. *Un appel dans la nuit n'est jamais de bon augure,* se dit-elle en se levant. Au bout du fil, avec d'infinies précautions, une voix douce lui annonce une terrible nouvelle. Dorothée et Franz ont eu un accident d'auto.

— Franz est gravement blessé, mais il ne semble pas en danger pour le moment. C'est lui qui m'a dit de vous appeler. Et...

Un silence.

— Son épouse est morte sur le coup, ajoute la femme après un moment d'hésitation.

Sous le choc, Kalinda doit s'appuyer au mur.

— Si vous pouviez venir le voir.

— Oui, dès que je serai en mesure de le faire, répond Kalinda en notant l'adresse de l'hôpital.

Elle marche de long en large dans l'appartement, ses pensées tournées vers Dorothée dont la mort la bouleverse, même si elle ne s'est jamais sentie proche d'elle. Et vers

Franz, qu'elle aime beaucoup et dont elle a appris à apprécier la grande bonté. Et vers Sandrine, que le malheur frappe.

Kalinda essuie ses larmes et va toquer à la porte de l'appartement d'Isaac. Comme elle s'y attendait, il refuse de lui répondre. Elle lui crie alors la nouvelle d'une voix tremblante. Silence. Elle hurle de nouveau, au grand dam des autres locataires qui, les yeux ensommeillés, sont sortis dans le passage.

— Vous savez l'heure qu'il est? lance l'un d'eux.

— Respectez les autres, nom de Dieu! ajoute une femme à moitié nue.

Isaac ouvre enfin la porte de son appartement, sous le choc de ce qu'il a entendu: son meilleur ami serait mal en point. La jeune femme se réfugie dans ses bras et lui raconte le peu qu'elle sait. Ils pleurent ensemble et retournent auprès de Sandrine qui dort encore. Ils conviennent qu'Isaac ira à l'hôpital, seul, et qu'ils parleront à la petite dès son retour. Ils oublient leur dispute pour ne penser qu'à l'enfant.

Revenu de l'hôpital une heure plus tard, Isaac s'assoit près de Kalinda et raconte:

— Franz est paralysé de la tête aux pieds. Le médecin croit qu'il ne survivra pas bien longtemps.

Kalinda s'assoit auprès de lui et appuie sa tête contre son épaule. Ils sanglotent encore, dans les bras l'un de l'autre.

— Pourquoi vous pleurez?

Ils se retournent. Sandrine est debout devant eux. Kalinda et Isaac se regardent. Ils ne se sont pas préparés à lui annoncer la terrible nouvelle.

— Où sont papa et maman? demande la fillette.

Son menton tremble, comme si elle pressentait le malheur qui s'abat sur elle.

— Viens, dit Kalinda, en l'aidant à s'asseoir sur ses genoux.

— Ton papa et ta maman ont eu un accident. Une autre auto les a frappés et…

La voix d'Isaac se brise. Serrant Sandrine dans ses bras un peu plus fort, Kalinda ajoute:

— Ta maman est morte.

Avec ses grands yeux bleus, Sandrine la regarde, incrédule. Elle ne savait pas que les autos pouvaient tuer. *Ne traverse pas la rue sans avoir d'abord regardé, tu vas te faire frapper,* disait Franz. Frapper: sa maman parlait souvent avec son papa de cette fillette que la voisine frappait parfois. L'enfant pleurait, puis cinq minutes après, elle venait jouer avec Sandrine.

— Quand est-ce qu'elle reviendra? demande la belle enfant, convaincue que sa maman, tout comme son amie le faisait, allait elle aussi rappliquer dans quelques minutes.

— Jamais, avoue tristement Isaac.

Qu'est-ce qu'ils racontent? Cela ne se peut pas.

— Je veux pas! dit-elle en se dégageant brusquement de l'étreinte de Kalinda. Ils n'ont pas le temps de réagir qu'elle les frappe tour à tour en hurlant qu'ils sont des menteurs, jusqu'à ce que Kalinda réussisse à la prendre de nouveau dans ses bras pour la calmer.

— Est-ce que c'est parce que j'ai pas été gentille, l'autre jour? demande Sandrine, la voix tremblotante. Maman voulait pas que j'aie un chien et je lui ai dit qu'elle était méchante.

— Non, bien sûr que non. Ce n'est pas ta faute, répond Kalinda en lui caressant les cheveux.

— Nos parents, nos frères, nos sœurs, à Kalinda et moi, sont morts eux aussi, ajoute Isaac. Et nous n'avons rien fait pour que ça arrive. Nous les aimions beaucoup, comme toi tu aimais tes parents. Et ils t'adoraient.

Isaac et Kalinda savent qu'il faut éviter les mensonges ou édulcorer la réalité en disant à Sandrine que sa mère est partie pour un long voyage : elle n'en finirait plus de l'attendre.

— Est-ce qu'elle me voit toujours ?

Ils savent aussi qu'un enfant qui croit que ses parents décédés le voient tout le temps peut trouver pénible qu'il en soit ainsi : comment se sent-il alors lorsqu'il fait une bêtise ou qu'il touche ses parties intimes ?

— Elle est dans ton cœur et tu es dans le sien. C'est un lien d'amour qui vous unit, mais elle ne te voit pas tout le temps.

— Est-ce qu'elle a des bobos ?

— Non, la rassure Kalinda. Elle ne souffre pas.

— Et mon papa, il est où ?

— Il est à l'hôpital. Il...

Isaac la regarde, malheureux à l'idée d'ajouter encore à la peine de cette enfant qui tente courageusement de retenir ses larmes. C'est tout son univers qui s'écroule.

— Nous espérons qu'il guérira, dit-il simplement, ne pouvant se résoudre à lui révéler toute la vérité. Plus tard, il le fera plus tard. Elle l'apprendra bien assez tôt.

— En attendant qu'il revienne, est-ce que c'est vous deux qui allez vous occuper de moi ? Je voudrais que vous restiez ici avec papa. Tous les trois. Toujours avec moi.

Ils comprennent que Sandrine a besoin, avant tout, de se sentir en sécurité.

— Nous ne t'abandonnerons pas. Juré. Craché.

Kalinda et Isaac ont dit cela en même temps, au même rythme, tels des comédiens qui ont mémorisé leur texte.

Isaac prend congé et Kalinda annule ses concerts, leur priorité étant de rester auprès de Sandrine. Lumina, qui a parfois gardé l'enfant avec son amie, même si elles ne vivent plus ensemble depuis son mariage, vient chaque fois qu'Isaac et Kalinda visitent Franz à l'hôpital. Il est évident qu'il n'en a plus pour longtemps à vivre.

Estimant que ce serait un trop gros choc pour Sandrine de le voir dans cet état, Franz parle au téléphone avec elle, lui expliquant qu'il va mourir. Il lui demande ensuite si elle aimerait vivre avec cette maman qu'elle ne connaît pas, mais qui l'a portée dans son ventre.

— Non ! hurle Sandrine. Je veux rester avec Kalinda et Isaac. Et avec toi aussi, je veux pas que tu meures !

— Je n'ai pas le choix de partir. Je vais rejoindre ta maman. Kalinda et Isaac s'occuperont bien de toi. Tu les aimes, n'est-ce pas ?

La fillette, le menton tremblant, réussit à articuler un faible *oui*. Franz s'attendait à cette réponse : comment aurait-elle pu choisir d'aller vivre dans un autre pays, auprès d'une inconnue ?

Après lui avoir dit souvent qu'il l'aimait et lui avoir donné mille bisous, il téléphone à Rose. Elle aurait aimé bien sûr reprendre sa fille auprès d'elle, mais comprend qu'elle serait moins traumatisée si elle faisait son deuil auprès des personnes qu'elle aime déjà beaucoup. Une chose console Franz de devoir lui annoncer cela : il est persuadé que ni Kalinda ni Isaac ne s'opposeront à ce que Rose soit présente dans leur vie, ce que Dorothée avait toujours refusé. Il lui demande pardon de n'avoir pas su convaincre son épouse d'agir autrement et lui raconte ensuite comment l'accident s'est produit.

— J'avais découvert récemment qu'elle savait, bien avant notre mariage, qu'elle était stérile. La nuit de l'accident, je lui ai dit que j'avais appris cette vérité en lisant l'une des lettres de Mathilde. J'avais ajouté que j'allais la quitter et que je te rejoindrais au Québec, avec Sandrine. Folle de rage, elle ne cessait de me frapper. C'est ainsi qu'elle m'a fait perdre le contrôle de ma voiture.

— Oh mon Dieu, murmure Rose, réalisant qu'ils avaient été à deux doigts du bonheur.

— Nous deux, nous aurions pu être heureux ensemble.

Étouffé par les sanglots, il n'achève pas sa phrase. Rose pleure elle aussi. L'état de santé de Franz et leur amour impossible l'affectent plus que la mort de sa sœur. Mais elle se sent coupable aussi : si Franz et elle n'étaient pas tombés amoureux, cet accident ne serait pas arrivé et Dorothée serait encore vivante. Une seule chose la console : elle pourra désormais visiter sa fille.

Quelques heures plus tard, Rose songe à ce rêve prémonitoire qu'elle a fait la nuit de la mort de sa sœur. Couverte des pieds à la tête d'un voile blanc, Dorothée lui disait à l'oreille : *Tu la reverras, ta belle Sandrine.*

61

Franz ne cesse de se répéter qu'il partira l'âme en paix s'il réussit à convaincre Isaac et Kalinda de vivre ensemble.

— Vous avez assez perdu de temps, vous deux. Expliquez-vous et renouez ensemble une fois pour toutes, dit-il de sa voix caverneuse lorsqu'ils sont auprès de lui ce jour-là.

— J'attends cela depuis des lunes ! ne peut s'empêcher de s'exclamer Kalinda.

— Pendant que j'ai assez de force, laisse-moi parler s'il te plaît, demande Franz. Vous avez vu les premiers pas de Sandrine, entendu ses premiers mots, consolé ses premiers gros chagrins. Elle vous aime. Vous êtes les mieux placés pour l'aider à affronter les gros deuils qui s'abattent sur elle. Vous réussiriez mieux si vous pouviez lui offrir un foyer stable. Je vous lègue mon appartement et mon manoir en Normandie. Ils reviendront à Sandrine à sa majorité. Je veux une réponse tout de suite. Je n'ai pas beaucoup de temps devant moi.

— Ne dis pas ça, le supplient ses amis, effondrés de le savoir mourant.

Franz trouve le courage de leur sourire et se contente d'ajouter :

— Il vaut mieux présenter les choses comme elles sont. Je trouve plus réconfortant de pouvoir parler de ma mort ouvertement. Ne m'en privez pas.

— Tu as raison, répond Isaac.

— Nous t'aimons et c'est dur pour nous de te voir partir, mais je suis d'accord moi aussi, renchérit Kalinda.

— Merci, mes chers amis. Moi aussi, je suis très triste à l'idée de vous quitter. Mais bon… Je veux régler certaines choses importantes avant de mourir. Mon avocat est venu me visiter. Il a préparé les documents qui vous rendent officiellement responsables de ma petite fille. Il ne vous reste qu'à les signer.

Isaac et Kalinda savent que c'est la meilleure chose à faire pour Sandrine, mais cette décision, qu'ils doivent prendre sans délai, est lourde de conséquences.

— Allons en discuter à la cafétéria, suggère Isaac à Kalinda.

— Dis-moi la vérité une fois pour toutes, demande-t-elle aussitôt qu'ils sont attablés devant un café, dans ce lieu bruyant et froid.

Isaac pense à Franz qui, la veille, l'a supplié de parler ouvertement à Kalinda, mais il n'y arrive pas. Son secret est trop dur à révéler. Elle le rejetterait immédiatement. Il préfère le mensonge qu'il a préparé la veille, car il prévoyait que Franz, pour protéger Sandrine, allait vouloir les réunir avant sa mort.

— J'ai peur que tu ne te lasses vite de moi, dit-il. Regarde tout le chemin que tu as fait. Tu as de quoi être fière, alors que moi, je ne suis qu'un petit serveur.

Kalinda étend son bras et pose sa main sur la sienne.

— Crois-tu vraiment que ce soit important pour moi ? C'est ce que tu es qui importe. Pas ce que tu fais. Et j'ai aimé l'homme que j'ai connu à Auschwitz. Et puis, je ne juge pas les gens au métier qu'ils exercent. Mais surtout, la question est : est-ce que tu aimes ce que tu fais ?

— Oui, et je crois que les clients m'apprécient.

— C'est ce qui est important.

— Bon, admettons, dit-il en caressant l'un des doigts de Kalinda. Il sent qu'elle aime cette caresse qui leur en rappelle tant d'autres, si douces. Mais accepterais-tu un mariage blanc ? demande-t-il d'une voix qu'elle ne lui connaît pas.

— Un mariage blanc ? Comment ça ?

— Les nazis ont élaboré un traitement contre l'homosexualité et j'ai servi de cobaye, dit-il d'une voix convaincante. Ils ont fait toutes sortes d'expérimentations dont je ne veux pas parler, mais sache que je suis devenu impuissant. C'est pour cette raison que tu ne m'as plus revu, tout à coup, au block 24.

Il ne ment qu'à moitié : ces expérimentations ont bien été menées, mais il n'en a subi aucune. Il ne saurait décrire tout ce qui passe dans le regard de Kalinda à cet instant. Stupeur, incrédulité, colère, tristesse, un amalgame dont il n'arrive pas à déchiffrer le sens.

— Pourquoi ne m'as-tu pas parlé de ça avant ? Tu ne me fais pas confiance ? J'aurais compris. Nous nous serions aidés mutuellement après la Libération.

— J'avais honte !

— Mais honte de quoi ?

— C'est toi qui me demandes ça ! Je suis convaincu que tu as honte de ce que tu as fait à Auschwitz, même si tu n'avais pas le choix. Je suis certain que tu as honte d'être la seule survivante de ta famille, comme moi j'ai honte que tous ceux que j'aimais ne soient plus qu'un tas de cendres. En plus, j'ai honte d'être impuissant. J'ai essayé, je te le jure, j'ai couché avec des dizaines de femmes, prostituées incluses, mais ça n'a jamais marché. J'ai même essayé avec des hommes, au cas où... J'étais si confus que je me disais que les nazis avaient peut-être été plus clairvoyants que je ne l'avais été et que j'étais vraiment homosexuel. Cela n'a pas marché non plus. Je ne peux te demander de passer ta vie avec un mari qui n'en a que l'apparence et qui, en plus, ne peut te donner des enfants.

Il a si bien préparé ce mensonge qu'il a réussi à dire tout cela d'un trait en la regardant droit dans les yeux.

— Nous aurons Sandrine, argumente Kalinda. Elle aussi a un secret qu'elle ne veut pas lui révéler. Pas tout de suite en tout cas : elle est stérile.

— Avoue que tu ne sais pas si tu pourras te satisfaire longtemps de cette vie avec moi, rétorque Isaac.

Kalinda pense à tous ses amants de passage qui ne l'ont jamais rendue heureuse. Au séduisant médecin qui lui fait la cour, à Isaac qui lui a tant manqué, mais elle ne sait que lui répondre.

— Il faudrait que je réfléchisse. Mais ne pourrions-nous pas simplement vivre ensemble ? Pour Sandrine. Pour le reste, nous verrons.

— Oui, là-dessus, je suis d'accord.

— Alors, allons le dire à Franz.

— Je tiens à deux choses, dit celui-ci quelques minutes plus tard, après avoir accueilli la nouvelle avec soulagement et bonheur. Il est convaincu que ses amis ne seront véritablement heureux qu'ensemble.

— Nous t'écoutons, dit Kalinda.

— Même si Dorothée voulait garder cela secret, je vous ai révélé il y a quelques années que nous n'étions pas les parents biologiques de Sandrine. Je veux désormais que vous fassiez une place dans votre vie à celle qui lui a donné naissance, la sœur de ma femme, Rose Dubeau. Dorothée a toujours refusé, mais je crois que cela serait bon pour Sandrine.

— Bien sûr, dit Kalinda après avoir consulté Isaac du regard. Plus nous serons de personnes à l'aimer, plus elle aura de chances d'être heureuse.

— Merci beaucoup, répond Franz avant de leur donner l'adresse et le numéro de téléphone de Rose.

De plus en plus faible, il reprend son souffle et ajoute :

— Je tiens aussi à ce que vous enseigniez à Sandrine à ne pas obéir aveuglément, comme l'ont fait bien des Allemands.

Kalinda et Isaac acceptent d'emblée la suggestion. Ils savent à quel point l'obéissance aveugle peut être source de grands malheurs. Ils ont vu à Auschwitz des nazis fanatiques et loyaux, et même des détenus, obéissant à des ordres qui pourtant leur répugnaient. Durant le procès de Nuremberg dont ils ont eu des échos, Joseph Kramer[44] a exprimé clairement qu'il ne faisait qu'obéir : *Je n'ai éprouvé aucune émotion en accomplissant ces actes, car j'avais reçu l'ordre d'exécuter de la façon dont je vous ai indiqué les quatre-vingts internés.* En prétextant n'avoir rien fait d'autre que de se plier aux ordres, des médecins étaient venus à leur tour raconter que c'était la seule raison les ayant amenés à briser leur serment d'Hippocrate : *D'abord ne pas nuire.* Il était effrayant de constater que tant de gens avaient mis si facilement leur conscience en veilleuse.

Quand Franz leur tend les papiers qu'Isaac et elle doivent signer, Kalinda songe que Sandrine est presque du même âge que Naomie lorsque celle-ci a été gazée. Une larme mouille l'encre et la dilue.

---

44 Personnage et discours réels.

Franz observe ses amis. Ils sont profondément attachants, malgré leur fragilité. Il pense souvent, comme Nietzsche, que tout ce qui ne nous tue pas nous rend plus fort, mais il est aussi convaincu que certaines expériences fragilisent ou brisent à tout jamais. Les rescapés des camps en savent quelque chose. Franz a tout de même confiance : leur amour finira bien par éloigner les démons. Un bel amour que lui, Franz, n'a jamais pu vivre.

Leurs adieux sont émouvants. Tous les trois sont effondrés à l'idée que bientôt ils seront séparés par la mort.

62

Les premiers mois de vie commune avec Sandrine furent les plus difficiles. La petite avait souvent des crises de larmes et ses nuits étaient peuplées de cauchemars. Le chagrin d'un enfant qui a perdu ses parents peut atteindre des proportions inimaginables. Kalinda dormait souvent avec Sandrine, l'entourant de ses bras, faisant de son corps une maison chaude et réconfortante. Isaac et elle faisaient tout en leur pouvoir afin d'ériger une forteresse contre sa souffrance et de la remplacer par cette insouciance qui est généralement le lot des enfants de son âge, mais ils se sentaient souvent terriblement impuissants. Une partie de la solution leur était apparue le jour où ils l'avaient emmenée au zoo. Là, en observant les animaux, Sandrine avait recommencé à rire de bon cœur. Les jours suivants, elle s'animait tout autant lorsqu'ils croisaient des chiens au hasard de leurs sorties. Isaac et Kalinda s'étaient regardés d'un air désespéré : il était de plus en plus évident qu'un toutou aiderait Sandrine à faire son deuil. Or, ils ne se souvenaient que trop des bergers allemands d'Auschwitz pour s'en réjouir. Apercevoir un molosse faisait ressurgir en eux des images terrifiantes, profondément tristes, celles de bébés, de femmes et d'hommes déchiquetés vivants par ces bêtes dès que les nazis leur en donnaient l'ordre. Certes, depuis leur libération, la terreur qu'ils ressentaient quand un chien s'approchait d'eux s'était peu à peu amenuisée, mais l'idée de vivre quotidiennement avec cet animal ne les réjouissait pas. Mais si c'était le prix à payer pour mettre de la joie dans le cœur de leur fille, ils étaient prêts à affronter leur peur. Sandrine leur avait sauté au cou quand ils lui avaient annoncé la nouvelle.

Contrairement à ce qu'ils avaient espéré, la fillette avait porté son choix sur l'un des plus gros spécimens qui soit : un terre-neuve qu'ils avaient baptisé Tristan. Ils s'étaient consolés de la taille de l'animal en se répétant qu'au moins, elle n'avait pas choisi un berger allemand. Sandrine confiait tout à Tristan, soulevant ses grandes oreilles pour lui chuchoter ses secrets. Comme s'il comprenait ses états d'âme, il restait près d'elle quand elle était triste, lui léchant le visage : *Il me donne des bisous,* disait Sandrine. Le trio avait aussi adopté un chat errant, qui s'était présenté à sa porte, une oreille en moins, infesté de puces, maigre à faire peur. Ils l'appelaient affectueusement Van Gogh, ce peintre à l'oreille blessée qu'ils aimaient.

À l'étroit dans l'appartement légué par Franz, ils avaient acheté une maison dans Paris, où ils jouissaient d'une cour clôturée dans laquelle les animaux étaient en sécurité. Durant la belle saison, des massifs de fleurs voisinaient des arbres vieux d'au moins cent ans. Kalinda aimait particulièrement entendre à cœur de journée les piaillements des oiseaux perchés dans le grand saule.

Ils s'étaient fait un nid douillet, décoré à l'ancienne. Tous leurs meubles dataient d'avant 1944. Avant que leur vie ne bascule. Ils avaient couru les brocantes pour recréer cet avant, abandonnant derrière eux tout ce qui leur rappelait la guerre.

Rose venait régulièrement passer quelques jours avec eux. La première fois qu'elle avait revu sa fille, elle l'avait couverte de petits baisers, riant et pleurant tout à la fois. Elle lui avait ensuite montré le contenu du pendentif-cœur-porte-photo qui ne la quittait pas depuis la naissance de Sandrine :

— C'est une mèche de tes cheveux que j'ai coupée avant de devoir me séparer de toi.

Sandrine avait longuement regardé le pendentif avant de lever les yeux vers Rose et de se coller contre elle.

Kalinda, qui les observait avec émotion, lui avait fait remarquer que Sandrine et elle avaient exactement les mêmes lobes d'oreilles :

— Quelqu'un m'a dit que ça ne trompe pas et qu'une mère peut reconnaître ainsi son bébé parmi beaucoup d'autres.

Rose et Kalinda s'étaient découvert beaucoup de points communs. Durant leur jeunesse, elles avaient toutes les deux une peur des avions dont leurs sœurs se moquaient. Elles lisaient beaucoup, étaient curieuses, aimaient apprendre. Rose était journaliste, et Kalinda honorait cette profession parce que Nanosh voulait le devenir. Elles avaient toutes les deux dû abandonner leurs études très jeunes et avaient connu l'enfermement. Elles avaient une sainte horreur des jugements péremptoires et essayaient de comprendre avant de se forger une opinion. Toutes les deux avaient traversé des épreuves, mais savaient encore s'émerveiller. Brisées, elles avaient trouvé la force de se reconstruire. Elles n'avaient plus de temps à perdre et ne s'embarrassaient pas de relations qui n'étaient pas authentiques.

Les deux jeunes femmes étaient vite devenues de très grandes amies, au point où Kalinda appelait Rose *sa sœur de vie,* une expression qu'elle n'avait jusque-là réservée qu'à Marceline qu'elle avait aussi eu le bonheur de retrouver.

Rose ayant le même âge qu'auraient eu les jumelles Iris et Donna si elles avaient été encore vivantes, Kalinda avait eu d'autant plus de facilité à la considérer comme une sœur.

Très vite, elles s'étaient confié leurs secrets les plus intimes. Rose lui ayant parlé de son amour impossible avec Franz, Kalinda lui avait alors montré les accessoires des Jeunesses hitlériennes qu'il avait conservés dans une malle. Le poignard, dont les mots *Blut und Ehre* signifiant *Sang et honneur* étaient inscrits sur la lame, semblait n'avoir jamais servi. Avec Isaac, ils avaient aussi trouvé le parchemin sur lequel figurait le serment fait par Franz durant sa jeunesse : « Je jure de consacrer toute mon énergie et toute ma force au sauveur de notre pays, Adolf Hitler. Je suis fier de donner ma vie pour lui et que Dieu lui vienne en aide. »

— Ce Hitler ! s'était exclamée Rose. Il semblait avoir une telle force de persuasion, un tel magnétisme. Après la fin de la guerre, nous avons appris que le premier ministre du Canada, Mackenzie King, avait dit : « Nous pourrions voir en Hitler l'un des sauveurs du monde. » Comme la majorité des Canadiens, il ne pouvait imaginer toute la souffrance qu'il allait susciter.

— Nous pouvons nous tromper lourdement sur les personnes que nous adulons. De cela aussi, il faut se souvenir.

Isaac, Kalinda et Rose avaient alors convenu de confier les accessoires de Franz à un musée.

Ils avaient cependant conservé précieusement la médaille qu'il avait reçue lors d'une cérémonie où il avait aussi été gratifié du titre de Juste. Il avait ainsi rejoint la cohorte des personnes ayant risqué leur vie pour en sauver des milliers d'autres. *En incarnant le meilleur de l'humanité, il était comme un phare pour les nouvelles générations*, avait-on dit en lui remettant cette médaille.

Kalinda, Isaac et Sandrine ont accompagné Rose au manoir en Normandie ayant appartenu à Franz. Marcher dans les pas de l'homme qu'elle avait aimé l'aidait à faire son deuil.

Malgré la profondeur de leur amitié, Rose n'était pas toujours d'accord avec les méthodes d'éducation des parents adoptifs de Sandrine. Elle mettait cependant des gants blancs quand elle décidait d'en discuter avec eux. Elle estimait entre autres que Kalinda donnait à sa fille des responsabilités trop grandes pour son âge, la chargeant par exemple d'aller, seule, chercher du lait à quelques coins de rue.

— Je veux qu'elle soit autonome le plus tôt possible. On ne sait jamais quand surviendra un autre Holocauste. Il faut qu'elle soit prête.

Rose avait compris la souffrance derrière son geste et n'avait pas insisté. Sandrine confiait ses malheurs à Rose plutôt qu'à Kalinda, ce qui attristait celle-ci. Rose lui faisait alors remarquer que chaque fois que Sandrine se plaignait, Kalinda lui donnait un exemple démontrant à quel point ça avait été pire à Auschwitz.

— C'est comme si elle n'avait pas le droit de ressentir de la peine, avait expliqué Rose.

À compter de ce jour, Kalinda avait cessé toute comparaison avec les camps de concentration et était devenue progressivement elle aussi la confidente de sa fille.

Il avait fallu un an avant que Sandrine les adopte vraiment tous les trois comme ses nouveaux parents. Ils avaient conservé le calendrier où ils avaient dessiné des cœurs pour marquer les premiers jours où elle les avait appelés maman Kalinda, papa Isaac et maman Rose.

Il avait fallu le même laps de temps à Kalinda et Isaac pour devenir vraiment un couple. Au début de leur cohabitation, ils faisaient chambre à part, mais au bout de quelques mois, Kalinda lui avait demandé de dormir avec elle :

— Pour chasser les cauchemars. Parfois, ils sont si réels, c'est comme si j'étais de nouveau à Auschwitz.

Isaac avait accepté. Ils dormaient ensemble, elle, en robe de nuit, lui en pyjama. Ils se tenaient la main et leur stratégie fonctionnait : finis les cauchemars. Ils ne rêvaient d'ailleurs plus du tout. Leur abstinence n'avait duré que quelques nuits, au bout desquelles ils avaient fait l'amour passionnément. Isaac avait prétendu que son impuissance s'était résorbée parce qu'il l'aimait profondément. S'il mentait encore à ce sujet, il disait cependant la vérité à propos de l'amour qu'il éprouvait pour elle. Kalinda, trop heureuse de la tournure des événements, n'avait pas posé de questions.

Un matin, elle l'avait réveillé à l'aube.

— Je n'ai presque pas dormi. J'ai pensé que nous devrions officialiser notre amour. Marions-nous.

— Pourquoi ? Nous sommes heureux comme ça, avait dit Isaac toujours convaincu qu'elle le détestera lorsque son secret, inévitablement, éclatera au grand jour.

— J'aurais espéré plus d'enthousiasme, avait rétorqué Kalinda avec tristesse avant d'ajouter : pense à Sandrine. S'il nous arrivait malheur, elle serait mieux protégée si notre union était officielle. Mais surtout, nous nous aimons. Nous sommes de bons amants et de véritables amis. Nous pouvons tout nous confier. Ils ne sont pas si nombreux les couples qui peuvent en dire autant. Nous nous comprenons parfaitement.

Il devait admettre qu'elle disait vrai. Personne d'autre que Kalinda ne le comprenait vraiment.

— Et tu es adorable, avait-elle ajouté. Je ne trouverai jamais de meilleur époux que toi.

Ils étaient si bien ensemble. Ils savaient tous les deux qu'ils seraient malheureux l'un sans l'autre. Leur amour était un renfort, une palissade contre la cruauté du monde. Oubliant ses craintes, il avait accepté.

— Madame, voulez-vous m'épouser ? avait-il dit après s'être agenouillé près du lit.

Kalinda riait et pleurait tout à la fois.

— Je suis si heureuse. Des miraculés, voilà ce que nous sommes, avait-elle répondu.

Isaac avait acquiescé. Comment aurait-il pu la contredire : plus de quatre-vingt-dix-sept pour cent des Juifs ainsi que dix-neuf mille Tziganes avaient été exterminés dans les camps.

Ils auraient pu mourir mille fois eux aussi. Par les combats qu'ils avaient dû mener, par les trop nombreux deuils qu'ils avaient faits, la mort aurait dû avoir raison d'eux.

— Tu as raison. La vie est un miracle, et nous serions bien ingrats de la gaspiller en vains regrets.

À cet instant précis, Isaac avait de nouveau pensé qu'il devait avouer la vérité à Kalinda, mais il n'arrivait pas à prendre ce risque de la perdre.

Je lui dirai tout plus tard, lorsque nos liens seront encore plus solides, s'était-il dit pour museler la voix de sa conscience. *Après tout, Kalinda ne parle pas de tout ce qu'elle a fait à Auschwitz : elle ne veut révéler à personne qu'elle s'y est prostituée. Elle m'a fait jurer de ne jamais avouer cela à Sandrine quand elle sera plus vieille. Elle a même fait enlever le tatouage sur son sein, ne gardant que ceux sur son bras.*

Ceux-là, elle les porte par devoir de mémoire. « Personne ne doit oublier, même si personne ne veut entendre ce que nous avons à raconter », avait-elle dit un jour à son amie Marceline peu après l'avoir retrouvée. Celle-ci lui avait alors confié que sa mère avait peur d'entendre ce qu'elle avait vécu : « J'étais prisonnière de moi-même. J'étais dans l'impossibilité de communiquer avec les autres[45]. Heureusement qu'il y a toi et d'autres rescapés que j'ai revus. »

45 Mots qu'elle a réellement prononcés.

« C'est l'horreur de les voir partir tous, glorieux, pleins de zèles, sûrs de s'en tirer, puis de les voir revenir les uns après les autres, épuisés, écorchés, brisés, parfois à tout jamais. »

Fernand Dansereau

Vingt-neuf ans plus tard

63

Sainte-Flavie, 1978

Les phares de l'auto éclairent la tour de guet qui, sombre comme la guerre qui l'a vue naître, s'élève vers la pleine lune pour y puiser un peu de lumière. *Ma maison d'été est juste en face de la tour de l'est, tu la trouveras facilement,* avait dit Rose à Sandrine après lui avoir suggéré d'y passer quelque temps.

— J'aimerais bien t'accompagner, mais j'ai des articles à terminer. En plus de mon travail à temps plein au *Soleil,* je remplace pendant deux jours un ami journaliste qui travaille à *La Presse.* Tu te souviens ? Je t'ai déjà parlé de lui. Je l'ai rencontré à l'école de tir quand j'étais une jeune fille timorée, avait-elle rappelé en riant avant d'ajouter : Bref, j'irai te rejoindre seulement quand j'aurai terminé tous mes articles. Loin de s'en plaindre, Rose affichait un air joyeux : depuis qu'elle écrivait, elle avait enfin le sentiment d'être née à elle-même.

— C'est la rançon de la gloire, avait répondu Sandrine pour la taquiner. Elle-même en connaissait le prix. Elle était devenue spécialiste du comportement animal, et la publication de ses dernières recherches sur les émotions des animaux lui avaient valu un prix prestigieux et avaient suscité une dizaine d'invitations à donner des conférences, dont l'une à Québec.

— En plus, tu te souviens d'Anna, la femme dont je t'ai parlé et qui était une amie de mon patron Aharon ? avait ajouté Rose. Eh bien elle a besoin de moi, ces jours-ci. Elle vient de recevoir un diagnostic qui explique ses sautes d'humeur.

— De quoi souffre-t-elle ?

— D'une maladie qui s'appelle *trouble de la personnalité borderline*. Le psychiatre lui a prescrit des médicaments et ça lui fait peur. Elle aimerait que j'habite avec elle quelques jours. Aharon avait bien raison de répéter que les événements de la vie et notre hérédité nous forgent, et que pour certains, contrôler leurs émotions est un combat de tous les instants, parfois perdu d'avance.

— Et évidemment, vous allez l'aider. Je ne suis pas surprise, avait dit Sandrine qui la taquine souvent parce que Rose est de celles qui accueillent les animaux errants et les âmes en détresse.

Rose avait ricané avant d'ajouter :

— Et tu ne devineras jamais qui j'ai retrouvé ?

— Votre amie Pascale avec qui vous étiez à l'hôpital de la Miséricorde ! avait aussitôt répondu Sandrine.

— Tu as des dons de clairvoyance, ma foi.

— Pas du tout, vous m'avez tellement parlé d'elle, avait dit Sandrine en riant.

— C'est ça, dis que je te casse les oreilles avec mes histoires.

Elles avaient ri, complices.

— Je suis contente que vous l'ayez retrouvée.

— Oui, nous sommes tellement amies et l'amitié c'est très important. Je ne suis pas loin de penser que c'est aussi, sinon plus, précieux que l'amour.

— A-t-elle retrouvé son enfant ?

— Non, elle a eu moins de chance que moi, avait mentionné Rose en se blottissant contre sa fille avant d'ajouter :

— Mais revenons à ton séjour dans le Bas-du-Fleuve. À Sainte-Flavie, tu verras que les voisins sont assez éloignés. On m'a dit qu'un homme a emménagé récemment dans la tour de guet, juste en face de ma maison. Il paraît qu'il vit en ermite. Amène ma belle Kami, tu te sentiras moins seule.

Sandrine était ravie. Elle adorait cette magnifique bouvier bernois, affectueuse et douce.

Apercevant la vieille maison jaune que lui a décrite sa mère biologique, Sandrine se gare dans l'entrée de gravillon, descend et ouvre la portière arrière pour libérer la belle chienne. Pendant qu'elle prend sa valise dans le coffre de l'auto, celle-ci gambade joyeusement vers l'allée de grands arbres aux pieds géants délimitant l'entrée. Le nez à terre, le museau frémissant, elle semble parfaitement heureuse de découvrir cet endroit porteur d'odeurs nouvelles.

De l'autre côté de la route, le bruit des vagues se mêle au vacarme des oiseaux regroupés à quelques encablures de la plage. La grande maison ancestrale, nichée au cœur d'arbres majestueux dont certains doivent être centenaires, est très éloignée du chemin. Sandrine siffle pour rappeler Kami et avance avec elle dans l'étroite allée menant à la galerie ceinturant la maison. Leurs silhouettes dessinent des formes entre les ombres des arbres que la pleine lune couche sur l'herbe nimbée de rosée. Sandrine allume sa lampe de poche dont la lueur tressaute sur le dos de Kami qui court devant elle comme le ferait un guide attentionné.

Elle fouille dans son sac pour y trouver la clé que Rose lui a remise. Elle la glisse dans la serrure un peu rouillée et doit s'y reprendre à deux fois avant que la porte cède en grinçant. Sa main cherche fébrilement le commutateur.

Une faible lumière éclaire la cuisine/salon qui, bien que démodée, lui plaît immédiatement. Elle préfère les maisons modestes à celles où l'exubérance du mobilier vise moins le confort qu'à refléter l'ascension sociale de leurs propriétaires. Kami reste auprès d'elle, comme si elle aussi ressentait une peur diffuse monter en elle, comme si elle aussi sentait la présence d'êtres immatériels, comme si elle aussi croyait le lieu hanté. Inge, sa grand-mère tzigane dont Kalinda lui a beaucoup parlé, aurait affirmé sans l'ombre d'un doute que l'endroit est peuplé de fantômes. Bien que d'une nature sceptique, Sandrine ne l'aurait pas contredite, tant il lui semble évident que cette maison porte l'âme de ceux qui l'ont habitée. Leurs pleurs, leurs joies, leurs élans de tendresse, leurs secrets chargés de honte ou de pudeur, la somme de leurs silences devenus des cris muets, les tempêtes et les vents anciens, toutes ces voix intérieures emprisonnées dans les murs et qui se font écho de génération en génération, emplissent la maison d'une présence un peu effrayante. Seul le chant des grillons brise le silence.

Sandrine se sent comme une intruse dans cette maison étrangère.

— Allons dehors, dit-elle à Kami en déposant sa valise près de la porte.

Craignant qu'elle ne s'élance vers les voitures, Sandrine se dépêche de l'attraper par le collier. Elles traversent en courant la route afin d'atteindre la plage. Un nuage masque la lune, dérobant à leurs yeux la mer qui, quelques instants plus tôt, scintillait de mille feux sous les étoiles. Sandrine n'aperçoit plus qu'une masse noire infinie striée d'écume blanche, mais elle n'a pas peur, le fracas des vagues ayant toujours eu sur elle un effet apaisant.

Le gros nuage s'éloigne, poussé par le vent furieux qui s'amuse avec la lune qu'il cache ou dévoile. Sandrine aperçoit alors, un peu à l'ouest, des dizaines de silhouettes qui ont semblé suivre le chemin tracé par la lumière lunaire pour émerger du fleuve. Si elle n'avait pas vu dans les dépliants touristiques ces sculptures en béton armé créées par Marcel Gagnon[46], elle aurait cru à une apparition : comme si toute sa « parenté » tzigane et juive morte dans les camps de concentration venait soudain à sa rencontre.

Les vagues claquent sur les rochers pendant que le vent, de plus en plus froid à mesure que la nuit approche, lui fouette violemment le visage. Elle appelle Kami et ensemble, elles courent vers la maison. Au moment de fermer la porte, Sandrine aperçoit la silhouette d'un homme qui, appuyé à la rambarde de la tour de guet, l'observe avec des lunettes d'approche. Elle le fixe un moment. Il recule alors et entre aussitôt dans la tour.

Pour oublier cette présence un peu angoissante, elle fait la visite des lieux, parcourant d'abord la pièce qui sert à la fois de cuisine et de salon. La télévision moderne installée dans un coin détonne avec le mobilier ancien et les rideaux de dentelle jaunis par le temps. À part ce détail, Rose n'avait pas modernisé la maison, la laissant intacte ou presque, avec ses vieilles armoires et les petites planches couvrant la partie basse du mur au-dessus de laquelle une tapisserie fleurie d'un autre âge égaie les lieux.

Sandrine dépose dans le réfrigérateur la nourriture qu'elle a apportée et marche dans le salon en s'arrêtant un instant devant les cadres ovales décorant les murs près de

46 Œuvres et personnage réels. Notons cependant que les sculptures ont été créées à partir de 1986.

l'immense foyer de pierres des champs. Sur l'une des photos anciennes apparaissent Bérangère et Onésime ainsi que leurs deux filles. Comme sur la plupart des clichés de cette époque, ils prennent une pose guindée, suivant les directives du photographe professionnel. *Se faire faire le portrait*, comme ils disaient, était tout un événement ! Elle regarde longuement Onésime dont Rose lui a parlé. Son côté colérique ne transparaît pas dans son visage. Il a plutôt le regard triste. *Qui sait quelle souffrance se cache derrière sa colère ?* se demande Sandrine en se rappelant un documentaire dans lequel des médecins parlaient de victimes de la route qui changeaient subitement de personnalité à la suite d'un accident. Ils donnaient en exemple un homme doux devenu très colérique et instable. *C'est sans compter l'impact de la génétique*, pense-t-elle aussi. *D'ailleurs, certains éleveurs de chiens l'ont compris. Ils sélectionnent de génération en génération les plus agressifs de chaque portée, de sorte que la race devient de plus en plus violente.* Sandrine embrasse le bout de ses doigts et les pose sur le visage de Bérangère qu'elle a rencontrée il y a deux semaines : Rose et elle ont passé une quinzaine de jours en Gaspésie chez le couple âgé éperdument amoureux. En regardant la photo de Dorothée, jeune fille, Sandrine n'est pas portée à poser le même geste tendre, car elle n'a pas vraiment de souvenirs de sa première mère adoptive.

Elle s'agenouille devant le vieux coffre, tire le loquet un peu rouillé et soulève doucement le couvercle. L'intérieur est un vrai capharnaüm. Son attention est attirée vers une pantoufle sur laquelle un papier est fixé avec une épingle : *Cette pantoufle, trouvée en Gaspésie, provient d'un sous-marin allemand qui a longé nos côtes.* Les larmes lui montent aux yeux. Elle sait que le feutre des pantoufles de plusieurs Allemands est fait avec des cheveux de détenus exterminés dans des camps de concentration où ses grands-parents tziganes sont morts. *Tu as mes yeux et ceux de ta grand-mère,* lui disait souvent Kalinda. Bien sûr, elles savaient toutes les deux qu'il ne pouvait s'agir d'un héritage biologique, mais d'un pur hasard. Elles aimaient tout de même avoir cela en commun.

Au fond du coffre se trouve un vieil album tout racorni que Sandrine ouvre aussitôt. Sur chaque portrait, Rose affiche l'attitude de la jeune fille timide qu'elle était et qui a désormais gagné en assurance.

Kami s'approche et donne à la jeune femme un coup de nez sur le bras, lui disant ainsi à sa façon qu'elle a faim. Sandrine referme l'album, se lève, prépare le café, ouvre le réfrigérateur et en sort deux sandwichs.

— Tiens, ma belle. On ne dira pas à Rose que je te nourris de cette façon.

Ce n'est certainement pas Kami qui va refuser l'offrande. Elle avale gloutonnement ce qui est à ses yeux un festin et ne se gêne pas pour en redemander à sa façon.

Tout en mangeant son sandwich, Sandrine s'approche de la fenêtre et regarde vers la tour. Elle ne voit pas âme qui vive. Elle vérifie si la porte est bien verrouillée, prend son café et va s'asseoir sur le vieux fauteuil avec l'album.

Les fenêtres du grenier sont grandes ouvertes afin de dissiper la chaleur qui s'y accumule tout au long de la journée. Le rideau, qu'un vent violent bouscule, bat le mur avec cadence. Mais ce n'est ni ce bruit ni le froid qui se sont glissés dans la chambre par cette nuit étoilée qui réveillent Sandrine. Ce qui la fait sursauter, c'est un cri. Croyant avoir rêvé, elle se lève pour fermer la fenêtre, mais arrête son geste lorsqu'elle aperçoit un homme hurlant devant la mer. Le cri poignant de désespoir qui va mourir au large la glace d'effroi. Il marche ensuite vers la tour jusqu'à ce que les ombres de la nuit le rendent invisible.

Elle sait qu'elle ne pourra plus dormir. Elle jette un coup d'œil au vieux cadran: 3 heures 30.

Elle prend au passage la lunette d'approche déposée sur la commode et la dirige vers la tour de guet, mais elle l'enlève presque aussitôt d'un geste brusque. Lui aussi a une lunette d'approche devant les yeux. Lui aussi regardait vers sa maison. Lui aussi l'espionne.

Elle croit avoir vu une protubérance sur la joue de l'homme. Énorme. Laide. Mais ce n'est peut-être qu'une illusion créée par le reflet des gros nuages en mouvement.

Elle marche de long en large dans la chambre. Elle a peur et a envie de retourner à Québec, mais quelque chose la retient. Elle se morigène intérieurement: *Je suis en sécurité, ici, avec Kami, les portes verrouillées. Il est peut-être simplement curieux, comme moi.*

Le clapotis de la pluie sur le toit de tôle la calme autant qu'un sédatif.

64

Le cri de la corne de brume réveille brusquement Sandrine qui s'est rendormie sur le divan, enroulée dans une douce couverture de fausse fourrure. Elle a fait un mauvais rêve dans lequel un mécréant la poursuivait avec une arme à la main. *Sans doute à cause de l'homme de la tour de guet,* se dit-elle. Kami la distrait de cette pensée morose en appuyant sa tête sur le rebord du divan, tout en agitant frénétiquement la queue.

— Une chance que t'es là, toi, sinon je crois bien que je repartirais tout de go à Québec, lui dit Sandrine en lui caressant la tête.

Elle se lève et va ouvrir la porte arrière pour Kami qui traverse aussitôt la galerie avant de s'aventurer dans la cour afin d'y faire ses besoins. Sandrine enfile la veste accrochée près de la porte et rejoint l'animal. Elle est à l'aise dans ce vêtement appartenant à Rose. Il sent le lilas, leur parfum préféré à toutes les deux. Craignant que Kami ne s'aventure dans la forêt derrière la maison, elle la siffle en mettant deux doigts dans sa bouche. La chienne, pourtant habituée à obéir, court plutôt vers la vieille grange au bois grisâtre.

— Kami, viens ! crie Sandrine.

Mais la belle chienne ne cesse de regarder par les fentes entre les planches en lançant de petits aboiements joyeux.

Sandrine, un peu craintive, s'avance néanmoins parmi les hautes herbes et enlève la barre horizontale qui tient fermées les deux grandes portes de la grange. Ses yeux mettent quelques minutes à s'habituer à l'obscurité.

Elle aperçoit soudain la moissonneuse-batteuse et l'épandeur à fumier de marque Mengele. Quelle triste coïncidence : ces instruments étaient fabriqués dans les usines du père du docteur Mengele, celui-là même qui a mené d'épouvantables expériences sur Iris et Donna, les deux sœurs de Kalinda. Lorsque celle-ci avait appris, après la Libération, qu'elles avaient subi d'atroces tortures, elle en avait perdu le sommeil. Elle avait consulté un psychologue afin qu'il l'aide à chasser les images qui surgissaient trop souvent à son esprit lorsqu'elle pensait à ce que les deux jumelles avaient enduré à cause de ce médecin. *Cet homme odieux est toujours introuvable et ses crimes demeureront sans doute impunis,* présume Sandrine.

Kami accourt vers un coin de la grange où, étendue dans du foin, une chatte allaite ses petits. En apercevant la tête de la grosse chienne au-dessus d'elle, la maman se lève aussitôt, prête à attaquer. Les chatons roulent sur le dos, pendant que leur mère lance des feulements agressifs. Visiblement, elle n'apprécie pas leur présence. D'autres chats, adultes ceux-là, marchent sur les poutres et les observent.

On dirait que ce lieu leur appartient, songe Sandrine avant d'appeler Kami qui hésite à la suivre.

— Allez, viens, insiste-t-elle. Je te promets que nous ferons une promenade dès que nous aurons déjeuné.

La table, qu'elle a repérée sur la large galerie, est un endroit parfait pour y manger, d'autant plus que le soleil s'est pointé. Sandrine prépare le repas en vitesse, verse de l'eau et de la moulée dans deux plats pour Kami et les place sur la galerie avant de s'installer à la petite table sur laquelle elle dépose une assiette de pain grillé accompagné de fruits ainsi qu'une carafe de bon café fumant dont elle ne saurait se passer. L'air est frais et bon. Les oiseaux chantent. La nourriture, succulente, le café, délicieux à souhait. L'angoisse s'envole.

Toutes les deux rassasiées, elles traversent la route et se dirigent vers le fleuve. Sandrine s'assoit sur un banc creusé à même un arbre que la mer a rapporté. Elle évite de regarder la tour de guet qui, à sa gauche, se dresse telle une sentinelle. Un peu à l'ouest, elle distingue au loin une haute silhouette, vraisemblablement celle d'un homme. La marée montante couvrant presque entièrement la roche sur laquelle il se tient, l'illusion qu'il marche sur l'eau est parfaite. Comme s'il se sentait observé, ce dernier se retourne et fixe un moment la jeune femme, avant de mettre les pieds à l'eau. Plutôt que de se diriger vers la plage, il marche dans le fleuve, glisse à quelques reprises sur les algues, mais réussit néanmoins à garder l'équilibre, jusqu'à ce qu'il se trouve en face de la tour de guet vers laquelle il se dirige à grands pas. Il est clair qu'il a voulu éviter de passer devant elle. À cause de la distance, elle n'a pu distinguer ses traits et ignore donc s'il est jeune ou vieux, beau ou laid, timide ou fantasque. Mais elle sait une chose cependant : il n'est pas l'être le plus sociable que la Terre porte. Cet homme, sans doute le même qu'elle a aperçu sur le toit de la tour, lui fait de plus en plus peur.

Sandrine siffle Kami qui accourt, toujours aussi exubérante, indifférente au sable qui, telles des sangsues, s'accroche à ses longs poils mouillés. Ensemble, elles retournent en courant à la maison. Sandrine s'assure que la porte de devant est bien verrouillée et renonce à se servir une grosse tasse de café. Elle est trop énervée. Elle aimerait téléphoner à

Rose, mais y renonce : elle craint de l'inquiéter inutilement. Elle s'installe plutôt à la table de la cuisine avec une masse de papier afin de préparer la conférence qu'elle doit prononcer à Québec dans trois semaines. Elle est tellement passionnée par son sujet qu'elle travaille plusieurs heures sans même se lever de sa chaise jusqu'à ce que Kami vienne appuyer sa tête contre sa cuisse en la fixant d'un air implorant.

— Tu voudrais te dégourdir les jambes, ma belle, lui dit-elle en lui caressant la tête. Ça tombe bien parce que je commence à avoir faim. Allons au village chercher de quoi nous nourrir avant de tomber d'inanition.

Sandrine monte au grenier et enfile une robe longue. La rouge, sa préférée. Légère à souhait pour une journée aussi chaude. S'appuyant au mur afin de ne pas perdre l'équilibre, elle chausse des sandales de la même couleur. Un rapide coup d'œil au grand miroir de la penderie la satisfait. Un homme et, pourquoi pas ?, une femme aussi l'auraient sans doute qualifiée de très charmante et attirante.

Elle descend les marches, sort de la maison suivie de Kami, et se dirige vers la plage déserte après avoir traversé la route achalandée à cause des vacances. Elle accueille comme une caresse vivifiante les embruns que le vent laisse tomber sur son visage. Se sentant observée, elle se retourne brusquement et jette aussitôt un coup d'œil vers la tour. Personne. *Mon imagination s'emballe parce que l'homme de la tour de guet a le don de m'angoisser*, se dit-elle en accélérant le pas. Elle marche si vite qu'elle ne tarde pas à apercevoir l'épicerie. Avant d'y entrer, elle enlève alternativement ses sandales et les retourne. Du sable tombe sur l'herbe verte où grouillent quantité de sauterelles.

— Je reviens aussi vite que possible, ma belle, dit-elle à Kami en l'attachant à l'un des petits poteaux délimitant le terrain du commerce. La chienne lance un petit gémissement avant de s'asseoir au bout de sa laisse, le plus près possible de la vitrine d'où elle espère pouvoir observer sa maîtresse.

La dame d'une soixantaine d'années qui se retourne en entendant la cloche au-dessus de la porte fige en la voyant. Les deux cannettes de boisson gazeuse qu'elle vient de prendre sur une tablette lui glissent des mains aussi vite qu'une couleuvre surprise à la lisière d'un fourré. Sandrine, mal à l'aise d'être dévisagée ainsi, la salue et se dirige vers le réfrigérateur, pendant que la dame la scrute toujours comme si un fantôme venait de lui apparaître. L'homme qui attendait pour payer son paquet de cigarettes s'exclame :

— Batince, Corinne ! On dirait ta mère dans son plus jeune âge !

L'épicière, de plus en plus pâle, lui remet sa monnaie d'une main tremblante sans dire un mot.

— T'a connais ?

La gorge nouée, la commerçante se contente de lui faire signe que non.

— Il paraît que sur la Terre, on a tous un sosie. Là, j'pense que tu viens de trouver celui de ta mère. À moins que… ajoute l'homme en se frottant la barbe.

Il n'en dit pas plus, mais Corinne sait à quoi il fait allusion. La rumeur court que son frère Gratien a fait pas mal d'enfants à des filles à l'époque où il étudiait à l'école de tir. Cette étrangère pourrait bien être l'une de ses enfants illégitimes.

— Je vous ai entendus parler de sosie, dit Sandrine qui s'avance avec des sandwichs, du chocolat, du jus, du café ainsi que différents repas préparés qu'elle a eu l'heureuse surprise de trouver dans l'un des réfrigérateurs.

Elle dépose le tout sur le comptoir, étonnée de l'attitude de l'épicière et de son client qui la dévisagent. Mal à l'aise, elle ajoute, pour faire diversion :

— Connaissez-vous l'histoire de Graham CoMRIe qui a trouvé par hasard non seulement son sosie, mais un homme qui portait presque le même nom : Graham CoRMIe[47] ?

Corinne, muette et blanche comme le lait qu'elle vend, fait signe que non en hochant souvent la tête, ce qui lui donne un air vaguement idiot.

— Non seulement ces deux hommes se ressemblaient comme deux gouttes d'eau, mais leur vie respective présentait beaucoup de similitudes : mariés la même année, ils exerçaient le même métier et possédaient un chien de la même race, précise Sandrine en s'efforçant de sourire à cette femme étrange.

D'entendre cet accent français soulage la marchande : il est peu probable qu'une Française soit l'enfant de son frère Gratien.

— Vous êtes née en France ? lui demande-t-elle toutefois pour se rassurer totalement.

— Euh… Oui.

L'hésitation qu'elle a mise avant de répondre sème le doute dans l'esprit de l'épicière, de nature suspicieuse.

Le client aurait bien aimé questionner cette belle jeune dame, mais il décide plutôt de quitter la place. Il ne veut pas se mêler des affaires de la famille de Corinne dont l'un de ses frères, un ministre, lui a donné de solides coups de main lorsqu'il a démarré son entreprise en région.

— Bon, moé, j'y vais. Bonne journée, mesdames, dit-il en touchant le bout de sa casquette.

---

47 Histoire vraie, mais racontée seulement en 2011.

Les deux femmes ne lui ont pas aussitôt rendu son salut que Corinne questionne de nouveau Sandrine :

— Vous êtes en vacances ? Beaucoup de Français visitent notre belle Gaspésie.

— Non, j'habite la maison en face de la tour de guet.

— Laquelle ?

— Celle de l'est.

— Mon Dieu ! s'exclame Corinne, la main sur le cœur. C'est la maison qui appartient à Rose Dubeau !

Surprise de cette réaction incongrue, Sandrine lui demande si elle la connaît. Corinne met un moment avant de répondre :

— Oh, vous savez, tout le monde se connaît au village. J'ai connu Rose lorsqu'elle n'était pas plus haute que les sacs de patates que vous voyez là, dit-elle en pointant les marchandises dans un coin derrière le comptoir.

La comparaison avec les patates arrache un sourire à Sandrine qui, se gardant toutefois de commenter, se contente de présenter un billet de vingt dollars, que cette femme bizarre tarde à prendre, la fixant toujours avec les yeux exorbités de certains poissons. Elle ouvre la caisse, une vieille machine d'une autre époque dont les boutons indiquent différents montants, et y dépose l'argent.

— Je dois me presser. Ma chienne doit avoir chaud au soleil, dit Sandrine en faisant un signe vers Kami qui, bavant dans la vitre, garde les yeux fixés sur elle comme le faisait jadis Luna devant l'école de tir en attendant Rose.

— Oui, pardonnez-moi, répond Corinne qui, oubliant de lui rendre sa monnaie, referme le tiroir-caisse d'un geste sec.

Pressée de partir, Sandrine renonce à lui faire remarquer qu'elle lui doit cinquante sous.

Dommage que ce soit la seule épicerie des environs et que ses mets préparés semblent succulents. Sinon, je ne mettrais plus les pieds ici, se dit-elle en détachant Kami.

Au bout d'une trentaine de minutes, Sandrine sort de son sac la clé de la maison. Avant de l'insérer dans la serrure, elle se retourne vers la tour de guet. C'est devenu un réflexe. L'homme est là, appuyé sur le garde-corps métallique de la terrasse ceinturant le haut de la tour. Il l'observe encore avec sa lunette d'approche. Le cœur battant la chamade, elle entre précipitamment dans la maison et verrouille la porte derrière elle.

Une seule chose peut la distraire de l'angoisse de plus en plus forte qu'elle ressent : reprendre son travail.

65

Une brume épaisse court sur l'eau, reflet du brouillard qui enveloppe l'esprit de Sandrine. Au loin, les signaux sonores d'une corne de brume guidant les navires ont cependant sur elle un effet apaisant. Son attention est attirée par une voiture qui se gare près de la porte d'entrée de la tour de guet. Elle reconnaît la femme qui en descend : c'est la dame de l'épicerie. *Celle qui a raté sa vocation d'agent secret,* songe-t-elle.

Gratien a donné les clés de la tour à sa sœur. Il ne répond à personne d'autre qui frappe à la porte. Elle est son seul contact avec le monde extérieur. C'est elle qui vient lui porter sa nourriture.

— C'est toé, Corinne ? demande-t-il.

Qui d'autre ? se retient-elle de rétorquer. Elle ne s'habitue pas à la voix de son frère. Pourtant, ce que tous les membres de la famille appellent un « accident », afin de préserver leur réputation, est survenu il y a plus de trente ans. Elle ne s'habitue pas non plus au visage de son cadet, fracassé au point où, comme sa voix, il n'a plus rien d'humain. Seuls les yeux montrent des parcelles d'âme. Mais souvent, elle préférerait ne pas les voir tant la souffrance qu'ils projettent lui vrille le cœur.

N'empêche ! Elle s'efforce toujours de ne rien laisser paraître des sentiments contradictoires qui s'agitent en elle lors de chacune de ses visites: amalgame de pitié et de tendresse.

— Veux-tu que j'te fasse la barbe? demande-t-elle une fois que sont rangées les provisions qu'elle lui a apportées.

Il fait signe que oui et s'assoit à sa place habituelle, devant la fenêtre, face à la mer, dont la lumière infinie lui apporte un peu de sérénité.

Après son «accident», il coupait sa barbe lui-même, mais il se blessait et ses plaies s'infectaient. Comment aurait-il pu éviter de s'estropier, lui qui refusait de se raser devant un miroir? Voir ce qu'il était devenu était pire que toutes les blessures qu'il pouvait s'infliger. Un jour, il s'était vu dans le reflet de la voiture de sa sœur qui l'avait conduit à l'hôpital. Cela avait été un choc. Il n'arrivait pas à croire que c'était lui, le don Juan d'antan, qui avait désormais cette allure. Ce jour-là, il avait cependant eu un espoir: un médecin avait tenté de lui redonner un visage. Hélas, l'opération avait été un échec.

Une fois la barbe coupée, Corinne retire les poils qui poussent dans la bouche de Gratien depuis qu'on lui a prélevé un lambeau de peau sur son péroné pour le placer sur son palais à moitié détruit. Puisqu'il avait les jambes très velues, les poils qui les recouvraient poussent encore, même s'ils sont désormais dans sa bouche.

— Il y a pas de quoi être horripilé! avait lancé un jour Corinne en lui coupant ses poils.

Gratien n'ayant pas ri, ni même souri, elle avait cru qu'il n'avait pas saisi la plaisanterie et avait ajouté:

— Horripilé ne signifie pas juste être exaspéré, mais aussi «poils hérissés».

Puisqu'il était resté de marbre, Corinne n'avait pas insisté. De toute façon, elle non plus n'avait pas vraiment envie de rigoler. Souvent, lorsqu'elle lui coupait la barbe, des larmes coulaient sur les joues de son frère. Alors elle pleurait elle aussi, et les larmes de sa sœur, loin de l'agacer, le réconfortaient. Il avait le sentiment d'être compris. Qu'elle partageait son désespoir.

— J'ai une grande nouvelle pour toi, mon frère.

Il s'anime un peu, l'interroge du regard.

— T'as vu la jeune femme qui est installée dans la maison de Rose ?

— Ben sûr, elle habite juste en face et se promène parfois sur la plage ! s'exclame-t-il.

S'il avait pu, il aurait pris un ton exaspéré, mais il ne contrôlait pas bien son élocution.

Il estimait que la plage lui appartenait. Mis à part la maison de Rose, les autres voisins étaient si éloignés qu'il pouvait se permettre de penser ainsi. Surtout que Rose, Bérangère et son amoureux y venaient rarement.

— Ben, tiens-toi ben, c'est la fille de Rose !

Corinne s'attendait à une réaction, mais Gratien ne bronche pas.

— C'est peut-être la tienne, ajoute-t-elle après un moment d'hésitation.

L'homme se retourne et fixe sa sœur.

— Tu crois ?

— J'peux pas vraiment être certaine, d'autant plus qu'a vient de Paris, mais ça veut rien dire, j'ai su que la sœur de Rose y habitait. En tout cas, je m'y connais assez pour dire qu'elle doit être au début de la trentaine. On arrive pas loin de 1945.

1945 ! La guerre. Des images d'horreur assaillent Gratien. Il manque d'air, se lève et s'approche de la fenêtre. Corinne pose son bras sur le sien.

— Pardonne-moi. J'aurais pas dû, dit-elle d'une voix triste.

Gratien se retourne, et pour la première fois depuis son « accident », il prend sa sœur dans ses bras. Il la réconforte, lui qui pourtant a tant besoin de consolation.

— Viens, allons manger, dit-elle en se dégageant de l'étreinte, tout en essuyant ses yeux. Corinne n'aime pas les effusions. Au point où elle n'a jamais dit à ses enfants qu'elle les aimait et les prend très rarement dans ses bras.

— Parle-moé d'elle, demande Gratien en avalant la première bouchée de nourriture que Corinne réduit en purée parce qu'il ne peut plus mastiquer : *Avec tous les bébés que j'ai faite à droite et à gauche, c'est un juste retour des choses que je mange aujourd'hui comme eux*, avait-il dit un jour avant de lancer son assiette dans un mouvement de rage.

— C'est le vrai sosie de notre mère. J'ai cru voir un fantôme quand elle est entrée dans mon épicerie.

Corinne allait ajouter : *Ça veut dire aussi qu'elle te ressemble, puisque dans la famille, maman disait que c'est toi qui tenais le plus d'elle. Pas étonnant que t'étais son chouchou,* mais elle se retient : il serait bien difficile aujourd'hui d'affirmer que Gratien ressemble à leur défunte mère.

Corinne et sa sœur ont toujours envié la beauté de leur frère. Pas juste sa beauté. Leur mère a tout laissé en héritage à son fils. Ce fut difficile à avaler pour les deux sœurs. Pour Corinne surtout, dont le mari l'a quittée, la laissant seule avec trois enfants. C'est elle qui s'était occupée de leur mère quand leur père est décédé. C'est elle qui l'avait soutenue quand ils ignoraient où était Gratien. Claudette ne parlait plus que de lui. Lorsqu'on ignore où ils sont, les absents prennent toute la place dans la vie de ceux qui les aiment.

Ceux-ci ne pensent plus qu'à eux, obsédés par l'idée de les retrouver.

Corinne chasse ses pensées. *Le ressentiment n'est pas bon pour la digestion,* se répète-t-elle souvent.

— Tu devrais aller la voir, suggère-t-elle à son frère.

— Es-tu folle ? Déjà que ce serait pas rien de me présenter comme étant son père alors que j'me suis jamais préoccupé d'aucun des enfants que j'ai pu faire. Mais là, en plus, avec la face de monstre que j'ai... Quelle fille pourrait ben rêver d'un père comme moé, je te le demande...

— Ça te sortirait de ta solitude, insiste Corinne. Ça a pas de bon sens de toujours être seul de même. Tu parles juste à moi.

— De toute façon, admettons que je parle à cette fille. Elle voudra savoir ce qui m'est arrivé. On a dit qu'on garderait le secret sur ce que j'ai faite, autant à' guerre qu'après. Déjà que d'avoir mis des filles enceintes a faite un scandale ! Pourtant, c'est rien que des peccadilles, comparé au reste. Notre frère ministre s'organiserait pour me faire enfermer si je commençais à parler. Lui pis les apparences ! J'te dis qu'y ferait pas campagne avec le monstre que j'suis devenu à côté de lui.

— Parle pas comme ça !

— J'dis rien que la vérité, sacrament !

Quand la colère grondait en lui, sa sœur préférait partir. Il se faisait du mal et il lui en faisait à elle aussi. Corinne, qui n'aime pas les affrontements, n'a pas le courage de lui parler sur le même ton.

— Envoye, engueule-moé ! Tu te chicanais avec moé avant. J'aimais mieux ça que ta pitié qui te rend muette !

Elle hausse les épaules et descend l'escalier en courant.

Quelques heures plus tard, Sandrine s'apprête à sortir un repas préparé du frigo lorsqu'elle entend frapper à la porte. Elle va ouvrir, suivie de Kami qui aboie avec sa grosse voix qui pourrait la faire passer pour une chienne méchante si seulement elle cessait d'agiter joyeusement la queue. Sandrine ouvre et reconnaît aussitôt la femme de l'épicerie.

— Je peux entrer ? lui demande-t-elle.

— Oui, bien sûr, répond Sandrine, non sans avoir hésité. Cette femme est tellement bizarre !

— Je m'appelle Corinne. Corinne Blais, précise-t-elle en lui tendant la main.

Sandrine frémit en entendant le nom de famille de son père biologique.

— J'ai quelque chose à vous montrer, dit-elle sans tarder en sortant de sa sacoche une photo qu'elle lui tend.

Sandrine la regarde et, sous le choc, doit s'appuyer contre le chambranle de la porte : c'est impossible, on dirait que c'est elle sur cette photo. Elle, dans vingt ans.

— C'est ma mère.

Sandrine l'interroge du regard, mais elle a déjà compris. Ce qu'ajoute Corinne le lui confirme :

— C'est votre grand-mère. J'suis la sœur de Gratien.

Cette femme est donc sa tante. Sous le coup de l'émotion, Sandrine doit s'asseoir. Corinne l'imite sans y avoir été invitée.

La jeune femme regarde longuement la photo. La femme, son véritable sosie, y apparaît triste. Tellement triste.

— Pourquoi cette tristesse ? demande-t-elle.

— C't'à cause de votre père, de ce qui lui est arrivé. Il était revenu de la guerre depuis cinq ans, mais personne dans' famille savait où il était.

Elle a dit *votre père*. Il est trop tôt pour Sandrine de s'habituer à cette vérité. Elle a eu deux autres pères. De bons pères qui méritaient tout son amour.

— Pourquoi ne saviez-vous pas où il était ?

— Ce sera à lui de vous raconter son histoire.

— Donc, à présent, vous savez où il est.

— Oui.

— Où ?

— Il habite la tour de guet, juste en face.

Cet homme qui lui fait si peur est donc son père. Corinne lui tend une autre photo :

— C'est lui, avant de partir à la guerre. À l'époque où votre mère l'a connu. Comme vous voyez, il vous ressemble beaucoup.

Sandrine acquiesce. Elle comprend sa mère d'avoir désiré cet homme au sourire charmeur. Elle hésite un bon moment et demande :

— Croyez-vous qu'il aimerait que j'aille le voir ?

— Il me dirait non si je le lui demandais, mais je parie que vous pourriez lui faire beaucoup de bien. J'ignore ce que vous savez de lui, ajoute Corinne, mais sachez que la guerre change les hommes. Sachez aussi que ç'a été terrible pour ma mère de le voir partir, plein de zèle, certain qu'il lui arriverait rien. Elle priait chaque jour, parfois même à chaque heure du jour, pour qu'il revienne. Il est revenu, mais il était plus le même. Cette guerre l'a brisé à tout jamais. Pas physiquement, mais autrement, dans sa tête. Pendant longtemps, on a pas su où il était. On l'a tellement cherché, si vous saviez à quel point il occupait nos pensées, dit-elle comme si elle se parlait à elle-même.

L'épicière hésite, soupire et ajoute :

— Quand il est revenu, il était tellement écorché par ce qu'il avait vu et fait qu'il n'avait pas le courage de venir nous voir. Il avait honte aussi de ce qu'il était devenu. On lui aurait ouvert les bras, pourtant. Mais il se traitait de lâche. Faut dire que l'armée répétait la même chose. *Ils manquent de fibre morale,* qu'y disaient de tous ceux qui étaient dans le même état que Gratien. Seul avec son désespoir, il vivait dans' rue.

— Je sais, Rose me l'a dit.

— Mais elle ne sait sans doute pas que la rue n'est pas ce qui lui fait le plus honte.

— Comment cela ?

Corinne hésite et fixe sa nièce, indécise.

— A-t-il fait quelque chose de répréhensible ? insiste Sandrine.

— C'est pas à moi de raconter. Allez le voir. Il me pardonnerait pas d'avoir tout dit.

Corinne se lève, lui tend la main, et ajoute :

— J'suis contente de vous avoir rencontrée. Merci de m'avoir reçue.

Sandrine n'a pas le temps d'ajouter quoi que ce soit, Corinne est déjà partie. Elle reste assise là un bon moment, la photo entre les mains.

66

Le parasol malmené par le vent tourne sur lui-même, chassant les oiseaux qui piaillent sans relâche depuis le matin dans les feuillages, réveillant Sandrine qui a dormi un peu plus tard que d'habitude. Elle s'habille et, ne se sentant pas prête à rencontrer son père biologique, s'assure qu'il n'est pas dans les parages. Personne en vue. Elle prend donc la direction de la plage avec Kami.

Vêtue d'un grand chapeau et d'une robe légère comme le souffle d'un bébé, Sandrine marche pieds nus sur le sable. Le vent secoue les pans de sa robe qui battent derrière elle comme les ailes des goélands. Les vagues qui lui lèchent les orteils et les embruns marins qui lui caressent les joues lui procurent de délicieuses sensations.

Une vague plus forte lui éclabousse les jambes et mouille le bas de sa robe. Qu'importe ! Elle se sent si bien. Elle cherche des yeux une étoile de mer. Elle aimerait en trouver une qu'elle laisserait dans la maison de Rose afin d'ajouter à sa belle collection. Elle lève les yeux et constate qu'il est là, à quelques pas seulement, et que Kami court vers lui. Elle prend son courage à deux mains et va les rejoindre. Le soleil, derrière lui, l'éblouit. Elle ne distingue pas bien les traits de son visage. Elle lui lance :

— Pardonnez-moi, j'aurais dû la mettre en laisse.

Elle est tout près maintenant. Et voit. Il a une moitié du visage normale et l'autre difforme. Un peu comme ces gens dont l'hétérochromie se manifeste par un œil bleu et l'autre vert. Ou comme cette chatte, baptisée Vénus[48], devenue populaire parce qu'elle avait les yeux de deux couleurs différentes, ainsi qu'une moitié du visage noir et l'autre jaune. Ou comme les femmes sur qui les nazis ont fait de terribles expérimentations médicales au camp de Ravensbrück. Même si elle a vu plusieurs photos de ces femmes, là, devant Gratien, Sandrine ne peut cacher sa surprise. Il y est habitué.

— Il paraît que je suis votre fille, dit-elle en lui tendant la main et en s'efforçant de rester calme.

Il sourit. Il a toujours aimé les personnes qui vont droit au but.

— En te voyant, je peux pas le nier.

La tristesse dans ses yeux, plus encore que l'état de son visage, la désarme. Elle s'était pourtant promis que si elle le rencontrait un jour, elle serait solidaire de sa mère et lui dirait aussitôt ce qu'elle pense des coureurs de jupons.

Gratien se penche pour caresser Kami, qui en profite pour lui lécher le visage.

— Elle, au moins, a pas dédain de ma face.

— Que vous est-il arrivé ?

Il aime aussi cette question directe. Il n'y a rien de pire que ceux qui font comme si de rien n'était. Mieux vaut en parler pour ensuite passer à autre chose. Il est tenté de lui raconter qu'il est une gueule cassée : l'un de ces pauvres soldats défigurés à la guerre. Ce serait plus noble que la vérité.

— J'ai peut-être été trop directe. Je suis désolée.

---

48 Pour le lecteur curieux de voir ce phénomène, Facebook : Venus The Two Face Cat.

Quelque chose se brise en lui, une armure qui recouvrait jusqu'à présent la tendresse qui l'habite.

— Viens prendre un café avec moé. J'te raconterai. Et si ça te tente, monte jusqu'au sommet de la tour pendant que je le prépare. La vue y est magnifique.

— Oui, j'en ai vraiment envie. Rose m'a souvent parlé des officiers qui s'y tenaient durant la guerre, mais elle ne sait pas que c'est vous qui y habitez aujourd'hui.

Ils marchent vers la tour, Kami ne lâchant pas Gratien d'une semelle. Il se sent bien. C'est la première fois depuis l'« accident » qu'il est aussi à l'aise avec une étrangère. Une dizaine de minutes plus tard, ils sont attablés devant leur café. L'atmosphère est paisible, joyeuse presque. Gratien se raconte pendant qu'il a le courage de le faire.

— J'suis revenu de la guerre avant qu'a se termine. En fait, on m'a renvoyé. Je manquais de « fibre morale », de courage, qu'on m'a dit. En réalité, j'étais très déprimé. Euh... j'étais bien plus que déprimé. J'sais pas comment expliquer ça.

— Je crois comprendre, mais continuez, je vous en prie.

— Après avoir sauté en parachute, on m'a retrouvé dans un champ, plié en deux, les yeux écarquillés. J'arrêtais pas de trembler. Je voyais rien. Le noir total. Je tremblais tellement, si tu m'avais vu. On m'a amené à l'hôpital. J'avais aucune blessure aux yeux, mais ma peur avait été si intense que j'étais devenu aveugle. Le médecin m'a dit que sous le choc, certains voient plus rien, alors que d'autres deviennent sourds ou muets ou paralysés. Il y en a qui voient toutes sortes d'apparitions. J'aurais jamais cru tout cela possible si j'l'avais pas vécu. Bref, à mon retour, j'étais estropié, mais par en dedans. J'ai réalisé à quel point il y a pas de compassion pour ce genre de blessure-là.

— Comment vous êtes-vous blessé au visage ?

Gratien hésite un bon moment, mais finit par se décider à tout lui révéler :

— C'est moé qui m'suis infligé ça. C'est fou, hein ? J'arrivais pas à penser à autre chose que ce que j'avais vu et faite à' guerre. Je voyais des fantômes. Je dormais assis. Comme ça, je me réveillais souvent et j'avais pas le temps de faire des cauchemars. J'étais dans' rue. Je quêtais. J'avais honte et je voulais pas revenir dans ma famille. Un jour, j'en ai eu assez. J'me suis trouvé une arme et m'suis tiré une balle dans la bouche. Comme tu peux le constater, j'ai raté mon suicide. En fait, j'ai tout raté dans ma vie.

Sandrine pose sa main sur son bras. Kami, comme si elle comprenait elle aussi, pose sa tête sur la cuisse de Gratien. Tout en la caressant, il ajoute :

— J'me suis réveillé à l'hôpital. Quand j'ai été rétabli, tout ce qu'on a trouvé à faire, c'est de m'envoyer en prison.

— En prison ! s'exclame Sandrine. Comment ça ?

— C'était comme ça à l'époque. C'était enfreindre la loi que de vouloir se donner la mort. La prison, c'est presque aussi pire que la guerre, surtout pour des monstres comme moé.

— Ne dites pas ça.

— C'est rien qu'la vérité. Des faces comme la mienne, ça attire les coups. Et j'en ai reçu plus que ma part. Les autres prisonniers prenaient plaisir à me taper dessus. Quand j'ai terminé mon temps, mes parents ont été avertis. Ils sont venus me chercher et m'ont ramené à la maison. Ils ont ben pris soin de moé. Ma sœur aussi. Mais je voulais pas rester avec eux autres. J'me sentais pas capable d'affronter le regard des gens du village. Imagine un peu : j'étais un beau fendant avant de partir à' guerre. Tellement prétentieux. J'étais beau et je le savais trop. Faque, il y avait pas grand-monde pour m'prendre en pitié. Après avoir été un sans-cœur cynique et entouré de filles et d'amis, j'ai vécu la solitude et le rejet. Mon père connaissait un homme, une gueule cassée revenue de la Première Guerre. C'était l'oncle d'Henri, un ami de ta mère. Il vivait sur une ferme. Il a accepté de m'héberger. En fait, il était content. Il en avait plus qu'assez de vivre en ermite. Deux gueules cassées ensemble, on pouvait se comprendre. On se confiait. Il m'a raconté qu'en revenant de la guerre, sa fiancée l'attendait, mais quand elle l'a vu, est restée figée. Il l'a suppliée de l'embrasser. A jamais voulu et s'est sauvée. *J'étais devenu un objet de terreur*, qu'y m'a dit. Je crois que je l'ai aidé un peu. Lui aussi, il voyait des fantômes et hurlait. J'ai souvent réussi à le calmer. J'ai vécu avec lui jusqu'à sa mort, récemment. J'ai alors décidé que j'allais affronter le monde. J'ai vendu sa ferme qu'il m'avait laissée en héritage et m'suis acheté cette tour. Mais jusqu'à date, j'ai pas encore réussi à sortir.

— J'ai toujours pensé que les meilleures personnes que l'on puisse rencontrer sont celles qui nous aiment pour ce que nous sommes et non pour ce que nous paraissons être. Elles ne mesurent pas la valeur des autres à l'aune du compte en banque, de la beauté ou de la popularité.

— Ben d'accord avec toé, mais j'sais pas comment en rencontrer.

Sandrine réfléchit un moment et dit :

— Même si votre blessure ne s'est pas produite à la guerre, elle en est la conséquence. Il me semble que ce serait une bonne idée de retrouver des soldats qui, comme vous, sont revenus brisés, pas juste physiquement, mais psychologiquement. Je sais que certains d'entre eux se regroupent pour jouer de la guitare. J'ai vu un documentaire dans lequel ils racontent que la musique leur ouvre un espace où ils se sentent bien, comme dans une bulle réconfortante. Et puis, rien qu'à regarder Kami qui ne vous lâche pas d'un pouce, je pense qu'avoir un chien vous ferait le plus grand bien, ainsi qu'à d'autres. Je pourrais vous aider. J'ai pas mal de connaissances du monde animal.

— Tu retiens d'ta mère qui adore les animaux et cherche toujours à rendre service aux autres. J'lis tous ses articles. A parle souvent d'entraide. Mais assez parlé de moé. Raconte-moi ce que tu fais, si tu as un *chum*, si tu es heureuse.

Sandrine se raconte, le fait rire parfois, le touche souvent. Elle l'intimide même, avec son bagage de connaissances, mais il la trouve sympathique. Avant qu'ils ne se quittent, trois heures plus tard, elle lui demande s'il peut la prendre dans ses bras. Il accepte. Des larmes, qu'il ne cherche pas à cacher, coulent de ses yeux.

Gratien n'arrive pas à trouver le sommeil cette nuit-là. L'idée de Sandrine de regrouper des soldats que la guerre a brisés fait son chemin dans son esprit et apporte un peu d'espoir dans sa vie. Il se lève, va vers la penderie et sort l'étui de sa guitare empoussiéré par le temps. Quelques minutes plus tard, des notes s'échappent par la fenêtre et courent sur le fleuve. La musique lui réchauffe le cœur.

Étendue dans son lit, les yeux grands ouverts, Sandrine entend cette musique et sourit. Elle pense à la rancœur qu'elle avait accumulée envers son père biologique à partir de l'adolescence. Rose lui ayant révélé qu'il avait fait des enfants à plusieurs autres filles, elle craignait toujours de tomber amoureuse de son demi-frère. Certes, les probabilités que cela survienne étaient minces, mais pas impossibles : Gratien était venu en France durant la guerre. Sans compter que des aviatrices qui avaient travaillé à l'école de tir venaient de différents pays. Elle y pensait souvent et agissait en conséquence, ce qui entraînait des comportements inhabituels. Avant même d'embrasser un garçon, Sandrine le questionnait donc longuement sur ses origines et s'arrangeait pour être invitée dans sa famille. Là, elle scrutait les visages, cherchant à détecter des ressemblances avec Gratien, Rose lui ayant montré une photo de lui. Mais ce n'étaient pas tous les garçons qui avaient accepté de présenter leur famille avant le premier baiser, cela leur semblant tout à fait anachronique. Alors tant pis, elle passait au suivant. Et ce, sans peine : son intelligence, son sens de l'humour et sa beauté lui avaient toujours attiré une armée de prétendants. Mais elle n'était jamais tombée vraiment amoureuse.

Sans qu'elle puisse se l'expliquer, elle a le sentiment que désormais, ce sera différent. Elle vit une période charnière, elle le sent. Il lui semble que d'avoir rencontré Gratien lui permet peut-être de mieux se comprendre et de faire un virage dans sa vie qui pourra avoir un impact sur ses amours futurs. Elle s'endort en pensant à ces nouvelles racines qui poussent sous ses pieds.

67

Kalinda et Isaac vivent ensemble depuis trente ans. Trente ans qui se sont trop vite écoulés. Trente ans durant lesquels ils se sont endormis chaque soir en se tenant la main après s'être raconté leur journée ou avoir commenté l'actualité en riant de tout et de rien. Kalinda et Isaac rigolent beaucoup ensemble. Et parlent tout autant. Sauf du secret qu'Isaac, craignant de la perdre, n'a toujours pas trouvé le courage de lui révéler. La première chose qu'il a faite en se réveillant, c'est de la regarder dormir, éperdu de gratitude envers la vie qui lui a permis de vivre un si grand amour.

Quelques heures plus tard, ils marchent en direction du Lutetia, le bras d'Isaac entourant amoureusement la taille de sa femme. Leurs pas s'harmonisent si bien qu'on dirait un seul corps avançant dans le brouillard de cette grise fin d'après-midi. Isaac embrasse souvent Kalinda et, chaque fois, elle rit aux éclats. Il la serre plus fort contre lui. *Tu m'étouffes,* dit-elle en riant. Il l'embrasse encore. Ils ne sont maintenant qu'à quelques pas de ce lieu symbolique de leur renaissance où les rescapés se réunissent une fois par année.

Ils voient une femme à l'abondante chevelure rousse qui vient vers eux en souriant. C'est Marceline. Elle ne raterait pas cette rencontre annuelle pour tout l'or du monde. Un jour, elle leur a confié qu'aussi incroyable que cela puisse paraître elle s'ennuyait parfois de l'amour qui les unissait et de l'entraide qu'il y avait à Birkenau : *Cet immense amour, malgré la violence ambiante, m'a permis de survivre.*

Le but des rencontres amicales des rescapés n'est pas de décrire l'enfer qu'ils ont vécu. La majorité des survivants préfèrent d'ailleurs rester muets à ce sujet. Ils ont déjà bien assez de difficultés à chasser les images qui défilent dans leur tête. Non seulement il leur est trop pénible de raconter, mais aucun mot ne peut véritablement décrire l'horreur. De toute façon, avec d'autres rescapés, les mots sont superflus. Ils savent déjà.

L'objectif de ces rencontres est de nourrir l'espoir afin que les images cauchemardesques finissent par disparaître. Certains affirment qu'elles devraient avoir disparu, depuis le temps. Mais les tumultes et les tourments intérieurs demeurent lovés en eux, car le temps est parfois impuissant à réparer des vies brisées : les nombreux rescapés qui se sont suicidés après leur libération en ont fait tristement la preuve. Mais puisque leur enfermement les avait privés de tout, plusieurs d'entre eux ont aussi appris à apprécier infiniment tout ce que la vie leur offre.

Lors de ces rencontres, ils tissent donc des ponts de solidarité, d'entraide, de compassion. *Dieu n'est pas en dehors ni en dedans de nous. Il est entre nous. Dans les liens d'humanité que nous créons les uns avec les autres,* avait dit une rescapée devenue athée. Isaac, responsable de l'horaire des rencontres, a confectionné des cartes d'invitation. Il y a dessiné une femme qui tend la main afin d'en aider une autre à se relever. En arrière-plan, on peut voir des centaines de personnes qui, un bras tendu, sont regroupées devant Hitler. Une légende accompagne son dessin : *Tendre la main ou tendre le bras. Le choix de notre cœur.*

Aujourd'hui, le thème de la rencontre est de présenter des anges gardiens : les personnes qui les ont aidés durant la guerre. C'est une façon pour eux de croire encore en la beauté et la bonté du monde.

Les enfants et petits-enfants des rescapés sont eux aussi invités à ces rencontres. Rose et Sandrine y sont présentes ensemble aujourd'hui pour la première fois.

Ils sont plus d'une centaine regroupés autour des tables, trempant leurs lèvres dans la coupe de champagne qu'on leur a servie. Des éclats de rire explosent, des regards s'embrassent et des anecdotes fusent. Aujourd'hui, c'est au tour de Kalinda de présider l'assemblée. Elle se lève et attire l'attention en frappant sur son verre avec un ustensile. Isaac la regarde amoureusement. Mains jointes sur sa magnifique robe au satin chatoyant, sa ressemblance avec quelque princesse des contrées éloignées est d'autant plus frappante que les aïeules de Kalinda sont d'origine indienne.

— Mes chers amis. Aujourd'hui, nous rendrons hommage à des personnes dont l'Histoire retiendra le nom parce qu'elles ont sauvé un grand nombre d'individus. J'invite Rachel Frenkiel à nous parler de ceux qui lui sont venus en aide.

— C'est un grand privilège d'être ici parmi vous aujourd'hui, dit Rachel après s'être levée. J'ai eu la chance d'être secourue par les gardiens du zoo de Varsovie, Jan Zabinski et son épouse, Antonina[49]. L'une des responsabilités de Jan était de récupérer les déchets de notre ghetto afin de nourrir les porcs du zoo. La première fois qu'il est venu, fortement ébranlé par ce qu'il voyait au camp, il nous a cachés sous les déchets et ramenés chez lui, d'autres enfants

49 Personnages réels.

et moi. Il savait qu'il risquait sa vie, mais il l'a fait. Il risquait celle de sa femme aussi, car ils nous ont cachés dans la cave de leur maison. Quand des Allemands approchaient du zoo, Antonina nous avertissait en jouant au piano *La Belle Hélène* d'Offenbach. Nous devions alors aller dans le tunnel souterrain auquel nous avions accès à partir de la cave. Ce tunnel menait au terrain du zoo. Si cela s'avérait nécessaire, nous trouvions refuge dans des enclos. Vides. Pas avec les lions, dit-elle en laissant échapper un rire cristallin, joyeux comme celui d'une enfant. Un rire contagieux. Tous, dans la salle, s'esclaffent à leur tour. Rachel, heureuse de l'effet produit, ajoute : J'aurais tout aussi bien pu me camoufler dans une cage avec les écureuils qui s'y aventuraient. Antonina, en prévision de ma fuite, a éclairci mes cheveux afin que j'aie moins l'apparence d'une Juive. Elle a laissé trop longtemps l'éclaircissant, de sorte que mes cheveux sont devenus aussi roux qu'une carotte.

Joignant le geste à la parole, Rachel sort de sa poche une photo sur laquelle elle fait le pitre, montrant du doigt ses cheveux roux comme des arbres au Canada en automne. La photo circule.

— Quoi ! C'est beau une rousse ! lance Marceline en gloussant.

Des rires fusent de nouveau. Encouragée, Rachel continue dans la même veine :

— Il arrive souvent que des aigles volent au-dessus de la ferme où j'habite. Vous allez peut-être vous moquer, mais je crois que c'est un signe que m'envoient Jan et Antonina. Au début de la guerre, la ville de Varsovie a été bombardée. Le zoo a été touché. Plusieurs animaux, dont des chameaux, autruches, antilopes, renards, loups et lamas, se sont retrouvés dans les rues de Varsovie. Des aigles tournoyaient dans le ciel comme s'ils ne savaient que faire de leur liberté retrouvée. Exactement comme ils le font chez moi. Mes voisins, eux, n'en voient jamais. Je suis certaine que ce sont Antonina et Jan qui viennent me saluer. Mais bon, je m'imagine peut-être des choses.

— Moi je crois que tu as bien deviné, dit Paméla, une quinquagénaire au regard bleu délavé.

— Quoi qu'il en soit, j'aimerais terminer en rappelant que Jan et Antonina ont sauvé plus d'une centaine de vies. Ils l'ont fait au péril de la leur et de celle de leurs enfants. En ces temps si sombres, chacun risquait d'être fusillé s'il donnait un simple verre d'eau à un Juif. Les Zabinski avaient toujours sur eux une pilule de cyanure au cas où ils seraient démasqués. Ils nous en avaient donné aussi afin que nous ayons le choix de mourir. Bref, les Zabinski sont présents dans toutes mes prières, conclut Rachel.

Tous l'applaudissent et Kalinda suggère ensuite une minute de silence à la mémoire de Jan et Antonina.

— Si vous le voulez bien, je vais interpréter l'air d'opérette que jouait la femme du gardien pour avertir d'un danger ceux qui étaient cachés dans leur maison, dit-elle ensuite. Ne te sauve pas, Rachel, ce n'est pas le signe que les SS approchent, ajoute Kalinda pour la taquiner.

Cette musique a l'effet d'un sésame puissant : ils sont tous projetés dans ce zoo gardé par des cœurs généreux.

Aussitôt que Kalinda a terminé et a été applaudie, le petit-fils d'une rescapée se lève :

— C'est à vous que je m'adresse, madame Kalinda Cohen. Je suis journaliste et j'ai suivi votre carrière qui impressionne tout le monde ici. Votre talent a dépassé les frontières. J'ai deux questions si vous le permettez, commence-t-il d'une voix pleine d'assurance, mais dénuée d'empathie.

— Oui, bien sûr, répond Kalinda, qu'une angoisse étreint aussitôt, comme si elle pressentait quelque malheur.

— Pourquoi avez-vous quitté l'orchestre dans lequel vous jouiez à Auschwitz pour rejoindre les putains du block 24 qui donnaient du plaisir aux nazis ? J'ai appris aussi que c'est là que vous avez rencontré Isaac, celui qui est aujourd'hui votre mari.

Sandrine est sous le choc d'entendre cela. Pendant toutes ces années, ses parents lui auraient caché quelque chose d'aussi grave ! Serait-ce cela le secret dont lui a parlé la psychologue qu'elle a consultée récemment parce qu'elle avait le mal de vivre : *Les secrets de famille ne sont jamais sains. Les blessures profondes, longtemps cachées, affectent les générations suivantes à leur insu,* lui avait-elle dit. Depuis qu'elle a rencontré Gratien, c'est comme si tous les secrets et tous les mensonges demandaient à éclater au grand jour, comme des ballons de baudruche sur lesquels elle a frappé, enfant, certains jours d'anniversaire.

Sandrine se lève si brusquement que le verre d'eau que le serveur vient de déposer devant elle se renverse, comme s'il traçait le chemin vers la sortie qu'elle prend aussitôt, suivie de Rose qui, la voyant à ce point bouleversée, veut la soutenir.

Les pensées se bousculent dans la tête de Kalinda. Ainsi, ce qu'elle craignait tant est arrivé. Plus de trente ans après la fin de la guerre, personne, jamais, n'avait osé parler de la prostitution dans les camps. Et voilà que la vérité éclatait. Mais quelle vérité ? Ce journaliste sous-entendait qu'elle avait choisi de se prostituer alors qu'elle y avait été contrainte.

Voyant Sandrine sortir de la salle, elle est atteinte de plein fouet par la crainte de perdre encore un être cher.

— Et comment avez-vous réagi quand votre époux vous a révélé ce qu'il a fait avec les…

Les oreilles de Kalinda bourdonnent et sa vue se trouble, elle n'entend plus rien. Des sueurs froides et la douleur qui irradie dans sa poitrine, aussi forte que si un éléphant venait de s'y asseoir, la figent sur place. Elle cherche son amoureux du regard, voudrait crier à l'aide, mais, sans émettre un son, s'écroule telle une poupée de chiffon.

Isaac, sous le choc d'avoir entendu le journaliste révéler aussi son secret à lui, met quelques secondes avant de comprendre ce qui se passe. Mais il ne tarde pas à se précipiter vers sa femme et hurle aux personnes qui les entourent d'appeler du secours. *Ne t'inquiète pas mon amour,* murmure-t-il à l'oreille de Kalinda qui, à son grand désespoir, est d'une pâleur effrayante.

68

Le médecin de garde à l'hôpital ce jour-là est Didier Vartan, celui-là même qui a été pendant longtemps éperdument amoureux de Kalinda. Il avait tout fait pour l'oublier après avoir constaté, au hasard d'une rencontre dans un restaurant, à quel point son mari et elle s'aimaient. Mais elle le troublait toujours autant.

Didier jette un regard à Isaac qui, pâle et tremblant, retient difficilement ses sanglots en tenant la main de sa femme. Doucement, il lui demande de s'écarter. Isaac embrasse Kalinda et se réfugie dans un coin de la pièce en suppliant Dieu, auquel pourtant il ne croit plus, de sauver l'amour de sa vie.

Le personnel hospitalier ne perd pas une minute. Kalinda est rapidement déshabillée et un soluté est posé à son bras. Le médecin l'ausculte avant d'annoncer :

— J'entends des râles crépitants aux deux bases pulmonaires. Le cœur en arrache.

En réaction aux paroles du praticien, c'est aussi le cœur d'Isaac qui en arrache. Les jambes molles, il s'appuie au mur et se laisse glisser sur le plancher. Personne ne se préoccupe de lui et c'est parfait ainsi. Il ne voudrait surtout pas que de précieuses minutes de soins soient volées à Kalinda. À travers ses sanglots qu'il parvient tant bien que mal à étouffer, il écoute le disciple d'Esculape prononcer des mots qui lui sont étrangers : héparine, noradrénaline, morphine.

Didier Vartan prend la main de Kalinda et lui dit doucement :

— Vous venez sans doute d'avoir une crise cardiaque. Nous allons faire quelques tests.

Isaac attend que Kalinda revienne de la salle d'échographie en marchant dans le couloir comme un détenu placé en isolement. Quand elle est enfin de retour, il remarque sa pâleur, mais son sourire le rassure un peu. On leur assigne une chambre privée. Il s'étend auprès d'elle et lui tient la main en priant, entre deux baisers, qu'elle n'ait rien de grave et qu'elle vive encore longtemps, plus longtemps que lui, qui ne saurait vivre sans elle.

Il n'a désormais plus le choix. Le journaliste qui a parlé publiquement de la prostitution dans les camps a révélé aussi ce que, lui, a fait à Auschwitz. Il doit donc tout raconter à Kalinda avant qu'elle ne l'apprenne par les journaux.

— Reste près de moi, mon amour, dit-elle d'une voix faible.

— Oui, je ne te quitterai pas, tu le sais bien.

Après l'avoir embrassée et caressé ses cheveux un bon moment, il trouve le courage d'avouer :

— Ma chérie, j'ai quelque chose à te dire qui te fera de la peine. C'est pourtant la dernière chose que je voudrais, surtout maintenant, mais je n'ai plus le choix.

Elle le fixe en silence, attendant anxieusement la suite.

— À mon arrivée à Auschwitz, j'ai fait partie de la *Sonderkommando*, le commando des crématoires, dit-il d'une voix étouffée. J'ai été contraint de participer à *La Solution finale*. J'étais chargé d'accueillir des détenus envoyés à la chambre à gaz. Quelques-uns ignoraient ce qui les attendait. Ils croyaient qu'ils allaient aux douches. Mais d'autres savaient. Ceux-là hurlaient et se débattaient. Les Allemands nous obligeaient à les faire avancer à coups de cravache.

— Je ne vois pas pourquoi tu m'as caché cela. Tu n'avais pas le choix, comme moi je n'ai pas eu d'autres choix que de me prostituer.

— Oui, mais attends la suite de l'histoire.

Isaac reste silencieux un moment. Il a honte et peur de la réaction de Kalinda. Surtout maintenant : son cœur ne risquait-il pas de lâcher ? Il aurait dû attendre encore un peu.

— Continue, insiste Kalinda.

Puisqu'il est trop tard pour reculer, il ajoute :

— Je n'en pouvais plus de ce travail. Je mourais un peu chaque fois que je refermais les portes derrière eux. J'ai dû durcir mon cœur pour arriver à faire cela. Leurs cris, je les entends encore dans mes cauchemars. Moins souvent depuis que nous sommes ensemble. Notre amour m'a sauvé de la folie.

Il s'arrête de parler. Son cœur bat la chamade.

— Raconte, murmure Kalinda.

— Nous étions logés dans les crématoires, un étage au-dessus des fours. Crois-tu que c'était possible d'y dormir ? Moi, en tout cas, je n'y ai pas dormi beaucoup. Certains de mes compagnons de travail, si je peux les appeler ainsi, se sont jetés dans les flammes avec les cadavres. Je ne l'ai pas fait, parce que de toute façon j'étais certain que je n'en avais plus pour longtemps. Les nazis ne voulant pas laisser de témoins vivants des gazages, ils tuaient régulièrement les membres de la *Sonderkommando*. Chaque matin, en nous levant, nous ne savions jamais si c'était le dernier jour de notre vie.

Les souvenirs de cette horrible période qu'il a tenté vainement de chasser lui reviennent en mémoire avec une cruelle précision. Il se revoit ouvrant la porte après le gazage. Certains avaient tellement lutté pour atteindre la sortie que des corps étaient presque en lambeaux. Des détenus en avaient piétiné d'autres afin de se placer sur eux, espérant qu'en hauteur, ils auraient plus d'oxygène et seraient sauvés. Certains étaient encore vivants. Une femme avait même accouché dans cet enfer.

Les larmes, abondantes, coulent sur les joues d'Isaac.

— Mon pauvre amour. Tous ces gestes que tu as dû poser, c'est horrible. Tu as voulu oublier et ne pas m'en parler. Je te comprends, dit Kalinda.

D'une voix hachurée, le cœur battant de plus en plus vite, il ajoute :

— Je n'aurais pas pu te parler de ça sans que tu me questionnes. Et…

Kalinda, pressentant alors ce qu'il lui cache, ajoute d'une voix basse :

— Je t'aurais demandé quand tu y as travaillé.

De plus en plus nerveux, Isaac se frotte le front, agite les mains et lâche :

— Oui. Un jour, une petite fille, magnifique, s'est trouvée parmi les personnes qui devaient être gazées. Elle tenait sa petite chaîne. Une chaîne en or avec une étoile.

Un grand froid envahit Kalinda. Elle revoit Naomie, au moment de leur séparation sur le quai d'Auschwitz.

— Naomie, dit-elle dans un souffle.

— Oui, répond Isaac, de l'angoisse plein la voix. Elle criait ton nom et celui de ta mère. Je n'ai rien fait pour l'aider. Elle se débattait tellement. Je n'avais pas le choix. J'ai voulu lui donner un coup de cravache, mais une femme a arrêté mon geste.

— Une femme ? Décris-la-moi, demande Kalinda en espérant que ce soit celle qui, lorsqu'elles avaient dû se séparer de Naomie, avait promis de prendre soin d'elle.

— Je me souviens qu'elle était très grande.

C'est bien elle, pense Kalinda. Cela la réconforte un peu de savoir que Naomie avait reçu au moins l'affection d'une femme bienveillante.

— Ensuite, que s'est-il passé ? demande-t-elle brusquement.

— En tremblant, cette femme m'a donné sa montre en or et a demandé à Naomie de me remettre sa belle chaîne : *En échange de nos vies,* a-t-elle supplié. J'ai jeté un coup d'œil au surveillant. Il buvait. J'en ai profité pour prendre ce que cette femme et ta petite sœur me donnaient, mais je les ai forcées à entrer dans la salle de gazage. Je n'avais pas le choix, mais je m'en veux tellement, dit Isaac en éclatant en sanglots.

Les yeux de Kalinda sont remplis de tristesse et de fureur.

— Combien de temps ? demande-t-elle d'une voix rauque.

— Quoi ? questionne Isaac les yeux hagards.

— Combien de temps mettent les détenus à mourir quand ils sont gazés ?

Isaac s'essuie le front et marche nerveusement.

— Combien ? répète Kalinda d'une voix colérique qu'il ne lui connaît pas.

— Au moins dix minutes.

— Mon Dieu ! dit-elle en pleurant.

— J'ai donné la montre au gardien afin qu'il me laisse intégrer un autre groupe de travailleurs, ajoute Isaac qui a besoin de se vider le cœur une fois pour toutes. Je n'en pouvais plus. Quant à la chaîne, j'ai fait en sorte qu'elle se retrouve entre les mains d'un groupe de résistantes qui utilisaient des objets de valeur pour nous aider à mieux organiser la grande évasion qui, comme tu le sais, a en partie réussi. Ta mère a été pendue pour cela.

Kalinda comprend maintenant pourquoi, juste avant de mourir, Inge avait hurlé: *La petite chaîne de Naomie nous a été utile. Ta petite sœur nous a aidées.*

— Mais la femme a pris Naomie dans ses bras afin qu'elle ne meure pas seule, ajoute Isaac pour consoler Kalinda.

— C'est vrai cela, au moins? demande-t-elle.

— Oui, je te le jure sur la tête de Sandrine.

— Laisse-moi maintenant.

— Attends, il faut que tu me comprennes. Plus j'y pensais, plus j'étais convaincu que si je t'avais dit la vérité, tu m'aurais rejeté aussitôt. Ou bien, que tu aurais revu cette scène chaque fois que nous étions ensemble. Ça aurait été invivable. J'ai donc décidé de ne plus venir te voir au block 24.

— Laisse-moi, répète brusquement Kalinda.

— Je t'en prie.

— Laisse-moi, répète-t-elle encore en tournant la tête vers la fenêtre.

Il pose la main sur son épaule, mais elle le repousse violemment.

69

Le docteur Vartan s'apprêtait à entrer dans la chambre de Kalinda lorsque Isaac en sort, pleurant à chaudes larmes.

— Que se passe-t-il? demande-t-il, inquiet pour sa patiente.

Refoulant péniblement ses larmes, Isaac lui confie tout.

— J'ai les résultats des tests. Elle s'en sortira, le rassure le médecin, après l'avoir écouté patiemment et avec empathie. Je vous dirai de quoi il s'agit après lui avoir parlé. Je vais d'abord tenter de vous réconcilier, car une rupture n'est pas souhaitable pour elle actuellement. Allez dans la salle d'attente, je vous y rejoindrai bientôt.

Debout près du lit de sa patiente, Didier Vartan va droit au but:

— Isaac m'a tout raconté. Je suis convaincu qu'il ne pouvait rien faire pour sauver Naomie, lui dit-il. Personne ne le pouvait. Il vous aime et vous l'aimez. Ne gâchez pas cela.

Kalinda était d'autant plus réceptive à ce discours que tout ce qu'elle avait enduré lui avait appris à essayer de comprendre avant de juger. D'ailleurs, elle-même, lorsqu'elle était détenue, n'avait pas toujours aidé d'autres femmes, obsédée qu'elle était par une chose: manger afin de survivre. Mais elle n'était pas prête pour autant à faire la paix avec Isaac aussi vite.

— La nuit porte conseil. Je verrai peut-être plus clair demain. Laissez-moi s'il vous plaît, j'ai besoin d'être seule.

— Je souhaite que vous preniez la bonne décision. Si vous avez besoin d'en parler, je suis là, ajoute le médecin avant de s'éloigner.

— Merci beaucoup, dit Kalinda.

Toute la nuit, elle plonge en elle-même, essayant de chasser sa colère pour voir clair dans cette situation qui la bouleverse tant.

Elle pense d'abord à Marceline. Quelques années après la Libération, elles avaient visité ensemble Birkenau. Là, devant l'un des fours crématoires, avait surgi à la mémoire de son amie des images de Hongroises qu'elle avait elle-même jetées dans les fosses après qu'elles avaient été gazées. Ces souvenirs, qu'elle avait longtemps refoulés, étaient alors si nets, si horribles, si douloureux, qu'elle avait hurlé en s'appuyant sur Kalinda pour ne pas s'écrouler. Marceline lui avait raconté en pleurant : *Tant de fois j'ai voulu me souvenir. Il y avait un trou dans ma mémoire, comme si je ne voulais pas me rappeler. Ne pouvais pas, plutôt, car c'était trop horrible. Dire que j'ai participé à cela ! Les crématoires ne suffisaient plus à brûler tous les morts. J'ai jeté des femmes et des enfants dans des fosses. Certains étaient encore vivants*[50]. En se remémorant cela, Marceline hurlait et tournait en rond en se prenant la tête à deux mains. Kalinda l'avait prise dans ses bras et elles avaient pleuré ensemble.

Loin de la juger, Kalinda avait compris à quel point cela avait été traumatisant pour son amie de devoir se soumettre aux ordres. Elle l'avait ensuite souvent consolée. Ce qu'avait fait Isaac n'était pas pire. La seule différence était Naomie,

50 Paraphrase de Marceline Loridan-Ivens.

mais tous les gens morts à Auschwitz avaient aussi dans leur vie quelqu'un qui les aimait. Et puis, Isaac ne la connaissait pas à l'époque. Sinon, elle est convaincue qu'il aurait tenté de sauver sa petite sœur.

Kalinda pense aussi qu'elle-même avait longtemps caché à Isaac qu'elle était infertile. Ce dernier lui avait tout de suite pardonné cette omission et n'en avait ensuite jamais reparlé. Elle réfléchit au fait qu'elle peut d'autant moins lui reprocher son silence que c'est elle qui, dès le début de leur relation, avait décrété que le passé était derrière eux et qu'il ne servait à rien de le déterrer. Elle disait qu'il était comme un sable mouvant dans lequel ils pourraient s'enliser et qu'il valait mieux s'en tenir loin. Comment pourrait-elle aujourd'hui lui en tenir rigueur ? La vérité, c'est qu'elle serait morte de honte si elle avait dû raconter à Sandrine et à la face du monde qu'elle s'était prostituée à Auschwitz.

Kalinda se demande maintenant si elle n'a pas eu tort : *Le socle sur lequel est construit notre famille est peut-être trop fragile et risque aujourd'hui de s'effondrer à cause de notre manque de transparence, autant de mon côté que de celui d'Isaac. Pourquoi voulons-nous toujours montrer une image parfaite de nous, non seulement à la face du monde, mais aussi à nos proches ?*

Elle se souvient qu'à son arrivée à l'hôpital après son malaise, elle a cru qu'elle allait mourir. Elle s'était dit alors que si la vie lui donnait encore une chance, elle allait la chérir de tout son cœur. Elle éprouve énormément de gratitude d'être encore vivante.

Le lendemain, lorsque le docteur Vartan est de nouveau à son chevet, ce qu'il lui dit achève de la convaincre :

— Votre père était juif n'est-ce pas ?

— Oui.

— Le Yom Kippour, le *Jour du grand pardon*, n'est-il pas au centre de la tradition juive ?

Kalinda acquiesce. Bien que ses parents n'aient pas été pratiquants, ils lui avaient enseigné l'importance du pardon et de la réconciliation. *Le pardon est un cadeau que l'on se fait à soi-même,* ajoutait Inge. *Le ressentiment et les idées de vengeance pourrissent notre cœur et notre vie. Le pardon libère.*

— Vous avez traversé l'enfer et avez été très heureux ensemble pendant trente ans, Isaac et vous. Allez-vous renier tout ça et finir votre vie le cœur brisé à cause d'un mensonge par omission ? ajoute le docteur Vartan.

— Vous avez raison. Dites-lui de venir me retrouver.

En apparence calme, mais effondré en dedans, Isaac n'a pas quitté la salle d'attente de la nuit. Comme mû par un ressort, il se lève dès que le médecin lui fait signe de le suivre.

Quelques minutes plus tard, Didier Vartan ne peut cependant s'empêcher de ressentir une pointe de jalousie de voir Kalinda et Isaac s'embrasser et se regarder tendrement.

— J'ai les résultats des tests, commence-t-il doucement.

Le couple se tourne vers lui, anxieux.

— Contrairement à ce qu'on trouve habituellement, la coronarographie montre des artères saines, ce qui est très bon, dit-il d'un ton rassurant.

— Mais ? demande Isaac, qui a toujours tendance à anticiper le pire.

— Mais le dosage sanguin de troponine est augmenté et l'échocardiographie révèle que le ventricule gauche a un peu la forme d'une amphore ressemblant à un piège à poulpe, ou à pieuvre, si vous préférez.

— Est-ce grave ? demande Kalinda.

— Pas vraiment. Ce sont là tous les signes du syndrome de Tako-Tsubo, tiré du nom d'un piège à poulpe.

— Tako-Tsubo ? demandent Kalinda et Isaac à l'unisson.

— Oui, ce sont des internistes et des cardiologues japonais qui ont décrit récemment ce syndrome. On l'appelle le syndrome des cœurs brisés parce qu'il est généralement causé par un stress intense ou un choc émotionnel provoquant une décharge brutale d'hormones du stress. Les femmes ménopausées sont parmi les plus vulnérables. Je parle de stress, mais cela peut tout aussi bien être causé par une grande peine.

— Les poètes, les troubadours et les femmes connaissent son existence depuis longtemps, dit Kalinda d'une voix faible. Ne dit-on pas souvent avoir le cœur brisé par une peine d'amour ? Et voilà que la science leur donne maintenant raison.

— Tout à fait, répond le médecin à qui justement Kalinda avait brisé le cœur. Les patients qui en sont atteints viennent soit de perdre un être cher ou leur maison lors d'une catastrophe naturelle, soit de vivre un grave conflit familial. Bref, tout cela et bien d'autres événements malheureux peuvent mettre un cœur en pièces. Quant à vous, ma chère Kalinda, nous connaissons tous les trois l'origine de votre Tako-Tsubo, conclut le médecin à qui Isaac avait tout confié.

Espérant que leur fille Sandrine soit aussi bienveillante et compréhensive que l'a été Kalinda avec Isaac, le médecin prescrit à sa patiente des médicaments aux noms qui leur étaient inconnus. Seul celui de l'aspirine leur est familier. Le praticien conseille aussi à sa patiente de se reposer pendant quelques semaines.

— Heureusement, c'était le dernier concert de la série, avant-hier soir, n'est-ce pas ?

— En effet.

— Je vais signer votre congé, dit-il en lui offrant un sourire aussi doux que la caresse sur sa main.

Le couple est heureux de retrouver sa maison douillette. Isaac entraîne Kalinda dans la chambre et l'aide à se dévêtir avant de se coucher auprès d'elle. Il l'embrasse sur le front, relève les mèches de cheveux qui ont glissé sur ses yeux tristes et essuie les larmes qui commencent à couler sur ses joues.

— Tout allait si bien entre nous trois. Sandrine a mis tant de joie dans notre vie, dit Kalinda. Elle ne nous pardonnera peut-être jamais de ne pas lui avoir tout révélé.

— À l'heure qu'il est, elle doit aussi savoir ce que j'ai fait, ajoute Isaac. Le journaliste qui a tout déclenché lors de notre rencontre au Lutetia doit avoir publié son article.

Kalinda a une pensée pour Nanosh. Elle est convaincue que s'il était devenu journaliste comme il le souhaitait, jamais il ne les aurait humiliés publiquement comme l'a fait le reporter au Lutetia.

— Crois-tu qu'elle coupera les ponts avec nous ? demande Kalinda. Des enfants de nos amis l'ont fait pour moins que ça.

— Je crois plutôt que Rose sera de bon conseil. Tu te souviens, un jour, elle parlait de Jean Rostand[51]. Elle disait que ce scientifique et écrivain insistait sur le fait qu'avant de juger quelqu'un, on doit toujours se demander si dans les mêmes circonstances, nous aurions agi de façon similaire. Attends

51 Biologiste, historien des sciences, écrivain et académicien.

que je me souvienne, dit Isaac en fouillant dans sa mémoire. Je me rappelle. Il disait à peu près ceci : *On doit parfois à très peu de choses de ne pas être comme ceux que l'on méprise.*

— C'est bien vrai. Je m'inquiète quand même. Sandrine décidera peut-être d'aller vivre à Québec auprès de sa mère biologique. Elle adore cette ville. En plus, elles ont beaucoup d'affinités. Et les liens du sang sont très forts.

— Ne pense plus à ça. Essaie de te reposer, dit-il en plaçant son bras de façon qu'elle puisse se caler contre son épaule.

— Nous aurions dû tout nous raconter, tous les trois, insiste Kalinda.

— Inutile de te torturer. Quand nous faisons un choix, nous ne savons jamais à l'avance si c'est le meilleur. Tu te souviens de ce qu'a dit Marceline à propos d'autres déportés devenus parents ? « Ils voulaient préserver leurs enfants du souvenir de la souffrance et de la honte. Ils voulaient les élever dans un monde d'hommes libres, sans héritage sombre. » C'est ce que nous avons fait.

— Oui, mais quand son frère s'est suicidé, elle a dit aussi : « Il se faisait payer à lui-même la souffrance de notre père. Il cherchait, de façon inconsciente, à revivre les épreuves que notre père avait traversées, dont l'enfermement[52]. »

La vieille horloge sonne trois heures.

— C'est vrai, mais puisque nous ne pouvons changer le passé, inutile de se torturer, dit Isaac. Notre Sandrine reviendra vite, j'en suis convaincu. Tu as besoin de te reposer, mon amour. Ne t'inquiète pas. Tout finira par s'arranger.

52 Paroles de Marceline Loridan-Ivens.

Isaac lui prend la main et elle ferme aussitôt les yeux. Il attend qu'elle s'endorme, l'entourant d'amour comme si ses pensées avaient le pouvoir de la protéger.

70

Rose et Sandrine ont lu en première page d'un journal que Kalinda avait été hospitalisée à la suite des révélations publiques d'un journaliste. Ce qu'avait fait Isaac à Auschwitz était aussi révélé dans un entrefilet. Après être passées à l'hôpital où on les avait informées que la patiente était retournée chez elle, elles s'y précipitent aussitôt. Là, Sandrine se jette dans les bras de sa mère en lui demandant pardon d'avoir réagi si étourdiment.

— Je suis tellement désolée, maman, de n'avoir pas mieux compris que papa et toi reveniez de l'enfer. Vous avez voulu me protéger et moi, j'ai été insensible. Je m'en veux de n'avoir pas mieux discerné cet univers morbide que vous portiez en vous. Et puis, Rose m'a aidée à comprendre ce qui avait pu vous motiver à enterrer le passé. C'est pratique d'avoir plus qu'une mère, ajoute-t-elle, l'air espiègle.

Ils s'esclaffent tous les quatre, heureux d'être de nouveau réunis.

Aussitôt rétablie, Kalinda offre à Rose d'écrire une série d'articles dévoilant son passé à Auschwitz.

— Tu auras l'exclusivité. Je ne parlerai à aucun autre journaliste.

Ceux-ci d'ailleurs s'agglutinent depuis des jours devant sa porte. Et le téléphone, qui n'en finit plus de sonner, est finalement débranché

À peine un jour plus tard, Rose, infiniment reconnaissante, mesure l'ampleur de ce cadeau inestimable, proportionnel à la réputation internationale de Kalinda. Des journaux de différents pays s'arrachent l'exclusivité des articles qu'elle signe. Sa carrière de journaliste prend alors un envol fulgurant. Ses articles, publiés en première page des plus grands journaux et magazines, suscitent d'autant plus d'intérêt que les discussions ouvertes à propos de la sexualité étaient taboues et que personne jusqu'alors n'avait parlé de la prostitution dans les camps.

Heureusement que Kalinda s'est vite rétablie, car elle a besoin de toute son énergie pour se défendre contre certains historiens : ceux-ci affirment catégoriquement que les filles du block 24 étaient de véritables putains avant d'être enfermées et qu'elles avaient agi volontairement. Par manque de rigueur ou par malhonnêteté intellectuelle, ils occultent le fait que la majorité d'entre elles étaient des détenues qu'on avait forcées à se prostituer et qu'elles n'étaient pas payées.

Kalinda reçoit aussi presque quotidiennement des lettres dans lesquelles d'anciens admirateurs lui disent à quel point elle les déçoit : *Votre vie de femme heureuse et comblée avec votre époux et votre fille n'était qu'un mirage.* D'autres y vont encore plus crûment en la traitant de menteuse. Certains répètent les mots d'un journaliste et homme politique d'extrême droite ayant collaboré avec les nazis et qui profite de sa popularité pour affirmer publiquement qu'à « Auschwitz, on n'a gazé que des poux ». Isaac est lui aussi visé par des propos haineux : *Si vous avez survécu, c'est au détriment de plusieurs autres. Vous et votre femme avez fait des choses ignominieuses pour survivre.*

Isaac craint que tout cela n'affecte irrémédiablement la santé de Kalinda, mais il constate, un peu rassuré, qu'elle puise courage et réconfort dans les lettres d'autres admirateurs et rescapés. Ceux-ci lui confient à quel point le silence les étouffe. Ils racontent être contraints d'emporter les souvenirs du camp dans leur tombe, car personne ne veut entendre les atrocités qui y ont été commises. D'autres encore n'arrivent pas à en parler tant le traumatisme qu'ils ont subi est profond. Un grand silence entoure cette guerre. Les soldats se taisent. Les rescapés se taisent. Les bourreaux et leurs complices se taisent. Quant aux responsables des firmes ayant participé aux atrocités, notamment celles ayant construit les chambres à gaz, ils ont évidemment intérêt à se taire eux aussi.

Beaucoup de rescapés ont fait enlever leurs tatouages. Kalinda, elle, non seulement affiche toujours ceux qui apparaissent sur ses bras, mais, un bon matin, elle confie à Sandrine qu'elle a pris rendez-vous avec un tatoueur afin qu'il retrace sur son sein gauche les mots qu'elle a fait disparaître quelques années après la Libération: *Feld-Hure,* auxquels elle veut désormais faire ajouter la traduction: *Putain de camp.*

— Bonne idée. Et je vous accompagne, dit Sandrine avec enthousiasme. Je vais me faire tatouer les mêmes que vous, ainsi que ceux d'Isaac.

Pour elle, ce geste symbolise sa compassion envers leur souffrance qu'elle porte en quelque sorte en héritage.

En affichant désormais clairement ce qu'elle a été, Kalinda participe à ce devoir de mémoire au cœur duquel est lové le souhait que plus jamais de tels actes ne se reproduisent.

Par sa musique, elle peut aussi préserver la mémoire des victimes des nazis, comme le lui dit publiquement ce soir-là un luthier, Amos Steinberg, en se présentant sur scène à la fin de l'un de ses concerts. Il a dans ses mains un instrument que Kalinda reconnaît aussitôt: le violon de Nanosh. Son cœur bat si vite qu'elle doit s'appuyer sur son piano. Isaac, Sandrine et Rose, assis dans la première rangée, croient, affolés, qu'elle a de nouveau un malaise, mais constatent vite, soulagés, qu'il n'en est rien. Les paroles d'Amos résonnent dans la salle:

— Je suis luthier. Ma mère a fait partie comme vous de l'orchestre d'Auschwitz. Elle n'a pas survécu, mais j'ai retrouvé son violon. Abîmé par la neige, il était plein des cendres des fours crématoires. Le luthier allemand qui l'a fabriqué y a laissé la trace de sa haine: à l'intérieur, il a inscrit *Heil Hitler.* J'ai nettoyé ce violon et l'ai restauré. En le faisant, j'ai pleuré autant que vous ce soir, chère Kalinda, dit-il en lui prenant la main avant d'ajouter: Je me suis ensuite donné comme mission de restaurer d'autres violons des camps. Certains ont l'étoile de David et un nom inscrit à l'intérieur. J'en ai retrouvé plusieurs, dont celui-ci. Puisqu'il était signé, j'ai appris en lisant l'une de vos dernières entrevues qu'il appartenait à votre premier amoureux.

Kalinda sanglote de plus belle en prenant le violon de Nanosh que le luthier lui tend. Sous le coup d'une violente émotion, incapable de prononcer un mot, elle serre ce dernier dans ses bras. Isaac, Sandrine et Rose montent sur scène et les entourent. Le luthier se dégage doucement et, toujours près du micro, ajoute:

— Ma sœur est une rescapée d'Auschwitz. Elle m'a souvent dit que la musique qu'elle y entendait l'avait aidée à vivre. Chère Kalinda, mon souhait est que vous fassiez entendre au monde entier ce que ce violon a à dire. Comme tous les violons d'Auschwitz, il a un son particulier, comme s'il portait en lui les voix, les pleurs, la souffrance, la colère et les prières de tous ces pauvres gens qui, comme vous, sont passés par là. Les violons d'Auschwitz parlent, je le sais, là, dit-il en touchant son cœur. Comme vous le savez, dans la culture juive, il est dit qu'on ne peut faire confiance qu'à un violon. Si vous acceptez de jouer de ce violon durant vos concerts, vous contribuerez à préserver la mémoire de tous ceux qui y sont morts. « Le bourreau tue toujours deux fois. La deuxième fois, par l'oubli. »

— Je sais qui a dit ça. C'est Elie Wiesel[53], un survivant de la *shoah*, répond Kalinda, les larmes aux yeux. Nous ne devons pas oublier non plus le mot « Samudaripen », qui signifie le génocide des Tziganes.

— Vous me feriez un grand honneur d'en jouer dès maintenant, suggère le luthier.

D'une main tremblante, Kalinda appuie le violon sous son menton et sur sa clavicule gauche. La complainte qui s'en échappe est si touchante que plusieurs dans la salle ne peuvent retenir leurs larmes. Ils les laissent couler en silence, sans sortir leur mouchoir : aucun bruit ne doit flétrir cet instant sacré.

Après le concert, Kalinda et Isaac invitent Rose, Sandrine et Amos à prendre un repas au Lutetia. Au moment où ils vont tremper leurs lèvres dans leur coupe de champagne, la voix

53 Personnage réel.

d'Édith Piaf parvient à leurs oreilles : *Non, rien de rien. Non, je ne regrette rien.*

— Qui peut dire qu'il ne regrette rien ? demande Rose. Pas moi, en tout cas.

Ils hochent la tête. Plongés dans leurs souvenirs, ils parlent de ce qu'ils ont sur la conscience. Tous ont au moins un souvenir entaché de regrets et de remords.

Rose raconte qu'elle regrette que sa grossesse hors mariage ait rendu Bérangère encore plus malheureuse auprès d'Onésime. Elle a cependant une consolation : lorsqu'elle lui a demandé pardon, sa mère, qui adore Sandrine, lui a dit que sa petite-fille était une grande joie dans sa vie. Bérangère aussi lui a confié les remords qui la taraudaient : elle regrettait vivement d'avoir laissé Onésime seul avec Éva alors qu'elle le savait si violent. Elle avait ajouté que même Marie-Ange, qui incarnait la joie de vivre, ne se pardonnait pas d'avoir disputé sa fille quelques minutes seulement avant que celle-ci ne soit frappée accidentellement. Son dernier souvenir de leur relation était irrémédiablement entaché.

Isaac et Kalinda prennent à leur tour la parole et mentionnent à quel point ils regrettent les actes qui, à Auschwitz, ont contribué à faire souffrir d'autres détenus : Kalinda, lorsque l'orchestre dans lequel elle jouait devenait un instrument de torture ; Isaac, par les gestes posés en faisant partie des *Sonderkommandos.*

— Vous y étiez contraints. Vous ne l'auriez pas fait si vous aviez eu le choix, cherche à les consoler Sandrine.

À cela, Isaac et Kalinda acquiescent, mais ils avouent que parfois, ils ne songeaient qu'à leur survie et n'avaient pas toujours été charitables envers les autres.

— Il faudrait vous rappeler aussi toutes les fois où vous avez été bons. Souvenez-vous que Marceline ne cesse de répéter qu'elle n'a jamais été autant aimée que par ses compagnes à Auschwitz, ajoute Sandrine.

Ses parents la remercient du regard.

— Heureusement, nous avons aussi plein de souvenirs heureux, dit Rose.

— Ils sont des antidotes au chagrin, ajoute Kalinda.

— Des garde-fous salutaires, confirme Isaac.

— Vous êtes pas mal bons pour compléter mes phrases, mes amis, dit Rose en riant avant d'ajouter : J'aimerais lever mon verre à Aharon, un ami de Franz et mon premier patron. Il regrettait de ne pas avoir amené sa famille avec lui dès qu'il est venu au Canada. Pourtant, il avait fait ce qu'il pensait être le mieux : il voulait leur préparer un beau nid d'amour avant de les faire venir à Québec. C'était un homme profondément bon. Il m'a appris le véritable sens du mot *mitzvah*.

— C'est un mot magnifique qui signifie faire quelque chose de gentil pour quelqu'un ! s'écrie Amos.

— À Aharon, lancent-ils tous en levant leurs verres.

— Quand je pense à Franz, tourmenté jusqu'à sa mort par ce qu'il a fait dans les Jeunesses hitlériennes, dit Kalinda, je me dis que dans le fond, on ne doit rien regretter si ce qu'on a fait nous a permis d'apprendre. Il n'y a que ceux qui ne retirent aucun enseignement de leurs erreurs qui peuvent vraiment avoir des remords.

— Je suis tout à fait d'accord. C'est la même chose pour Gratien. Si vous saviez à quel point il regrette la façon dont il a traité les filles dans sa jeunesse, les considérant comme des objets de plaisir tout en leur faisant croire qu'il les aimait, dit Sandrine en regardant Rose. Mais désormais, il aide d'autres soldats avec son élevage de chiens. Ils se regroupent aussi pour jouer de la guitare. Ensemble, ils se réconfortent et apprennent à affronter les jugements des autres.

Ils lèvent leur verre à Franz et Gratien.

— Les nazis qui, durant le procès de Nuremberg, ont prétendu n'avoir fait qu'obéir aux ordres, ont-ils vraiment la conscience tranquille ? demande Isaac.

Tous restent silencieux un moment, car seules les personnes concernées pourraient vraiment répondre à ces questions.

— Peut-être que ce n'est qu'une façade : que sait-on des turbulences de l'âme qui s'agitent sous le masque d'une assurance tranquille ? interroge finalement Kalinda. Depuis la Libération, elle a souvent pensé à Hermann, qui portait du bon en lui. Elle sait maintenant qu'il lui a sauvé la vie. La marche à la mort qu'il lui a évitée a été mortelle pour plusieurs. Certains sont décédés sous les coups des gardiens qui ne supportaient pas qu'ils sortent le moindrement du rang. Des détenus, malades et faibles, se sont effondrés en cours de route.

Kalinda et Rose parlent ensuite de Dorothée. Toutes les deux arrivent à la même conclusion : celle-ci ne se sentait jamais coupable de rien. Mais, avec le recul, elles doivent s'avouer que, pendant longtemps, elles n'ont vu d'elle que son égoïsme et ses mensonges, oubliant qu'elle était ainsi parce qu'elle voulait de toutes ses forces se façonner une vie différente de celle de sa mère. Une vie dans laquelle, parce qu'elle était riche, elle ne se retrouverait à la merci de personne. Du moins, c'était ce qu'elle croyait.

— En tout cas, moi, je veux toujours me souvenir de cette phrase de ma grand-maman Inge : *La bonté peut être un acte de résistance*, dit Sandrine. J'en ai fait mon mantra.

— Tu as raison, répond Kalinda. On ne le dira jamais assez. L'Histoire n'en garde pas la mémoire. Elle ne retient que les batailles comme source de révolution, ignorant le grand pouvoir de la bonté.

— J'aimerais que nous levions nos verres à Bérangère et à Inge, dit Sandrine. Mes deux grands-mères étaient profondément altruistes. Elles me font penser aux fourmis formant un pont avec leur corps : les plus vieilles se noient pour permettre aux plus jeunes de traverser un ruisseau.

Ce que Sandrine avait longtemps cru être une malédiction, cette lignée, dans son arbre généalogique, de femmes et d'hommes durement marqués par le destin, s'arrêterait avec elle, comme une ligne brisée dans la main, pour donner naissance à une autre, plus lumineuse. Du moins, ce soir-là, y croyait-elle.

« Il y a aussi les brumes de la mémoire qui n'ont rien à voir avec l'âge. On refuse de se souvenir d'événements et d'actes abominables, mais aussi d'autres, au contraire, très beaux. Dans les deux cas, ces trous sont un grand malheur. »

MARCELINE LORIDAN-IVENS

Note de l'auteure

Même si la Deuxième Guerre mondiale, tant en France qu'au Québec, est la toile de fond de ce roman, les zones de lumière sont aussi importantes, sinon plus, que les aspects sombres des années 1939-1945 marquées par la cruauté et le désespoir. En fait, j'ai voulu faire de ce roman une ode à l'amitié, à l'entraide, à la bonté, à l'art et à la résilience. Les trois personnages principaux auxquels se greffent des personnes ayant réellement existé révèlent, chacun à sa façon, les côtés sombres et lumineux de l'humain ainsi que des pans d'Histoire peu connus tels que, entre autres, l'école de tir et de bombardement de Sainte-Flavie ; les conditions de vie des filles-mères à l'hôpital de la Miséricorde de Québec ; le métier peu valorisé de vétérinaire à cette époque ; les camps de prisonniers allemands, ici, au Québec ; le génocide des Tziganes ; la façon dont étaient traités les homosexuels dans les camps de concentration ; les infirmières québécoises au front ; le régiment féminin de cornemuse ; l'orchestre des femmes ainsi que la prostitution forcée à Auschwitz, longtemps passée sous silence.

Je m'intéresse depuis longtemps à l'histoire des femmes, et mes héroïnes montrent encore une fois le chemin parcouru. Cela me semble d'autant plus important que nous avons tendance à ne parler que des héros de guerre et à oublier celles dont les actions, moins flamboyantes, ont été essentielles, notamment par leur travail dans les usines et sur des fermes, et ce, à une époque où elles n'avaient pas encore obtenu tous leurs droits.

Le neuropsychiatre Boris Cyrulnik[54] disait récemment en entrevue que le mot catastrophe définit bien la résilience, car il origine de « cata », coupure, et de « strophe », tournant. Nous prenons un tournant à cause d'une blessure (une catastrophe) et nous repartons, mais pas comme avant, parfois ou souvent meilleurs et plus forts. Or, la signification du mot hébreu *shoah* désignant l'extermination de six millions de Juifs par les nazis est précisément celle-ci : catastrophe. Parmi les personnes réchappées des camps de concentration, plusieurs ont ensuite confié apprécier encore plus la vie, faisant ainsi preuve d'une grande résilience. L'une d'entre elles fait partie des personnages ayant réellement existé que j'ai intégrés dans ce roman : Marceline Loridan-Ivens. Après sa libération, elle n'a cessé de répéter que malgré la souffrance endurée, elle n'avait jamais été autant aimée que durant son enfermement à Auschwitz. Ses paroles font écho à celles de

---

54 https://ici.radio-canada.ca/premiere/emissions/penelope/segments/entrevue/162278/boris-cyrulnik-resilience-coronavirus-covid-19

son amie Simone Veil, elle aussi rescapée : « Les amitiés qui se sont nouées ici seront empreintes d'une sincérité, d'une profondeur et d'une espèce de tendresse grave que personne ne pourra jamais connaître. C'est un pacte secret, scellé dans la lutte et les épreuves. » On voit ici l'impact des liens significatifs. Entendre de la musique, écrire ou chanter ont aussi permis à plusieurs détenus de s'évader en pensée de leur enfer. Cela était si important que des femmes enfermées à Auschwitz ont risqué leur vie afin de pouvoir écrire sur de minuscules morceaux de papier. D'autres récitaient par cœur des phrases qu'elles avaient lues par le passé et qui les aidaient à vivre.

Mais tous n'ont pas les facteurs prédisposant à la résilience. Certains, comme Kalinda, peuvent notamment être atteints du syndrome des cœurs brisés : le Tako-Tsubo qui fragilise ou entraîne la mort.

J'ai entendu parler de la guerre très tôt dans mon enfance. Pour moi, elle fut d'abord synonyme d'absence. Une absence pesante. Les absents, ceux qui sont disparus sans que l'on sache ce qu'il est advenu d'eux, prennent beaucoup de place dans la vie de ceux qui les aiment et les espèrent. Mon père pensait souvent à l'un de ses frères qui, revenu depuis des années de la guerre de Corée, n'avait jamais repris contact avec sa famille, qu'il chérissait pourtant avant son départ. J'ai appris récemment qu'il a vécu à Montréal jusqu'à sa mort, il y a quelques années, s'était marié et avait eu un fils. Non seulement a-t-il porté toute sa vie les séquelles de ce qu'il a vu à la guerre, mais il craignait les questions des membres de sa famille : il ne voulait pas leur révéler ce que cette guerre l'avait forcé à faire et dont il avait honte. Le peu que je sais de sa vie m'a profondément touchée. Les blessures de guerre invisibles, celles qui brisent l'âme plus que le corps, isolent et musellent les personnes qui les portent. Même si je ne raconte pas dans ce roman la vie de mon oncle dont j'ignore trop de choses, il m'a tout de même inspiré en partie l'un de mes personnages, Gratien, que la honte empêche de reprendre contact avec sa famille au retour de la guerre.

La vie est pleine de synchronicités : au moment où je lisais les lettres que mon oncle a écrites à sa famille au début de la guerre, une exposition à Sainte-Flavie révélait au public l'existence d'une école de tir et d'aviation ouverte durant la Deuxième Guerre mondiale et dont je n'avais jamais entendu parler, même si j'habite à quelques kilomètres. Cette exposition m'a révélé une partie de mon ignorance sur cette guerre dont mes parents ont été des victimes collatérales dans leur quotidien : sous-marins allemands sillonnant le fleuve, rationnement, peur, conscription, participation des femmes à l'effort de guerre, etc. Lectrice boulimique, j'ai voulu aussi en apprendre plus sur ce qui se passait en Europe. C'est ainsi que j'ai créé le troisième personnage principal, Kalinda, une Tzigane que le hasard de la vie liera aux trois femmes québécoises que j'ai imaginées.

J'ai terminé ce roman en décembre 2019, quelques mois avant le 75e anniversaire de la fin de la Deuxième Guerre, durant lequel plusieurs commémorations, tant au Québec qu'en France, ont été annulées à cause d'une autre guerre : celle que nous menons contre l'ennemie invisible qu'est la COVID-19 durant laquelle de bonnes âmes se dévouent auprès des malades et des plus vulnérables pendant que d'autres brandissent le mot liberté pour avoir le droit de les mettre en danger. Le devoir de mémoire devait être au cœur de ces commémorations. Les rares rescapés de la *shoah* et tous ceux qui ont participé de près ou de loin à cette guerre nous demandent de nous souvenir de ces tristes événements car bientôt, ils ne seront plus là pour les raconter et nous mettre en garde contre la part d'ombre que chacun porte en soi. Il est d'autant moins superflu de le rappeler qu'un tiers des Européens questionnés « admettent qu'ils savent très peu ou rien du tout de l'Holocauste (…) ou n'en ont jamais entendu parler » et qu'aux États-Unis, une même proportion dit la même chose[55]. Mon petit sondage, qui n'a cependant rien de scientifique, révèle que les sous-marins allemands, l'école de bombardement et de tir, les usines d'armement, le *black-out*, le fait que des soldats canadiens reposent sous les flots du fleuve et du golfe Saint-Laurent sont quelques-unes des répercussions peu connues du grand public. Par ailleurs, l'augmentation partout dans le monde d'attitudes, de gestes xénophobes et racistes[56] et de crimes haineux devrait nous motiver à nous souvenir des conséquences tragiques qu'ils peuvent engendrer.

---

55 Richard Latendresse. « Les Juifs et les âneries que l'on entend ». *Journal de Québec*, 2 décembre 2018.

56 On a observé notamment que le racisme était plus virulent en raison de la pandémie.

Remerciements

À mon frère Martin et à mes amies Christiane Caron, Diane Laurendeau-Beaulieu et Rollande Lambert: merci du fond du cœur d'avoir accepté de lire une partie de l'une des premières versions de ce roman. Vos encouragements sont plus que précieux.

Mille mercis à ma cousine adorée, Denise Desjardins, de m'avoir mise sur la piste de la péritonite pouvant expliquer la stérilité.

Je tiens à exprimer ma gratitude envers le docteur et ami Paul René de Cotret pour avoir relu et corrigé les parties liées au Tako-Tsubo.

À ceux qui ont répondu avec empressement à mes questions: Michel Saint-Laurent, Paul Larocque, Lise Drolet, Liz Fortin, François Dornier et Pierre Collin, merci infiniment.

Merci à la formidable équipe de Saint-Jean Éditeur, aussi chaleureuse qu'efficace: Jean Paré, Lucie Rhéaume, Nicole Saint-Jean, Geneviève Brière, Marie-Claire Saint-Jean, Jacques Fréchette et Marie-Josée Ouimet.

Isabelle Longpré, mon éditrice adorée: grâce à ton œil de lynx qui débusque la plus petite incohérence, à ta mémoire phénoménale qui te permet de voir si tous les fils sont bien attachés, à ton talent et à ton humour, le travail avec toi est un véritable cadeau. Je souhaite à tous les auteurs une éditrice comme toi.

Quant à mes chers lecteurs et mes chères lectrices, sachez que sans vous, écrire n'aurait pas de sens. C'est banal de le dire, mais c'est tellement vrai : j'écris pour être lue. Vos mots, lorsque j'ai le privilège de vous rencontrer, ou lorsque vous avez la gentillesse de m'envoyer un message, me vont droit au cœur et me donnent des ailes.

Merci à ma chère nièce, Mélanie Lebel-Potter qui, sachant à quel point je déteste les séances photo, a mis ses talents de photographe pour l'image de la quatrième couverture de ce livre.

Merci à Philippe, mon fils adoré : ton soutien indéfectible, ton humour et ton intelligence enchantent ma vie.

De la même auteure :

« Aveux ». Nouvelle, dans *Des nouvelles de maman*,
Guy Saint-Jean Éditeur, 2021

Le châtiment de Clara. Roman. Guy Saint-Jean Éditeur, 2017

Isa. L'île de l'ermite. Tome 2. Roman. Guy Saint-Jean Éditeur, 2014.
Québec Loisirs, 2014. Charleston, 2014

Isa. L'île des exclus. Tome 1. Roman. Guy Saint-Jean Éditeur, 2014.
Québec Loisirs, 2014. Charleston, 2014

Robertine Barry. On l'appelait Monsieur. Tome 2. Biographie.
Éditions Trois-Pistoles, 2011, Prix Jovette-Bernier 2011.
Nouvelle édition revue, révisée et éditée par l'auteure, 2021

Robertine Barry. La femme nouvelle. Tome 1. Biographie.
Éditions Trois-Pistoles, 2010, Nouvelle édition revue,
révisée et éditée par l'auteure, 2021

Marie Major. Roman historique inspiré de la vie d'une Fille du roi dont l'époux, Antoine Roy dit Desjardins, fut assassiné.
Guy Saint-Jean Éditeur, 2006 et 2008. Québec Loisirs, 2008.
France Loisirs, 2011. Guy Saint-Jean Éditeur, collection Focus, 2012.
Québec Loisirs, Focus, 2013. Pocket, 2013. Prix littéraire international
indépendant Marguerite Yourcenar 2013

Médecins & Sages-femmes. Les enjeux d'un débat qui n'en finit plus. Essai.
Québec Amérique, 1993

Visitez le site de l'auteure :
www.sergine-desjardins.com
et sa page Facebook.

MARQUIS
Québec, Canada

Achevé d'imprimer le 27 septembre 2021

Imprimé sur Rolland Enviro.
Ce papier contient 100% de fibres postconsommation,
est fabriqué avec un procédé sans chlore
et à partir d'énergie biogaz.

100% PCF BIO GAZ ÉNERGIE PERMANENT